Meiner Mutter,
seligen Angedenkens,
die mir alles gab, was sie konnte,
und sogar noch mehr.

1

Auch diese Nacht hatte wieder jemand das Haus beschmiert. Johanna zog Gummistiefel an, schleppte den Gartenschlauch auf die Straße, spritzte die Wand nass und sah einen Mann auf der anderen Straßenseite, der ihr Tun beobachtete. Sie kehrte ihm den Rücken zu und beschloss, kein Wort mit ihm zu reden. Sollte er sie ansprechen, würde sie so tun, als wäre sie taub. Das Wasser spritzte den eigentümlichen Slogan der Bratzlawer Chassiden *na nach nacham nachman* von der Wand. Farbpartikel flossen in den Kanaldeckel und verschwanden. Unerbittlich peitschte sie den Wasserstrahl gegen jeden Vorsprung und in jede Ritze.

Die Frau des Hauses und ihre Töchter hatten sich schon daran gewöhnt. Zehn Zentimeter Stein lagen zwischen ihnen und der Verwahrlosung, eine Faust dick trennte sie der Mörtel, von denen, die sich an die Mauer lehnten und im Schatten des Hauses Kühle suchten oder an die Hauswand pinkelten, vom Lallen der Betrunkenen und ihrem Erbrochenen. Die Straße reckte ihre dreckigen Hände nach dem Haus, doch die Frauen blieben gelassen; was jenseits ihrer Nasenspitze geschah, berührte sie nicht. Viele Augen schauten das Haus an und jetzt auch die des Fremden, der dort stand. Er versteckte sie hinter dicken Brillengläsern, sodass sein Blick nichts verriet. Gut, dass sie drei rote Blusen an die Leine im ersten Stock gehängt hatte, die Zahl drei war ein erprobtes Mittel gegen den bösen Blick.

Die Sonnenstrahlen fielen waagerecht und breiteten einen Baldachin aus müdem Licht über die schmale Straße. Johanna drückte das Schlauchende zusammen, bespritzte ein letztes Mal die Wand, ging zum Hoftor und sah aus dem Augenwinkel, dass der Mann noch immer dort stand. Sie ging hinein und schlug das Tor demonstrativ zu. Ein Schwall Wasser ergoss sich hinter ihr, bis sie den Hahn zudrehte und ins Haus zurückkehrte.

Der Fremde wartete, bis sie verschwunden war, überquerte die Straße, musterte den Teil des Hofes, den er überblicken konnte, und das Haus und dachte, ein Wahnsinnsgrundstück. Wenn die Besitzerin eines Tages kapitulieren und verkaufen würde, hätten ein paar Leute für den Rest ihres Lebens ausgesorgt. Er hatte ein halbes Jahr Zeit, sie umzustimmen oder zu bezwingen, das war die Chance seines Lebens: Wenn er lieferte, bekäme er eine Menge Geld; sollte er aufgeben und vorher aussteigen, müsste er das teuer bezahlen. Ein halbes Jahr lang die Schlange im Heu zu spielen war eine verwerfliche Aufgabe, aber er hatte den Vertrag unterschrieben. Er brauchte Geld. Die umliegenden Häuser hatte er schon inspiziert und gesehen, es gab kein einziges, das nicht mit der Zeit irgendwelche Auswüchse bekommen hätte, in Form eines angebauten Balkons, Dachstuhls oder Lagerraums, eines zugemauerten oder nachträglich in die Wand geschlagenen Fensters. Die Leute nahmen ein Stück Luft und machten ein Stockwerk daraus, sie betonierten Gitterstäbe in die Fensternischen, um ihre Federbetten dort auszulüften, verbreiterten Fensterbänke, um Gläser mit eingelegten Gurken abzustellen, rammten Haken und Stangen in die Mauern, um Kinderfahrräder und Kinderwagen aufzuhängen. Er spürte die Enge, schwitzte und öffnete einen Knopf seines Hemdes.

Ein halbes Jahr hatte er Zeit, und die Uhr tickte schon. Am ersten Februar wollte Broschi mit seinen Bulldozern hier auffahren.

Dumpfer Kopfschmerz überkam ihn, er mochte keine Orte, die vergangenes Leben bewahrten, an denen die Zeit, statt zu vergehen, Eier in die Wände legte und in ihnen rumorte und wo man den Eindruck hatte, die Toten wären noch gar nicht tot und könnten im nächsten Moment aus der Wand treten und einen um eine Zigarette anschnorren. Plötzlich fuhr der Wind in die roten Blusen, sie bebten an der Leine, herbstlich gefärbter Wein raschelte, und der Wind schüttelte die Blätter in kupfernem Rosa. Er stand vor dem Haus, hoffte, der Wind würde gegen die Läden klopfen, sie schütteln und öffnen, und die Hände der Frau, die die Blusen getragen, gewaschen und aufgehängt hatte, würden sich herausstrecken, um sie hereinzuholen, und er könnte sie sehen, doch kein Fensterladen wurde geöffnet, der Wind legte sich, die roten Ärmel bewegten sich nicht mehr und hingen wieder schlaff herab.

Gerade wollte er das Tor aufstoßen und in den Hof treten, da öffnete sich im ersten Stock ein Fenster. Ein kleines Mädchen streckte seinen blonden Kopf heraus, und ein frischer Pfirsichkern traf seinen Schädel.

»War das Absicht?« Er hob seine dicken Brillengläser zu dem Mädchen und wischte sich einen feuchten Rest Pfirsich vom Kopf.

»Ja«, antwortete das Mädchen und ließ die Leine mit den roten Blusen tanzen.

»Du bist ein bisschen unverschämt, weißt du das?«

»Nicht nur ein bisschen, sondern total«, antwortete das Mädchen und streckte ihm die Zunge raus.

Ein zweiter Kern verfehlte ihn in dem Moment, als er das Tor endgültig öffnete, und landete auf dem Gehweg. Er trat in den Hof, streckte den Finger zur Klingel, bereute es und zog ihn wieder zurück. Nun beiß schon zu, Schlange, trieb er sich an, streckte den Finger erneut aus, drückte auf den Klingelknopf und hörte:

»Frau Hannah, ich aufmachen?«

»Ja, mach auf.«

»Was der Herr suchen?«, fragte die Frau, die zuvor in Gummistiefeln die Wand draußen abgespritzt hatte. Sie bat ihn nicht herein.

»Eine kleine Einzimmerwohnung«, sagte er.

»Moment. Ich gehen fragen Frau Hannah.« Sie verschwand, kam dann mit finsterer Miene zurück und sagte: »Reinkommen.«

Er trat ein, und das Blau in den Augen der Greisin traf ihn bis ins Mark. Sie saß im Rollstuhl, und weil es ihm schwerfiel, ihrem Blick standzuhalten, musterte er ihre Gestalt, sah ihre verdorrten, eng an den Körper gezogenen Glieder und dachte, viel ist aus der nicht rauszuholen. Eine, die ihre Glieder bewachte wie das Mehl zum Matzebacken und Arme und Beine so fest an sich zog, als wollte man ihr einen Knochen klauen, so eine würde auf keinen Quadratmeter verzichten, geschweige denn auf ein ganzes Zimmer.

»Was führt Sie hierher, wo doch draußen kein Schild hängt, dass wir vermieten?« Die Augen der Alten traten aus ihren Höhlen und nagelten ihn fest. »Nur damit Sie's wissen, mir kommen keine fremden Männer ins Haus.« Sie kniff ein blaues Auge zusammen, durchbohrte ihn mit dem anderen wie mit einem Speer und fragte:

»Warum also sind Sie gekommen?«

»Wegen der roten Blusen. Ich bin Dichter, und diese roten Blusen haben es mir einfach angetan.« Er wischte sich feine Schweißperlen von der Stirn.

»Was soll das heißen, die Blusen haben es Ihnen angetan? Haben Sie noch nie im Leben Blusen an einer Leine gesehen?«

Der Fremde räusperte sich, um Zeit zu gewinnen, und holte tief Luft. Er nahm seine ganze dichterische Begabung zusammen, legte eine Hand auf die Brust und sagte: »Ich habe gesehen, wie die leeren Ärmel ihre leeren Hände zur Straße hinstreckten. Die Blusen bettelten, man möge sie von den kneifenden Wäscheklammern befreien, sie wollten hinunter auf die Straße und sich eine Brust suchen, die sie wärmen könnten, ein Herz, das unter ihnen schlagen würde, doch die Straße beachtete sie nicht.«

»Oh, was für Worte!« Die Alte reckte das Kinn vor und öffnete das geschlossene Auge. »Berühmt?« Sie entließ einen Finger aus ihren gekrümmten Gliedern und sagte: »Donnerwetter, solche Worte hört man nicht jeden Tag. Dass einer so über drei Blusen redet. Wie haben Sie gesagt, man möge sie von den kneifenden Wäscheklammern befreien? Für uns waren das einfach drei Blusen, die haben wir rausgehängt, gegen den bösen Blick. Früher haben wir rote Fäden an die Regenrinne gebunden, aber das hat nichts geholfen. Der böse Blick patrouillierte weiter unter unseren Fenstern und zog Kreise um das Haus, und da haben wir diese roten Blusen aufgehängt, doch bisher hat sich nichts geändert, das Schicksal dieses Hauses ist noch genauso, wie es war, bevor wir sie aufgehängt haben.«

Sie kniff die Lippen zusammen, entspannte sie aber gleich wieder und sagte: »Herr Dichter, schreibt man über Sie in der Zeitung? Sieht man Sie im Fernsehen?«, und sie dachte sich, welche Ehre, ein Dichter aus Fleisch und Blut unter meinem Dach. Ihre drei Töchter waren im besten Alter und noch nicht verheiratet, und Gott war groß. Und sie entließ sogar eine komplette Hand aus dem Bündel ihrer Glieder und gab Johanna ein Zeichen, sie solle ihm die Zweizimmerwohnung zeigen, die sie im Hof hinterm Haus angebaut hatten, mit einem eigenen Eingang.

Johanna nahm ihn mit, zeigte ihm widerwillig und mit zusammengepressten Lippen die beiden Zimmer samt Küche und kleiner Dusche. Sie zischte etwas auf Rumänisch und ließ ihn nicht aus den Augen. Sie sah ihn unverhohlen und eindringlich an. Aus jedem Muskel ihres Gesichtes sollte er ablesen, dass sie ihm nicht über den Weg traute und mit dem Leichtsinn der Alten haderte. Der Fremde ging durch die Zimmer, prüfte die Wasserhähne in der Toilette, schaltete das Licht in der Küche an und aus, hob einen Blick zur Decke und sagte: »Gut, dann klopfen wir die Sache fest.« Als sie in die Wohnung der Alten zurückkehrten, fanden sie den Rollstuhl leer. Die Hausbesitzerin stand knochig und hochgewachsen da, ihre Glieder voneinander gelöst, ging auf eigenen weißen Beinen zu dem großen Fenster und zog mit einer ausladenden Armbewegung den Vorhang auf.

Johanna bekreuzigte sich: »Frau Hannah, nicht gut, was Sie machen, das geben *probleme.*«

»Ich weiß, was ich tue, dieser Mann ist in Ordnung, Johanna, schau dir nur seine Schuhe aus der Altkleidersammlung an, dann siehst du es sofort. Die Gescheiten von der Sozialversicherung, von der Polizei und dem Innenministerium, die laufen nicht so rum. Wer für die Regierung arbeitet, trägt anständige Schuhe, von einer guten Firma.« Die Alte wandte sich ihm zu und sagte: »Dann sind Sie also ein Dichter? Jehuda, mein Mann seligen Angedenkens, hätte sich gefreut, Sie kennenzulernen, er hat gern Gedichte gelesen, er verstand was davon. Ich eher nicht. Aber meine Töchter, die sind sehr gebildet, jede Einzelne von ihnen. Die werden sich bestimmt dafür interessieren, was Sie schreiben. Was heißt gebildet! Sie haben ja keine Ahnung, was da im ersten Stock an Verstand versammelt ist. Schön wär's nur, wenn es da oben ebenso viel Glück wie Verstand gäbe.« Ihre Finger klopften dreimal auf den Tisch. »Gott bewahre, was ich von denen zu hören kriegen werde, warum hast du das vermietet, fehlt es dir denn an Geld? Wer braucht in diesem Haus noch einen Fremden? – Aber das Haus gehört immer noch mir, und ich bin, wie man so sagt, schon ein großes Mädchen.«

»Wie viele Töchter haben Sie denn?« Etwas in ihm flackerte auf, vielleicht sprang ja bei diesem Geschäft eine der Töchter als Bonus heraus. Wenn Gott mit ihm wäre, könnte er womöglich zwei Fliegen mit einer Klappe schlagen.

»Drei Töchter und eine Enkelin, sie wohnen alle im ersten Stock«, sagte die Alte und wies mit dem Finger zur Decke, durch die man Schritte hörte.

Der neue Mieter legte die Hand auf die Brust, diesmal wie ein unterwürfiger Angestellter, und sagte: »Ich danke Ihnen sehr, Frau Jona, Sie werden es nicht bereuen, dass Sie an mich vermietet haben, und auch Ihre Töchter werden es nicht bereuen.« Er nahm die Hand vom Herzen, schob sie in die Tasche und dachte, du hast es geschafft, Rafi, der erste Schritt ist getan.

Im selben Moment waren Schritte von der Straße zu hören, und Johanna sprang auf, schlug die Hände auf ihrer ausladenden Brust zusammen und rief: »Jetzt ist alles vorbei, in zwei, drei *sekunde* kommt die *poliția* von die *imigrante*, und dann gibt *probleme*. Nicht gut so, Frau Hannah, nicht gut, was erzählen Sie eine fremde Mann, wo Sie nicht kennen.«

Sie warf dem Mann einen kalten, feindseligen Blick zu.

»Gib ihm den Schlüssel, Johanna«, sagte die Alte, und die Rumänin löste einen Schlüssel von dem schweren Bund in ihrer Tasche und überreichte ihn widerwillig. »Für Aufmachen muss umdrehen zweimal«, sagte sie und wartete, dass er hinausging, fuhr sich durchs blonde Haar und fragte:

»Tichter, was ist ein Tichter, Frau Hannah?«

Nachdem er seine erste Nacht in der Wohnung verbracht hatte, stand der Mann, dessen Stirn den Pfirsichkern abgekriegt hatte, am Morgen auf und trat hinaus in den Hof. Er sah drei junge Frauen auf der Außentreppe sitzen, die vom ersten Stock herunterführte, blieb stehen und sagte: »Entschuldigung.«

»Wieso Entschuldigung? Haben Sie denn schon was verbrochen?«, fragte eine von ihnen kichernd.

»Ich weiß ja nicht, vielleicht ist das hier eine private Unterhaltung, und ich hab es nicht gern, Leute zu belauschen.« Er schaute auf Jardenas Beine und dachte, na, heiß ist sie schon, aber ein Nervenbündel sondergleichen.

»Was haben Sie dann gern?«

»Ich liebe die Stille. Ich lausche gern den Herzensseufzern in den Dingen.«

»Hört, hört«, lachte Orna los, ließ eine Kaugummiblase auf ihren Lippen zerplatzen und sagte: »Also wirklich, wenn Sie das Seufzen in den Dingen suchen, dann ist das hier nicht ganz der Ort für Sie. Hier fehlt es zwar nicht an Seufzern, aber die kommen eher nicht von den Dingen.« Jardena zündete sich eine Zigarette an und sagte in den aufsteigenden Rauch:

»Ein Hahn zwischen sechs Hühnern, macht Ihnen das keine Angst? Noch können Sie es sich anders überlegen.«

Er stand vor ihnen wie vor einem Gericht. Alle drei saßen auf der Treppe und musterten ihn von den Wurzeln seines schütteren Haars bis zu den Schnürsenkeln seiner abgetragenen Schuhe. Er senkte den Blick und dachte, drei Frauen, die die Nachricht, es gebe einen neuen Mieter, so aus der Fassung bringt, als wäre ein Terrorist eingedrungen; diese drei sind wohl die harten Nüsse hier. Er sah, wie sie ihn ganz ungeniert taxierten, und dachte, sollen sie doch, sie sehen nur meine Kleider, sonst nichts. Und für seine Kleider brauchte er sich nicht zu schämen. Das hellblaue Hemd war neu, man sah noch die Längsfalten von der Verpackung, und alles andere war sauber, wie es sich für einen kultivierten und ordentlichen Mann gehörte. Nur die Schuhe waren abgetragen, graue Sneakers, made in China, keine Marke. Auch seine Brille war etwas einfallslos, zu klein für seinen Kopf und billig. Sein Vater hatte sie ihm in seiner Jugend gekauft, seitdem hatte er sich keine neue geleistet, obwohl sein Gesicht größer geworden und sein Vater längst gestorben war.

»Nein, im Ernst, warum haben Sie hier geklingelt? Draußen hängt schließlich kein Schild.« Orna runzelte ihre breite Stirn, starrte ihn an und rollte einen Kaugummi zwischen den Handflächen. Er hustete, räusperte sich, um ihrem Blick nicht standhalten zu müssen, und dachte, die ist schwerfällig und nicht so hübsch wie die beiden anderen, aber blöd ist sie nicht.

Er wusste nicht, wo er hingucken sollte, deshalb blickte er nach oben, hinter seiner Kinderbrille, die seine Augen verbarg, ihm die Welt aber vergrößerte, und sagte sich, der Himmel habe ihm diese Wohnung geschickt. Der Himmel, der in diesem Moment von Sommerwolken bedeckt war, ließ nicht erkennen, ob er das bestätigte oder bestritt. So richtete er den Blick wieder auf die Treppe und erzählte, er sei auf der Suche nach einer preiswerten Einzimmerwohnung gewesen, habe sich umgehört, und da habe man ihn in dieses Viertel geschickt.

»Moment, sind Sie wirklich ein Dichter?«, unterbrach ihn Jardena, »wie heißen Sie? Vielleicht haben wir ja etwas von Ihnen gelesen.« Ihr Blick bedrängte ihn; ihre Knie schlugen nervös aneinander.

»Ich bin ein werdender Dichter. Im Moment arbeite ich als Ghostwriter, helfe Leuten, ihre Gedanken in Gedichte zu verwandeln und ihre Erinnerungen in Geschichten, aber um auf die Frage zurückzukommen, warum ich diese Wohnung angemietet habe …«

»Nicht nötig, schon gut«, sagte Jardena resolut, stieß einen zähen Rauchring aus den Nasenlöchern und verfolgte ihn, bis Simona aufstand, ihm die Hand reichte und sagte: »Ich bin Simona, sehr angenehm.«

»Und ich bin Rafael, kurz Rafi.« Er drückte ihre Hand, dann wartete seine Hand in der Luft auf die Hände der Schwestern und kehrte unverrichteter Dinge in seine Hosentasche zurück. Diese Simona ist der einzig wirkliche Mensch unter den Dreien, dachte er sich, blieb weiter vor ihnen stehen, fand nichts, was er noch sagen könnte, und meinte dann: »In diesem Haus gibt es, wenn ich das richtig verstanden habe, auch noch ein Mädchen.« Als hätte er es am Tag zuvor nicht schon gesehen, als hätte es ihm nicht bereits einen Pfirsichkern auf den Kopf gespuckt.

»Das haben Sie schon richtig verstanden, warten Sie, bis Sie es sehen. Apropos, auf wie viel hat die Alte mit Ihnen abgeschlossen?«

»Das ist eine Sache zwischen ihr und mir.«

»Ach ja, zwischen Ihnen und ihr?«, sagte Jardena mit einem bitteren Lächeln. »Dann hören Sie mir mal gut zu. Wir haben zwar keine Ahnung, wer Sie sind und was genau ein werdender Dichter sein soll, aber wenn Sie vorhaben, unsere Mutter auszunutzen oder auszutricksen, dann kriegen Sie es mit uns zu tun.«

»Gott behüte, ich ...«

»Auf geht's, Girls, heut' ist Freitag«, unterbrach Orna den Disput und stand auf. Auch die anderen beiden erhoben sich, stiegen die Treppe hinauf und wechselten auf dem langen Balkon des ersten Stocks noch ein paar Worte, bevor jede in ihrer Wohnung verschwand. Er ging in seine Wohnung, schloss die Tür hinter sich und klopfte sich zufrieden auf die Brust, du hast es geschafft, Rafi. Obwohl sie sauer waren und dir alles Mögliche an den Kopf geworfen haben, nehmen sie dir den sonderbaren Kauz ab, den du ihnen vorspielst. Er lächelte vor sich hin, alles war viel weniger bedrohlich als erwartet, sie hatten ihn nicht rausgejagt, kein Führungszeugnis von ihm verlangt und auch nicht, dass er ihnen seine Gedichte vorlas.

Er schaute aus seinem Fenster in den Hof und lernte ihre Namen auswendig: Jardena, Orna, Simona, Jardena ... Aus dem Augenwinkel sah er die großen Baukräne und dachte, so schwer wird das alles gar nicht werden. Er sah sein Spiegelbild in der Scheibe und verzieh sich sogar das weiche Doppelkinn. Vielleicht hatte es ja zu seiner Glaubwürdigkeit als träger Sonderling beigetragen. Jetzt wollte er etwas trinken, sich einen richtigen schwarzen Kaffee aufbrühen und mit der Anzahl der Biskuits zum Eintunken nicht so streng sein wie sonst. Danach würde er Mischa Broschi anrufen und ihm die Nachricht überbringen. »Der Tempelberg ist in unserer Hand!« – Na ja, noch nicht ganz, aber fast.

Und während der neue Mieter nach seiner ersten Begegnung mit der erweiterten Familie Jona gelassen und frohgemut in den neuen Tag ging, begann Jardena ihren Morgen bitter und wütend. Die Kleine hatte sie genervt. Sie wollte kein sauberes T-Shirt anziehen, sondern das gelbe, das sie gestern in die schmutzige Wäsche geworfen hatte. Sie war schon richtig professionell, die Kleine, erkannte die Schwachpunkte im Nervensystem ihrer Mutter und schnitt mit der Präzision eines Laserstrahls genau dort hinein. Geschrien und geweint hatte sie und sich das schmutzige Hemd schließlich wieder aus der Wäsche geholt und angezogen. Jardena hatte gesagt: »Na warte, du wirst schon sehen.« Aber die Kleine wusste, dass sie auf nichts mehr warten musste, und sie würde auch nicht mehr sehen, als sie schon gesehen hatte. Sie hatte sich die Schultasche auf die Schulter geschwungen, war zur Tür gegangen, und Jardena hatte sie nicht gehindert, im Gegenteil, sollte sie doch stinkend und dreckig in die Schule gehen; die anderen würden sich von ihr abwenden und sich über sie lustig machen. Wenn sie dann deprimiert und wutschnaubend nach Hause käme, würde sie ihr aber auch nicht sagen, ich hab's dir doch gesagt. Sie ließ sie straucheln und über jeden einzelnen Stein fallen, den Gott ihr in den Weg legte, damit sie das Leben am eigenen Leib erfuhr. Denn was hatte ihr und ihren Schwestern der reiche Erfahrungsschatz der Alten genützt? Kein einziger Stolperstein war ihnen erspart geblieben. Die Kleine würde lernen, dass die Welt eben so war und dass die beschissene Vergangenheit der Erwachsenen die Jungen nicht vor der Scheißvergangenheit, die sie erwartete, bewahrte. Selbst und in ihrem eigenen Tempo würde sie lernen, dass die Erfahrung der anderen noch weniger wert war als ein löchriger Strumpf.

Und dennoch, bei aller Gleichgültigkeit passierte es Jardena manchmal, dass ihr Magen sich umdrehte und ihr Gewissen sich gegen sie aufbäumte, und wenn sie nicht wusste, was tun und wie sie ihre Übelkeit bekämpfen sollte, stürzte sie sich auf die Kleine und ließ einen Hagel von Küssen auf sie niedergehen. Die Kleine, wie ein Fahrer, dessen Auto gerade durch die Waschanlage rollt, wartete geduldig, bohrte in der Nase, blickte auf die langen Arme der Baukräne vor dem Himmel, der immer weniger wurde, und scherte sich nur wenig um die Gewissensreinigung, die ihre Mutter da absolvierte. Fünf Frauen, deren Namen mit »na« endeten, fünf »Nanas«, wachten über ihre Kindheit. Jardena hatte nicht viel überlegt, als sie sie aus dem Nichts auf die Welt gebracht hatte. Sie hatte ihr die letzten zwei Silben ihres Namens vermacht und sie Dana genannt. Das Mädchen mochte den Namen nicht, ein Scheißname, sagte es. Die andere Dana in seiner Klasse war schön wie eine Barbiepuppe.

Jardena mahnte immer, iss weniger Pizza und Pommes, dann geht dein Bauch auch wieder weg, und du wirst aussehen wie sie. Dana befühlte ihren kleinen Bauch, schielte zu dem wohlgeformten Bauch ihrer Mutter, zu dem schlaffen von Tante Orna und dann zu dem flachen von Tante Simona und verkündete: »Ich esse tausend Pizzas.«

»Na dann mal los. Iss Millionen.«

»Damit hast du die Anorexie jetzt vorprogrammiert«, Orna sagte das nicht zum ersten Mal, »mit zwölf wird man sie durch die Sonde ernähren.«

Aber noch war das Mädchen erst sieben, zwölf war so weit weg wie zwanzig, und in der Zwischenzeit hielt es, was es versprach, stürmte hinunter in die Parterrewohnung, Oma, gib mir Kartoffelchips, und die Alte stritt nicht mit ihm.

Jardena war genervt. Es war Freitag, und das Leben kam ihr momentan nicht entgegen. Doch sie wusste, das blieb nicht lange so; bald lag es ihr wieder zu Füßen. Freitags arbeitete sie nicht, sie hatte frei, und dieses Niemandsland zwischen Arbeitsleben und Ruhetag war einfach nichts für sie: Sie stand morgens auf und wusste nicht, sollte sie Kaffee trinken, bevor sie sich kämmte, oder zurück ins Bett, sollte sie ihren Kontostand überprüfen oder die Zeitung lesen. Und dann suchte sich dieser Typ ausgerechnet diesen Morgen aus, um sich mitten im Hof in blumiger Sprache und billigen Schuhen vorzustellen.

Nachdem sie ihm gegenübergesessen und die sauren Dämpfe der Nacht herausgegähnt hatten, waren sie hinaufgegangen, und Orna hatte gesagt: »Jetzt weiß er, dass Mutter die Sozialversicherung linkt, er wird sie nach Strich und Faden erpressen.« Jardena hatte erwidert: »Was willst du denn, Mutter ist glücklich, sie glaubt, Bialik persönlich sei bei ihr eingezogen.« Simona hatte geschwiegen und eine Krähe beobachtet, die unter denen, die sich im Baum versammelt hatten, ihren Platz nicht fand und kreischend ihr Recht forderte. Jardena hatte vor Ärger über Simonas Schweigen und das Krakeelen der Krähe geschrien: »Halts Maul, du Scheißbiest!« Sie hatte nach etwas Ausschau gehalten, was sie nach ihr werfen konnte, und ihre Wut dann an Simona ausgelassen: »Sag mal, hast du kein besseres Opfer, mit dem du Mitleid haben kannst, nur dieses kleine Stück Scheiße?« Sie hatte die Zigarette hinunter in den Hof geworfen und gesagt: »Auf, auf, die Versammlung ist aufgelöst«, war in ihre Wohnung gegangen, hatte die Tür hinter sich geschlossen, das Fenster aufgemacht und im Parterre Johannas Kopf aus dem Fenster ragen sehen.

Johanna begann ihren Tag nie ohne einen Blick hinauf in den ersten Stock, wo sie nach den drei roten Blusen, ihrer Versicherungspolice, schaute, doch die erschien ihr genauso unzureichend wie jene, die die Agentur für Pflegekräfte für sie abgeschlossen hatte. Sie vertraute der Abschreckungskraft des roten Textils nicht ganz, unterstützte diese vielmehr mit weiteren roten Fäden, die sie um das Handgelenk der Alten, um die des Mädchens und um ihr eigenes band, und an besonders guten Tagen tat sie ein Übriges, um das Gute zu beschützen und den bösen Blick in die Irre zu führen: Sie öffnete das Fenster und verkündete der ganzen Welt, oj, was ein schlechter Tag, und kühlte damit den hitzigen Eifer der bösen Geister.

Als sie diesen Morgen in den Spiegel schaute, fand sie, dass der Schöpfer ihr einen großen, stämmigen Körper mit vielen Fächern gegeben hatte, in denen sie all ihre Sorgen unterbringen konnte. Abends bekreuzigte sie sich vor den Fotos von Angela, ihrer Tochter und ihren beiden Enkeln und küsste das Glas, das deren Lächeln schützte. Angela war dünn, bisher reichte ihr Körper noch aus, doch wenn ihr das Schicksal weiter übel mitspielte und ihre Mühsal sich mehrte, würde sie zunehmen müssen und breiter werden, um für ihre vielen Sorgen Platz zu schaffen. Angelas Mann hatte sich für die Flasche und gegen sie entschieden und sie samt seinen Kindern sitzen lassen. Eines Morgens war er aufgestanden und hatte gesagt: »Das war's, ich geh.« Sie hatte auf den Brotkasten gezeigt und gefragt: »Wovon sollen wir dann leben?« Und er hatte gesagt: »Von deiner Mutter«, und hatte genau gewusst, was er da sagte. Das Geld, das Johanna aus Jerusalem schickte, landete jede Woche in einem kleinen Städtchen am Fuße der Karpaten, wo Angela es bei der Bank abhob. Johanna hatte kein Vertrauen in die Stabilität der israelischen Währung und behielt den Wochenlohn, den die Alte ihr gab, nicht bei sich, sondern zahlte ihn sofort bei der Post ein, und dann reisten die Scheine direkt in Angelas Brotkasten. Schon fünf Jahre lang, Woche für Woche, aber wer wusste, was jetzt käme, wo der Tichter hier eingezogen war. Eine innere Stimme sagte ihr, dass der böse Blick für das Innenministerium und für die Sozialversicherung arbeitete, und der hatte ihnen auch diesen Mann ins Haus gesetzt. Vor dem musste man sich in Acht nehmen und gut aufpassen, was man sagte. Sie hatte auch das Mädchen gewarnt: »Du sagen keine Wort zu Mann, wo du nicht kennst, wo ist nicht von unsere *familie.*«

Das Mädchen hatte nichts versprochen.

Mittags stürmte Dana in den Hof, warf ihre Schultasche auf den Treppenabsatz, setzte sich auf eine der Stufen und heftete ihren Blick an die Tür des neuen Mieters. Johanna hörte das Aufschlagen der Schultasche, schob ihren Kopf zwischen den Gurken hindurch, die in Einmachgläsern auf dem Fensterbrett standen, und vergewisserte sich, dass die Kleine unversehrt heimgekommen war. Auch sie schaute auf die Tür. Sie bezwang sie mit ihren Blicken. Nach ein paar Augenblicken öffnete sie sich, der neue Mieter in seinem neuen hellblauen Hemd und mit einem neuen Lederrucksack über der Schulter trat aus seiner Wohnung, steckte dunkle Gläser auf seine alberne Brille und fragte das Mädchen: »Wie heißt du?«

»Dana, und du?«

»Rafael.«

»So heißen nur alte Leute.«

Er lächelte. Die Kleine hat ein ziemliches Mundwerk, dachte er.

»Und in welche Klasse gehst du?«

»In die zweite. Hast du keine Frau?«

»Noch nicht, aber wenn Gott will, finde ich eine.«

Das Mädchen lutschte am Halsausschnitt seines gelben T-Shirts, tränkte ihn mit Speichel und sagte: »Auch nicht jede Frau hat einen Mann. Meine Mama hat keinen Mann, meine Tanten haben keinen, meine Oma hat keinen, Johanna hat keinen, und auch ich werd keinen Mann haben.«

Johanna hörte ihren Namen aus dem Munde des Mädchens,

reckte den Hals, schob sich noch etwas weiter zwischen den Gurkengläsern hindurch und versuchte, etwas aufzuschnappen.

»Bist du fromm?«, fragte das Mädchen.

»Warum?«

»Weil du gerade ›wenn Gott will‹ gesagt hast.«

Der neue Mieter lachte. »Das sagt man eben so, das hat nichts damit zu tun, ob man fromm ist oder nicht.«

Das Mädchen stand von der Treppe auf, baute sich dicht vor ihm auf und musterte ihn, trat dann noch näher an ihn heran, sodass sein Schatten auf seine Sandalen fiel. Weil er größer als das Mädchen war, sah er seine wilden Locken, die rosafarbene Narbe auf seiner Stirn und etwas Schmutz auf seinem gelben Hemd und dachte, wenn sich die Dinge hier gut entwickeln, kann ich vielleicht etwas für das Mädchen tun. Das könnte man ihm dann mit dem kleinen Unrecht verrechnen, das er dieser Familie antun würde. »Dann hab noch einen schönen Tag«, sagte er und wollte gehen.

»Das werd ich nicht.«

»Warum nicht?«

»Weil meine Mutter freitags immer genervt ist.« Das Mädchen lutschte eifrig am Ausschnitt seines T-Shirts und sagte: »Jetzt geh schon. Warum gehst du nicht?«

»Hast du ein Mundwerk«, sagte er, wandte sich zum Tor und staunte, wie schnell seine Stimmung umgeschlagen war. Wie leicht und freudig hatte er seinen Tag begonnen und war doch im nächsten Augenblick sauer auf das Mädchen, auf Broschi und auf sich selbst. Da willst du mal ein anständiger Mensch sein, und dann werfen sie dir alle Knüppel zwischen die Beine.

Johanna atmete die Luft ein, die über die Gurken zu ihr wehte, atmete erleichtert auf und rief das Mädchen:

»Was hat gesagt die Mann zu dir?«

Simona hatte das alles aus ihrem Fenster zum Innenhof beobachtet. Sie durchquerte das Zimmer mit entschiedenen Schritten, eilte zum gegenüberliegenden Fenster und sah den neuen Mieter gerade noch, wie er auf die Straße trat. Er verweilte einen Moment, hob den Kopf und seine zwei Brillengläser zu den roten Blusen, lächelte vor sich hin, senkte den Kopf wieder und wandte sich nach links, ging die Straße zur Kreuzung hinunter, an der ihre Straße in die große Straße mündete. Dort verschluckte ihn das Gewühl eilender Menschen, die ihre Erledigungen machten und Einkäufe für das Wochenende schleppten. Er war schon außer Sichtweite, doch Simona blieb am Fenster stehen, betrachtete die Passanten und überlegte, was passieren würde, wenn plötzlich alle ihre Tüten fallen lassen und die Hände heben würden. Mit einem Mal würden unendlich viele Arme hochfahren, ihr Schwung würde die Grenzen der Atmosphäre etwas weiter wegschieben und den Himmel höher emporheben. Die Schwerkraft würde nachlassen, und der Staub der Baukräne würde in den unendlichen Weiten verfliegen und nicht über ihrem Haus und Hof niedergehen. *Wenn die Kinder Israel ihren Blick nach oben heben* … das stand irgendwo geschrieben, sie erinnerte sich nicht, wo. Aber keine Chance! Niemals würden die Leute ihre Plastiktüten fallen lassen, ganz egal, was sie in ihnen herumtrugen, Brot, Weißkohl, die Zeitung oder eine Katze, denn ohne etwas, woran man sich festhalten konnte, kam man nicht durchs Leben.

Als ihr Handy klingelte, brauchte sie einen Moment, bis sie die Nummer erkannte, doch sie nahm das Gespräch nicht an. Fünf Jahre waren vergangen, seitdem alles vorbei war. Er hatte seinen Facharzt fertig gehabt und war an ein Krankenhaus im Zentrum gewechselt; sie war am Krankenhaus hier in der Stadt geblieben. Sie wusste nicht, ob er inzwischen geheiratet hatte, vielleicht schon Vater war. Er hatte sich für plastische Chirurgie entschieden, sie für Onkologie.

Jahre zuvor hatte er versucht, sie von dieser Entscheidung abzubringen, Onkologie sei nichts für sie, sie würde das nicht durchhalten, schon bald würde ihr das ganze Leben wie ein einziger riesiger Krebs vorkommen. Sie hatte geantwortet, da übertreibe er aber, und gekontert: »Und du, Michael? Plastische Chirurgie? Damit wirst du reich.«

»Da irrst du dich. Nie im Leben werde ich mein Skalpell dafür verwenden, Brüste zu vergrößern, oder irgendein Oberschenkelfett absaugen.«

Sie hatte nicht mit ihm gestritten, denn die Sache zwischen ihnen war sowieso schon vorbei, sie würde an seiner Zukunft keinen Anteil haben, und es ging sie nichts an, über wem er sein Messer schwingen und in welches Fleisch er es stechen würde.

»Außerdem, Simona, sind wir noch jung. Wenn es nicht passt, machen wir mit etwas anderem weiter. Das Leben ist so groß, nicht wahr?«, hatte er mit einem Stück Hefegebäck in der Hand gesagt, die Schokoladenfüllung war auf die Serviette getropft, er hatte das Hörnchen abgeleckt und gefragt: »Magst du?« Sie wollte nicht. Schon damals teilten sie nicht mehr ihr Brot.

Fünf Jahre. Zehntausende von Herzschlägen hat ihr Stethoskop seitdem gehört, Tausende gequälter, geschwächter, halb erstickter und auch genesender Atemzüge. Die im Hof gepflanzten Pflaumenbäume waren damals noch jung gewesen und beugten sich jedem Wind, Dana sagte noch nicht, halt die Fresse und du Arschloch, die Alte galt als schwer krank, man meinte, ihre Tage seien gezählt. Johanna besaß noch eine gültige Arbeitserlaubnis, Sozialversicherung und Innenministerium waren noch nicht zum Volksfeind erklärt worden. Zwar klopften ab und zu Bauunternehmer an die Tür, aber noch streckten die Baukräne ihre Arme nicht in ihre Richtung, verteilten noch keinen Staub über den Himmel, und der Mond war noch glatt und schön. Fünf Jahre und plötzlich ein Anruf – *Sonne, steh still zu Gibeon, und Mond, im Tal Ajalon* –, und die Zeit blieb stehen.

Sie ging nicht ran, wollte ihm gegenüber nicht zugeben, dass er recht behalten hatte. Die Onkologie war nichts für sie gewesen, der Krebs hatte seine Scheren um sie geschlossen und ihre Seele geknackt, sie war innerlich zerbrochen und hatte zur Geriatrie gewechselt. Trotzdem, in einem hatte er nicht recht gehabt: Das Leben war nicht groß. Vielleicht war es für die Krähe, die eben in den Himmel aufflog, unendlich groß, aber für Fortuna zum Beispiel, die Patientin aus Zimmer sieben, hatte es die Größe einer Streptokokke, und wenn die Schwester zu ihr sagte, da haben Sie aber schön Kacki gemacht, Madame Fortuna, dann besaß es keine Größe mehr.

Sie nahm das Handy und hörte seine Nachricht.

»Hi Simona, ich bin auf dem Weg zu euch.« Es war seine Stimme, dieselbe Art, ihren Namen zu sagen wie damals. Zu euch? Er meinte sicher die Onkologie, denn woher sollte er wissen, dass sie es dort nicht ausgehalten hat? Aber warum kam er? Hatten sie ihn gerufen, um auf zerstörtes Gewebe Haut zu verpflanzen, um einen von der Operation entstellten Kiefer wiederherzustellen?

Sie stand vor dem Spiegel und zählte die Falten, die inzwischen hinzugekommen waren, zwei mittlere auf der ganzen Breite der Stirn und eine tiefe zwischen den Augenbrauen. Am Hals deuteten sich bereits die Falten an, die sie in Zukunft haben würde. Noch war es nicht schlimm; man war ja auch nicht verpflichtet, die Zeit am abnehmenden Kollagen zu messen, man konnte sie genauso gut an den Händen messen, die bereits eine eigene Topografie aufwiesen, geprägt von allem, was sie schon berührt hatten.

»Willkommen unter unserem Dach«, simste sie ihm zurück, schaltete das Telefon aus und hörte von unten einen Schrei.

»Aber das Haus gehört doch der Oma! Das Haus gehört der Oma und nicht ihm«, weinte das Mädchen, und Jardena beugte sich zu ihm hinunter und schüttelte es.

»Was bist du da auch hochgeklettert? Wer hat dir gesagt, dass du da hochklettern sollst?«

Unter dem Fenster des neuen Mieters lag eine umgekippte Kiste, von der das Mädchen gestürzt war.

»Was ist denn mit dir los? Bist du auf den Kopf gefallen? Nur Verbrecher steigen durchs Fenster ein. Willst du, dass die Polizei kommt?« Jardena hatte schon ihre guten Sachen an und war auf dem Weg zur Arbeit.

»Nicht auf den Kopf, aufs Knie!« Das Mädchen hob das aufgeschlagene Knie und zeigte es seiner Mutter.

»Du hast es nicht anders verdient.« Mit diesen Worten schloss Jardena den Vorfall ab und richtete sich auf. »Jetzt reicht's, *enough is enough*«, sie fuhr über Danas wilde Locken, »geh zu Johanna, die macht das Knie sauber und gibt dir Mittagessen.« Sie beugte sich noch einmal hinunter und gab dem Mädchen einen flüchtigen Kuss. Es sah so elend aus, dass sie tief unter der Spitze ihres schwarzen BHs einen scharfen Stich spürte.

»Komm, Danutschka, erst mal waschen. Die Kopf, die Hände, die Füße, alles.« Das Mädchen trat mit dem gesunden Bein nach der Kiste und begann wieder zu weinen: »Das Haus gehört doch der Oma. Doch, doch, doch und basta.«

Jardena schaute auf die Uhr und wartete darauf, dass das Schimpfen und Jammern leiser wurden. Sie stand mitten im Hof und sah, wie das Mädchen davonging und sich die Augen mit einem Zipfel von Johannas Schürze abwischte. Seine Hand verschwand in Johannas großer Hand. Hätte sie doch nur die Größe, auf das freitägliche Ritual des Sehens und Gesehenwerdens im Café zu verzichten, hätte sie doch nur die Stärke, diese gewaltige Jardena in ihr etwas zurückzunehmen und Platz zu machen für ihre Nächsten. Erst am Tag zuvor hatte Scha'ul von der Reservation zu ihr gesagt: »Dein Ego ist inzwischen schon bösartig, bald brauchst du einen Onkologen.« Und Irina vom kleinen Laden hatte gesagt: »Scha'ul, da hast du so was von recht.« Hätte sie Kraft, würde sie bleiben und das Mädchen baden, ihm das Knie verbinden und mit ihm zusammen ein Puzzle zusammensetzen. Sie würde ihm auf der Stelle hinterherlaufen, es einholen, die kleine Hand aus Johannas Hand befreien und sagen: »Dana, du hast schließlich eine Mutter, komm, ich tu jetzt das, was Mütter für ihre Kinder machen müssen.« Doch ihr Abbild, das sich im Fenster des neuen Mieters spiegelte, war nahezu perfekt. Sie sah blendend aus. Wie viel Kraft von dieser Schönheit ausging! Gott würde ihr die aber nicht ewig erhalten, und die verfluchte Zeit wartete nur auf den richtigen Moment, um über sie herzufallen. Sie hätte das Mädchen erst zur Welt bringen sollen, wenn ihre Schönheit schon verblühte, kurz vor den Wechseljahren, wenn sich keiner mehr nach ihr umdrehte. Hätte sie es überhaupt zur Welt bringen sollen? Wer sagte das? Sie hatte noch nicht einmal darauf bestanden herauszubekommen, wer der Vater war. Bis sie die Schwangerschaft bemerkt hatte, war schon über ein Monat vergangen, und sie hatte nicht viel Aufhebens darum gemacht. Sie hatte sich prima gefühlt, der Bauch war klein gewesen und tat ihrer Schönheit keinen

Abbruch, die Alte war noch gut drauf, es würde also jemanden geben, der sich kümmerte. Simona und Orna hielten sich raus, sie rissen sich nicht darum, die Last mitzutragen; sie studierten erfolgreich, die eine Medizin, die andere Chemie. An das Weinen des Babys gewöhnten sie sich und beklagten sich nicht. Erst vor der Anatomieprüfung kaufte Simona sich Ohrstöpsel, damit sie ungestört den Aufbau des Skeletts auswendig lernen konnte. So war das Leben einfach weitergegangen, mit dem kleinen pulsierenden Anhang, den Jardena ins Haus gebracht hatte. Die Kleine bekam ihr Essen zur rechten Zeit, immer war irgendwer da, der sich über ihr Bettchen beugte und an der Windel roch. Und in der Zeit, in der andere sich über Danas Bettchen beugten, machte Jardena Karriere und avancierte in dem Hotel, in dem sie arbeitete, zur PR-Frau. Ihre Absätze wurden immer höher, sie kaufte maßgeschneiderte Kostüme, verbesserte ihr Englisch, lernte dauernd neue Leute kennen, kaufte edle Parfüms oder bekam welche geschenkt. Die Worte *Check-in* und *Check-out* kamen ihr öfter über die Lippen als der Name ihres Mädchens. Nach einer Weile wurde sie noch einmal befördert und stieg zur PR-Chefin der ganzen Hotelkette auf. Der Himmel stand ihr offen. Ihre Welt wurde größer und weiter, aber auch das Mädchen wuchs, und sie schaute aus den Chefetagen, in denen sie arbeitete, auf die Welt und bemerkte, dass sich am Horizont Wolken zusammenzogen. Jetzt, wo sie so viel erreicht hatte, hatte sie auch etwas zu verlieren. Sie spottete nicht mehr über den bösen Blick und die drei roten Blusen zu Hause, doch auch die hatten nicht verhindert, dass das Mädchen dicker und frecher wurde und am liebsten schmutzige Kleider anzog.

Jardena fragte sich nicht, ob sie das Mädchen liebte, denn mit der Antwort hätte sie nichts anfangen können. Sie setzte vielmehr auf Zeit. Noch gab es ja keinen wirklichen Schaden, noch konnte man das alles in Ordnung bringen. Das Mädchen war ja erst sieben, es blieb ihm noch viel Zeit, um Kind zu sein.

Für einen Moment vergaß sie, dass der Schweiß des Mädchens auf ihren Lippen war, und fuhr mit der Zunge darüber. Aus der Dusche der Alten hörte sie Stimmen und konnte nicht sagen, ob es Weinen oder Lachen war. Hauptsache, das Mädchen war versorgt, es wurde gewaschen, danach gekämmt, dann bekam es zu essen und wurde vor den Fernseher gesetzt. Dank sei dem Gott der Johannas, der sie in ihrer Heimat zu arm, aber doch gesund genug geschaffen hatte, sodass sie in ferne Länder auszogen, um dort ihren Lebensunterhalt zu verdienen.

Noch stand sie so im Hof, da kam Orna in plumpen Jeans und flachen Sandalen die Treppe herunter, klapperte mit dem Autoschlüssel und fragte: »Ist was passiert? Ist sie gefallen? Sie brüllt ja wie am Spieß!«

Jardena beäugte Ornas Hosen, die noch nicht einmal versuchten, das breite Becken zu kaschieren, und fragte: »Wohin in diesem Aufzug?«

»Meinen Makler besuchen.« Ornas Handy klingelte. Sie konzentrierte sich ganz auf das Gespräch, schnauzte einen ihrer Untergebenen an: »Was heißt noch nicht fertig? Du hast den Bericht geschrieben? Warum nicht …«

Die ist dermaßen plump und unförmig, dachte Jardena, die sollte etwas gegen ihren Bauch tun, sich anständige Klamotten kaufen, sich schminken, und dann kann sie machen, was sie will, aber sie hört ja ohnehin nicht auf mich. Jardena verließ den Hof genervt. Sie wusste, eine Zigarette und ein Kompliment über ihr Aussehen würden sie jetzt beruhigen, aber wie erbärmlich war das! Dermaßen erbärmlich, dass sie sich das

Café noch eine Weile verkneifen und etwas für das Mädchen kaufen wollte, bevor sie sich dort an einem Tisch niederließ, einen Ball, ein Armband, ein Malheft, irgendetwas, was nicht so leicht kaputt zu kriegen war, etwas Festes. Auch Orna war ja gerade dabei, sich etwas Festes zu kaufen, eine Wohnung, einen unbeweglichen Besitz. Sie würde einen von Mauern umgebenen Raum in der Welt haben, der auf ihren Namen eingetragen war. Bei Jardena hatten Leben und Arbeit dagegen etwas Zufälliges, Vorübergehendes. Hotels waren eine Schlafstation auf dem Weg von hier nach dort, eine mehr oder weniger gestylte nächtliche Zuflucht, eine kurze Lakenpause in der Alltagsroutine, die man das Leben nannte. Gewiss, eines Tages würde ihr ein Drittel des Hauses der Alten gehören, doch wenn das so weiterging, würde sie davon nichts sehen, bevor sie selbst nicht sechzig oder sogar siebzig war. Die Alte war gut in Form, sie zeigte den großen Baukränen, der Sozialversicherung und allen, die ihr nur Schlechtes wollten, den Stinkefinger und war auf ihre alten Tage eine wahre Lustbombe geworden. Frech war sie gegen das Alter in den Ring gestiegen und lag im Moment eins zu null in Führung.

Orna stauchte weiter ihren Untergebenen zusammen, verlangte, dass er den Zeitplan einhielt, klapperte mit den Schlüsseln ihres Firmenwagens, schaute auf ihre Sandalen und schimpfte: »Du machst das heut noch fertig, hast du mich verstanden?« Etwas nach vorne gebeugt, eilte sie schweren Schrittes aus dem Hof, bereit, über jedes menschliche Versagen herzufallen, das reibungslose Abläufe störte, Leistung minderte und die Herstellung der Computerchips verzögerte, die in supersterilen Reinräumen hergestellt wurden. Das galt bei ihr für die Räume der intelligenten Maschinen genauso wie für den Straßenverkehr. Als gäbe es keine mechanischen Pannen, keine Fügungen, kein Schicksal, keinen Himmel, als gäbe es allein den Faktor Mensch. Sie ließ sich in den Sitz ihres schicken Toyota fallen und dachte, dem Techniker hab ich den Schabbat jetzt gründlich versaut. Der hockte unter dem großen Kessel und bohrte in diesem Leck, verfluchte den Tag seiner Geburt und sagte zu seinem Kollegen, diese Teamleiterin braucht dringend einen Mann. Sie ließ den Toyota an, fuhr aber noch nicht los. Er hatte recht, sie brauchte einen Mann, allerdings nicht dringend, wann immer sich einer finden würde, wenn überhaupt. Sie schaute in den Spiegel über sich, zuckte mit den Schultern und sagte etwas resigniert: »*That's it*«, als hätte sie etwas Endgültiges gesehen, an dem nichts mehr zu ändern und in das zu investieren sinnlos war.

»Orna, Orna, wo fährst du hin?«, rief Jardenas Kleine aus dem Fenster.

»Willst du mit?«, schrie sie zurück und bereute es sofort, doch das Mädchen war längst vom Fenster verschwunden, im Haus knallte eine Tür, die kleinen Sandalen trappelten auf dem Weg, die Tür des Toyota wurde aufgerissen, die Kleine sprang herein, schnallte sich an, und schon kam Johanna hinter ihr hergerannt: »Danutschka, wohin du gehst? Du hast gefragt Orna? Vielleicht sie will nicht dich mitnehmen.«

»Sie will«, sagte das Mädchen, seine feuchten Locken rochen nach dem Shampoo von Erwachsenen. Das Auto fuhr los, Johanna knetete den Zipfel ihrer Schürze, hob den Blick zu den roten Blusen und sah das Gelb, das sich im Wein schon breitmachte. Noch ein Sommer war ins Land gegangen, ohne dass sie es gemerkt hatte. Wo war sie, und wo waren die Karpaten! Wo war ihr Haus, wo Angela und das wirkliche Leben! Sie riss die toten Blätter um das Fallrohr der Regenrinne herum ab, reckte die Arme, so hoch sie nur kam, und rupfte die Skelette der vertrockneten Blätter von den Zweigen.

Über jedes Blatt machte sie sich einzeln her, stellte sich auf die Zehenspitzen, um den Wein zu entkleiden, die Vorboten des Herbstes zu entfernen, streckte sich noch höher und rupfte alle Zeichen der Zeit ab, so weit ihre Hände reichten, zertrat die trockenen Blätter, die sich unter ihr ansammelten, drehte sich um, wollte gerade hinein, Besen und Leiter holen, da sah sie den neuen Mieter, wie er auf der Straße stand und ihr Tun beobachtete. Vor Schreck hätte sie sich beinahe bekreuzigt, hielt sich im letzten Moment aber zurück, denn er durfte ihren Schrecken nicht sehen. Sie musste ein Gesicht machen wie eine Legale. Mit gültiger Arbeitsgenehmigung.

»Blätter machen viele Dreck, Frau Hannah nicht mögen das«, sagte sie und schob die Blätter mit den Füßen zur Wand.

»Kann ich helfen?«, fragte er.

»Nein, nein, ich schon fertig, bitte schön.« Sie machte ihm ein Zeichen, er solle doch an ihr vorbeigehen. Mit ihm wollte sie nichts zu schaffen haben. Sie verstand nicht, was mit Frau Hannah los war, warum sie *probleme* suchte und ihn in ihrem Haus aufgenommen hatte. Als Nächstes wollte sie die schon ausgebleichten roten Fäden an ihren Handgelenken erneuern. Man musste dem Glück etwas nachhelfen. Angela musste noch vor dem Winter die Fenster reparieren, und Nicoletta brauchte eine Zahnspange, das alles kostete Geld, und jetzt, wo dieser Mann eingezogen war, wusste man nicht, wann die *bandiții* von der *poliția* von den *imigranți* an die Tür klopften. Sie fuhr sich mit den Fingern durch das gelbe Haar, es war an der Zeit, die weißen Ansätze zu färben. Ob schön oder nicht, war ihr egal, nur alt durfte sie nicht aussehen. Sie war schon sechzig, aber wenn sie färbte, gab man ihr gerade mal fünfzig. Sie machte alles selbst, Färben und Schneiden. War doch schade, so viel Geld für Haare auszugeben, wenn man sie nach zwei Monaten sowieso abschnitt und wegwarf. Manchmal kam Georgette sonntags und besserte an ihrem Haarschnitt nach. Danach zog sie ihr schwarz-weißes Kleid an, und dann gingen sie zusammen in die rumänische Kirche.

Der Mieter ging ins Haus, und sie blieb vor dem Haus stehen und beschloss, erst reinzugehen, wenn sich ihre Verdrossenheit auf Frau Hannah abgekühlt hätte. Wie hatte sie sich nur diesen Mann ins Haus holen können. Als hätte sie nicht schon genug *probleme*. Er war höflich und sympathisch, aber dafür würden sie noch bezahlen müssen. In dieser Welt bekam man nichts geschenkt.

Überhaupt verstand sie nicht, was in letzter Zeit im Kopf von Frau Hannah vorging. Jeden Morgen kam sie mit etwas Neuem. Nachdem sie fünf Jahre lang in Wasser gekochtes Huhn gegessen hatten, sollte sie heute das Huhn mit Reis füllen und Pflaumen drantun, und so hatte sie es gefüllt und gestopft, bis es fast geplatzt war, und darauf hatte Frau Hannah ihr aufgetragen, es in Wein zu kochen und mit Mandeln zu bestreuen, denn am Abend würden sie Kiddusch machen. Frau Hannah tat nicht viel für Gott. Was heißt nicht viel, gar nichts tat sie für ihn, aber plötzlich wollte sie Kiddusch. Sie musste mit Simona sprechen, damit die ihre Mutter untersuchte, sie war schließlich Ärztin für alte Menschen. Vielleicht fehlte ihr irgendein Vitamin oder Mineral. Alle ihre drei Prinzessinnen hatte sie zu dem Kiddusch am Abend eingeladen, zu Suppe, mit Reis gefülltem Huhn und Apfelkuchen als Nachtisch. Jardena hatte gesagt: »Was ist denn mit dir los, Mama, machst du das für Bialik?« Orna hatte gesagt: »Okay, Mama, aber bitte ohne große Zeremonie.« Simona hatte gesagt: »In Ordnung.« Diesen drei Töchtern ging es zu gut. Wenn sie das Geld für Fensterläden und eine Zahnspange zusammenkratzen müssten, hätten sie die Einladung mit Freuden angenommen. Es gab keine Gerechtigkeit auf der Welt. Gott hat genug von allem gegeben, und es könnte für alle reichen, aber die Menschen verteilten es untereinander nicht fair, jeder riss sich möglichst viel unter den Nagel. Nicht, dass sie sich nach Ceaușescus Kommunismus und all dem zurücksehnte, aber dieses System hatte auch seine guten Seiten gehabt. Keiner war hungrig zu Bett gegangen, und die Zähne hatte der Staat übernommen, zugegeben, Kronen aus billigem Gold, nicht mal vierzehn Karat, aber man hatte wenigstens Zähne, mit denen man das, was es zu essen gab, auch kauen konnte.

Sie sammelte die letzten abgerissenen Weinblätter in ihre Schürze, schüttelte sie in die Mülltonne, schob ihre staubigen Hände durchs Haar und drückte ihre Schläfen, um sich zu erinnern. Was hatte sie als Nächstes tun wollen? Ach ja. Die roten Fäden an den Handgelenken ersetzen. Das sollte sie besser nicht aufschieben.

Am Abend stand Hannah Jona im schwarzen Kleid am Kopf des Tisches. Ihr dünner Hals stak aus dem weißen Spitzenkragen, ihre blauen Augen glänzten, und ein roter Faden wie eine dunkle Blutspur war um ihr Handgelenk gebunden. Strahlend und feierlich musterte sie ihre drei Grazien, die die Güte besessen hatten, zum Kiddusch herunterzukommen, zwei mit sauren Mienen, die Dritte so ernst wie der Krieg. Die Kleine stand neben ihrer Mutter, Johanna rechts neben Frau Hannah, und der neue Mieter links von ihr hielt den Weinbecher wie ein unterwürfiger Angestellter. In der Mitte des Tisches lag auf dem Rücken und mit gespreizten Schenkeln das gefüllte Huhn, goldgebräunt und mit Mandeln besetzt. Während der neue Mieter in seiner Hosentasche kramte und eine weiße Seidenkippa zutage förderte, streckte das Mädchen bereits die Hände nach dem Allerheiligsten, packte die Hühnerbeinchen und bewegte sie, als führen sie Fahrrad.

»Dana!«

Jardena schrie, die Kleine zog die Hände zurück, leckte sich die goldene Fettigkeit von den Fingern, und der weit geöffnete Hintern des Hähnchens sah aus wie ein lachender Mund. Orna holte tief Luft, Simona musste husten, und als sie fertig gehustet hatte, sprach der neue Mieter den Segen über den Wein.

2

Johanna war morgens als Erste aufgestanden, hatte sich einen starken Kaffee gebrüht und ihn in den Hof mitgenommen. Am Schabbat bespritzte sie das Haus nicht, wusch nicht die nächtlichen Spuren von Mensch und Tier von der Hauswand. Bis die Grazien aufwachten und aufstanden, hatte sie etwas Zeit für sich. Sie setzte sich in den alten bordeauxroten Sessel, versank in ihm und machte sich Gedanken über Gott. Wenn es in der *Biblie* der Juden etwas Gutes gab, dann war es der *sabat*. Gott gab der Welt jede Woche eine Tablette *Benoctin,* und mit einem Mal sank der Blutdruck der Welt, alles wurde still, auch der *puls* des Herzens wurde langsamer, und die Nervenspannung und die Schwellungen an den Fingern ließen nach. Hätte sie einen Ring, sie würde ihn an diesem Tag anstecken, aber sie hatte keinen und auch keinen anderen Schmuck, nur zwei goldene Pünktchen als Ohrringe. Die machten nichts her, aber sie hielten die Löcher offen für den Fall, dass die Zukunft ihr Ohrringe bescheren würde, für die sich dieser Aufwand lohnte. Wer weiß, vielleicht würde Johanna ja doch irgendwann mal … Was würde Johanna vielleicht irgendwann mal? Unsinn. Sie war schon sechzig. Viel konnte in ihrem Leben nicht mehr passieren. Sie wünschte sich noch fünf oder sechs Jahre bei Frau Hannah, damit Angela für die Küche eine neue Marmorarbeitsplatte, für Nicoletta eine Spange und für Adrian ein gebrauchtes Fahrrad anschaffen konnte. Doch dazu musste Frau Hannah, wenn die Doktoren vorbeikamen, halb tot aussehen, und in letzter Zeit hatte sie keinen *respect* vor ihrem Alter. Ihr *temperament* war wie das eines jungen Mädchens, und was sie nachts unternahm, da sei Gott vor. Johanna bekreuzigte sich, wollte gar nicht daran denken, wo Frau Hannah nachts hinging. Es fehlte nur noch, dass jemand sie dort erkannte und das rumerzählte. Dann wäre alles kaputt. Die Arbeit, die Zähne, der Marmor und das Fahrrad. Es hatte ihnen gerade noch gefehlt, dass sie dort eines Nachts stürzte und sich ein Bein brach oder dass sie Whisky trank und anfing zu reden. Sie war schon siebenundsiebzig, die Frau Hannah, aber anstatt nach vorne zu gehen, ging sie rückwärts, entwickelte die *ambiție* eines jungen Mädchens, und ausgerechnet jetzt, wo das Leben ganz gut lief, nahm sie ein so großes *risc* und holte sich diesen Tichter ins Haus. Augen und Ohren des Innenministeriums und der Sozialversicherung! Eine Frau im Alter von Frau Hannah sollte die siebenundsiebzig Jahre, die Gott ihr gegeben hatte, in Ehren halten und sich bedanken, dass sie ein eigenes Haus hatte, genug zu essen und auch die Zähne dazu. In ihrem Alter bat man nicht mehr darum, dass es besser wurde. Man bat, dass es nicht schlechter wurde. Aber in Israel ging es den Menschen zu gut. In ihrem Dorf in *România* hatte in diesem Alter keiner mehr Zähne, die Leute lutschten Zuckerrohr und aßen eingeweichtes Brot und Maisbrei. Und hier? Sie würde sich nicht wundern, wenn auch die Vögel rückwärts flögen. Je schwieriger die Lage war, umso besser ging es den Leuten. Es gab keinen Regen, kein Wasser, die ganze Zeit *bombe* und *teroriști*, und gleich kam schon der nächste Krieg, aber die

Leute? Die waren im *centru comercial.* Alle im Einkaufscenter. Vielleicht gab Gott ihnen fette Jahre, bevor die mageren kamen. Aber der Mensch soll nicht begehren seines Nächsten Hab und Gut. Ein Glück, sie hatte einen *paşaport românesc*. In *România* war wenigstens kein Krieg. Und es gab Regen.

Sie versank tief in dem durchgesessenen Sessel, blickte auf die geschlossenen Fensterläden des neuen Mieters. Es reute sie, dass er am Abend zuvor gesehen hatte, wie sie den Weinblättern den Garaus gemacht hatte. Er würde denken, dass sie keine *control* über ihre Nerven hatte, und bei der Alten schlecht über sie reden. Sie trank den letzten Rest Kaffee, stellte den Becher auf die Erde, streckte die Arme auf den Sessellehnen aus, ließ den Kopf nach hinten sinken und schloss die Augen. Die kühle Morgenluft strich ihr über den Hals und den Haaransatz, den sie wieder färben musste. Ein Jasminbusch schickte von irgendwoher seinen Duft in ihre Nase, und sie dankte Gott gleich zweimal. Einmal auf *româneşte,* weil sie ihm wirklich danken wollte, und einmal auf Hebräisch, weil er es gern hatte, wenn die Menschen sich bei ihm bedankten. Lange streckte sie den Hals in den Wind und dachte, das wäre ein guter Morgen für Pfannkuchen mit Quark, aber Frau Hannah hatte ihr verboten, am *sabat* zu kochen. Strom verwenden durfte man schon, auch den Fernseher anmachen und mit dem Wagen fahren, aber kochen nicht. Sie sagte, der Geruch des Knoblauchs und des Öls steige bis in den Himmel hinauf, und den solle man am *sabat* nicht provozieren.

Ein großer Vogelschwarm kreiste über den Baukränen und flog weiter gen Norden. Johanna schaute ihnen nach, solange sie konnte. Vielleicht waren sie aus *România* oder *Ungaria* gekommen, auf der Suche nach höheren *temperaturi*. Was wussten die schon, sie kannten weder Oktober noch November, aber plötzlich, eines Morgens sprang bei ihnen ein *termostat* an, dann klappten sie ihre Beine ein und flogen alle im selben Moment los, ohne Koffer, ohne Zahnbürste und *medicamente* und ohne *pașaport* und *viză*. Im Himmel kontrollierte keiner, da wollte keiner ihre Papiere sehen. Wenn sich auch die Menschen so netto von einem Ort zum andern bewegen könnten, ohne *documente* und ohne Geld, ganz für umsonst kommen und gehen, dann könnten Angela und die Kinder zu Besuch kommen, und sie würde ihnen auf dem Basar Anziehsachen kaufen. Danach würden sie im *restaurantul românesc* in der Jaffastraße essen und in die Altstadt gehen. Angela würde ein Zettelchen nehmen und auf *românește* alles draufschreiben, was fehlte und was sie brauchte, würde es zusammenfalten und in die Klagemauer stecken. Aber Angela war kein Vogel, und das einzige *termostat*, das sie besaß, war das ihres Boilers. Johanna schloss die Augen, und der Himmel legte sich warm und weich über sie. Sie hüllte sich in das weiche Himmelblau und schlief ein, bis eine Hand sie an der Schulter rüttelte. Das Mädchen stand über ihr und starrte sie an.

»Ich dachte schon, du bist tot. Ich will Cornflakes mit Milch.«

»Erst mal du sagst Guten Morgen, Danutschka. Sag mal Schabbatschalom.«

Das himmlische Federbett verflüchtigte sich schnell. Johanna sammelte ihre Arme von den Sessellehnen, suchte ihre Beine zusammen und stand auf. »Du brauchst *educație*, Danutschka. Viele *educație*.« Sie sah, die letzten Blätter der Pflaumenbäume waren, während sie schlief, heruntergefallen.

Der neue Mieter beobachtete sie aus seinem Fenster und dachte, die beiden sind die schwächsten Glieder in diesem Haus, die Kleine ist frech und verwahrlost und die Große misstrauisch und verschlossen. Bei denen muss man behutsam vorgehen und wohlüberlegt handeln. Er knöpfte sein Hemd zu, rückte den Kragen zurecht und trat hinaus auf den Hof.

»Einen schönen Guten Morgen«, schmetterte er ihnen entgegen.

Johannas Guten Morgen war mürrisch und ausdruckslos, die Kleine schwieg, beschirmte mit einer Hand ihre Augen und schaute ihn an.

»Was willst du?«, spie sie ihm entgegen und zog sich den Pyjama aus der Pofalte, »du hast eine Kinderbrille auf, aber einen Namen wie ein alter Mann. Was bist du denn?«

»Warum du sprichst so? Nicht schön so sprechen mit eine Mann, wo ist alt wie deine Mama. Komm, ich dir geben Cornflakes.«

Johanna zog das Mädchen am Arm hinter sich her, und es ließ sich ziehen, drehte sich um und rief: »Du bist der Plumpsack! Hier wohnen nur Mädchen!« Er schaute ihnen nach, sah die viel zu kurze, abgetragene Pyjamahose des Mädchens und seine schmalen Knöchel und sagte sich, wenn er sein Vater wäre, würde er ihm einen anständigen Schlafanzug kaufen. In jedem Fall sollte er seine Mission bei ihm beginnen und sich als Erstes in seinem Herzen einnisten. Das Mädchen würde er als Erstes kaufen. Es würde ihm dann schon den Weg zu den anderen ebnen. Er ging in seine Wohnung und kam im nächsten Moment wieder heraus, in der einen Hand ein Dame-Spielbrett, in der anderen eine Tüte Erdnussflips, und er merkte schnell, dass er auf die richtige Karte gesetzt hatte. Nachdem es gegessen hatte, kam das Mädchen wieder in den Hof. Es hatte mit Johanna gestritten, seinen Willen durchgesetzt und sich eben nicht angezogen, nicht sein Gesicht gewaschen und sich auch nicht gekämmt. An seinen Mundwinkeln und an seinem Pyjama klebten gelbe Cornflakes. Außerdem hatte es im Heißhunger schnell seinen Brei heruntergeschlungen, der jetzt im Bauch gurgelte und für lauten Schluckauf sorgte.

»Uff, ich muss rülpsen«, sagte es.

»Willst du Wasser?«

»Nein, Erdnussflips.«

Er hielt ihm die Tüte hin, und Johanna murmelte: »Nicht gut, was machen diese Mann.« Sie lehnte mit den Ellbogen auf dem Fensterbrett der Küche und schwor sich, diesen Platz am Fenster nicht zu verlassen, auch wenn ihre Beine noch so anschwellen würden, und ihren Blick nicht von dieser zweifelhaften Person zu wenden, die Frau Hannah so unüberlegt in ihr Haus gelassen hatte. Noch nicht mal den Personalausweis hatte sie von ihm verlangt und auch keinen *pașaport*. Nichts. Von der Straße direkt ins Haus. Keine Katze würde man so aufnehmen.

»Frau Hannah, kommen Sie sehen Danutschka«, rief sie ins Innere des Hauses, »nicht gut, dass keiner sehen, was machen diese Mann mit Kind!«

Die Alte kam ans Fenster, und die Augen gingen ihr über beim Anblick des neuen Mieters und ihrer Enkelin. »Er ist ein guter und intelligenter Mensch, Johanna, er ist ein Dichter.«

»Aber erst mal man muss sehen wie und was.« Johanna blieb eisern. Sie dachte, wenn das ihre Nicoletta wäre, die sich über das Damebrett beugte, sie würde sie da wegzerren und einen *scandal* machen. Sie würde diesem Tichter sagen, er solle sich lieber mit Frauen in seinem Alter abgeben. Gutes würde dieser Mann nicht bringen, doch jetzt war nicht die Zeit, schlecht zu reden. Frau Hannah hatte sich elegant angezogen, dem *sabat* zu Ehren weiße Perlen angelegt und sich die Lippen angemalt; das war nicht der Moment, um schlechte Stimmung zu machen und von *probleme* zu reden.

Die Alte blickte auf ihr eingestaubtes Grundstück, öffnete die Küchentür und trat in den Hof.

»Mensch, Oma, warum kommst du ausgerechnet jetzt?« Das Mädchen stampfte mit dem nackten Fuß auf.

Hannah Jona überhörte, was sie nicht hören wollte. Sie hob ihre sehnige Hand zum Himmel und sagte zu dem neuen Mieter: »Sehen Sie diese Baukräne? Selbst wenn sie Reißzähne hätten und sich Krallen wachsen ließen, mich kriegen sie von hier nicht weg. Jehuda, mein seliger Mann, hat für dieses Haus einen Groschen zum andern gelegt und hat es zum Schluss mit seinem Leben bezahlt. Zwei Stunden nachdem er den Vertrag unterschrieben hatte, ist er tot umgefallen. In diesem Hof gibt es keinen Stein, der nicht den Abdruck seiner Seele trägt, nicht einen einzigen. Sagen Sie mir, welches Geld der Welt könnte mich von hier wegbewegen? Der Mensch kann ein Grundstück verkaufen, aber die Seele? Da sei Gott vor.«

Der neue Mieter antwortete nichts und fragte auch nichts. Ihm wurde heiß. Er öffnete einen Knopf seines Hemdes. Woher sollte er eine Pinzette bekommen, um die Seele des Mannes von diesen Steinen zu zupfen, damit es ganz normale Steine würden, auf einem ganz normalen Grundstück, das man ganz normal kaufen und verkaufen konnte. Das Mädchen kaute am Halsausschnitt seines Pyjamas, stampfte noch einmal auf, hob einen Stein, warf ihn gegen einen der Baumstämme und sagte: »Habt ihr gesehen? Opas Seele hat dem Baum eine geknallt.«

Die Alte nickte traurig vor sich hin, hörte aber gleich wieder damit auf, sie wollte sich von diesem Beweis für schlechte Erziehung nicht die Stimmung vermiesen lassen. Schon lang war sie dem Glück nicht mehr so nahe gewesen. Letzte Woche hatte sie ein weiteres Kilo zugenommen, ihr Hals war zwar noch faltig wie der eines Truthahns, doch bei einem Tempo von einem Kilo pro Woche würde sie im Dezember schon den Hals eines gefüllten Truthahns vorweisen können. Auch ihre Beine waren, wenn man von den Krampfadern absah, in gutem Zustand. Am Abend würde sie für den Weg ihre flachen Schuhe tragen und die eleganten in der Tasche mitnehmen und erst anziehen, bevor sie reinging. Gott sei Dank war sie samstagabends von Johannas Schatten befreit. Dann ging Jardena aus, und Johanna hütete die Kleine. Hannah Jona schaute sich um und war zufrieden. Im Moment hatte sie das Leben unter Kontrolle. Der Dichter war die schlagende Antwort auf alle Kräne, Bauunternehmer und Grundstücksmakler, die an ihre Türe klopften, zumal diese Wölfe wussten, dass kein Mann im Hause war, und dachten, sie sei leichte Beute. Aber jetzt gab es einen Mann, ein Gleichgewicht des Schreckens war hergestellt, und das Leben konnte nur noch besser werden. Schade nur, dass das Mädchen so schlecht gelaunt war und nicht merkte, dass sie in Riesenschritten auf ihr Glück zugingen.

»Dana, geh dich anziehen. Sonst kommen noch die Vögel und picken die Cornflakes von deinem Pyjama«, sagte sie und berührte das Mädchen leicht an der Schulter.

»Sollen sie doch.« Das Mädchen stieß ihre Hand weg, hob noch einen Stein, um ihn auf den nächsten Pflaumenbaum zu werfen, tat es dann doch nicht, ließ seine Flipflops stehen und ging beschämt barfuß ins Haus.

»Armes Ding, sie ist wie eine Wilde aufgewachsen. Da muss man etwas unternehmen.« Der Blick der Alten folgte der Enkelin, ihr Herz klopfte, doch sie fasste sich schnell wieder. Das Sonnenlicht fiel auf den neuen Mieter, und Hannah Jona nutzte die natürliche Beleuchtung, inspizierte jede Pore seines Gesichts und fragte sich, wie alt er wohl sein mochte. Vierzig?

Fünfundvierzig? In diesem Alter wusste ein Mann schon ein bisschen was vom Leben. Athletisch konnte man ihn nicht nennen, seine Schultern waren schmal, er hatte einen kleinen Bauch, ein Doppelkinn und eine kindliche Brille. Eine Schönheit war er nicht, so viel war klar, aber anständig und zurückhaltend. Er hatte nicht über den Mietpreis verhandelt und nicht einmal verlangt, dass sie das Fenster in seinem Schlafzimmer reparierte, und außerdem war er Dichter, und Dichter brauchten keine Muskeln oder breite Schultern, und die durften auch ein bisschen zu viel Kinn haben.

»Möchten Sie Dame spielen, Frau Jona?«, fragte er, über das Brett gebeugt, und ordnete die runden Plastikspielsteine neu an.

Sie schürzte die Lippen zu einem verführerischen Lächeln, und die Falten an ihrer Oberlippe rückten eng zusammen wie die Zinken eines sehr feinen Kamms. Wann hatte jemand sie das letzte Mal zum Damespielen eingeladen? Keine Frage, natürlich willigte sie gerne ein, doch davor musste sie ihm noch ein paar wichtige Dinge erklären. »Wissen Sie«, begann sie, indem sie sich über das Spielbrett beugte, »es ist ganz prima, dass wir jetzt einen Mann im Haus haben. In letzter Zeit kommen diese Halunken mit ihren Baukränen ganz nah an unseren Zaun, und mein ganzes Grundstück bebt, man könnte denken, es gäbe keine Polizei auf der Welt.«

Der neue Mieter lächelte. Aus dem Augenwinkel sah er das Schild ›Mischa Broschi und Söhne GmbH‹ an einem der Kräne, es schnitt ein ziemlich großes Stück aus dem Himmel. Hannah Jona ließ die Perlen an ihrem Hals wie eine Gebetskette durch die Finger gleiten und dachte, dass der Kiddusch, den sie am Abend zuvor gemacht hatten, einen Geist himmlischer Gnade auf sie herabzog, und zu Ehren dieses Geistes würde sie sich am Abend ein großes Bier gönnen und sogar einen Whisky. Sie hob den Blick zum Himmel und versprach ihm, nun jeden Freitagabend Kiddusch zu machen. Da sah sie das Mädchen aus der Küche kommen. Auf seinem neuen Kleid glitzerte es blau. Seine Locken waren von einem hellblauen Band zusammengehalten, sein Gesicht war sauber, und die Füße steckten in weißen Schabbatsandalen. Johannas Blick folgte ihm vom Küchenfenster aus und begleitete das Wunder in Blau. Das Mädchen sah aus, als sei es in seinem Kleid erstarrt, wie einbalsamiert. Das Band in seinem Haar wirkte, als habe man ihm ein Schild ›zu verkaufen‹ umgehängt. Sein Gesicht war weder freudig noch betrübt. Der neue Mieter zog sein Lächeln zurück und wurde ernst. Die Alte klatschte fröhlich in die Hände und rief: »Welch ein Kleid, Haute Couture, Danale, wie hübsch du doch aussehen kannst! Wer hätte das gedacht.« *Danale im Schabbatkleid*, sang sie laut und war glücklich. »Stimmt schon, Danale sieht ein bisschen aus wie ein gefrorenes Hühnchen aus dem Kühlfach, aber sie wird sich dran gewöhnen. Kinder gewöhnen sich schnell.«

Das Mädchen ging wie eine mechanische Puppe mit geballten Fäusten und zusammengekniffenem Mund auf die beiden zu. Die Augen der Großmutter ruhten vorne auf ihm, in seinem Nacken waren es Johannas Augen. Nur der neue Mieter hielt den Blick auf sein Damespiel gesenkt. Er hatte Danas starre Glieder gesehen und musste an Motti denken, den Sohn seiner Schwester Siva. Er öffnete noch einen Hemdknopf und verschob seinen Stuhl so, dass er das Schild ›Mischa Broschi und Söhne‹ nicht mehr sehen musste. Gott allein wusste, wie viel Geld Siva jeden Monat für Motti brauchte, für die Apparate, die orthopädischen Schuhe, den elektrischen Rollstuhl, die ausländische Pflegekraft. Manche Leute würden über ihn sagen, er habe seine Seele an den Teufel verkauft. Sollten sie doch. Gott wusste, er hatte nichts verkauft, und der Teufel hatte ihm auch nichts abgekauft. Wäre da nicht sein Gefühl, was sich ziemt, wäre da nicht die Heiligkeit des Schabbats, er hätte sein Hemd komplett aufgeknöpft. Er hielt den Blick weiter auf dem Spielbrett, um das Mädchen nicht sehen zu müssen und nicht seinen Hass auf dieses Kleid. Er wollte an nichts denken, nicht an Motti und Siva, nicht an Mischa Broschi und nicht an den Teufel. Er wollte sich nur in sein Bett verkriechen und schlafen.

Simona trat mit ihrem ersten Kaffee ans Fenster, sie sah das Mädchen in seinem prächtigen Kleid erstarrt, die Alte, die sich an diesem Anblick freute, und den neuen Mieter mit abgewandtem Blick. Auch wenn er vielleicht ein Betrüger war, so hatte er doch ein Herz. Nicht weit von ihnen sah sie den Pflaumenbaum, der über Nacht alle Blätter verloren hatte. Der Staub, den die Baukräne aufwirbelten, lag schwer auf den Bäumen und zwang sie früher als erwartet nieder. Doch nicht nur ihnen tat er nicht gut. Er drang auch in die alten Lungen von Mutter, verstopfte ihre Blutgefäße, verkalkte ihr Hirn und machte sie zu einer – wenn auch glücklichen – Närrin. Nur ein kräftiger Regen konnte der Luft und den Menschen ihre Klarheit wiedergeben. Doch der Himmel war leer, wolkenlos und still. Sie blickte auf das Mädchen, wie es versteinert zwischen dem neuen Mieter und der Alten stand und sich dem ihm übergestülpten himmelblauen Textil verweigerte. Es würde ihnen nicht geben, was sie von ihm wollten. Sie wollten nur sein Bestes, doch das bekamen sie nicht. Nicht von ihm. Sie wollten es nicht wild und verstrubbelt? Dann bekamen sie es versteinert und starr. Gleich würden sie es vielleicht sogar anflehen, sich in dem hübschen Kleid doch mal anmutig zu bewegen, aber es würde steif bleiben wie eine Mumie. Dieses Mädchen war aus Stahl. Wenn es nur einen Moment zu ihr hinaufschaute, würde sie ihre Finger zu einem Victory-V spreizen. Simona stellte den Kaffee ab, wollte hinunter in den Hof und es von dieser blöden aufgezwungenen Modenschau erlösen, da kam ihr Johanna zuvor, die dem Mädchen unter die Kleider schauen konnte. Sie war zwar enttäuscht, ging aber zu der um das Damespiel versammelten Dreiergruppe und sagte: »Du nicht magst diese Kleid, Danutschka? Dann muss nicht. Komm ins Haus, ich dir anziehe, was du willst.« Das Mädchen drehte ihr den Rücken zu, damit sie es von dieser Strafe befreite, und sobald sich die Zähne des Reißverschlusses voneinander lösten, kam wieder Leben in seine Glieder. Johanna hatte den Reißverschluss noch nicht ganz aufgezogen, und schon rannte es los, zog beim Laufen seine Arme aus den Ärmeln, man sah seine nackte Brust, das blaue Kleid rutschte herunter, rollte sich zu seinen Füßen zusammen, und es schleuderte den glitzernden Stoff von sich, kickte auch die Sandalen von den Füßen, riss sich das blaue Band aus dem Haar und stürmte, nur noch in der Unterhose, ins Haus. Simona hörte aus ihrer Wohnung, wie die Küchentür zuschlug, wieder geöffnet und erneut zugeschlagen wurde, und dachte, ein Glück, dass die Mutter des Mädchens, die sich die ganze Sache mit dem Kleid ausgedacht und inszeniert hat, das nicht mitbekam. Jardena schlief noch. Am Abend zuvor war sie mit einer großen Tragetasche eines Kaufhauses zum Kiddusch heruntergekommen und hatte feierlich das Kleid herausgeholt. Der blau-glitzernde Stoff hatte für erstaunte Ausrufe des neuen Mieters, der Alten und auch von Jardena selbst gesorgt. Johanna hatte gesagt, das sei das Kleid einer Prinzessin, und Orna hatte mit ihrem »oh je« schon prophezeit, dass die Zukunft weder rosa noch hellblau aussehen würde. Das Mädchen hatte geschwiegen. Es hatte alle sehnsüchtig auf seine Reaktion warten lassen und noch nicht einmal die Hand nach dem Stoff ausgestreckt, der da zwischen den *Challa*-Broten und dem Wein glitzerte. Nachdem das Kleid wieder in der Tüte verschwunden war, hatte es gesagt: »Das ist wie bei Schneewittchen« und mit seiner Gabel an die Weinflasche geklopft, und es hatte geklungen wie die Pausenklingel im Theater.

Simona stand an ihrem Fenster, nahm einen Schluck Kaffee und sah, die Alte war glücklich und ließ sich von diesem kleinen Drama nicht die Laune verderben. Gott allein wusste, wie aus der zornigen, mürrischen Greisin eine fröhliche Närrin geworden war. Zwar war übertriebene Fröhlichkeit bei alten Leuten nicht immer ein positives Zeichen, aber warum sollte man alles zuungunsten der Alten auslegen? Warum hielt man das Negative immer für selbstverständlich, und nur das Positive bedurfte einer Rechtfertigung? Man konnte diese übertriebene Lebensfreude doch auch einfach hinnehmen, ebenso wie die Episoden ihres nächtlichen Verschwindens. Nur sie und Gott wussten, was sie dort mit wem unternahm. Jardena hatte schon vorgeschlagen, ihr nachzuspionieren, denn womöglich habe man jemanden auf sie angesetzt, damit sie ein Testament unterschriebe und demjenigen ihren ganzen Besitz vermachte, doch Orna und auch sie, Simona, hatten diese Verdächtigungen entschieden zurückgewiesen. Mit siebenundsiebzig dürfe sie ihre eigenen Abenteuer unternehmen, von ihrem geregelten Lebenslauf abweichen und nach ihrer Façon glücklich werden. Im Gegenteil, nachdem sie mehr als sieben zornige Jahrzehnte hinter sich gebracht, immer geschimpft, genörgelt und gewettert hatte, war es mit dieser Übellaunigkeit endlich vorbei. Mit einem Mal hatte sie es begriffen: *Alles war eitel und Haschen nach Wind, und alle Wasser liefen ins Meer*. Auch bei ihr würde es nicht anders sein. Im Moment sah es so aus, als wollte sie ein stürmisches Finale hinlegen und dem Leben eine saftige Zugabe geben. Das Glück spielte bisher mit, Gott rollte ihre Jahre zurück, gab ihr ihre Kilos und ihre Lust zurück, obwohl sie sich seinetwegen nie ein Bein ausgerissen hatte. Der Todesengel hatte sich schon an ihrer Schwelle die Schuhe abgetreten und war im letzten Moment zurückbeordert worden. Warum? Simona wusste es nicht. Sie verstand etwas von biologischen Prozessen, aber nichts von diesem himmlischen Roulette.

Seit sie ihren Unterhalt mit den letzten Lebensjahren ihrer Mitmenschen verdiente, kannte Simona den Wert von regelmäßigem Puls und klarem Verstand an der Börse der menschlichen Existenz und auch den plötzlichen Abfall unter die rote Linie und was Wertverlust dort bedeutete. Morgen begann eine neue Woche. Wieder würde sie den Visitewagen mit den Krankenakten von einem Bett zum nächsten schieben, sich hinnunterbeugen, abhören, abtasten. Sie würde aus dem Fenster über Fortunas Bett schauen und den grünen Weg sehen, der aus dem Tal heraufführte, und wieder Fortuna anschauen und an ihr den Weg allen Fleisches sehen. Sie würde versuchen, den Blutzucker, den Flüssigkeits- und Elektrolythaushalt auszugleichen, Leber- und Nierenfunktionen zu stabilisieren, den ganzen Tag lang stabilisieren, stabilisieren, stabilisieren. Sie würde das Arsenal der Medikamente ausschöpfen und es an nichts fehlen lassen, obwohl die Sache längst entschieden war. Michael hatte recht gehabt, die Onkologie war nichts für sie gewesen. Auf der Geriatrie starb man wenigstens nach Lehrbuch. Sie erinnerte sich an sein »ich bin auf dem Weg zu euch« auf ihrer Sprachbox. Er hatte nicht gesagt, an welchem Tag und um welche Uhrzeit er kommen würde, aber das war jetzt egal. Er würde sie ohnehin nicht finden. Er würde zur Onkologie kommen, um jemandem Haut zu verpflanzen oder eine Wange zu nähen, die Assistenzärzte würden ihm als Facharzt den gebührenden Respekt erweisen, und wenn er noch nicht überheblich geworden war, würde er ganz uneitel lächeln und sich umgehend seinem Patienten zuwenden. Sie jedenfalls würde nichts unternehmen, ihn zu treffen. Was vorbei war, war vorbei. Drei Jahre hatten sie zusammengewohnt, und wenn sie sich liebten, gedacht, es sei für die Ewigkeit, danach hatten sie gegen den Tribut gekämpft, den die tägliche Routine forderte, und gegen die Einsicht, dass nichts ewig hielt, und dann hatten sie die Trennung beschlossen. Es hatte kein Drama gegeben. Ernst, moderat und ohne große Erregung hatten sie, kurz bevor sie begannen, einander auf die Nerven zu gehen, beschlossen, ihre Verbindung zu lösen. Sie war nach Hause zurückgekehrt und hatte die Südwohnung im ersten Stock mit einem Fenster zum Hof und einem zur Straße bekommen. Die Alte hatte gesagt, nur in unserer Familie kehren die Küken ins Nest zurück statt, sich einen Vogel zu suchen und mit ihm ein neues Nest zu bauen. Die Alte hatte für die Töchter drei zusätzliche Wasseruhren und drei Stromzähler installieren lassen. Sich selbst befreite sie von den städtischen Abgaben; die teilte sie nun durch drei. Schließlich arbeiteten und verdienten die jungen Frauen gut, und sie lebte von Jehudas magerer Rente, von den Zuwendungen einer alten Pensionskasse und der Sozialversicherung. Die Töchter hatten sich gesagt, *fair enough*, und hatten die Bedingungen angenommen.

Es war heiß. Die Sonne stand über dem Haus und schickte ihre Strahlen senkrecht auf die Kräne, die Pflaumenbäume und das Pflaster im Hof. Wäre es nicht so heiß gewesen, hätte Jardena weitergeschlafen. Sie schwitzte, hatte die Sommerdecke vom Bett geworfen und trat nun in ihrem dünnen Babydoll auf den Balkon; ohne Zigarette. Am Schabbat rauchte sie nicht in der Öffentlichkeit, eine Reverenz vor ihrem verstorbenen Vater. Die Stühle, auf denen der neue Mieter und die Alte gesessen hatten, waren inzwischen verwaist, keine Menschenseele zu sehen. Nur das Mädchen streunte am Ende des Hofes nahe der eingestaubten Bougainvillea herum, brach Löcher ins Gestrüpp und suchte irgendetwas. Jardena hätte verrückt werden können beim Anblick seiner verwaschenen und viel zu kleinen Hose; die hatte ihm vor zwei Jahren gepasst, da war es fünf gewesen. Wenn es sich jetzt bückte, schaute der Ansatz seiner weißen Pobacken heraus. Das Kind hatte keinerlei Sinn für Ästhetik. Mädchen in seinem Alter lasen Geschichten von Prinzessinnen, standen vor dem Spiegel und fragten, Spieglein, Spieglein an der Wand, wer ist die Schönste im ganzen Land? Aber Dana las nichts dergleichen, zog vor ihrem Abbild nur wüste Fratzen und hinterließ am Rand des Spiegels fettige Fingerabdrücke. Ihre Lehrerin hatte bereits empfohlen, eine Erziehungsberaterin oder einen Psychologen zurate zu ziehen, doch an diese Leute glaubte Jardena nicht. Die sollten von ihr aus an der Universität bleiben und weiter in Formalin eingelegten Gehirnen stochern. Sie baute auf die Zeit und verließ sich auf ihr Bauchgefühl und den gesunden Menschenverstand.

»Hey Dana, was ist mit dem neuen Kleid?«, rief sie hinunter und schreckte einen auf dem Balkon herumhüpfenden Sperling auf.

»Das will ich nicht!«, rief das Mädchen, über den Strauch gebeugt, zurück, ohne sich zu ihr umzudrehen.

Jardena kochte. Da kaufst du was und machst und tust und investierst auch noch Geld, und was kommt dabei raus? Sie stürmte hinunter in die Wohnung ihrer Mutter, packte die Kaufhaustüte mit dem blauen Kleid und ging in ihrem durchsichtigen Babydoll, ungekämmt, barfuß, im Mund noch den sauren Geschmack der Nacht, hinaus in den Hof zu dem verwahrlosten Kräuterbeet und blieb neben der überflüssigen alten Vogelscheuche stehen, die da schief in der Erde steckte. Sie zerrte das Kleid heraus, zog es dem Holzgestell an und hängte ihm das Preisschild um den Hals. Sie versuchte, die Vogelscheuche aufzurichten, doch die kippte gleich wieder zur Seite. Da schlug sie ihr in das zerfurchte hölzerne Gesicht und rief: »Du Miststück, zeig mir noch eine Vogelscheuche, die für zweihundert Schekel eingekleidet wird.«

Das Mädchen unterbrach, was es gerade tat, schaute von seinem Platz am Gebüsch zu seiner Mutter und rieb sich die Wange, als habe diese Ohrfeige ihm selbst gegolten. Das Holzgestell mit dem neuen Kleid brachte es außerdem zum Lachen, und es wandte sich ab.

»Was ist daran komisch? Komm sofort hierher, Dana!«

Das Mädchen zuckte die Schultern und rührte sich nicht vom Fleck.

»Du sollst herkommen, hab ich gesagt.« Jardena zog der Scheuche ihre abgewetzte Mütze vom Kopf, klopfte sie an ihrer Hüfte aus und setzte sie wieder auf den hölzernen Kopf. Diesmal lachte das Mädchen offen vor den Augen der Mutter. Das unbemützte Kopfbrett des Gartenwächters, der das Kleid trug, war einfach zu komisch.

»Was lachst du? Du siehst auch nicht besser aus, mit diesen Hosen, bei denen dein ganzer Po raushängt.« Jardena schoss das Blut in den Kopf. Zweihundert Schekel hatte sie rausgeschmissen. Und es war ja nicht nur das Geld. Da stand diese kleine Frechheit in ihren verwaschenen, viel zu engen Klamotten und lachte ihr ins Gesicht. Und es war ja nicht nur ihr Lachen, wie sah sie überhaupt aus, was würde einmal aus ihr werden? Die Hälfte der Gene hatte sie von jemand anderem, von wem, wusste Jardena nicht genau, und was konnte man gegen Gene ausrichten? Sie ballte die Fäuste, um den Furor zu zerquetschen, zählte erst bis zehn, dann weiter bis zwanzig und wartete darauf, dass ihre Wut verflog. Was wollte sie denn von dem Mädchen? Es hatte sie nicht um ein Kleid gebeten. Es hasste Kleider, und auch sie, Jardena, würde nie im Leben etwas anziehen, nur um dem Schenkenden eine Freude zu machen. Eliko vom Fahrdienst des Hotels war mal in sie verknallt gewesen und hatte ihr ein rotes Cape geschenkt. Sie hatte ihm die Tüte zurückgegeben und gesagt: »Sorry, das ist nicht mein Geschmack.« Da hatte er ihr zwei andere gebracht, doch auch die hatte sie wieder in die Tüte gesteckt. »Du bist wirklich schwierig«, hatte er gesagt und alle drei in den Laden zurückgetragen. Ihre geballten Fäuste öffneten sich langsam, und sie sagte: »Also, Dana, was hast du denn. Nun komm schon her.«

Das Mädchen begriff, die Gefahr war vorüber. Es ging zu seiner Mutter und presste dabei die Oberschenkel zusammen, um nicht in die Hose zu pinkeln. Jardena dachte, bei allen Makeln und seiner Unförmigkeit – das Mädchen war stark. Dann lass es doch lachen. Viel zu lachen hatte es schließlich nicht. Sie fragte sich, wann ihm eigentlich die vorderen Milchzähne rausgefallen waren, ob das überhaupt jemand bemerkt und ihm ein Geschenkchen unters Kopfkissen gelegt hatte, und konnte sich nicht erinnern. Ein ganzer Schwarm Schmetterlinge umflatterte die Vogelscheuche. Das himmlische Blau des Kleids zog sie an, sie landeten darauf und dachten wohl, gleich ginge es himmelwärts. Das Mädchen sah den Schmetterlingen zu. Jardena hätte ihm problemlos die Hand auf die Schulter legen können, ließ es aber. Mit solchen Gesten der Nähe hatte sie keine Erfahrung. Da hatte sie sich gestern etwas ausgedacht und dieses dumme Kleid besorgt, und was war daraus geworden? Die Einzige, deren Leben sich veränderte, war die

Vogelscheuche, dieses unnütze Holzgestell. Plötzlich trug sie ein Festkleid, und schon erwachte sie zu neuem Leben. Da durfte man sich nicht wundern, wenn auch die toten Beete ringsherum plötzlich erblühten. Jardenas Arme hingen schlaff und tatenlos herunter, sie scheuten die zwanzig Zentimeter Distanz zu dem Mädchen und berührten es nicht. Sie konnte nicht anders. Die kümmerlichen mütterlichen Fähigkeiten, die die Natur ihr mitgegeben hatte, bestimmten ihr Handeln. Hätte sie mehr davon mitbekommen, hätte sie mehr getan. Und, nein, das quälte sie nicht. Die Schwangerschaft mit dem Mädchen war nicht beabsichtigt oder geplant gewesen, und dennoch hatte sie es ausgetragen. Gewiss, Danas Schicksal war nicht gerade rosig, doch angesichts der Option, überhaupt nicht zu leben, war es das kleinere Übel. Schließlich entdeckte jeden Moment eine Frau auf der Welt, dass sie schwanger war, und pries den Moment als Verkündigung oder verfluchte ihren Tag. Jeden Moment kam jemand, ob willkommen oder verflucht, zur Welt und wurde seinem Schicksal überlassen. Dana war nach ihrer Zeugung weder verflucht noch bei ihrer Geburt gesegnet worden. Ein gleichgültiges Schicksal hatte sie erwartet. Jardena hatte Tabletten geschluckt, damit der Milchfluss versiegte, und sich zu schnell erholt. Beinah überstürzt. Die Natur hatte sie unterstützt und alle Spuren verschwinden lassen; ihre Gebärmutter hatte sich binnen Tagen wieder zusammengezogen, und sie hatte ihren flachen Bauch zurück. Dass ab jetzt ein neuer Mensch wie ein Mühlstein an ihrem Hals hing, hatte sie nicht beschwert, ihr Hals war elastisch und unbeschwert wie zuvor. Zu Hause hatte man die Veränderung wie Regen oder Sturm hingenommen, als etwas Unabänderliches. Ihren ersten Kosenamen, Danutschka, hatte die Kleine mit zwei Jahren bekommen, als Johanna ins Haus kam. Jardena war in diesen sieben Jahren mit Leib und Seele bei ihrer Arbeit gewesen und bei verschiedenen Liebesaffären, deren Funken erst bis in den Himmel stoben und ebenso schnell wieder erloschen. Im Moment war ihr Verhältnis mit Zachi, dem Besitzer der Hotelkette, stabil. Er hatte ihr sogar vorgeschlagen, gemeinsam ein Kind zu machen, und sie hatte gelacht: »Ich habe ein Mädchen, und es fühlt sich an, als hätte ich keins, sollte ich da wirklich noch eins machen?« Könnte sie doch nur dem Mädchen jetzt sagen, komm, zieh deine Sandalen an, wir gehen in den Sacher-Park. Aber hatte sie die Nerven, in den Park zu gehen? Das Mädchen würde plappern, und sie würde dauernd in den Fensterscheiben der parkenden Autos ihr Spiegelbild prüfen und alle paar Minuten nachfragen: »Was? Was hast du gesagt, Dana?« Und das Mädchen würde genervt sein und sagen: »Uff, du hörst mir gar nicht zu ...«

Danas Locken leuchteten in der Sonne, ein trockenes Blatt hatte sich in ihrem Haar verfangen, ihr kleiner Bauch drückte sich unter dem zu engen Unterhemd hervor, und Jardena dachte, sie hat überhaupt nichts Schönes an sich, außer ihrer natürlichen, kindlichen Anmut, und die wird sie in zwei, drei Jahren verlieren. Wie deprimierend. Da stand ihre Tochter neben ihr, und sie sah die angespannte Aufmerksamkeit ihres Blickes, gleich einem Faden zwischen den Pupillen und den Schmetterlingen, und doch war sie nicht in der Lage, dieses flüchtige faszinierende Etwas aufzugreifen und darauf einzugehen. Der Saum ihres Babydolls wehte über den Arm des Mädchens, und das Mädchen hätte eine Berührung sogar zugelassen, es wich nicht von der Stelle, seine nackte Schulter war ganz nah, trotz seines unförmigen Körpers waren seine Arme noch dünn, und seine Hände bewegten sich kindlich unbeholfen. Sie wollte diese kleine Hand küssen, war aber nicht in der Lage, die Distanz zu überbrücken. Sie, die ganze Armadas von Köchen und Kellnern von einem Hotel zum anderen verschieben konnte, der es gelang, dass Touristenschiffe die Küsten des Landes ansteuerten und ihre menschliche Ladung in ihren Hotels abluden – doch als sie ihre Lippen auf die Wange ihrer Tochter legen wollte, schaffte sie es nicht. Ich bin gestörter, als ich dachte, ging es ihr durch den Kopf, sie zuckte zusammen und trat noch einen halben Schritt auf das Mädchen zu, öffnete schon den Mund, um zu sagen, komm, zieh deine Sandalen an, wir gehen in den Sacher-Park, doch plötzlich hörte man, wie es in der Bougainvillea raschelte und Blätter zerknickten.

»Da ist es«, rief das Mädchen und rannte zum Gebüsch, »ich hab es gesehen!« Der Schrei schreckte ein Kaninchen aus der Hecke auf. Das Mädchen beugte sich hinunter, breitete die Hände aus, versperrte ihm den Weg und hielt es zwischen seinen Knöcheln fest, hob es dann auf und drückte das zitternde Tier an die Brust.

Jardena dankte Gott, dass er ein Kaninchen schickte, das sich im Gebüsch verfangen hatte und ihr den Kuss und den Besuch im Sacher-Park ersparte. Zwei auf einen Streich. Sie wollte lachen, doch ihr Gesicht erstarrte, und es kam ihr kein Lachen über die Lippen, im Gegenteil, sie musste sich zusammenreißen, um nicht loszuweinen. Kleine Wolken ließen den Himmel ergrauen und dämpften die Sonne. Es hätte ein schöner Tag werden können, doch er war außer Kontrolle geraten, das blaue Kleid hatte den ganzen Schabbat verdorben. Die Hälfte war schon rum, und sie noch immer ungekämmt und mit ungeputzten Zähnen in ihrem durchsichtigen Babydoll. Sie hatte keine Uhr dabei, doch die Schatten wurden kürzer, es musste schon Mittag sein.

»Was hast du denn, du Dummkopf?«, rief sie, schlug die Vogelscheuche in ihr zerklüftetes Holzgesicht und verschreckte winzige Schwebewesen, die eine Wolke um den blauen Satin bildeten. Sie versuchte, sie zu vertreiben, und dachte, das Kleid riecht und schmeckt nach nichts, diese hirnlosen Biester fliegen auf den Glitzer und gehen ihm auf den Leim. Hätten die im Kaufhaus geahnt, wie viele Kunden am Ende auf so ein Kleid fliegen, hätten sie es nicht zum halben Preis hergegeben.

»Bring ihm Wasser, damit es nicht eingeht«, sagte sie zu dem Mädchen, »geh mit ihm zum Wasserhahn.« Ihre Kehle war trocken, sie hatte noch nichts getrunken und wollte hinauf in ihre Wohnung. Ohnehin würde dieses Fellknäuel der Star dieses Schabbats werden. Das Mädchen war jetzt nur noch mit ihm beschäftigt und hatte sie und alles andere längst vergessen. »Ich geh hoch«, sagte sie und nahm zwei Stufen auf einmal, als sei jemand hinter ihr her.

Nun konnte der neue Mieter aus seinem Versteck hinter dem Vorhang hervorkommen und sich am Fenster zeigen. Er hatte alles mit angesehen, aber nicht in den Verdacht kommen wollen, Jardenas attraktive Formen unter dem durchsichtigen Babydoll zu betrachten.

»Du brauchst einen Käfig, du kannst es nicht die ganze Zeit festhalten«, sagte er von seinem Fenster aus.

Das Mädchen drückte das Kaninchen immer noch an sein Unterhemd und trat von einem Bein aufs andere. Es hatte noch nicht geantwortet, da kam er schon mit einem Karton zu ihm heraus, stellte ihn auf den Boden, und das Mädchen setzte die verängstigte Last hinein. Johanna, die ebenfalls alles beobachtet hatte, brachte Salat und ein Schälchen Wasser, blieb einen Moment stehen und ging zurück in die Küche.

Das Mädchen sprang von einem Bein aufs andere, und als es nicht mehr konnte, sagte es zu dem neuen Mieter: »Pass gut auf es auf, ich muss Pipi machen.«

Der neue Mieter bewachte das Kaninchen. Dieser Schabbat hatte ihn schon ein gutes Stück weitergebracht, das ganze

Haus rollte sich wie ein Teppich vor ihm auf, und nach und nach offenbarten sich die Stärken und Schwächen seiner Bewohnerinnen. Das Kaninchen saß zusammengekauert in einer Ecke des Kartons und rührte weder Salat noch Wasser an. Es muss sich noch gewöhnen, sagte er sich und ließ seinen Blick über den riesigen kargen und verwahrlosten Hof wandern; Sand, Kies, zerbrochene Blumentöpfe, kleine Hügel, die früher Beete gewesen waren, eine Vogelscheuche, reif für die Geriatrie, die Pflaumenbäume mager, die Bougainvillea eingestaubt, hier und da armselige Überreste von Pflanzen, die einmal die Pracht dieses Hofes gewesen sein mussten, doch heute war alles tot, ein ödes Gelände, auf das die Hausbewohnerinnen starrten. Der ideale Bauplatz für ein Boutiquehotel. Sechzig top ausgestattete, geräumige Doppelzimmer für einhundertzwanzig Gäste …

»Hast du aufgepasst?« Das Mädchen kam zurück und beugte sich über den Karton. »Ist es ein Junge oder ein Mädchen?«

»Ein Junge. Jetzt gibt es zwei Jungs hier im Haus, mich und ihn«, lachte der neue Mieter.

»Du gehörst nicht zur Familie.«

Der neue Mieter nahm die Brille ab und putzte sie langsam mit dem Kleid der Vogelscheuche.

»Das ist kein Lumpen. Mama hat dafür zweihundert Schekel bezahlt.« Das Mädchen riss ihm den Kleiderzipfel aus der Hand. »Du Idiot. Zweihundert Schekel hat sie dafür rausgeschmissen. Wer hat dir das erlaubt? Jetzt setz schon deine Brille auf. Ich mag deine Augen nicht.« Sie sammelte Spucke in ihrem Mund, war kurz davor, sie hinauszuschleudern, ließ es dann aber, schluckte und beugte sich über das Kaninchen.

Steck das weg, Rafi, behalte dein Ziel im Auge, redete er sich gut zu, schluck die Kröten aus diesem kleinen Mund, und ignorier die überaus entwickelten Speicheldrüsen dieses Persönchens. Er setzte seine Brille auf und überlegte, ob er das verängstigte Tier zum Anlass für ein Gespräch nehmen und Dana beschwichtigen oder ob er sie in Ruhe lassen sollte, damit sie sich von selbst wieder fing. Wäre er ihr Vater, er hätte ihr eine geknallt. Sie kniete sich neben den Karton, und er sah von oben den feinen goldenen Flaum in ihrem Nacken und sagte sich, nein, ich hätte ihr keine geknallt, das hätte ich nicht übers Herz gebracht. Er wollte gehen, blieb aber stehen. Der Wind wirbelte durch ihr Haar, plusterte das blaue Kleid auf und zupfte die letzten Blätter vom Pflaumenbaum. Der weiße Scheitel auf dem Kopf des Mädchens leuchtete in der Sonne, seine Locken wehten mal nach links, mal nach rechts. Er hätte ihm gern über den Kopf gestreichelt, doch die Rumänin stand hinterm Fenster, und sie hätte ihm gewiss böse Absichten unterstellt.

»Gut. Dann mach's gut«, sagte er verärgert und ging in seine Wohnung.

Abends setzte er eine schwarze Schirmmütze auf, mit der man ihn weniger für einen Angestellten und eher für einen Bohemien halten würde, der sich auf der Straße herumtrieb und die Vorderseite des Hauses betrachtete. Über ihm spannte sich der sternenübersäte Himmel, doch er reichte nicht an die Schönheit des Himmels in seinem Geburtsort heran. Der Himmel musste sauber sein, und an diesem Ort war er voll kleiner Teilchen, Speicheltröpfchen, Mundgerüchen und Schweiß; eine schmutzige Luftschicht hing zwischen Himmel und Erde, das Licht der Sterne wirkte verbraucht, wie aus zweiter Hand. Möge Gott ihm vergeben, denn er würde dazu beitragen, dass sich die Situation verschlimmerte. Falls sein Vorhaben gelingen sollte, würde diese Wolke noch stickiger werden. Auf diesen zweitausend Quadratmetern würden sechzig Zimmer gebaut werden, und über hundert Leute würden sich auf dem Teppich am Eingang die Schuhe abtreten, rauchen, husten, spucken und schwitzen. Doch von irgendetwas musste der Mensch schließlich leben, vom Schein der Sterne konnte er sich keine Brötchen kaufen. Zeig ihm doch einer einen einzigen anständigen Menschen, der sich nicht hätte verführen lassen, auf einen Schlag eine Summe zu kassieren, die man in fünf Jahren redlicher Arbeit nicht zusammenbrachte. Dafür musste er jetzt seinen ganzen Charme aufbieten und allerlei Übertreibungen, Zeichen und Wunder bemühen, bis die Damen ihm glaubten, dass es für sie nichts Besseres gab, als das Haus zu verkaufen. Er lehnte sich an ein Schaufenster und dachte über die jungen Frauen nach. Bevor er sie kennenlernte, hatte er, der Junggeselle, gehofft, dass sich zwischen ihm und einer der drei etwas entwickeln würde, doch als er sie dann erlebte, sagte er sich, vergiss es, Rafi, die sind ein paar Nummern zu groß für dich. Und ihre Mutter? Er konnte nicht abschätzen, ob die greise Dame eine begabte Schauspielerin war oder einfach eine Alte, deren Hirn vom Alter schon angefressen war. Er überquerte die Straße, lehnte sich an das Türgitter eines Kleidergeschäfts und betrachtete von dort aus weiter das Haus. Er zog die Schirmmütze tiefer in die Stirn, damit man ihn nicht so leicht erkannte, und beobachtete tatsächlich, wie Jardena in einem weit ausgeschnittenen, kurzen schwarzen Kleid aus dem Tor trat. Sie stützte sich mit einem Bein auf der hinteren Stoßstange des Wagens ab – sie hatte schöne lange Beine –, kramte in der Handtasche nach dem Autoschlüssel, zündete sich eine Zigarette an, schüttelte das brennende Streichholz aus und warf es auf die Straße, stieg ein und fuhr los. Er hob den Schirm seiner Mütze etwas an, zog ihn aber gleich wieder ins Gesicht, denn das Tor öffnete sich noch einmal, und die beiden anderen Schwestern kamen heraus, doch ihre Kleider verrieten nicht, ob sie ausgingen oder nur kurz zum Kiosk oder in die Apotheke.

Die beiden kamen nicht wieder. So schob er seine Mütze wieder zurück und wollte bei der Alten anklopfen. Falls sie ihn hereinbat, würde er nicht ablehnen, und wenn nicht, könnte er sich mit ihr auch in der offenen Tür unterhalten, ganz gleich, wie grimmig die Rumänin ihn anschauen würde. Doch da öffnete sich das Tor zum dritten Mal, und eine groß gewachsene, hagere alte Dame trat heraus. Sie trug einen schwarzen Hut, einen eleganten Hosenanzug und plumpe Turnschuhe. Einen Moment blieb sie stehen, schaute mehrmals nervös nach links und nach rechts, erkannte ihn aber nicht. Doch er erkannte sie. Es war dieselbe Frau, die ihn vor zwei Tagen steif und zusammengekauert in ihrem Rollstuhl empfangen hatte, Frau Hannah Jona höchstpersönlich. Sie inspizierte noch einmal die Umgebung, ging dann resolut in Richtung Kreuzung, und er zog die Mütze noch tiefer in die Stirn, fasste sich ein Herz und folgte ihr unauffällig, ihren Hut immer im Blick.

Sie marschierte ins Zentrum, überquerte eine breite, stark befahrene Straße, und er fragte sich, ob sie noch zurechnungsfähig war. Kannte sie sich in diesen Straßen aus? Würde sie den Weg nach Hause finden? Jeden Tag bat die Polizei die Öffentlichkeit um Mithilfe bei der Suche nach alten Menschen, die die Orientierung verloren hatten, und nach einer Woche fand man sie dann in einem Straßengraben oder in der Ambulanz eines Krankenhauses. Hannah Jona schob den Riemen ihrer Handtasche auf der Schulter zurecht, und er ging hinter ihr her. Ihr Hut war für ihn wie *die Feuersäule des Nachts.* Sie erreichte das Viertel *Nachalat Schiw'a,* wo er sie in einer der kleinen Gassen verlor. Er suchte sie überall und entdeckte sie schließlich, als sie gerade in die Straße mit den Kneipen einbog und schnurstracks durch Wolken von Alkohol, Lachsalven und wilder Musik marschierte. Er verließ sich auf die Dunkelheit und auf seine Schirmmütze und näherte sich ihr auf einen Schritt; wäre sie plötzlich stehen geblieben, er wäre mit ihr zusammengestoßen. An eine Hauswand gedrückt, stand er reglos da und beobachtete, wie sie die Tasche von der Schulter nahm, sie auf das Pflaster der Gasse legte, ihre Turnschuhe auszog und statt dessen in elegante Schuhe mit Absätzen schlüpfte, die sie in der Tasche mitgebracht hatte. Von dieser Anstrengung musste sie sich kurz erholen, richtete sich dann auf, schob den Hut und das feine Jackett zurecht und wackelte auf den Absätzen bis zum Ende der Straße, aus Angst zu fallen hielt sie die Hände nach vorne ausgestreckt. Sie war verrückt. Jetzt war er sich sicher. Bei den Unebenheiten des Jerusalemer Pflasters konnte sie bei jedem Schritt stürzen und sich den Oberschenkelhals brechen. Besorgt passte er sich dem Tempo ihrer unsicheren Schritte an, folgte ihr weiter und hielt erst an, als sie vor dem blinkenden Eingang zu einem dunklen Pub stehen blieb.

»Hannahle, unser Topmodel«, sagte der Türsteher und leuchtete ihr mit der Taschenlampe ins Gesicht. »Mit dem Hut sehn Sie aus wie achtzehn, höchstens zwanzig!« Sie lachte und drehte sich einmal um die eigene Achse, geriet ins Wanken, hielt sich an den Schultern des Türstehers fest und fand schließlich ihr Gleichgewicht wieder. Er stützte sie, half ihr über die Schwelle, kehrte zu seinem Stuhl zurück und sagte kopfschüttelnd, *a zerdrejter kopp*.

Der neue Mieter zog seine Schirmmütze ab, nahm erneut das Aussehen eines unterwürfigen Angestellten an, ließ sich von dem Türsteher mustern, setzte die Mütze wieder auf und ging hinter ihr hinein. Er suchte nach ihrem Hut und sah, wie sie zwischen den Tischen hindurchging und weder Staunen noch Verwunderung erregte, als wären unbegleitete

Greisinnen in diesem Pub nichts Besonderes. Der Kellner wusste offenbar, dass sie immer Bier und einen Teller mit grünem Spargel bestellte, und noch während sie es sich auf ihrem Stuhl bequem machte, kamen zwei Männer und setzten sich an ihren Tisch. Die beiden stießen mit ihr an, und sie war glücklich, trank ihr Bier und strahlte. Die Männer waren mindestens zwanzig Jahre jünger, beugten sich zu ihr vor, sagten etwas zu ihr, und sie lachte und trank abwechselnd.

Die wohlgemute Stimmung des neuen Mieters schlug um.

Hier also lag der Hund begraben. Er setzte sich an einen Tisch und bestellte ein Bier. Wäre es nicht so spät gewesen, er hätte Broschi angerufen. Die Sache ist verloren, hätte er ihm berichtet, diese beiden Gestalten sind uns zuvorgekommen, sie haben vor uns den Anker ausgeworfen, sie tun alles, um Hannah Jonas Jugend wiederzubeleben, machen ihr Komplimente, flirten mit ihr, und sie kippt ein Bier nach dem anderen, kichert, tippt sich leicht an den Hut, fährt sich mit feuchter Zunge über die alten Lippen und macht ihnen schöne Augen wie ein begehrtes junges Mädchen. Das war der Hund, und hier lag er begraben. Welche alte Frau würde ein Angebot ausschlagen, bei dem sie im Tausch gegen ihr Haus die Jugend zurückbekam.

Er trank sein Bier, bestellte noch eins, leerte auch das und danach einen Whisky.

3

Um Mitternacht hielt ein Taxi vor dem Pub. Hannah Jona wankte zum Ausgang und sah ein milchfarbenes Netz über die Welt ausgespannt, in dem sich Sterne verfangen hatten. Sie leuchteten und verloschen, leuchteten und explodierten einer nach dem andern in ihrem Schädel. Ein junger Kellner stützte sie und half ihr in den Wagen. Der Fahrer fragte nicht, wohin, sondern wartete, bis sie ihre Schuhe gewechselt hatte.

»Moschiko, gib mir Wasser«, sagte sie, und er öffnete eine kleine Flasche Mineralwasser und reichte sie ihr. Sie nahm einen Schluck, schob ihn im Mund herum und schluckte ihn runter, und er vermischte sich in ihrem Magen mit dem Bier. Vom nächsten Schluck, mit dem sie sich den Mund spülte, bekam sie einen Schluckauf. »Fahr, Moschiko, mein Kopf fühlt sich an wie eine fünf Kilo schwere Melone.«

»Trinken Sie weiter, spülen Sie den Alkohol weg. Ihre Rumänin wird Sie roh, ohne Salz und Pfeffer verspeisen.« Er wartete ab, bis sie ihm die Flasche zurückgereicht hatte, schaltete die Scheinwerfer an und fuhr los.

»Schlafen Sie mir hier bloß nicht ein, in spätestens sieben Minuten sind Sie zu Hause.«

Johanna saß angezogen im Wohnzimmer, hellwach und auf jeden Anruf gefasst, von der Polizei, aus einem Krankenwagen, dem Kranken- oder dem Irrenhaus. Ihre schweren Lider wollten zufallen, doch sie war hart zu sich und hielt sie mit aller Gewalt offen. Das Mädchen schlief bei ihr im Zimmer. Jardena würde spät oder gar nicht nach Hause kommen, und das Mädchen war im Pyjama und mit Schultasche zu ihr heruntergekommen. Jetzt horchte sie mit einem Ohr nach ihm, und das andere Ohr wartete auf die Boten des Unheils. Sie wickelte sich einen Faden um den Finger, wickelte ihn wieder ab, immer und immer wieder, bis ein starkes Klopfen an der Tür sie innehalten ließ. Sie öffnete, ohne zu fragen, wer da sei, und der Fahrer ließ die Alte in ihre Arme sinken.

»Legen Sie sie schlafen. Sie ist sturzbetrunken. Wissen Sie, was ›betrunken‹ bedeutet?« Er zeichnete ein Glas in die Luft und tat so, als lasse er den Inhalt in seinen Mund laufen. »Gluck gluck gluck, viel Alkohol«, sagte er.

»Schon gut«, antwortete Johanna verärgert. Die Alte hatte die Fahrt wohl bezahlt, denn der Fahrer stellte keine Ansprüche, ging zu seinem Wagen zurück, fuhr fort, und Johanna knallte die Tür zu. Noch einer, der uns verpfeifen kann, dachte sie, presste die Lippen zusammen, sog sie in ihren Mund und schwieg, und da ihr Hebräisch nicht ausreichte, um zu fluchen, wetterte sie im Stillen auf Rumänisch. Die Alte war dermaßen abgefüllt, dass mit ihr nichts mehr anzufangen war. Sie zog ihr den eleganten Hosenanzug aus, half ihr ins Nachthemd und führte das Bündel willenloser Glieder zur Toilette. Frau Hannah hatte einen Schluckauf und verbreitete alkoholische Dämpfe. Sobald sie im Bett lag, sank sie in tiefen Schlaf, und Johanna kochte vor Wut. Sie wollte hinaus, um ihre Nerven abzukühlen, und Mond und Sterne anschauen, weit entfernte neutrale Schöpfungen Gottes, die ihr nichts schuldeten und denen sie nichts schuldete. Eine Viertelstunde draußen stehen, nach oben schauen und alles hier unten vergessen. Die Luft aus dem Ballon ihrer Wut würde weichen, was groß war, würde langsam kleiner werden, bis nichts mehr davon übrig bliebe. Der Mond beleuchtete die Pflaumenbäume und die Vogelscheuche, das Kleid erinnerte Johanna an die Dummheit der Menschen, doch das bläuliche Licht war ein großzügiges Geschenk des Mondes, das dieser von der Sonne erhalten hatte und an die Erde weitergab. Ein Nachtfalter kreiste im offenen Fenster, konnte sich nicht zwischen Drinnen und Draußen entscheiden, und sie jagte ihn hinaus, damit er nicht hereinkam und sich in die Sorgen anderer Leute einmischte. Sie blieb am Fenster stehen, bis ihre Wut abgekühlt war und ihr Kopf nicht mehr in Flammen stand. Dann schloss sie die Fensterläden und ging schlafen. Das Schnarchen der Alten schabte an der Stille. Das Mädchen wälzte sich im Schlaf und murmelte einzelne Wörter. Johanna sagte: »Ja, Danutschka, ja, Danutschka«, und schlief ein.

Am Morgen erwachte die Alte mit einer Migräne, die ihr fast den Kopf spaltete. Sie erinnerte sich an nichts mehr, außer dass Herzl und Klein ihr mit ihren Gesichtern ganz nahe gekommen waren und ihr allerhöchstens dreißig Jahre gegeben hatten. Sie wusste nicht mehr, wo das gewesen war, auch nicht, wann und wie sie nach Hause gekommen war. Nach einer Weile fiel ihr ein, dass Klein am Kinn einen Schnitt vom Rasieren gehabt hatte, der, immer wenn er lachte, aufplatzte und leicht blutete. Johanna hatte sich geschworen, kein Wort über die vorangegangene Nacht zu verlieren. Sie wusch Hannah Jona das Gesicht mit kühlem Wasser, legte ihr Kamillenkompressen auf die Stirn, blieb an ihrer Seite und flößte ihr ein Glas Wasser nach dem anderen ein. Sie hatte Erfahrung mit Betrunkenen, kannte die Qualen des Nüchternwerdens, hatte früher im eigenen Haus einen Trinker gehabt, diesen Schuft, der Angela hatte sitzen lassen. Frau Hannah hing halb tot in ihrem Sessel, doch Johanna ängstigte sich nicht. Im Gegenteil, sollten die *bandiții* der Sozialversicherung doch vorbeikommen und sehen, dass eine überfahrene Katze nicht besser aussah. Und dieser Tichter, wenn der sie verpfeifen wollte, dann sollte auch der jetzt reinkommen und sich Frau Hannah anschauen, jeder Scheuerlappen sah gesünder aus als sie.

In den Stunden, in denen der Alkohol aus Hannah Jonas Körper wich, saß Simona auf der Station über den Krankenakten. Dr. Nissimov hatte zu ihr gesagt, sie sehe an diesem Morgen aber gut aus, und sie hatte in den Spiegel überm Waschbecken geschaut und ihm zugestimmt. Ihre Haut strahlte, und ihre Augen glänzten, als habe man sie mit Borwasser gespült. Sie war voll Energie und freute sich, dass ihre Welt noch nach allen Richtungen offen war. Noch war nichts entschieden und festgeschrieben. Am Abend zuvor hatte sie beschlossen, sich eine Wohnung zu mieten und das Haus der »Nanas« zu verlassen. Doch das war gestern gewesen. Jetzt stand Fathmas Sohn einen Meter von ihr entfernt und wartete geduldig. Er hatte um Erlaubnis gebeten, seine Mutter zur Hochzeit seines Sohnes aus dem Krankenhaus zu holen, und versprochen, sie noch am selben Abend wiederzubringen, und wartete auf ihre Antwort. Und Fortunas Tochter lauerte ihr auf, stand im Flur, verschwand ins Zimmer, kam wieder heraus, verschwand wieder und wartete auf den glücklichen Moment, in dem die Ärztin den Blick heben und ihre Blicke sich begegnen würden, um sie zu fragen, wie die Nierentests und das Blutbild ausgefallen waren. Die Frau von Artzi, dessen Stunde gekommen war, fragte, auf ihren Stock gestützt, ob es nicht gefährlich sei, dass er schon zwei Tage nichts mehr gegessen und getrunken hatte.

Von allen Seiten belagerten sie Sorge und Ungeduld der Angehörigen, doch alle hielten einen gewissen Sicherheitsabstand, schätzten ab, wie weit sie zu ihr durchdrangen, ohne sie verrückt zu machen, damit sie sie bloß nicht auf später, nach der Visite, verschob. Sonntags lagen ihre Nerven blank. Der Schabbat war eine Trennung gewesen zwischen dem, was war, und dem, was kommen würde, er hatte Erwartungen geweckt. Wenn sie jedem Angehörigen etwas von ihrer Zeit gab, ging dies zu Lasten der kranken Verwandten, wenn sie aber keine Zeit für besorgte Angehörige aufbrachte, ging das zu ihren eigenen Lasten, weil man hinter ihrem Rücken über sie herziehen würde.

»Liebe Leute, ich war zwei Tage nicht auf Station. Ich muss mich erst mal auf den neuesten Stand bringen«, sagte sie zu der versammelten Gruppe der Angehörigen, und die zogen sich zurück, jeder zu seinem Verwandten. Ganz gegen ihren Willen wuchsen auch in ihr die Dornen des Hochmuts heran, die Unsitten jener Berufsgruppe, die das Leben an der Gurgel packte, nur einen Schritt entfernt von Gott. Sie verabscheute das Allmachtsgehabe, das der weiße Kittel mit sich brachte, aber hatte sie eine Wahl? In ihrem Fall war das Problem nicht das Ego, das sich von Macht und Ansehen verführen ließ, sondern eine Realität, in der eine für dreißig Patienten eingerichtete Station mit fünfzig Patienten belegt wurde. Fathmas Sohn war nicht wie alle anderen zurückgewichen. »Doktor, die Hochzeit von meinem Sohn ist heute, ich kann nicht warten …« Er schluckte und schien mit den Tränen zu kämpfen.

Sie antwortete ihm nicht, nahm ihm aber die Krankenakte seiner Mutter aus der Hand, las, was der Bereitschaftsarzt am Schabbat geschrieben hatte, ließ den Visitewagen stehen und ging zu Fathma, zog den Vorhang zu und hörte ihre Lunge ab. Von der anderen Seite des Vorhangs hörte sie den schweren

Atem des Sohnes. Sie sah das brennende Flehen in den geschwollenen Augen der alten Frau und dachte, die Infusion hier wird ihr weniger bringen als die Hochzeit ihres Enkels. So nahm sie das Risiko auf sich, zog den Vorhang zurück und sagte: »Sie können sie mitnehmen.« Der überschwängliche Dank war ihr unangenehm. Sie unterbrach Fathmas Sohn, gab Anweisungen für zuhause und zählte die Symptome auf, die eine sofortige Rückkehr auf die Station erforderten. Als die anderen Angehörigen sahen, dass sie einem von ihnen geantwortet hatte, kamen sie wieder aus den Zimmern, zogen einen engeren Kreis um sie und stellten ihre Forderungen vehementer.

»Tut mir leid«, sagte sie, und wieder wichen sie einen Schritt zurück. Die greise Frau von Artzi humpelte mit ihrem Stock zur Seite und klagte: »Aber er hat schon zwei Tage nichts mehr gegessen, zwei ganze Tage …«

»Wenn er Araber wäre, wäre sie längst zu ihm gegangen«, sagte jemand.

»Darauf kannst du Gift nehmen. Das sind doch alles Linke hier. Alle diese Studierten sind Linke«, sagte jemand anderes.

Sie wandte sich nicht um, um zu sehen, wer das gesagt hatte, doch sie spürte, mit der Leichtigkeit des Morgens war es vorbei. Was offen gewesen war, ging zu; ihr Körper war jetzt schwerer als noch vor einer Stunde. Sie versuchte gerade, sich auf die Blutwerte von Artzi zu konzentrieren, da stand plötzlich jemand ganz nah bei ihr. Sein Schatten fiel auf die Krankenakte, und der Geruch eines vertrauten Rasierwassers stieg ihr in die Nase. Sie hob den Blick, um denjenigen in seine Grenzen zu verweisen, und erstarrte.

»Hi Simona«, sagte er und reichte ihr die Hand.

»Hi«, sagte sie, zog ihre Hand gleich wieder zurück, wegen des Publikums, das jede Sekunde zählte, die sie sich mit dem Fremden abgab, und ihm und ihr feindlich gesinnt war. Er war viel schlanker als damals, und das stand ihm gut. Die Gesichtsknochen lagen dicht unter der Haut, seine Züge hatten schärfere, männlichere Konturen. Er hatte wohl ein Abonnement in einem Sportstudio und war mindestens so attraktiv wie früher.

»Hast du irgendwann ein paar Minuten für uns?«, fragte er.

»Irgendwann ja«, sagte sie ziemlich scharf. Sie hörte das aufgebrachte Gemurmel hinter sich – »der war gar nicht an der Reihe, aber dem antwortet sie …, was ist denn mit Ihnen los? …, was haben Sie denn, vielleicht ist das ja ihr Bruder« – und wollte diese Szene abkürzen.

Ihr Blick ruhte schon wieder auf den Krankenakten. Sie erkundigte sich, wo sie ihn finden könne, und er sagte, auf der Hämatologie.

Sie wusste, selbst wenn sie keine Zeit hatte, würde sie sich die Zeit nehmen. Er ging, sie beugte sich über Artzis Akte, tat so, als sei sie ganz in seine Werte vertieft, doch für ihn konnte man nichts mehr tun, für ihn war es vorbei, und von ihm konnte sie sich eine Minute stehlen, wenigstens so lange, bis ihre Beine aufhörten zu zittern. Was sie mit Michael gehabt hatte, war vorbei. Für immer. Doch ihre Beine zitterten weiter. Sie knallte Artzis Akte auf den Visitewagen und nahm sich eine andere vor, schlug sie auf und prüfte die langen Spalten der Vitalparameter, Temperatur, Urinmenge, Blutdruck … Wenn ihr Vater von den Toten auferstanden und hier aufgetaucht wäre, hätte sie genauso gezittert. Es war nur die Überraschung und dass diese Begegnung in aller Öffentlichkeit stattfand, mehr nicht. Sie schüttelte entschieden den Kopf, klopfte mit dem Stift auf die Spalte mit der Temperatur und sagte sich, an die Arbeit, junge Frau. Dafür wirst du bezahlt. Dr. Gideon stand schon direkt hinter ihr und fragte: »Beginnen wir die Visite?«

»Na dann mal los«, sagte sie.

Sie schoben den Wagen zum ersten Zimmer, bahnten sich gemeinsam einen Weg durch das morgendliche Durcheinander von Schwestern, Hilfspersonal und Freiwilligen. Sie hatte es nicht geschafft, alle Akten zu überfliegen, wusste nicht, was jeder Patient am Schabbat verloren oder angesammelt hatte, wessen Ende nahte und wer noch Zeit hatte, und sie fühlte sich wie einst bei Prüfungen auf dem Gymnasium, wenn sie sich nicht genügend vorbereitet hatte.

»Ich habe nicht alle Akten im Kopf«, sagte sie zu ihm, »aber ich werde das nachholen.«

»Okay«, antwortete er ungeduldig, und sie traten ins erste Zimmer, schickten alle Gesunden hinaus und schlossen die Tür hinter sich.

Die Sonne war aus den Ostfenstern verschwunden, das Putzpersonal beendete seine zweite Runde Bodenwischen, als sie sich die Zeit nehmen konnte, hinunter auf die Hämatologie zu gehen. Ihre Beine zitterten nicht mehr, Michael gehörte zu einer weit zurückliegenden Episode ihres Lebens. Ihr Leben war weitergegangen.

Die Schwester an der Kanzel der hämatologischen Station wusste nichts von einem plastischen Chirurgen, den man aus dem Zentrum des Landes herbeordert hatte. »Dr. Michael Schalem?« Sie schlug sich mit der Faust an die Stirn und sagte: »Ach der? Der ist grade im Behandlungszimmer, Zimmer neun.«

Die Autorität ihres weißen Kittels, des Stethoskops und des Gesichtsausdrucks ersparten ihr weitere Erklärungen. Sie ging zu Zimmer neun und wusste nicht, hinter welchem der sieben Vorhänge der Arzt war, zu dem sie wollte, welchen der sieben Patienten er gerade untersuchte, narkotisierte oder nähte. Sie stand in der Mitte des Zimmers, und ihr Blick schweifte über die zugezogenen Vorhänge der sieben Behandlungsnischen, die die Privatsphäre sowohl der Verurteilten als auch der Geretteten schützen sollten. Jeder mit seinem eigenen bösartigen Fluch beladen. Auf einen Schlag kamen ihr die entsetzlichen Tage auf der Onkologie zurück. Sie wollte diesen Moment nicht länger hinausziehen und fragte: »Michael?«

»Hier«, antwortete er sofort.

Sie folgte der Stimme, blieb vor einem Vorhang stehen und fragte aus Respekt vor dem Patienten: »Darf ich reinkommen?«

»Aber sicher doch«, sagte er mit einem amüsierten Unterton.

Sie griff nach dem Vorhang, schob den groben Stoff vorsichtig auf seiner Schiene zur Seite. Ihr Eindringen in das Behandlungsabteil des Kranken sollte so rücksichtsvoll geschehen, wie die Umstände es zuließen, und auch den Baum mit den Beuteln, aus welchen lebensverlängerndes Gift in die Venen des Patienten tropfte, nicht erschüttern. Im Gegensatz zu dem grellen Licht, welches das Zimmer überflutete, herrschte in den Behandlungsnischen grünliches Halbdunkel. Da war kein Arzt, nur ein Infusionsständer und scherenschnittartig das Bild eines auf dem Bett sitzenden Kranken, und mit einem Schlag scherenschnittscharf auch die kalte Wahrheit.

»Was machst du denn hier?« Sie hielt sich an dem Infusionsständer fest.

»Leben«, sagte er, lächelte. Sein Arm lag erhöht auf einem Kissen, und durch den Infusionsschlauch tropften gelbliche Chemikalien in seine Vene.

»Das ist nicht ansteckend, Doktor, du kannst ruhig näher kommen.«

Sie blieb stehen, wo sie stand, bewegte sich nicht, versuchte das Gleichgewicht wiederzufinden, wie nach einer Notbremsung im Zug, wenn Dinge auf einen herunterfielen und man erst mal den Kopf einzog und abwartete.

»Ich schwöre, Simona, das ist wirklich nicht ansteckend.«

Sie griff hinter sich, packte einen Zipfel des Vorhangs, zog ihn zu und ging die zwei Schritte bis zu seinem Bett. Er legte seinen freien Arm um ihre Hüfte. Sie zögerte einen Moment, legte ihm die Hand auf den Kopf und spürte, er war heiß.

»Und, was ist es?« Sie brachte die Worte kaum über die Lippen.

»In den Knochen«, sagte er, wählte den volkstümlichen, nicht den medizinischen Ausdruck, um zu signalisieren, dass er auf die Seite derer gewechselt hatte, die diese Krankheiten von innen erlebten.

»Multiples Myelom?«

»So ist es.«

Sie schwieg. Fragte nicht, wie schwer die Krankheit bei ihm eingestuft worden war, auch nicht, ob schon Zielorgane geschädigt waren und wie seine Prognosen aussahen. Sie wollte nicht die Antworten der Biochemie und der Pathologie hören, was sie wusste, reichte ihr. Gegen ihren Willen zogen ihre Gedanken in die Gefilde des Himmels, und sie suchte nach Schuldigen. Der, der gesagt hatte, *Blut ist Leben,* der sollte jetzt aufstehen und etwas unternehmen, denn das Blut hatte seinen Vertrag gebrochen und sich gegen das Leben erhoben: Sie schaute auf Michaels gespreizte Finger auf dem präparierten Kissen. Bei ihnen war die Krankheit noch nicht angekommen. Seine Hände waren damals wie heute ein Kunstwerk Gottes, davon verstand sie was. Wie viele Hände waren durch ihre Hände gegangen, sie hatte sie mit Spritzen gestochen, verbunden, auf ihnen nach Venen gesucht, nach dem Puls getastet, und sie hatte bis heute niemals so vollkommene Finger gesehen wie seine. Jetzt lagen sie gespreizt und schlaff auf dem weißen Kissen, und wider Willen erinnerte sie sich an ihre schwerelose Berührung, wie sie über ihre Schulterblätter gewandert waren, an ihr elektrisierendes Tasten auf ihren Rippen. Michaels kahler Kopf lehnte an der Wand. Hatte er sich eine Glatze rasiert, weil das jetzt modern war, oder kam die von der Chemotherapie? Sie wollte ihn danach fragen, fragte aber stattdessen: »Und wie geht's dir damit?«

»Du siehst richtig gut aus, Simona.«

»Du bist der Zweite, der mir das heute sagt. Aber meine Frage hast du nicht beantwortet.«

»Wie es mir geht? Beschissen. Wer war denn der Erste?«

»Dr. Nissimov.«

»Ach, der.«

Ihr Telefon vibrierte. Irina, die Oberschwester, sagte, Peretz habe hohes Fieber, die Blutkonserve von Hadad sei angekommen, jemand müsse sie kontrollieren, und die vom Labor hätten angerufen …

»Du wirst gebraucht, lauf«, sagte er.

Sie blieb noch einen Moment, wollte nicht so deutlich demonstrieren, dass sie zu den Gesunden gehörte, die gebraucht wurden, doch er kannte sie und wusste ihr Verweilen zu deuten. »Nun lauf schon, Simona, ich bleibe die Nacht über hier. Komm zurück, wenn du Zeit hast, wir müssen über etwas reden.« Er streckte die Beine aus dem Bett, gab sich Mühe, gelassen zu erscheinen, doch ein Schmerzzucken entwischte ihm und verzerrte seinen Mund.

Als sie ihn verließ, hielt sie die Fäuste geballt in den Taschen ihres Kittels, damit sie nicht außer Kontrolle geriet und gegen die große Glastür trommelte oder Geiseln nahm, um ihre Forderungen gegenüber dem Himmel durchzusetzen.

»Das war's, jetzt ist es endgültig vorbei mit dem Haus der Familie Jona, ich darf nicht länger warten«, sagte sie laut, es war ihr egal, ob jemand sie hörte. »Ich darf keinen Moment länger warten«, sagte sie zu sich selbst und blieb stehen. Das war's? Ist das alles, was das Gepäck, das dir gerade auf den Kopf gefallen ist, in dir auslöst? Du bist genauso erbärmlich wie alle andern, Simona, wie alle, die aus dem Unglück ihres Nächsten billige Lehren ziehen. Du schaust es für einen Moment von den Höhen deiner Gesundheit aus an, betrachtest den gezielten Anschlag, den Michaels Blut gegen ihn ausführt, und dann läufst du schon wieder weg, drückst dich selbst ans Herz und fragst dich: Und was lernen wir daraus für unser Leben, das bis jetzt so ganz nach Lehrbuch verläuft? Keine Minute vergeht, und schon hast du die Antwort: das Haus der »Nanas« verlassen! Leben, bevor es zu dem Anschlag kommt, den das Leben für dich schon bereithält. Eine ziemlich abgedroschene Lebensweisheit, Doktor Jona, da hast du nichts Neues erfunden. Der, der gesagt hat, *lasst uns essen und trinken, denn morgen sind wir tot,* hat sein Patent darauf schon angemeldet. Sie stieg weiter die Treppen hinauf, atmete schwer und blieb an einem großen Fenster stehen, den Rücken zum Treppenhaus gewandt, und schaute ins Tal. Der vergoldete Zwiebelturm der Kirche glänzte in der Sonne, schoss blendende Blitze in alle Richtungen, ein dreister und übertriebener Versuch, die Aufmerksamkeit Gottes auf sich zu ziehen. Dichte Kiefern und Büsche bedeckten den Abhang. Liebend gern würde sie jetzt mit jedem Vogel tauschen, mit jeder Fledermaus, jedem Schmetterling oder sonstigen nur wenig vernunftbegabten fliegenden Geschöpfen, die im grünen Dunkel des Waldes Schutz suchten. Sie zerbrechen sich nicht den Kopf über etwas, das geringer ist als das Leben selbst. Wenn sie leben, leben sie, wenn sie tot sind, sind sie tot, und solange sie leben, wissen sie nicht, dass sie sterben werden. Wieder vibrierte ihr Telefon. Mit dem Handrücken wischte sie sich die Tränen ab, putzte sich die Nase am Ärmel, schaute auf die Wolken, die sich am Horizont auftürmten, und auf das dunkler werdende Tal. Trotz allem kam endlich der Herbst, man konnte sich erholen, wenigstens war das Wetter noch in Ordnung, und diese Ordnung hatte noch Bestand.

Sie betrat die Station, sah Artzis greise Frau im Speisesaal, wie sie, selbst ausgezehrt, über den Teller gebeugt das Mittagessen ihres Mannes aß und mit zitternden Fingern die Hühnerhaut vom Fleisch löste. »Doktor, auch heute hat er noch nichts gegessen ...« Das tätige Leben bedrängte sie von allen Seiten. Dr. Gideon kam ihr entgegen und meldete, man habe bei Schmueli Hepatitis festgestellt, und die Ergebnisse der Darmspiegelung von Iluz seien eingetroffen, und auch, dass er sich nicht sicher sei, ob man konservativ oder operativ behandeln sollte. Sie stand ihm gegenüber, betrachtete seine dicken Finger, sein volles, welliges Haar, und dachte, dieser Arzt strotzt nur so vor Gesundheit.

»Ist was passiert?«, fragte er, »Sie sind, wenn ich das anmerken darf, heute nicht ganz bei der Sache.« Sie wusste nicht, ob er sich wirklich nach ihr erkundigte oder sie rügte.

»Ich bin okay.« Sie nahm die Krankenakte von Iluz, ihr Blick hüpfte über seine verrückten Blutwerte. Es fiel ihr schwer, sich zu konzentrieren. Michael hatte gesagt, sie hätten etwas zu besprechen, aber für Vermutungen und Spekulationen hatte sie jetzt keine Zeit. Ganz nah an der Kanzel standen Nissimov und Professor Sarur. Der Professor fragte seinen Stellvertreter, wer Fathma erlaubt habe, die Station zu verlassen, und Nissimov wies mit dem Kinn auf sie. Der Professor neigte sein schweres Haupt, überlegte einen Moment und sagte dann: »Doktor Jona, ich hoffe für Sie und für die Patientin, dass das gut ausgeht. Das nächste Mal beraten Sie sich vorher.«

Sie nickte, heftete den Blick wieder auf die Blutwerte von Iluz und dankte dem Professor im Stillen, dass er nicht mehr gesagt hatte. Sie konnte nur hoffen, dass Fathmas welker Körper die zeitweilige Unterbrechung der Infusion überstand und sie lebendig auf die Station zurückkehrte.

Michael erwartete sie in der Cafeteria des Einkaufszentrums im Erdgeschoss des Krankenhauses. Sie kam später als verabredet und bahnte sich eilig einen Weg zwischen Lehrkräften, Angehörigen und pyjamabekleideten Patienten, die sich mitten zwischen Wäsche- und Fastfoodständen erholen wollten. Der Ort war rege besucht, es war eng. Kein Wunder, dachte sie sich, klug gerechnet, auf dem Weg zur und auf dem Weg von der großen Angst einen Ort des schnellen Konsums zu errichten. Die Leute kauften Unterhosen, Schokolade, Socken, kurzlebige Pflaster für ihre Wunden, Trostverheißungen mit dem nahen Verfallsdatum eines Joghurts.

Er sah sie und lächelte. Sein kahler Schädel ließ das Lächeln breiter erscheinen. Außer Atem setzte sie sich zu ihm an den Tisch und sagte: »Entschuldige, die Familie eines Patienten hat mich auf der Treppe abgefangen, sie haben mich nicht gehen lassen, bis ich nicht ganz grob abgebrochen habe …«

Er lächelte weiter, wurde auch nicht ungeduldig, als sie zuerst mit einem langen Blick ihre Umgebung absuchte, um Bekannte und Kollegen auszumachen und sich vor einem zufälligen Zusammentreffen zu schützen, und dann endlich ihren Blick heranzoomte und sich auf ihn konzentrierte.

»Was ist passiert?«, fragte sie mit der Natürlichkeit von zweien, die am Tag zuvor noch zusammen in der Küche Pancakes gebacken haben. Im Nu verband sich das Damals mit dem Jetzt, und die Jahre der Trennung fielen heraus in den großen Fundus der Zeit.

»Das muss ich dir nicht erzählen. Du hast auf der Onkologie gearbeitet, du weißt, was ich habe. Ich hätte dich nicht hierher bemüht, nur um dir eine Kurzversion meiner Krankengeschichte zu erzählen.« Er verschränkte die Finger und legte die Hände auf den Tisch.

»Das ist keine Mühe. Wir sind zwar nicht mehr zusammen, aber Menschen sind wir doch geblieben, oder?«

Er schwieg. Er hatte die Beine neben dem Tisch von sich gestreckt, führte seine verschränkten Hände in Richtung des rechten Knies, versuchte es besser anzuwinkeln, doch das war schmerzhaft, er zog die Lippen in den Mund und sagte mit verkrampften Kiefern: »Hör zu, Simona, ich habe Sperma einfrieren lassen. Falls du niemanden zum Heiraten findest und ein Kind haben willst – es ist deins.«

Sie richtete sich auf. Das Tütchen mit dem Süßstoff, das sie zwischen den Fingern hin und her geschoben hatte, riss auf, und weißes Pulver rieselte auf den Tisch.

»Ist es nicht ein bisschen früh, dein Erbe zu verteilen? Vielleicht heiratest du ja eines Tages noch, heb es dir auf für deine Frau. So schnell wirst du nicht sterben«, sagte sie und gab sich optimistisch.

»Werd ich doch.«

Sie öffnete ihre Hand und schob das weiße Pulver hinein. Es war die einzige Bewegung, die in diesem Moment außer Zweifel stand.

»Daran stirbt man nicht so schnell, Michael. Ich hab noch nicht alles von der Onkologie vergessen.«

Mehr sagte sie nicht. Sie wusste, Tröstungen würde er ihr nicht abnehmen; er hatte bestimmt alles über seine Krankheit recherchiert. Ihr Telefon vibrierte und erlöste sie aus dem Schweigen, das sich zwischen ihnen breitgemacht hatte. Johannas Nummer erschien auf dem Display. Sie sagte: »Frau

Hannah schlafen die ganze Tag, zum Mittag hat gegessen nur bisschen Obst und dann wieder geschlafen.« Simona war dankbar für die kleinen Sorgen, die einen aus den großen Sorgen herausholten, und sagte: »Lass sie schlafen. Sie hat viel Alkohol getrunken. Sie hat einen Kater. Gib ihr viel zu trinken, damit sie uns nicht austrocknet.«

»Ja natürlich, ich schon gegeben zwei Liter … Wenn möglich, Simona, wenn Sie kommen zu Hause Frau Hannah anschauen …«

Auf dem Heimweg erinnerte sie sich, dass sie in der Cafeteria nichts bestellt und nichts getrunken hatten und der Kellner ihnen noch nicht mal die Karte gebracht hatte. Kellner haben einen guten Blick. Sie erkennen Kunden, die vom Leben hart gebeutelt werden. Schon öfters hatte sie in der Cafeteria gesessen und beobachtet, dass sie sich immer erst an die Gesunden wandten und sich die Mängelware, die das Leben ihnen präsentierte, für später aufhoben. Verständlich. Sie waren so jung. Simona war auf dem Heimweg und beschäftigte sich mit Kellnern. Zu Hause würde sie sich mit ihrer betrunkenen Mutter beschäftigen und sich danach auf die Anzeigen für Mietwohnungen stürzen. Das eingefrorene Erbe, das Michael ihr vermacht hatte, würde weiter in den großen Kühltruhen des Krankenhauses ruhen. Was hatte sie mit seinem Samen zu schaffen und was mit ihm? Das Vergangene gehörte in die Vergangenheit und würde dort auch bleiben.

Die Alte lag auf dem roten Sofa im Wohnzimmer, und von ihrem Schnarchen bebten die Zipfel der Sommerdecke, die sie bis zum Hals bedeckte. Simona legte ihr die Hand auf die Stirn, und die Alte murmelte aus dem Dämmer ihres Rausches: »Schön, Herzl. Ja, das machst du gut … mach das noch …«

»Mama, ich bin das, Si-mo-na!«, rief sie laut, richtete die hohe Anzahl von Dezibel auf den Gehörgang ihrer Mutter, um durch die gewundenen Gänge an ihr Hirn zu dringen und sie aufzuwecken. Doch die Alte machte gerade so weiter: »Herzl, das ist wunderbar … wo ist denn Klein …«

Johanna hielt die Arme vor der Brust verschränkt, sie reckte ihren Hals zu der Schlafenden, und ihr Blick hüpfte von der Mutter zur Tochter, wie im entscheidenden Satz eines Tennisspiels. Das Mädchen rannte die Treppe hoch und runter und sang lauthals: *Wir sind die 2c, das tut gar nicht weh. Eins zwei drei, Keilerei. Wir sind die 2c, das tut gar nicht weh …*

Auch Orna kehrte von der Arbeit zurück, streckte den Kopf hinein und fragte, was los sei.

»Schneewittchen schläft«, sagte Simona, und das Mädchen schnappte das auf und rief von der Treppe: »Was bedeutet es, dass Schneewittchen schläft?« Es stürmte mit schokoladenverschmiertem Mund ins Zimmer, und das Kaninchen sprang, mit der binnen eines Tages erworbenen Selbstsicherheit und aufgrund seines immerhin vierundzwanzigstündigen Dienstalters, mutig hinter ihr her, und schon waren fünf Seelen im Zimmer versammelt, die Kaninchenseele mitgerechnet, und umringten das Bett der Alten, die im Meer des Alkohols schlummerte, den sie in sich hineingeschüttet hatte. Sie hatten sich alle um das rote Sofa aufgestellt, da klopfte bereits die sechste Seele an die Tür. Der neue Mieter bat um ein Fliegenspray, bemerkte die versammelte Menge und fragte: »Ist was passiert?« Er sah aus, als sei er eben erst dem Totenreich entstiegen und werde von einem beidseitigen Migräneanfall heimgesucht. Die Ringe unter seinen Augen waren größer geworden, er war bleich, unrasiert, sein wirres Haar klebte feucht am Schädel. Er fragte nicht, ob er sich zu den Versammelten hinzugesellen dürfe, schaute über Ornas Schulter und sah, wie die Decke vom Schnarchen der Alten bebte. Er strengte seinen Kopf an, konnte sich mit seinem Kater aber nicht erinnern, wann sie den Pub verlassen hatte, ob sie von den beiden Herren hinausbegleitet, auf einer Trage von Sanitätern hinausgetragen worden war oder sich selbst bis zur Tür geschleppt hatte. Vom Alkohol musste sein Kopf auf den Tisch gesunken sein, und er war erst wieder aufgewacht, als ihn jemand energisch an der Schulter geschüttelt und mit harter Stimme zu ihm gesagt hatte: »Mein Herr, wir schließen. Es ist vier Uhr früh.« Jemand hatte ihn unsanft gepackt und zum Ausgang gebracht und hatte, sobald sich seine Füße jenseits der Schwelle befanden, die Tür hinter ihm zugeschlagen, und er war aufs Trottoir gesunken. Wären nicht das Gefühl der Scham und die morgendliche Kühle gewesen, die ihm zusetzten, hätte er den Weg nach Hause nicht gefunden und nicht sein Bett in diesem Haus, und er hätte auch nicht gewusst, wie er sich darauf legen sollte.

Johanna trat zur Seite und machte dem neuen Mieter Platz. Er sollte alles aus nächster Nähe sehen. Sie schien dermaßen froh über sein Erscheinen, dass man sich des Eindrucks nicht erwehren konnte, sie selbst habe ihm die Fliegenplage in die Wohnung geschickt, damit er zu ihnen herüberkommen, nach dem Spray fragen und Frau Jona in diesem Zustand sehen konnte, eine schnarchende Pflanze. Sollte er ruhig zur Sozialversicherung gehen und melden, was er gesehen hatte. Doch während Johanna sich ausrechnete, welchen Nutzen sie aus dem Mammutschlaf von Frau Hannah zog, weckte dieser bei dem neuen Mieter ganz andere Befürchtungen. Er verdächtigte die beiden geschniegelten Herren, der Alten K.o.-Tropfen ins Getränk gemischt und ihr, während sie dahindämmerte, eine Unterschrift und ihr ganzes Grundstück abgeschwatzt zu haben. Rasende Kopfschmerzen plagten ihn, er ärgerte sich über sich selbst. Du Idiot, was hast du so schnell aufgegeben. Warum hast du da wie ein Pferd gesoffen, statt wachsam zu bleiben? Jetzt war sie kurz davor, den letzten Rest ihres Verstandes zu verlieren oder gar ihre Seele auszuhauchen, und er konnte ihr das Malheur nicht mehr erklären und sie nicht mehr überzeugen, die Sache rückgängig zu machen. Diese geschniegelten Herren würden die Papiere aus der Tasche ziehen, und die Kellner könnten bezeugen, dass die gesamte Transaktion in aller Öffentlichkeit, in freundschaftlicher Atmosphäre und völligem Einverständnis stattgefunden hatte. Er war dermaßen niedergeschlagen, dass er am liebsten eine Dose Bier oder einen Wodka getrunken hätte oder zur Not auch eine Flasche süßen Kiddusch-Wein.

Ornas Telefon vibrierte. Sie hätte sich gern den Temperaturen der Öfen und dem Gleichgewicht der Chemikalien in den Kesseln zugewandt, doch sie empfand es als unpassend, sich jetzt vom Tatort und der schlafenden Mutter zu entfernen. Vom Tiefschlaf alter Leute verstand sie nicht viel, doch ihre Erfahrung in Führungspositionen hatte sie gelehrt: Wenn etwas nicht von alleine funktionierte, konnte man es mit demonstrativer Autorität erzwingen. Sie trat so nah ans Sofa, dass ihre Knie das Polster berührten, bot ihre gesamten Führungsqualitäten auf, neigte ihr angespanntes Gesicht zur schlafenden Mutter und schrie sie an: »Mama, steh auf! Genug jetzt mit dieser Vorstellung. Steh auf! Steh sofort auf, Hannah Jona!«

Der laute Befehl weckte Hannah Jona jedoch nicht auf, verschreckte sie vielmehr in ihrem dahindämmernden Bewusstsein und trieb sie in noch tiefere Tiefen des Schlafes. Ihre Kiefer wurden schlaff, die Wangen fielen ein, der Mund öffnete sich, der Abstand zwischen ihren Schnarchern wurde größer und die Pausen zwischen den Beben der Deckenzipfel länger. Die Hälse der über ihr Stehenden reckten sich immer besorgter zu ihr hin. Johanna war wie zweigeteilt, sie freute sich über die Schlappe, die die Sozialversicherung nun einstecken musste, bangte aber auch um Frau Hannah; die könnte von ihrer Schlafreise vielleicht nicht zurückkehren und sie bis in alle Ewigkeit weiterführen. Johanna rang die Hände, biss sich auf die Unterlippe, bekreuzigte sich hastig und sprach auf Rumänisch zu Gott. Verkatert, wie er war, versuchte der neue Mieter in Panik für den Fall, dass die Alte ihre Seele aushauchte, seine nächsten Schritte zu planen, doch sein Hirn war vom Alkohol des Vorabends getränkt. Ihm schwindelte, und er wollte sich erbrechen. Das Mädchen stand am Kopfende und drückte sich das Kaninchen an die Brust. Die Decke verbarg die Oma vor seinem Blick, und es wusste nicht, ob sie schon dem toten Käfer ähnlich wurde, den es am Tag zuvor gesehen hatte, und ob sie wie er ihre Beine schon zum Bauch hin einklappte. Simona griff unter die Decke, zog die schlaffe linke Hand der Alten hervor, drückte auf die Handwurzel, zählte die Pulsschläge und legte die Stirn in energische professionelle Falten. Konzentriert blickte sie auf ihre Uhr, und die Augen der Umstehenden blickten auf sie wie bei der Ziehung der Lottozahlen.

»Völlig regelmäßig«, sagte sie und legte die Hand der Alten zurück.

Das Mädchen wusste nicht, ob »völlig regelmäßig« gut oder schlecht für die Oma war, und las auch auf keinem der Gesichter Anzeichen von Erleichterung. Orna klopfte angespannt mit dem Schuh, schaute auf ihr Handy und wirkte genervt. Simona sagte nicht, wie es jetzt weiterging; ihr Gesicht sah aus, als verfolge sie im Radio schlechte Nachrichten, und dabei schaute sie aus dem Fenster, als habe sich dort draußen alles schon entschieden. Johanna hielt den Kopf gesenkt und schaute auf ihr Herz. Das Mädchen drückte sich das Kaninchen fest an die Brust, und dieses schmiegte sich an und rollte sich ein, als sei ihm kalt. Irgendwo hatte Dana mal gehört, dass Tiere spürten, wenn jemand im Sterben lag, und wusste nun nicht, ob das auch für Kaninchen galt. Die Stille wurde schwer wie ein Stein, keiner sagte etwas, hustete oder nieste, und sie musste aufs Klo. Sie spürte, dass sie es gleich nicht mehr würde halten können, und wusste nicht, ob es unpassend war, in so einem Schicksalsmoment aufs Klo zu gehen, wo Oma Hanna gleich aufhören würde zu atmen. Und all diese Idioten standen um sie herum und unternahmen nichts. Wenn die jetzt bloß nicht rausgingen und sie alleine sterben ließen. Das Tier drückte auf ihre Brust, es fiel ihr schwer, die Luft hinauszulassen und neue einzuatmen. Kurz bevor sie keine Luft mehr bekam, legte sie beide Hände fest um das Kaninchen, hob es hoch über ihren Kopf und setzte dann das Tier, das die Ohren vor Angst aufgestellt hatte, auf den Hals von Oma Hannah. Deren Hals und Kopf schnellten hoch, das Kaninchen kullerte auf ihren Bauch, und Oma Hannah schrie: »Herzl, was machst du da?« Sie schlug die Augen auf, aus ihnen leuchtete klares blaues Licht. Die Anwesenden traten einen Schritt zurück. Als Erste klatschte Johanna in die Hände, dann applaudierten alle anderen, die um die Alte standen und sie hatten wiederbeleben wollen. Der lärmende Applaus erschreckte das Kaninchen noch mehr, es stand auf allen vieren auf dem Bauch der Alten, und seine Ohren zitterten. Johanna bekreuzigte sich und sagte: »Guter Gott.« Orna sagte: »Sie hat neun Seelen, die Versammlung ist aufgelöst.« Simona gab ihr ein Glas Wasser zu trinken, dem Mädchen entwichen ein großer Spritzer Urin und ein kleiner Spritzer Tränen, und der neue Mieter sagte: »Gott sei's gedankt.«

Die Alte saß auf dem Sofa und murmelte: »Herzl, Herzl«, bis die letzten Weben des Schlafes, in denen sie noch gefangen war, zerrissen. Mit einem Schlag war ihr Bewusstsein wieder da, und sie war zurück in ihrem Haus und bei ihrer Familie. »Schalom«, sagte sie, »was genau macht ihr hier?« Das Kaninchen trippelte ein paar Schritte auf ihrem Bauch. Sie drückte es sich an die Brust und sagte: »Was für ein schönes Geschenk habt ihr mir da gemacht! Hab ich denn heute Geburtstag, oder was?«

»Oma, das ist meins!«, platzte es aus dem Mädchen heraus, und seine Tränen vermischten sich mit der Schokolade auf den Wangen.

»Komm, Danutschka, komm.« Johanna legte den Arm um das Mädchen, sah den sich ausbreitenden Fleck auf seiner Hose, zog es hinter sich her zur Toilette und brachte ihm Kleider zum Wechseln. Als sie zurückkamen, standen alle immer noch um das rote Sofa, um sicherzugehen, dass die Alte auch wirklich aus ihrem trunkenen Tiefschlaf erwacht war. Das Mädchen drängte sich zwischen Orna und Simona hindurch, nahm eine Haarsträhne in den Mund und begann daran zu kauen; es rieb seinen kleinen Bauch am Sofapolster, wollte seine Oma berühren, schreckte aber davor zurück.

»Oma, warum hast du es Herzl genannt?«, fragte es, die Haarsträhne noch immer im Mund.

»Wen?«

»Das Kaninchen.«

»Hab ich das?« Die Augen der Alten öffneten sich zu gewaltiger Größe. Wie die des Wolfes im Bett der legendären Großmutter, die er gefressen hatte.

»Schon zweimal hast du es so genannt.« Das Mädchen hielt Abstand. Die Möglichkeit, dass ein Wolf mit Oma Hannah den Platz getauscht hatte, war nicht weniger absurd als alle anderen Ereignisse der letzten Stunde, und es wagte nicht, das Kaninchen an sich zu nehmen. Auch das Kaninchen war auf der Hut und vermied ruckartige Bewegungen, bevor es nicht wusste, wie die Dinge sich entwickeln würden.

»Wenn ich etwas anmerken darf«, begann der neue Mieter, »wir alle sind diesem Kaninchen zu tiefem Dank verpflichtet. Es hat ganze Arbeit geleistet.«

Orna blickte auf den Mieter und sah, wie sich das rote Sofa mit ihrer Mutter und dem Kaninchen in den Gläsern seiner Kinderbrille spiegelte. Er sah dermaßen jämmerlich aus, dass er einen flüchtigen Moment lang ihr Mitgefühl weckte.

»Recht hat er«, sagte sie. »*You did a good job,* Kaninchen. Dann nennen wir dich jetzt Herzl.«

Das Mädchen sann noch über die Auferstehung der Toten nach, deren Zeuge es soeben geworden war, und sagte auch nichts zu dem Namen; es wagte nicht, den Retter vom Bauch der Oma zu nehmen. Johanna sah, wie nervös es an seiner Haarsträhne kaute, trat näher an die Alte, legte ihre kräftigen Hände um das Kaninchen, hob es hoch und gab es dem Mädchen.

»Hier, du nimmst die Herzl.« Die Spannung wich aus den Ohren des Kaninchens, es zog die Beine unter seinen Bauch und schmiegte sich an wie einer, der sich wieder zu Hause fühlt.

Orna sagte, dieses kleine Tier habe geschafft, was vier Menschen nicht gelungen war, und Simona sagte: »Ja, sie hat geschlafen wie eine Tote, bis sie echte, natürliche Wärme spürte und wieder Lust bekam zu leben.« Johanna wusste nicht, was natürliche Wärme bedeutete und was dieses Tier haben sollte, was sie und die ganze Familie Jona nicht besaßen, eilte aber in die Küche, um das Kaninchen zu belohnen, und machte ihm ein Danke-Schüsselchen mit Salatblättern und gehackter Petersilie, stellte es auf den Boden und sagte: »Nimm, Herzl, fressen.«

Hannah Jona hob die Beine vom Sofa, tastete nach ihren Hausschuhen und fragte, was heute für ein Tag sei. Der neue Mieter rieb sich die Schläfen, versuchte abzuschätzen, wie nüchtern sie war, und suchte in ihrem Gesicht nach den Ereignissen des Vortags. Schon sehr bald, wenn er das Fliegenspray zurückgab, wollte er mit ihr reden und ihre Beziehung zu den Herren Herzl und Klein erforschen. Doch jetzt war er fix und fertig und zu verwirrt und ging aus dem Zimmer, ohne mitzunehmen, wofür er eigentlich gekommen war.

Jardena kam erst von der Arbeit, als der Vorhang nach dem Drama schon lange gefallen war und die Schwestern sich jede in ihre Wohnung zurückgezogen hatten.

»Oma ist fast übern Jordan gegangen«, sagte das Mädchen zur Begrüßung.

»Wohin ist sie gegangen?«

»Übern Jordan, wenn ich's dir doch sag.«

»Und ...?« Jardena kickte die hohen Schuhe von den Füßen und öffnete Gürtel, Haar und die obersten Knöpfe ihrer Bluse.

»Herzl hat sie gerettet.«

»Was du nicht sagst. Herzl hat gesagt ›steh auf‹, und dann ist sie aufgestanden?« Jardena lachte, hustete und verbreitete Zigarettengeruch. Sie schüttelte den Kopf mit dem eben befreiten Haar und fragte: »Dana, hast du schon zu Abend gegessen?«

»Du weißt ja gar nicht, wer Herzl ist!« Das Mädchen stampfte wütend mit dem Fuß, blies die Backen auf und prustete die Luft hinaus.

Jardena hatte nicht wirklich zugehört. Sie sammelte schmutzige Wäsche auf einen Haufen und öffnete das Fenster, um die roten Blusen zu betasten. »Die sind schon ganz dreckig!«, rief sie, riss sie von der Leine und warf sie auf den Haufen. Das Mädchen sah, dass da niemand war, den es hätte fragen oder dem es etwas hätte erzählen können; es ging zum gegenüberliegenden Fenster und schaute in den dunklen Hof hinunter, dabei hielt es das Kaninchen auf dem Fensterbrett zwischen seinen Ellbogen fest, rieb seine Wangen an den zarten Ohren und schaute auf die Lichtflecken, die der Mond auf das hellblaue Kleid warf.

»Siehst du dieses Kleid, Herzl? Zweihundert Schekel haben sie dafür rausgeworfen, diese Idioten.«

Herzl schwieg, richtete seine feuchten Augen ins Dunkel und verdaute den Salatberg, den er gefressen hatte.

Während ihres langen Schlafs hatte die Alte enorme Tatkraft und einen Riesenhunger entwickelt.

Sie fiel über den Haferbrei her, den Johanna ihr gekocht hatte, aß drei Brötchen, Salat und ein Ei. Johanna sah, wie sie einen gefüllten Teller nach dem anderen leerte, und sagte: »Frau Hannah, Sie gegessen genug. Später die Bauch machen *probleme*.« Die Alte gehorchte widerwillig. Nach all dem wollte sie der Realität anders begegnen. Sie trat vor den Spiegel, prüfte ihr Abbild, erinnerte sich an Herzl und Klein, die ihr höchstens dreißig Jahre gegeben hatten, vergaß die letzten siebenundvierzig Jahre ihres Lebens und bat Johanna, ihr das Haar schwarz zu färben. Johanna war gerade dabei, die festgeklebten Haferflocken vom Teller zu kratzen, und sagte: »Was passiert, Frau Hannah? Viele Jahre Sie haben Haare weiß und alles gut. Warum jetzt nicht mehr gut?« Jardena dachte, jetzt ist sie völlig durchgeknallt, steuerte aber eine Tube Farbe und die anderen nötigen Hilfsmittel aus ihrem Vorrat zu dem Unternehmen bei. Die Alte saß auf dem Hocker im Badezimmer, das um ihren Hals gebundene große Plastiktuch umhüllte sie ganz und reichte ihr bis zu den Füßen. Johanna verrührte die Zutaten, warf ihr durch den Spiegel einen prüfenden Blick zu und dachte, entweder hat sie noch immer Alkohol intus oder ihr fehlt ein Vitamin. Schade, dass der Kopf von Frau Hannah nicht am richtigen Ort saß. Sie konnte ihr nicht sagen, dass die junge Person, in die sich verwandeln wollte, nicht zu der Geschichte passte, die sie der Sozialversicherung weismachte, und dass *oxigen* und die ganzen Chemikalien ihrem Gehirn nur schadeten. Sei's drum, sie würde ihr eine graue Mütze stricken, unter der ihr ganzer Kopf verschwand und die ihr Gesicht kleiner machte, für den Fall, dass sie an die Tür klopften und hereinkamen. Dann würden sie sie in ihrem Rollstuhl sehen, mit einer Mütze auf dem Kopf, die sie viel älter und dünner machte, als sie war.

Während Johanna ins weiße Haar der Alten Scheitel zog und ihren Kopf mit schwarzer Farbe bestrich, brütete Simona in ihrer Wohnung im zweiten Stock über den Mietanzeigen. Sie hatte sich keinen Kaffee gemacht, war auch nicht zum Kühlschrank gegangen, sondern überflog Hunderte von Mietanzeigen: eigener Eingang, Abstellraum, vergitterte Fenster, Parkplatz, Baugenehmigung, Dachwohnung. Sie las eine nach der anderen und merkte gar nicht, dass sie besonders bei kinderwagen- und rollstuhlgängigen Wohnungen im Erdgeschoss verweilte. Die Buchstaben schwirrten wie Obstfliegen vor ihren Augen. Sie hatte Kopfschmerzen, warf die Zeitungen weg, ging zum Kühlschrank und aß alles, was sie nur fand. Was hatte sie mit ihm zu schaffen und was mit seinem Samen? Und wie kam es, dass von allem, was sie abschloss, hinter sich ließ und aus ihrem Leben verbannte, immer ein Rest blieb – sie konnte ihn noch so oft abbeißen, mit den Fingernägeln abreißen, zermalmen oder verbrennen, er kam immer wieder zum Vorschein wie das abgerissene Fadenende einer aufgetrennten Naht. Das *Tahina*, das sie direkt aus der Dose löffelte, lief am Rand der Dose herunter, tropfte auf den

Boden und hinterließ auch auf ihrem Kinn eine feine Spur, doch sie aß weiter und machte sich nach dem *Tahina* über den Honig her, dann über die Marmelade, riss dazu immer wieder Stücke Brot ab, bis der Essensberg so schwer war, dass er unerträglich auf ihr Zwerchfell drückte. Sie ließ die Lebensmittel offen und tropfend in der Küche stehen, rannte in die Toilette und spuckte alles wieder heraus. Zitternd und mit kaltem Schweiß bedeckt, drehte sie den Wasserhahn auf und ließ sich im Waschbecken kaltes Wasser über den Kopf laufen, drehte den Hahn noch stärker auf und dachte, ich gehe nach Tel Aviv, nach Haifa oder Naharija, ich zieh mich aus dem Ganzen hier raus, löse mich von allen, doch noch bevor sie den Hahn zudrehte, wusste sie, sie konnte nirgendwohin fliehen. Wohin sie auch lief, die geologischen Schichten, aus denen sie bestand, kamen immer mit. Dieses Rennen hatte sie längst verloren. Es gab keine Tabula rasa, zu der man zurückkonnte.

Sie trat ans Fenster, starrte in den dunklen Hof, der das ewig brennende Seelenlicht ihres Vaters Jehuda sein sollte, und sah nur die Verwahrlosung. Da kam ihr der Gedanke, dass ihre Mutter nie wirklich um ihn getrauert hatte. Sie hatte den Hof zum Denkmal für ihn erklärt und dieses öde Grundstück dazu verdammt, ihn in der Welt zu repräsentieren, und auf diese Weise war sie die Sache los. Solange der teure Verstorbene sich in den Steinen des Hofs befand und diesen Ort nicht verließ, musste sie über nichts trauern. Ihre Trauer würde an dem Tag beginnen, an dem sie das Haus verkaufte.

Glasscherben, Metallstückchen und Marmorsplitter warfen das Mondlicht zurück. Die Vogelscheuche steckte wieder schief in der Erde, und das Kleid, das man ihr angezogen hatte, erinnerte Simona an das Mädchen. Es war so verwahrlost wie der ganze Hof. Wie entsetzt hatte es sie angeschaut, als das

Drama um die Alte seinen Höhepunkt erreichte. Was hätte es gekostet, ihm eine Umarmung zu schenken, ein Wort, irgendetwas? Was hätte sie sich damit vergeben? Dass sie dem Mädchen gar nichts gegeben hatte, verdrängte auf einen Schlag die Sorgen dieses Tages und überwältigte sie. Du bist eine kalte, rationale Maschine, Doktor Jona, du kannst im Schlaf die Normwerte von Natrium und Kalium aufsagen, kannst jede Bluttransfusion zielgenau in eine Vene leiten, du triffst Diagnosen, gibst Therapieanweisungen, da kann dir keiner kommen, dein Kopf und deine Hände funktionieren einwandfrei, aber dein Herz, Doktor Simona, was ist mit deinem Herzen? Du gestehst es dir nicht gerne ein, aber manchmal ist es bei dir nichts weiter als ein geballter Muskel voll Blut. Michael hatte ihr angeboten, von seinem Samen ein Kind zu machen. Doch was sollte sie mit einem Kind, wenn das Entsetzen eines siebenjährigen Mädchens sie kalt ließ wie einen Stein? Was war daran so schwierig, es an der Hand zu nehmen oder sein dummes Kaninchen zu streicheln? Simonas Augen wurden schwer und fielen zu. Sie dämmerte am Fenster ein und sah eine Frau, die eben geboren hatte, in einem zum Stillen aufgeknöpften rosafarbenen Nachthemd aus dem Gebüsch treten; sie drückte ihr Kind an die Brust und drückte und drückte immer fester, bis seine dünnen Knochen zitterten, da zuckte sie zusammen und schlug die Augen auf. Wie spät war es? Das Fenster des neuen Mieters war dunkel, auch aus den anderen Fenstern des Erdgeschosses drang kein Licht. In den Wohnungen ihrer Schwestern war es still, kein Fußgetrappel, keine knallenden Schubladen, knarrenden Türen. Alles schwieg. Das Haus der »Nanas« hatte sich zur Ruhe gelegt, die Zeit der Graffiti an der Hauswand war gekommen.

Morgen früh würde sie dem Mädchen im Einkaufszentrum des Krankenhauses etwas kaufen, da gab es Katzen mit einem

Hüpfmechanismus, Holzaffen mit Gelenken, weinende Puppen und auch Andersens Märchen zum Sonderpreis, vier Bände für hundert Schekel, Röhrchen mit Seifenblasen, Pistolen, die Bonbons schossen, Stethoskope und Reflexhämmer aus Plastik, und wenn der Nachthimmel morgen Abend so klar war wie heute, würde sie dem Mädchen die Milchstraße und den großen Bären zeigen und ihm erklären, wohin die Sonne nachts verschwand. Sie legte sich hin und schämte sich für die gelenkigen Holzaffen, mit denen sie ihr Gewissen beruhigen wollte. Das Mächen war nicht dumm. Es hatte schon Erfahrung mit der Kluft zwischen dem Innen- und Außenleben von Menschen. Es würde ihr keine Sühneleistung abkaufen, die sie zum Sonderpreis von vier Stück für hundert Schekel erstanden hatte. Im besten Fall würde es den Blick zur Milchstraße heben und sich wünschen, dass seine Tante nicht so an ihm klebte und es endlich in Ruhe ließ.

Simona tat, was alle im Haus längst getan hatten. Sie löschte das Licht, ging schlafen, doch da fielen ihr die Infusionsbeutel ein, von denen sie Fathma befreit hatte, damit die bei der Hochzeit ihres Enkels dabeisein konnte. Was, wenn Wasser ihre Lunge überflutete, wenn über ihr Blut ein Gerinnsel in ihr Hirn schoss, oder wenn … Kalter Schweiß überzog ihr Gesicht, sie tastete nach dem Telefon, rief auf der Station an und biss sich einen Fingernagel ab, bis die Nachtschwester Zeit für sie hatte und ihr sagte, dass Fathma die Nacht mit ihrer Familie verbringen und am nächsten Tag zurückkommen werde, ihr Sohn habe die Verantwortung dafür übernommen. Er hatte vermutlich recht. Wenn Fathmas Stunde noch nicht gekommen war, würde ihr auch nichts passieren; die Infusion konnte warten. Und wenn ihre Stunde gekommen war, dann würde sie auch die Infusion nicht mehr brauchen. Sie legte sich wieder hin und hörte Schritte auf dem Dach. Was hatte jemand um diese Zeit auf dem Dach verloren, zwischen staubigen Sonnenkollektoren, Taubendreck und toten Vogelküken? Die Schritte waren deutlich zu hören. Wie konnte jemand aufs Dach gekommen sein, wo doch die Alte den Dachschlüssel verwahrte und man nur von ihrer Wohnung aus dort hinaufkam? Simona verwarf den Gedanken an einen Dieb und nahm an, dass eine Katze dort hochgeklettert war, um ihr Glück auf dem Dach zu versuchen, vielleicht auch zwei oder noch mehr Katzen. Wenn es nach ihr ging, konnte sich da oben eine ganze Katzengang herumtreiben, jaulen, Liebe machen, den Mond oder sich gegenseitig anfauchen, sollten sie ruhig kommen, zu dritt, zu viert, zu zehnt … und nachdem sie den Katzen diese umfassende Generalbefugnis erteilt hatte, übermannte sie der Schlaf.

4

Die Katzen hatten die Generalbefugnis von Simona nicht genutzt und waren nachts nicht aufs Dach gegangen. Es war Johanna, die dort hinaufgestiegen war, um gegen den bösen Blick vorzugehen, Dämonen zu fangen, Geister zu beschwören. Kurz bevor sie schlafen ging, hatte sie bemerkt, dass die Leine, an der das Schicksal des Hauses hing, leer war. Die roten Blusen waren verschwunden. Sie ärgerte sich über Jardena, die unüberlegt in den Tag hinein lebte und die Launen des Schicksals nie mitbedachte. Wild entschlossen, dem bösen Blick zuvorzukommen, bevor er sich auf ihre Schutzlosigkeit stürzte und Unglück über das Haus brachte, hatte sie ein großes rotes Tuch, das sie aus *România* mitgebracht hatte, aus dem Schrank geholt. Es war aus schwerer Schafwolle, dicht gewebt, genau richtig für die stechende Kälte in den Karpaten, und sie hatte es seit ihrer Ankunft hier kein einziges Mal benutzt; es hatte im Schrank gelegen, wo es, statt Wärme zu spenden, nur ihre Sehnsucht weckte. Jetzt knotete sie eine Schnur um eine seiner Ecken, klemmte es sich unter den Arm und trug es wie ein Schaf zur Schlachtbank, stieg auf Zehenspitzen die Treppen zum Dach hinauf, öffnete die Tür, wartete, bis das Knarren der Türangeln verklang, und trat hinaus aufs Dach. Sie sog die kühle Nachtluft ein, wartete, bis ihre Augen sich an das Dunkel gewöhnten und sie die Umrisse der Wassertanks und den kalten Glanz der Kollektoren klar erkennen konnte. Sie suchte einen Weg zwischen Schläuchen, alten Eimern mit Kalk und Resten einer Leiter; ihre Füße tasteten sich durch Staub und Taubendreck, als hüte sie sich vor Minen, damit sie nicht stolpern und mit ihrem Krach die Frauen des Hauses aufwecken würde. Schließlich stieß sie an die Betonumfriedung, die nie ganz zu Ende gebaut worden war und aus der einige verbogene Eisenstangen emporragten. Eine dieser Stangen wählte sie aus, band die Schnur daran fest und ließ das Tuch hinunter. Die Schafwolle fiel vor der Front des Hauses hinab und entrollte sich wie eine Fahne zum ersten Mai, rot und sogar im Dunkel als Warnung zu erkennen. Nachdem sie das Tuch als Wächter über das Haus eingesetzt hatte, richtete sie sich auf, schaute über das flache Dach und bekam eine Ahnung von der Größe des Grundstücks, auf dem das Haus gebaut war. So viel Platz für eine Familie! Zentner von Kartoffeln könnten auf diesem Grundstück wachsen; in *România* würden zehn Familien gemeinsam ein solches Grundstück beackern. Aber sie war nicht in *România*, und nicht jeden Tag stieg sie aufs Dach und kam dem Himmel so nahe. Deshalb dankte sie Gott für das, was sie hatte, erinnerte ihn an das, was fehlte, und pries die Milliarden Sterne, die sich in seinem Firmament drängten und alle den ihnen angewiesenen Platz kannten. Die Menschen könnten etwas von den Sternen lernen, wenn sie ab und zu nach oben schauen würden. Sie wollte Gott nicht belehren, aber es ginge gerechter in der Welt zu, wenn die ganze Weltkugel in gleich große Vierecke aufgeteilt wäre und jeder Mensch bei seiner Geburt das ihm zugeteilte Stück bekommen und es bei seinem Tod Gott zurückgeben würde. Unsinn, das würde nicht funktionieren, die Bewohner dieser Erde waren viel zu habgierig, und Gott wusste vermutlich sehr wohl, mit wem er es zu tun hatte. Der Mond stieg höher, wurde weißer und kleiner, und der Himmel zog sich zurück und entfernte sich von der Erde. Sie putzte mit dem Finger etwas Staub von einem Wassertank. So ist die Welt, Johanna, Gott weiß, was er tut, bedank dich schön für das große Haus, das er Familie Jona gegeben hat. Wäre es kleiner, bräuchten sie dich nicht, dann könnten sie es selber putzen. Ihr wurde kalt. Sie verschränkte die Arme vor der Brust. Ihre rechte Hand knetete den linken Arm, um sich zu wärmen. Sie verwünschte die roten Augen, die oben auf den Baukränen blinkten und die Begehrlichkeit der Bauunternehmer bezeugten, dann hob sie den Blick höher, noch viel, viel höher, und sah im endlosen Dunkel blinkende Lichtnadeln, kleine silberne Pünktchen, unfassbar in ihrer Zahl. Die Welt war so gewaltig und reich, und sie war schon sechzig und wusste nichts von ihr. Sie hatte weder Physik noch Chemie studiert, auch keine Philosophie, Musik oder Literatur. Nichts. Acht Jahre hatte sie gelernt und zweiundfünfzig gearbeitet. Sie würde diese Welt so dumm verlassen, wie sie sie betreten hatte. Aber das war, was Gott ihr zugeteilt hatte. Sie lehnte sich über das Geländer, betrachtete den rotwollenen Schild, den sie vor dem Haus angebracht hatte, und wandte sich zu gehen. Sie schloss die schwere Dachtür hinter sich, stieg hinunter, und sobald sie den Kopf auf ihr Kissen legte, schlief sie ein.

Am nächsten Morgen wurde ihr und allen Frauen im Hause klar, dass das rote Wolltuch, das sie nachts aufgehängt hatte, das Schicksal des Hauses gewendet hatte. Die jüngeren Frauen erwachten wild entschlossen zu neuen Taten, als sei in der Nacht ein Blitz eingeschlagen, in ihr Bewusstsein gedrungen und habe in ihren Hirnen Sicherungsdrähte zum Glühen gebracht. Auch wer die magischen Kräfte des Wolltuchs leugnete, konnte nicht anders, als sich vor dem Zufall verneigen. Als die drei Schwestern ihren ersten Kaffee tranken, wusste jede von ihnen aus ganz persönlichen Gründen, und ohne dass sie sich darüber ausgetauscht hatten, dass sie das Haus der »Nanas« verlassen würde.

Die größte Tat von allen aber hatte die Greisin im Erdgeschoss vollbracht; sie war dem roten Wolltuch zuvorgekommen und hatte ihre Idee vom Vorabend in die Tat umgesetzt. Am Morgen prangte auf ihrem Kopf, borstig abstehend wie die Bürste eines Besens, die schwarze Neuigkeit. Das Mädchen war zu ihr heruntergerannt, um zu verkünden, dass sie umziehen würden, und hatte erschrocken kehrtgemacht vor der bösen Walt-Disney-Fee Malefiz, die ihr aus der Dusche entgegenkam: das schwarze Haar verstrubbelt auf dem Kopf, das Gesicht kreidebleich und zerpflügt, als sei eine Gabel darübergefahren, und aus ihren Augen stoben blaue Funken. Das Mädchen drückte sich an die Wand, fasste sich dann und rannte zurück, die Treppe hinauf. Verschreckt und fasziniert stürmte es in die Wohnung und verkündete: »Mama, Oma ist zur Hexe geworden.«

»Was ist denn in dich gefahren? Und wie redest du?«, schimpfte Jardena, obwohl sich nichts in ihr empörte. Die Ehre ihrer Mutter oder die Frechheit ihres Mädchens ließen sie kalt, aber sie ging hinunter, um nachzusehen. Eine Minute später war sie wieder zurück, sichtlich niedergeschlagen, und zündete sich eine Zigarette an. Jeder Mensch ging mit seiner Heidenangst vor dem Alter anders um. Ihre Mutter wollte dreißig sein. Wenn sie in dem Tempo weitermachte, würde sie noch bis in die Gebärmutter ihrer Mutter zurückrollen. Mit aller Gewalt versuchte sie, Gott unterzukriegen.

Das Mädchen wollte die Botschaft zu Orna und Simona bringen, riss deren Türen auf und rief, Oma ist eine Hexe geworden! Dabei ignorierte es das Verbot, unangekündigt hineinzuplatzen, das vor allem in Zeiten galt, in denen Jardenas Männer wechselten und sie etwas zu verbergen hatte. Jetzt lud sie Zachi nicht einmal mehr ein; es war für beide bequemer, sich in der weitläufigen Penthousesuite seines Hotels zu lieben und zu streiten. Einen Moment, nachdem das Mädchen das Verbot übertreten hatte, riss es die Türen schon für die zweite Nachricht auf: »Und übrigens, wir ziehen um. Wir haben genug Zeit in diesem Haus verschwendet.«

Jardena wiederholte die Worte, wir haben genug Zeit verschwendet. Sie ließ die Tagesdecke fallen, die sie gerade über das Bett breiten wollte, und fluchte: »Verdammte Zeit!« Ein Lichtstrahl drang herein, zerschnitt das Halbdunkel, und Späne zersägter Luft stiegen in ihm auf. Verfluchte Zeit, verfluchte Zeit, diese gerissene, niederträchtige und gesichtslose Gaunerin. Mit viehischem Heißhunger hatte sie schon ihr halbes Leben aufgefressen, ganze vierzig Jahre, und war trotzdem mager geblieben. Kein Wunder, denn die Ausbeute war ziemlich gering. Was hast du mit diesem halben Leben gemacht, Jardena? Sie schaute sich um und spottete über ihre große Errungenschaft: das Kingsizebett, eine Sonderanfertigung, und die passende Satinbettwäsche, die sie immer eigens aus dem Ausland mitbrachte. Sie warf einen erbarmungslosen Blick auf ihr Schlafzimmer, und ihr Leben glotzte sie in seiner ganzen Erbärmlichkeit an, von den Wänden, von der Zimmerdecke, vom Boden; von dem idiotischen Baldachin, den sie über dem Bett hatte anbringen lassen, dem mit goldenen Blumen verzierten Schminktischchen im Louis-quatorze-Stil, von den kleinen Seidenteppichen, dem viertürigen Kleiderschrank, in dem ihr Gehalt an Kleiderbügeln hing in Form von verspielten Abendkleidern, funkelndem Schmuck, bunten Schals, Gürteln, Dessous, Strümpfen, Strapsen, durchsichtigen Nachthemden, Spitzentaschentüchern, kapriziösen Hüten, Mänteln und Handtaschen mit vielen Schnallen. Jedes Teil hing dort, zusammen mit der leeren Freude des Moments, in dem sie es gekauft hatte, und dem nachfolgenden Desinteresse. Sie ließ das Bett ungemacht und lief barfuß und zerzaust, wie sie war, in die beiden anderen Zimmer, wollte sie mit dem Blick eines Fremden betrachten, der sie zum ersten Mal betrat und der an jedem Kissen, jedem Vorhang, Bettbezug und Bild ihre Kaufwut ablesen konnte. Der ganze barocke Kitsch, mit dem sie sich umgeben, das Geld, das sie für abgegriffene, billige Schönheit rausgeworfen hatte, die nur so tat, als ob. Plastik, das so tat, als sei es Holz, Blech, das so tat, als sei es Gold, Kunststoff, der tat, als sei er eine Blume. Sie hob die Hand, riss die Tänzerinnen von Degas samt dem Nagel, an dem sie hingen, aus der Wand und warf sie auf den Boden. Das Glas vor der billigen Reproduktion zerbrach in zwei Teile und splitterte noch nicht einmal; auch das Glas war kein Glas. Ein Stückchen Putz flog ihr ins Auge, sie fluchte, ging ins Bad, es auszuspülen, und sah dort den Farn, der ohne jegliche Aufmerksamkeit nur von dem Wasserdunst drinnen und der Luft von draußen gedieh und aus sich heraus immer neue dicke Wedelblätter hervorbrachte, so dicht und so fest. Das Stückchen Putz störte sie nicht mehr, im Gegenteil, es war, als habe es eine Trübung von ihrem Auge gekratzt. Sie sah, dass der Farn fast das einzig Echte in ihrem Haus war. Am Tag ihres Auszugs würde sie den Inhalt ihrer Wohnung im Hof auftürmen und anzünden, samt allen Spitzen, Stickereien, Tüllrüschen und Goldverzierungen. Nur zwei echte Dinge würde sie von hier mitnehmen, die ganz normal, durchschnittlich und eben nicht prätentiös waren: das Mädchen und den Farn. Wohin sollte sie gehen? Und wozu? Sie hatte keine Ahnung, wusste nur, dass die Zeit reif war. Genug. An dem Tag, an dem sie endlich aus diesem Haus desertierte, würde sie wissen, was sie von sich selbst wollte. Sie verließ das Bad, zog ein elegantes Kostüm an, band sich ein leuchtend türkisfarbenes Tuch um den Hals, schminkte sich, legte Parfüm auf, schaute in den Spiegel und betrachtete mit bitterem Lächeln ihr Abbild, ein Muster an Perfektion. Sie trat kurz ans Fenster und sah, wie die Maschine des Lebens ganze Salven von Menschen in ihren neuen Tag katapultierte. Gleich würde sie draußen von ihnen mitgerissen werden. Früher hatte sie gedacht, sie würde wie eine helle Leuchtrakete, senkrecht in hohem Bogen abgeschossen, strahlen, und alle würden sie sehen, aber das war nicht passiert. Sie war geworden wie alle andern, zog jeden Tag neu in einen Tag aus, in dem es nichts Neues geben würde. Unten auf der Straße sah sie einen alten Mann, der ein Fahrrad neben sich herschob, Trauben von prall gefüllten Plastiktüten rechts und links am Lenker. Tomaten, Zitronen, Kartoffeln. Seine Beine waren geschwollen, der Bauch dick. Er schob seinen wertvollen Besitz neben sich her und hielt nach ein paar Schritten inne, umklammerte die Lenkstange, als sei sie seine Luftröhre, tat noch zwei Schritte und blieb stehen. Ein schwerer Husten schüttelte ihn, das Fahrrad wackelte, da kam das Mädchen hereingestürzt und übertönte seinen Husten.

»Mama, Simona und Orna auch!«, rief es begeistert.

»Was auch?«

»Sie ziehen auch aus.«

»Und du ziehst dich jetzt an, Dana. Es ist schon spät.«

Der Mann und das Fahrrad setzten ihren Weg schweigend fort und entfernten sich, Jardena beugte sich aus dem Fenster, bemerkte den nachts aufgehängten roten Schal und spottete: »Johanna mit ihrem *bullshit*. Es ist alles nur eine Frage des Glücks. Wer hat, der hat.«

»Und wir? Haben wir Glück?«, fragte das Mädchen.

»Kommt drauf an. Unsere Chancen steigen, wenn du rechtzeitig zur Schule kommst.«

Das Mädchen zog eine Hose an und dann das Oberteil des Pyjamas aus; sein Oberkörper war nackt. Noch hatte es Babyspeck unter den Achseln, eine weiche Falte am Hals und einen runden Bauch. Es ist nicht schön, aber auch nicht wirklich hässlich, da hat es Glück, dachte Jardena. Mit so einer Figur wird Dana sich nicht darauf verlassen können, dass ihr Hintern die Arbeit für sie übernimmt. Sie hatte nicht die Art von Hintern, für die die Welt den Atem anhielt. Die Männer würden sich nicht nach ihr umschauen, und sie würde nicht den Hals recken und hochnäsig durch die Gänge stolzieren können. Dafür würde Dana es sich erlauben können, mit gesenktem Kopf herumzulaufen und mitzubekommen, was auf der Erde passierte. Sie war keine, die ihre Locken bändigen und ihrem widerspenstigen Haar Gewalt antun würde. Wenn sie in der Post Schlange stehen würde, um die Stromrechnung zu bezahlen, wäre keine ihrer Bewegungen kalkuliert; niemand würde sie bemerken, wenn sie reinkam, und niemand, wenn sie rausging. Aber vielleicht würde es auch ganz anders kommen. Vielleicht würde sie sich nicht damit abfinden, nur ein gewöhnliches, austauschbares Teilchen auf dem Fließband der Produktion von Menschen zu sein, und sich dagegen aufbäumen; vielleicht ihr Haar rosa färben, sich das Gesicht operieren lassen oder, um in die Schlagzeilen zu kommen, ein Verbrechen begehen. Jardena zündete sich noch eine Zigarette an. An diesem Morgen war sie mit dem linken Fuß aufgestanden, und das, was man Leben nannte, erschien ihr mühsam und ziemlich sinnlos. Sie zog den Rauch in die Lungen und dachte, alle kommen auf dieselbe Art zur Welt und verlassen diesen Ort irgendwann wieder, und in der Spanne dazwischen sind sie bereit, sich das Rückgrat verbiegen zu lassen, nur um beachtet zu werden. Sie drückte die Zigarette aus, warf die Kippe ins Spülbecken, trieb das Mädchen zur Eile: »Nun mach schon, Dana, es ist Viertel vor acht.« Nein, nicht alle lebten so. Dieses Mädchen würde sich weder das Rückgrat noch etwas anderes verbiegen, um Aufmerksamkeit zu erhaschen. Sein Leben lehrte es schon jetzt, im Kleinen wie im Großen, auch ohne Aufmerksamkeit auszukommen. Sie schaute auf die Füße des Mädchens, sah, dass seine Zehen aus den Sandalen herausragten. Wie hatte sie übersehen können, dass das Mädchen längst neue Sandalen brauchte? Wie dumm war sie eigentlich! Preschte in ihre Zukunft und sah die Gegenwart nicht mal auf einen Meter Entfernung.

»Komm, Dana, mach schon. Du kommst zu spät.«

Das Mädchen putzte seine Zähne, bürstete sich oberflächlich das Haar und nahm seine Schultasche. Kaum hatte es die Türe geöffnet, da sprang Herzl schon aus seiner Ecke und hüpfte hinunter zur Tür der Alten. Es lief ihm nach, und die Stifte in seinem Federmäppchen klapperten auf seinem Rücken. *Wir sind die 2c, Scheiße im WC. Tschüss bye bye, Faulenzerei*, sang es.

Sie stiegen ins Auto und sahen eine Tomate auf der Straße. »Shit, er hatte ein Loch in der Tüte«, sagte Jardena und ließ den Wagen an. Sie fuhr los, im Rinnstein sah sie zwei weitere Tomaten, eine war auf dem Straßenpflaster zerplatzt. Bis sie das Schultor erreichten, sang das Mädchen die Klassenhymne. Jardena blieb bei laufendem Motor im Wagen sitzen und verfolgte, wie es sich einen Weg zwischen den Kindern bahnte. Schleppend, mit gesenktem Kopf ging es wie ein Arbeiter zu seinem Tagwerk. Aus Gewohnheit und Zwang. Es war in jeder Hinsicht mittelmäßig, in der Schule, in Größe und Statur, in seinen Begabungen. Andere Kinder liefen vor, neben und hinter ihm, taten sich zusammen, klopften sich auf die Schultern, stießen sich an, lachten zu zweit, zu dritt, in Gruppen, und das Mädchen ging allein. Es achtete auf keinen und wurde von keinem beachtet. Bis es die Treppe erreichte und hinter dem großen hölzernen Schultor verschwand, hob es kein einziges Mal den Kopf.

Jardena starrte auf das gnadenlose hölzerne Schultor, das sich inzwischen geschlossen hatte. Sie hasste dieses Tor, könnte davor ausspucken. Was für ein Unrecht tat man dem Mädchen, wenn man es alleine in eine triste tägliche Schlacht gegen so ungleiche Kräfte schickte. Wäre sie nicht eine so klägliche Mutter, sie wäre mit ihm jetzt dort hineingegangen, hätte ihm beigestanden, es aus der Frontlinie des Schönschreibens und der dauernden Beleidigungen herausgezogen, damit es die Mathearbeit mit »ausreichend« nicht zerknüllen und in die Tasche stecken müsste und auch nicht mit ansehen, wie sich in der Pause alle um die schöne Dana scharten. Jardena riss sich aus ihren Gedanken und fuhr weiter. Das Vergangene konnte man nicht ändern, aber das Mädchen würde nicht länger einfach irgendetwas sein, womit sie ungeduldig und halbherzig in den Tag hinein lebte. Es war sinnlos, über die verschüttete Milch von sieben Jahren zu weinen. Morgen auf dem Weg zur Schule würde sie ihm nicht erlauben, diese debile Klassenhymne zu singen. Mit ihm reden würde sie, es irgendwas fragen, irgendein Thema finden, aus dem sich ein Gespräch entwickeln ließe. Sie schaltete das Radio an, schaute kurz und verächtlich in den Innenspiegel, auf ihre übertriebene Eleganz, und dennoch, nachdem sie den Wagen im Parkhaus in dem für die Hotelangestellten reservierten Bereich abgestellt hatte, ging sie die Treppen hinauf, reckte den Hals, durchschritt die prächtige Lobby mit ihrem Mir-kann-keiner-was-Gang. In engem Jackett und kurzem engem Rock warf sie den drei jungen Frauen an der Rezeption ein laues Guten Morgen zu, und ihr Gruß wurde unterwürfig und bemüht im

Chor erwidert. Sie wollte sich völlig normal bewegen, aber es gelang ihr nicht. Die weichen Teppiche, die Spiegel, die Kronleuchter und die ausländischen Gäste, alles ließ sie reflexartig die Brust herausdrücken und mit dem Hintern wackeln. Provokante Überheblichkeit überkam sie wie ein unkontrollierbares Zucken, wie ein Tick des Auges oder der Nase. Kaum war sie an Zachis Tür, da krümmte sich ihr Zeigefinger wie von selbst und klopfte hart an, um ihre Ankunft anzukündigen. Sie wartete nicht auf Antwort, sondern öffnete die Tür, und Zachi hob den Kopf vom Bildschirm, rief: »Jardena, du Schönste unter den Frauen!« und lächelte sie breit an.

»Du bist wirklich wunderschön, Jardena! Donnerwetter!«

»Das merkst du erst jetzt?«, sagte sie lachend. »Na, du stehst mir in nichts nach, gepflegt wie ein Divisionskommandeur bei den Fallschirmspringern, der dann Geschäftsmann geworden ist. Weißt du was, Zachi? Du hast dich noch nicht entschieden, was du sein willst. Vom Kopf bis zum Bauchnabel gehorchst du den Trendsetter-Journalen, gut frisiert, wohlduftend, gebügelt mit Krawatte, und unterhalb des Nabels nichts als Jeans, moderne zwar, aber doch eben Jeans, eine Art Pseudonostalgie, eine heimliche Sehnsucht nach den Zeiten des Militärs, nach den Kameraden, den dreckigen Witzen und dem Krieg. Entscheide dich endlich, wer du sein willst. Es wird Zeit, meinst du nicht?«

»Oho, was für eine Ansage am frühen Morgen!« Sein Lächeln offenbarte erst kürzlich künstlich geweißte Zähne. Er erhob sich hinter seinem polierten Chefschreibtisch aus Mahagoni, ging zu ihr, legte eine Hand auf ihre Schulter und wollte sie an sich ziehen, doch sie schüttelte ihn ab und setzte sich hin.

»Ist was passiert?«, fragte er und kehrte zu seinem Sessel zurück.

»Ich ziehe um. Ich verlasse das Haus meiner Mutter.«

Sie saß aufrecht, das rechte Bein über das linke geschlagen, die Finger über dem Knie verschränkt. Sie sah die Freude auf seinem Gesicht und winkte ab.

»Freu dich nicht zu früh. Nicht zu dir. In eine eigene Wohnung, hier in der Stadt oder anderswo.«

»Und das bedeutet …?«

»Nichts Besonderes. Was du gehört hast.«

»Hallo? Du bist heut früh ganz schön hart drauf. Vielleicht erst mal einen Kaffee?« Er drückte auf den Rufknopf für die Küche, bestellte zweimal Cappuccino und Croissants und schaltete seine Telefone auf stumm.

Sie saß ihm gegenüber und fühlte sich wie ein Ballon, in den man eine Nadel stach. Alle Spannung entwich, von Sekunde zu Sekunde entkrampften sich ihre Schultern, lockerten sich ihre Halsmuskeln, ihre Pose fiel von ihr ab, und sie versank in sich selbst. Sie sackte in dem gepolsterten Stuhl in sich zusammen, ihre Wirbel rückten näher aneinander, sie schrumpfte. Es war wie ein plötzlicher Spannungsabfall in allen ihren Kraftwerken, und dann hörte sie eine fremde Stille. Die Jardena der großen Posen, immer kampfbereit und auf dem Sprung, nahm plötzlich die Welt außerhalb ihres Schädels und ihres prächtigen Körpers wahr. Sie wusste nicht, ob ihr gerade ein Wunder oder ein Unglück widerfuhr, in diesem durchgestylten Designerzimmer, in dem es keinen Funken Wahrheit gab. Genauso wenig wie in dem Jerusalem, das hinter Zachis Rücken an der Wand hing, wie mit Weichzeichner verführerisch und leicht verdaulich fotografiert. Das Ministerium für Tourismus hatte es wie eine Vorstellungsmappe produziert und die Stadt Jerusalem dank professionellem Photoshop von all ihren Furunkeln der Kanalisation, Narben des Verkehrs, Eiterpickeln des Mülls genesen lassen und sie von den diversen Bannflüchen an ihren Mauern geheilt. Zachi saß in seinem großen Chefsessel, sein Hals war auf der Höhe der El-Aqsa-Moschee, und die goldene Kuppel des Felsendoms schien genau auf seinem Kopf zu sitzen.

»Hör zu, Zachi. Die Geschichte mit uns ist etwas Vorübergehendes. Ich muss jetzt an mich selbst denken. Ich hab mehr oder weniger schon die Hälfte meines Lebens hinter mir, und außerdem habe ich ein Mädchen.«

Ein leichtes Klopfen an der Tür. Ein Mitarbeiter der Küche mit weißer Schürze kam auf Zehenspitzen herein, stellte sein Tablett mit zwei Kaffeebechern auf Porzellanuntertassen und einem festlichen Teller mit zwei prallen Croissants ab. Er nahm Zachis neutral sachliches Danke entgegen, ging hinaus und schloss die Tür lautlos hinter sich.

»Nur ein Drittel deines Lebens«, sagte er, »lass uns optimistisch sein, und außerdem, du denkst doch die meiste Zeit an dich. Was genau willst du?«

Sie nahm ein Croissant, biss in die knusprige Kruste, krümelte auf ihr edles Jackett, auf den dunklen Rock und den afghanischen Teppich, und kleine Teigstückchen blieben an ihrer Lippe und ihrem Kinn hängen. Sie schnippte sie nicht weg und klopfte sie auch nicht von ihrem Kostüm.

»Meine Mutter ist schon siebenundsiebzig und völlig durchgeknallt. Kann sein, dass mich das Gleiche erwartet. Ich muss mich vorbereiten, besser gesagt, ich muss mit der Zeit, die mir bleibt, etwas anfangen.« Das Croissant zerbarst hörbar in ihrem Mund; sie unternahm nichts, um leiser zu kauen, und sprach mit vollem Mund. Wörter und Teig tummelten sich zwischen Zunge und Gaumen, vermischten sich, und sie dachte, ich esse genauso wie mein Mädchen, nur dass das die äußere Form überhaupt nicht wahrnimmt und nur auf den Inhalt achtet.

»Hör zu Zachi, ich weiß noch nicht, was ich will, aber ich weiß, was ich nicht will: Bei meiner Mutter werde ich nicht weiter wohnen, und dich werde ich nicht heiraten.«

»Warum? Ich habe mich getrennt, warum sollen wir nicht heiraten? Das wollten wir doch, oder?« Er löste sich von der Lehne seines Sessels, beugte sich vor und stützte die Ellbogen auf den Tisch; sein Rasierwasser roch scharf, sie musste niesen. Im Fenster rechts des Bildes sah sie die roten Dächer des wirklichen Jerusalems am gegenüberliegenden Hang. Der Architekt hatte das Hotel in einem geschickten Winkel so vor diesen Dächern platziert, dass sie mit ins Blickfeld kamen und die prächtige Idylle einer wiedervereinigten Stadt vorspiegelten. Alles reiner Betrug, dachte sie spöttisch, ein Viertel von armen Leuten, die noch mit alten Pachtzinsverträgen hier eingezogen waren und ihre Häuser erst im Leichentuch verlassen würden. Sie wandte ihren Blick wieder ihm zu und sagte:

»Das haut nicht hin, Zachi. Wir haben das Feuerwerk verschossen, und der Lack ist ab. Ich sehe nicht, dass wir beide Morgen für Morgen zusammen aufstehen, uns mit Kaffee und Zeitung gegenübersitzen, zur Arbeit gehen, im Supermarkt den Einkaufswagen vor uns herschieben und so weiter. Machen wir uns nichts vor: Am Anfang war es wunderbar, danach gut, jetzt ist es nett, bald wird es noch erträglich sein und dann auch das nicht mehr.«

»Woher plötzlich dieser Pessimismus? Was ist denn mit dir los?« Er hob die Hände und legte sie wieder zusammen.

»Was mit mir los ist? Versteh doch, die Höhe verliert irgendwann ihren Reiz. Und apropos Höhe: Die roten Dächer hinter deinem Fenster sind so was von lächerlich.«

»Was hast du jetzt gegen die roten Dächer, was ist an denen so lächerlich? Aber weißt du was, vielleicht ist es wirklich gar nicht mehr so weit, bis du so durchgeknallt bist wie deine

Mutter. So wie es im Moment aussieht, bist du auf dem besten Weg. Was bringst du jetzt diese Dächer ins Spiel?«

»Die sind nur so idyllisch und fotogen, wenn man ignoriert, dass unter jedem von ihnen jemand wohnt, der keinen Groschen am Arsch hat. Weißt du, aus deinem Fenster sieht selbst Armut dermaßen ästhetisch aus! Ein wahrer Genuss.«

Er lächelte bitter und schlug kraftlos mit der Faust auf den Tisch.

»Lass diese Pose, Jardena. Arme Menschen haben dich im Leben nicht interessiert. Was hast du mit ihnen zu schaffen? Deine Route ist doch dermaßen ultrasteril: von der Wohnung ins Auto und vom Auto ins Hotel, zu Einkäufen, ins Café. Wann siehst du die überhaupt?«

»Heut früh hab ich einen gesehen.«

»Na toll. Dann sprich den Segen, den man spricht, wenn man zum ersten Mal was Neues sieht.«

Sie lachte kurz und nervös auf. »Gib mir was zu trinken, Zachi, Wodka, Rotwein, egal was.« Sie blies die Croissantkrümel von ihrem Rock, leckte sich die anderen von den Lippen und dachte an den Mann mit dem Fahrrad. Wie viele Tomaten hatte er verloren, bis er sein Ziel erreichte? Mit seinem großen Bauch und den geschwollenen Beinen hätte er sich noch nicht einmal bücken können, um sie aufzuheben. Wie zieht so einer sich überhaupt die Schuhe aus? Wahrscheinlich gar nicht. Oder er reibt Knöchel und Fersen aneinander und kickt sie sich von den Füßen, vielleicht hat er auch eine Frau, die sie ihm auszieht. Sie trank das Glas leer und machte ihm ein Zeichen nachzuschenken.

»Jardena, der Tag fängt grad erst an«, mahnte er, »Alkohol und hohe Absätze, das geht nicht gut zusammen. Mit deinen zehn Zentimetern knallst du mir noch mit dem Kopf an eine Wand.« Er goss ihr ein und trat hinter sie, legte seine Hände auf ihren Nacken, und sie blieb locker und überließ ihm ihren Hals und alles, was er sonst noch berühren wollte. Und er wollte und berührte, streckte eine Hand hinter sich, verriegelte wie schon so oft die Bürotür und sagte: »*Pleasure before duty.*« Seine warmen Hände fühlten sich sehr angenehm an, doch ein Teil von ihr war noch bei den verlorenen Tomaten und dem Mann mit dem dicken Bauch. Sie spürte, dass ihr Körper hier war und ihr Kopf dort, und sagte: »Stopp!« Seine Finger machten halt, seine Hände blieben für einen Moment, wo sie gerade lagen, warteten vergeblich auf grünes Licht und zogen sich zurück. Er ging wieder zu seinem Sessel, setzte sich, zog die Schultern hoch, schwenkte den restlichen Wein in seinem Glas, trank ihn aus und sagte: »Wie du willst.«

Sie stand auf, zog ihre Kleider zurecht, mit dem Nagel ihres kleinen Fingers schnippte sie noch einen winzigen Croissantkrümel vom Jackett, fuhr sich mit der Hand durchs Haar und sagte: »Tut mir leid, Zachi.«

Etwas tat ihr leid, und sie wusste nicht, was; es war ein undefiniertes, allgemeines Leid. Sie hatte einen schlechten Tag, und an schlechten Tagen zog sie traurige Dinge regelrecht an. An einem normalen Tag hätte sie den Mann mit dem Fahrrad gar nicht bemerkt und auch nicht, dass Danas Sandalen zu klein waren, oder dieses gnadenlos geschlossene Schultor. Sie sagte: »Hör zu, Zachi, ich hab heut meine Depriantenne ausgefahren. Tut mir leid, tut mir echt leid«, und wandte sich zur Tür und ging hinaus. Sofort legte sich ihr Panzer um sie; die Mechanik der aufrechten Haltung und des überheblichen Ganges war angeworfen. Sie sah sich in den großen Spiegeln der Lobby und fand sich lächerlich. Jardena Jona, wer, glaubst du, bist du eigentlich, dass du hier so eine Show abziehst? Für wen hältst du dich, wenn du den Hals so reckst und hier mit deinen nackten Marilyn-Monroe-Beinen wie ein Soldat der sowjetischen Armee durchmarschierst? Doch sie konnte Hals und Wirbelsäule nicht locker lassen. Sie durchquerte die prächtige Lobby, und die Gäste, die zum Frühstück herunterkamen, verschlangen sie mit ihren Blicken. Süchtig nach diesen Blicken spannte sie genau die Muskeln an, die ihre Figur betonten, verachtete sich dafür und gleichzeitig auch die, die sie so anstarrten. Das ist doch alles Scheiße, ihr Idioten. Wenn ich den Mut hätte, würde ich euch mit Kuhaugen anglotzen und anmuhen, dass sich die prächtigen Kühe vom Moschaw Be'er Tuvia nach mir umdrehen. Geht, geht doch ins Restaurant zum Frühstück, wählt zwischen Croissants, frittiertem Brot oder dunklem Körnerbrot, aber es wird euch schwerfallen, euch zu entscheiden, deshalb nehmt ihr von allem etwas und ladet euch drei gebratene Eier auf den Teller, Rahmkäse und Pommes und zum Dessert frische Hefestückchen, und danach putzt ihr euch den Mund mit dem gebügelten Rand der blütenweißen Serviette ab, erhebt euch schwerfällig vom Tisch, satt und voller Genugtuung, denn ihr habt euch nichts entgehen lassen von diesem All-inclusive-Frühstück. Ihr habt es bezahlt und habt es euch genommen. Aufgewühlt betrat sie ihr gepflegtes Büro. Sie spürte, sie hatte etwas Neues entdeckt, gleichsam den Schlüssel zu einer Tür, die sie noch nicht kannte, auf die sie aber bald stoßen würde. Ihr fiel der rote Schal ein, den Johanna nachts ans Haus gehängt hatte. Sie setzte sich an ihren Tisch, schaltete den Computer an und dachte, man kann sich immer wieder darüber lustig machen, aber es ist nicht zu leugnen, dass sich etwas verändert hat, nachdem Johanna ihren Aberglauben ans Haus gehängt hat. Aber falls sie sich doch noch nicht ganz sicher war, kam eine Stunde später ein Anruf von Zachi und räumte alle Zweifel aus. Er rief sie zu sich und erklärte ihr trocken, in ganz und gar geschäftlichem Ton, er habe ein Angebot für sie. »Das hat nichts mit unserer Geschichte zu tun, sondern allein mit deinen Fähigkeiten«, sagte er.

Aufrecht saß er in seinem erhöhten Stuhl, die Arme auf den Armlehnen, mit kaltem geschäftlichem Blick, und er sagte, man suche einen Leiter für ein Boutiquehotel, welches das Unternehmen in Tel Aviv erworben habe. »Wenn dich das interessiert, hast du die Stelle. Ich gebe dir zwei Tage Bedenkzeit, dann brauch ich deine Antwort.«

Sie kannte ihn und wusste, er würde niemals seine Geschäfte gefährden, auch nicht für die Liebe, und sie wusste, dass sie die Anforderungen erfüllte. Schneller als erwartet hatte sich die Tür zu dem Schlüssel gefunden.

»Ich nehme die Stelle an.« Sie stützte einen Ellbogen auf den Tisch und legte das Kinn in die Hand. Er bewahrte sein Pokerface, doch sie kannte jede Faser, jede Pore seines Gesichts und bemerkte das Klopfen seiner Halsschlagader.

»Glaubst du an den bösen Blick?«

»Wir sind gerade bei Angelegenheiten des Hotels, Frau Jona, bei uns mischt man nicht *business* und *beliefs*. Das Angebot gilt für die nächsten achtundvierzig Stunden. Überlegen Sie es sich gut. Der Vertrag geht über mindestens zwei Jahre, wenn Sie von ihm zurücktreten, kommt Sie das teuer zu stehen.«

»Ich brauche keine achtundvierzig Stunden, und nenn mich nicht Frau Jona.«

Sie schüttelte ihre Schultern, als habe er ihr den abgewetzten, vergammelten Bademantel ihrer Mutter umgelegt. Er hatte diese Formulierung mit Bedacht gewählt, er wusste, womit er sie aufbringen konnte. Sie kochte innerlich. Sie mit ihrer Mutter zu vergleichen? Das hatte ihr gerade noch gefehlt. Die jugendliche Morgenröte in den alten Augen, das Femmefatale-Schwarz ihres Haars, der Alkohol, den sie nachts in Mengen trank und der ihr tagsüber das Hirn vernebelte, der heilige Krieg, den sie der Sozialversicherung erklärt hatte, zusammen mit ihrer gehorsamen Gehilfin Johanna, mit der sie Beweise fabrizierte und ihre Scheinbehinderung manifestierte. Johanna hatten sie aus den Karpaten kommen lassen, für den elenden Krebs, der kurz nach seiner Diagnose bereits beseitigt gewesen war, noch bevor er nennenswerten Schaden hatte anrichten können. Eine einfache Bäuerin, die glaubte, ein roter Schal könne gestörte Zellen schrumpfen lassen und Zellteilung aufhalten. Zugegeben, sie persönlich stand ziemlich in Johannas Schuld für all die Schrammen, die sie an den Knien des Mädchens desinfiziert und verbunden hatte, für jeden Fingernagel, den sie ihm geschnitten hatte. Man konnte wirklich nichts gegen sie sagen. Eine Frau, die nichts gelernt hatte. Sie hatte keine komplizierten Mechanismen im Kopf, unterschied nicht zwischen Ego, Superego – dieses ganze Blabla. Sie handelte geradewegs aus dem Herzen und redete nicht nur. Eigentlich konnte man sie beneiden. Das Leben hatte ihr keine Alternativen geboten und sie nicht verwirrt. Sie tat, was zum Leben nötig war, und wenn das bedeutete, Kartoffeln zu schälen oder Fremden in einem fernen Land den Hintern abzuputzen, dann eben das. Sie machte auch kein Theater darum, dass sie etwas aus der Form geraten war, dass ihre Oberarme die Ärmel ihrer Blusen ausfüllten und sie kräftige Hüften hatte. Ihr Körperbau passte zu jemandem, der ins Leben hinauszog wie an die Front. Tagsüber vollauf beschäftigt, schlief sie abends, wenn sie sich todmüde hinlegte, auf der Stelle ein. Und sie, Jardena? Wohlproportioniert, überheblich wie eine ranke Zypresse, betrachtete sie die Welt von oben herab, mit dem Gefühl, dass die ihr etwas schuldete, dass das normale Leben zu klein für sie war. Da hatte sie Geschäftsverwaltung studiert, Preiskalkulation, Marketing, Markenpositionierung, Öffentlichkeitsarbeit, Verkaufsstrategien und Personalmanagement, und diesen dicken Katalog von Begriffen hatte sie tatsächlich im Kopf – aber wozu? Um Touristen Übernachtungen zu verkaufen und die Konkurrenz auszuschalten, um eine steile Kurve von Einnahmen vorweisen zu können und sich zu profilieren. Aber tatsächlich ging es immer nur um *Check-in* und *Check-out*. Gäste kamen, legten ihren Körper für eine Nacht ab, nahmen ihn am nächsten Tag wieder mit und verschwanden. Morgens wurde dann die Wäsche gewechselt, wurden die Laken gewaschen, die Spuren beseitigt, damit alles wie neu aussah. Und es gab Nächte, in denen sie nicht einschlief, aufstand und eine Zigarette rauchte, sich wieder hinlegte, aufstand und ein Glas Wein trank, sich wieder hinlegte, aufstand, *Prodormin*, *Benoctin* oder *Stilnox* schluckte, was sie eben gerade fand, und erst dann übermannte sie ein dumpfer Schlaf und gab sie nach ein paar Stunden wieder heraus, und sie war fahrig und tastete nach der ersten Zigarette. Wie hatte diese Johanna ihren feisten Körper mit diesem Tuch, das fast so viel wog wie sie selbst, bloß durch die schmale Dachtür gezwängt? Wie viele Schafe waren geschoren worden, damit der böse Blick, beeindruckt von der gefärbten Wolle dieser dummen Tiere, vom Haus der »Nanas« abließ? So abstrus war das alles gar nicht, wenn man sich die letzten vierundzwanzig Stunden anschaute.

Zachi verschränkte die Hände im Nacken. Seine Arme verdeckten weite Teile des glücklichen Jerusalems auf dem Foto hinter ihm und schnitten die Spitzen der Dächer ab, die durch das Fenster zu sehen waren. Sie schaute ihn an; seine Wangen waren noch nicht schlaff. Die fünfzig Jahre standen ihm gut: gepflegt, geschniegelt, an den Schläfen ergraut, die Stirn gebräunt, keine überflüssige Haut an den Augenlidern, nur wenige Falten auf der Stirn, allein der Glanz in den Augen war von einem Schleier der Selbstzufriedenheit gedämpft. Ein anständiges Weinen hätte ihm die Pupillen gespült und ihnen ihren Glanz wiedergegeben, aber er war eher ein stilles Wasser, und stille Wasser wuschen nichts und gaben auch keinen Glanz zurück. Und ihre Augen? Die waren braun. Früher mal schwarz wie schwarze Vulkanerde, waren sie heute braun wie die Erde am Ende des Sommers, staubig und matt. Jahre hatte sie nicht mehr geweint. Auch sie hatte nichts, was ihr die Augen spülen könnte. Wenn schon Augen, dann die blauen von Johanna, die stille Wasser nicht kannten. Die waren sauber wie der Himmel.

Zachi legte die Hände auf den Tisch, einer seiner Finger trommelte energisch. Jardena sah, er war ganz und gar geschäftlich drauf, und fragte, bevor er wieder mit dem Hotel anfing:

»Also, glaubst du an den bösen Blick?«

»So wie an Gott. Soll heißen, dass ich zu beiden eine sichere Distanz halte und sie nicht provoziere. Sag mal, sieht man dich heut Abend?«

Sie antwortete nicht, legte ihre Hand auf seine, verschränkte ihre Finger mit seinen und sagte: »Hör zu, mit solchen Händen solltest du lieber anfangen, an Gott zu glauben. Er hat sie dir gegeben, und glaub mir, das ist nicht seine normale Konfektionsware, das ist echte Handarbeit von Engeln.«

»Wenn du das sagst …«

»Ich hab eine Schwäche für Hände, du weißt, das liegt bei uns in der Familie. Auch meine Schwester Simona steht auf schöne Hände. Die wird ihren Mann mal nach der Schlankheit seiner Finger und der Breite seiner Fingernägel auswählen. Wir hatten da ein gutes Vorbild, die wunderschönen Hände unseres Vaters. Lange, schmale, gerade Finger wie ein Angestellter, mit einer kleinen Beule vom Federhalter am Mittelfinger und einer kleinen Vertiefung im Daumen. Unglaublich schön.« Sie zog ihre Hand zurück, und er betrachtete seine Hände einen Moment und fragte: »Also, kommst du heut Abend?«

Sie sagte Ja, verließ sein Zimmer und dachte, ich kann ja jederzeit wieder absagen, durchquerte die Lobby und genoss die flaschengrünen Teppiche. An diesem Morgen hatte sie schon zu viel Rot gehabt. Den Schal, die Tomaten, die Dächer. Jardena liebte das Gefühl, wie ihre Absätze sich in das weiche Grün bohrten. Sie steckte den Schlüssel in die Bürotür, schloss auf, ging zum Spiegel an der Wand und musterte ihr Abbild, na, was sagst du, Schätzchen? Ein Boutiquehotel in Tel Aviv leiten, klingt doch nicht schlecht, oder?

Eine Stunde nach Mitternacht verließen die beiden seine Suite, er begleitete sie zu ihrem Wagen. Er hielt sie an den Schultern, und seine von Engeln geformten Finger kneteten ihren Oberarm. Ihr anderer Arm lag um seine Hüfte, sie küssten sich und lachten, einander noch ganz nah nach dem, was sie zwischen den Laken erlebt hatten. Aneinandergeschmiegt gingen sie hinunter ins leere Parkhaus, rochen den kühlen, feuchten Modergeruch und den Gestank von Urin. Sie kramte in der Handtasche nach dem Schlüssel, er küsste ihren Nacken, da spürte sie, wie ihr Hals sich blähte und steif wurde. Sie konnte den Kopf nicht mehr heben. Die Augen wie gebannt auf den Boden des Parkhauses gerichtet, sah sie plötzlich ein sich drehendes Karussell von schwarzen Punkten. Ihr Kopf wurde immer größer, immer schwerer, wollte sich von ihr lösen und zu Boden fallen, sie bekam kaum noch Luft, und mit einem Mal schüttelte sie den Hals, schüttelte Zachi und seine Lippen ab, riss den Mund auf und stieß einen Schrei zur Decke des Parkhauses aus. Zachi schreckte zusammen, die modrigen Wände des Parkhauses warfen ein verschwommenes Echo ihres Schreis zwischen sich hin und her, ein aufgeschrecktes Katzenjunges jaulte unter dem Wagen und humpelte davon. Ihr zweiter Schrei war spitzer als der erste. Das Katzenjunge kam zurückgehumpelt und kroch wieder unter das Auto, und Zachi packte sie von hinten an den Oberarmen und schüttelte sie.

»Was ist mit dir los? Bist du verrückt?« Er streckte seine Hand zu ihrem Mund, um einen dritten Schrei zu verhindern, scheute aber zurück, zog die Hand an sich und sagte: »Dass du es nicht wagst, gleich kommen die Leute von der Sicherheit runter und denken womöglich noch, ich hätte …«

»Lass mich«, sagte sie leise, »das bin nicht ich. Diese Schreie sind mir so rausgerutscht wie ein Niesen, die haben nichts mit mir zu tun.«

Er erschrak über ihre Ruhe, trat vor sie, hielt sie an den Oberarmen, kam mit seinem Gesicht so nah an ihres, dass sie seine Wimpern auf ihrer Wange flattern spürte. Im trüben Licht des Parkhauses sah sie bleich aus. Er zog sie an sich und sagte: »Es wird alles gut, Jardena, es wird alles wieder gut.«

»Die arme Katze, die ist jetzt fix und fertig«, sagte sie, »wärst du bereit, sie aufzunehmen? Ihr Milch zu geben? Dass sich vielleicht jemand aus der Küche um sie kümmert? …«

Er nahm ihr die Schlüssel aus der Hand, führte sie zur Beifahrertür, und sie leistete keinen Widerstand. »Steig ein«, sagte er, und sie stieg ein, und er ging vorne um den Wagen, setzte sich auf den Fahrersitz, ließ den Wagen an, und sie schrie: »Warte, die Katze! Nimm sie mit! Ich hab einen leeren Schuhkarton im Kofferraum, du musst sie mitnehmen.« Ihm war das Katzenjunge egal, er wusste nichts mit ihm anzufangen, doch er fürchtete einen dritten Schrei, stieg aus, bückte sich, zog das Junge unter dem Auto hervor, setzte es in den Karton, stellte es auf den Rücksitz und fuhr sie nach Hause. Sie saß da, den Blick auf die Straße geheftet. Das Licht der Scheinwerfer auf der Straße kreiste um sich selbst. Eine Wolke kleiner Mücken schwebte vor ihr, ein dichter Nebel, winzige punktgroße Wesen drehten sich da, dass einem schwindlig wurde. Sie summten, drangen in ihren Hals und ihre Kleider, krochen in ihre Augenhöhlen und machten sie blind, drängten sich in ihre Nasenlöcher, in die Nasenhöhlen, die Sinushöhlen und hinauf bis hinter die Stirn.

Sie fuchtelte mit den Händen, um sie zu vertreiben.

»Zachi, mach doch was, diese Mücken bringen mich um.«

Ihre Augen tränten. Sie versuchte mit Gewalt, die Mücken wegzuwischen, sie mit stoßweisem Ausatmen hinauszupusten, und wischte sie mit dem Handrücken weg. Er hörte ihr Weinen und wie sie sich die Tränen abwischte und nahm ihre feuchte Hand.

»Jardena, gleich morgen früh gehst du zum Arzt.«

Sein bestimmter Ton und die Berührung seiner Hand wirkten sofort auf die Schwebewesen, und sie verschwanden so plötzlich, wie sie gekommen waren; mit einem Schlag wurden Jardenas Atemwege wieder frei, ihr Blickfeld klar.

»Alles in Ordnung. Ich brauch keinen Arzt.« Sie schaute vor sich hin, sah die vom Tau glänzende Fahrbahn, in der sich die Straßenlampen spiegelten. Als sie ankamen, parkte er den Wagen auf dem schmalen Trottoir vor ihrem Haus.

»Ich hab gar kein Geld dabei«, sagte er.

Er trug seinen blauen Trainingsanzug, außer dem Schlüssel zu seiner Suite hatte er nichts in den Taschen. Sie machte ihre Handtasche auf, kramte, gab ihm einen Zweihundert-Schekel-Schein, und sie stiegen aus dem Wagen. Da erinnerte sie sich: »Die Katze!«

»Was ist mit ihr?«

»Nimm du sie mit. Jemand in deinem Hotel wird sich schon um sie kümmern.«

Er dachte, es ist doch absurd, mit einem jaulenden Katzenjungen in ein Taxi zu steigen. Aber diese Jardena erkannte er wirklich nicht wieder, sie kochte vor Fieber oder hatte Drogen geschluckt und konnte noch ein drittes Mal losschreien und die ganze Straße aufwecken. Er umarmte sie nicht, denn er hielt den Schuhkarton in den Händen, beugte sich aber zu ihrem Mund, küsste sie auf die Lippen und sagte: »Gleich morgen früh gehst du zum Arzt.«

»Keine Sorge. Der hier wacht über uns.« Sie legte ihre Hand an seine Wange, drehte sein Gesicht zu dem roten Schal, zeigte ihm Johannas purpurrote Schafswolle, ausgespannt und schon schwer vom Tau, stieß ein nervöses Lachen aus, wartete nicht einmal bis sein Taxi eintraf, lief zum Tor und ging hinein.

Etwa zwanzig Schritte entfernt stand der neue Mieter unter der Markise des Kleidergeschäfts und betrachtete den Mann im Trainingsanzug, der aus Johannas Wagen ausgestiegen war, in einer Hand einen Schuhkarton hielt und in der anderen etwas, das wie ein Geldschein aussah. Der neue Mieter grinste vor sich hin. Bisher hatte er davon gehört, dass Männer sich Frauen in ihr Auto holten und sie für ihre Dienste bezahlten, aber dass Frauen sich gegen Geld Männer holten? Doch wenn er ehrlich war: Er hatte vom ersten Moment an gewusst, dass sie das war, was man wohl ein Flittchen nannte. Wie dem auch sei, diesem Typ nach zu schließen hatte sie keinen schlechten Geschmack. Er war männlich, groß, nicht mehr ganz jung, wenn man sich auf das fahle Licht der Straßenlaternen verlassen konnte, aber sportlich. Das würde ich auch gern von mir sagen können, dachte der neue Mieter und fuhr sich mit der Hand über seinen Bauch und betastete sein Doppelkinn.

Gut, dass er zu einem nächtlichen Spaziergang rausgegangen war und das alles gesehen hatte; die Nächte brachten ihn mindestens genauso weiter wie die Tage. Noch während er sich selbst lobte, sah er, dass der Mann das Haus betrachtete, und da kam ihm der Gedanke, dass auch dieser Typ es auf Familie Jonas Grundstück abgesehen haben könnte. Der angespannte Blick, mit dem er die Hausfront inspizierte, verriet ihn. Wer konnte wissen, ob er mit Jardena nicht schon etwas verabredet hatte, was sie ihm versprochen und was er ihr dafür gegeben hatte. Der neue Mieter wurde nervös. Sobald ihm diese kranke Idee gekommen war, ließ sie ihm auch keine Ruhe mehr, als habe er nicht schon genug an den Herren Herzl und Klein, die auf das Grundstück lauerten und der Alten das Hirn weichkochten, jetzt auch noch dieser Gigolo im Trainingsanzug und mit Schuhkarton. Rafi hatte seine Aktivitäten im Zusammenhang mit dem Grundstück der Alten gerade erst begonnen, da eröffnete sich bereits eine dritte Front. Er schaute sich um und sagte sich, im Moment sind nur wir beide auf der Straße, Rafi, das ist deine Chance, und er überquerte eilig die Straße und ging auf den Mann zu.

»Hätten Sie Feuer für mich? Haben Sie Streichhölzer dabei?« Er besaß gar keine Zigaretten, rauchte auch nicht, doch etwas Besseres fiel ihm in dem Moment nicht ein.

»Hab ich nicht«, sagte der Mann trocken, und etwas in der Schachtel, die er in den Händen hielt, bewegte sich und gab einen undefinierbaren Laut von sich.

»Wollen Sie die?« Der Fremde im Trainingsanzug hielt den Karton etwas tiefer und zeigte dem Mieter den Inhalt.

Der Mieter beugte sich über den Karton. Zwei grüne Funken funkelten ihn aus einem schwarzen Knäuel an.

»Sie wollen sie nicht?«

Der Mann aus Jardenas Auto lachte, die Straßenlampe beleuchtete seine geweißten Zähne. »Das ist das Letzte, was mir noch gefehlt hat«, sagte er.

»Dann nehm ich sie.«

Der Karton wechselte den Besitzer. Der neue Mieter ekelte sich vor dem atmenden Knäuel, das sich darin bewegte, hielt es aber für einen angemessenen Preis für das, was er aus dem Mann herausbekommen wollte.

»Na, was sagen Sie zu diesem Haus? Eine Goldgrube, was?« Die Nervosität des Mannes direkt vor dem Haus drängte den neuen Mieter, seine Frage so direkt und unverblümt zu stellen.

»Ich bin kein Makler, aber es wird schon was wert sein.«

»Was würden Sie dafür zahlen?« Der Mieter ließ nicht locker und folgte der Regel, die Mischa Broschi ihm eingebläut hatte: Oberstes Gebot – erkenne deinen Feind! Bring alles über ihn in Erfahrung.

»Für dieses Haus? Keinen müden Dollar. Ich habe kein Interesse daran.« Der Mann war einen Kopf größer; schaute nervös und ungeduldig nach links und nach rechts und sagte: »*Shit*, wie lange braucht das denn.«

Seine Worte in Bezug auf das Haus sowie seine Nervosität und Ungeduld bestärkten den Verdacht des neuen Mieters. Dieser Freund von Jardena war eindeutig noch so einer, der mit Immobilien zu tun hatte. Er ließ sich nicht in die Karten schauen, und man musste ihm alles aus der Nase ziehen.

»Sie machen wohl Witze. Die Leute bieten ihr dafür Millionen …«

Ein Taxi bog langsam in die Straße, erfasste die beiden mit seinen Scheinwerfern, blendete auf, beschleunigte und hielt neben ihnen an. Der Mann mit dem Geldschein stieg hinten ein, das Taxi fuhr los, und der neue Mieter schaute ihnen nach, bis sie an der Kreuzung abbogen und verschwanden. Rafi blieb unter der Laterne stehen, den Karton in der Hand. Jetzt stehst du als Idiot da, hast nicht nur stinkende Fische gegessen, sondern sie haben dich auch noch aus der Stadt verjagt. In Gesellschaft dieses elenden Katzenjungen, das er nicht haben wollte, fühlte er sich besiegt und verlassen. Er stellte den Karton mit ihm an die Hauswand und überließ es sich selbst. Du und ich, wir sind ganz ähnlich dran, keiner vermisst uns, sagte er zu dem Katzenbaby und schaute sich um. Es war tiefe Nacht, die Autodächer tropften vom Tau, am Himmel hing ein dunkler, matter Dunst. Schon lange hatte er sich nicht mehr so einsam gefühlt. Er schaute das Haus an und verabscheute es. Bei der Alten war alles dunkel, die Fenster der anderen Wohnungen ebenso. Da hast du dir einen miesen Job ausgesucht, Rafi. Schau doch, womit du deine Tage zubringst. Mühst dich ab, in den Kopf einer Alten zu kriechen, um das bisschen Verstand, das sie noch im Schädel hat, zu überreden, ihr Haus an Mischa Broschi zu verkaufen. Und wofür? Für die paar Prozente, die du Siva für Motti geben willst. Er hasste die Alte, ihre Töchter, das Haus, Mischa Broschi und sich selbst. Er trat gegen den Karton, das Kätzchen sprang jaulend auf, er trat noch einmal, damit es Ruhe gäbe, und hörte, wie der Karton an der Wand entlangscharrte. Es war ein großer Fehler gewesen, den Vertrag mit Broschi zu unterschreiben. Wäre da nicht die Riesenstrafe, die er zahlen müsste, er würde auf der Stelle seine Sachen packen und verschwinden. Das Einzige, was ihn von dem Vertrag entbinden konnte, war der Tod der Alten. Stürbe sie diese Nacht, wäre er der Letzte, der um sie trauern würde. *Aus den Reihen befreit dich nur der Tod*, wie es in der Hymne der *Lechi*-Untergrundkämpfer hieß. Er erschrak über diese Gedanken, schämte sich, wurde sie aber nicht mehr los, denn, Hand aufs Herz, diese Frau hatte ihr Leben gelebt, und was sie mit der ihr verbleibenden Zeit tat, mit dem Alkohol und mit Herzl und Klein, brachte Schande über sie und ihre Familie. Für ihr Ansehen und ihren guten Namen wäre es besser, wenn sie entkräftet und verwirrt in ihrem Rollstuhl vor sich hin starren und immer weniger werden würde, bis sie langsam verlosch und abtrat. Was hatte sie, was hatten die vielen anderen Alten von der überschüssigen Lebenserwartung, die die Natur ihnen bescherte? Was für ein Bonus waren diese vier Jahre oder wie viel auch immer wert, wenn sie im Kopf schon völlig verdreht waren, was hatten sie davon? Und was hatte die Welt davon? Er musste an Raskolnikow denken, den legendären russischen Mörder, über den er auf dem Gymnasium gelesen hatte, da war auch irgendwas mit einer Alten gewesen, nein, er rechtfertigte ja nicht, was dieser Raskolnikow getan hatte, auf keinen Fall, aber wenn jemand von einer alten Frau in die Enge getrieben wurde und sie ihn wahnsinnig machte, Gott bewahre uns vor solchen Dingen … *und führe uns nicht in Versuchung, auf dass wir nicht zu Schanden werden*, murmelte er vor sich hin, Worte, an die er sich erinnerte aus der Zeit, in der er noch jeden Morgen gebetet und Gebetsriemen angelegt hatte. Vom anderen Ende der Straße hörte er ein lautes Geräusch. Er drehte sich um und sah einen Mann mit einem scheppernden Einkaufswagen, in dem leere Flaschen und Blechbüchsen aneinanderschlugen. Der Mann kramte in einem Mülleimer, schüttelte einen leeren Karton, warf ihn weg, hob einen anderen Gegenstand auf, betrachtete ihn im Licht der Straßenbeleuchtung und warf ihn auf die Schwelle eines Ladens, spuckte aufs Trottoir und schob seinen Wagen weiter. Der neue Mieter hob den Karton mit dem Kätzchen auf, das sich darin bewegte, überquerte die Straße und lief dem Mann in großen, eiligen Schritten nach, bis er ihn eingeholt hatte. Er tippte ihm auf die Schulter und gab ihm eine Fünf-Schekel-Münze, die er in der Tasche hatte, hielt ihm den Karton vors Gesicht und fragte: »Willst du's haben?« Der Mann warf einen Blick auf die Katze, betastete aber zuerst die Münze, spuckte darauf, rieb sie an seiner Hose blank, hielt sie ins Licht der Straßenlampe und betrachtete sie, als handle es sich um ein seltenes archäologisches Fundstück, dann drehte er sie um, klopfte darauf und ließ sie in seiner Hosentasche verschwinden. Er überkreuzte die Füße, stützte sich mit den Ellbogen auf den Wagen und sagte: »Gib her.« Die Ellbogen immer noch auf dem Einkaufswagen, nahm er den Karton entgegen, beäugte die winselnde Ware, stellte sie auf seine Plastikbeutel voller Dosen und Flaschen und sagte: »Brillenschlange, hast du auch mal 'ne Kippe für mich?«

»Ich rauche nicht«, antwortete der neue Mieter.

»Ich rauche nicht, ich rauche nicht«, äffte der Mann ihn nach, verzog den Mund, räusperte sich, spuckte auf die Straße und sagte: »Wo Erde ist, da ist kein Himmel, hast du gehört, Brillenschlange? Das ist ein Satz, was?« Er lachte heiser und brummte, seinen Einkaufswagen weiterschiebend, vor sich hin: »Ich rauche nicht, ich rauche nicht, da könnte ja jeder kommen …« Darauf beugte er sich über den nächsten Mülleimer, stöberte in ihm, zog etwas heraus und warf es zurück. Das Katzenjunge winselte, und er sagte zu ihm: »Was hast du denn, gefällt dir Avrams Mercedes nicht? Warte ab, bis du in Avrams Villa kommst, dann will ich dein Gesicht sehn.« Und zog von dannen.

Der Mieter überquerte erneut die Straße, das Wimmern entfernte sich und wurde schwächer. Er blieb stehen und wartete, bis es verklungen war. Ohne die Erziehung von zu Hause hätte er einen Stein aufgehoben und ihn ins Fenster der Alten geschmissen. Doch was half ihm seine gute Erziehung? Er war höflich, großzügig, er aß anständig mit Messer und Gabel und drängelte sich in der Schlange bei der Bank nicht vor. Aber das war's denn auch schon. Er log, verstellte sich, betrog seine Mitmenschen und hegte verbotene Gedanken. Ein richtiges Einkommen und echte Würde besaß er nicht. Er ging in seine

Wohnung, trat vor den Spiegel und betrachtete sein Gesicht. Glatt, kindlich, die Wangen so rund, als habe das Leben ihn noch nicht verletzt. Nichts hatte bei ihm Spuren hinterlassen; weder Falten der Mühsal noch Narben. Er war eine jener banalen Gestalten, an denen die Leute vorbeigingen, als seien sie Luft, einer, dem man auf die Zehen trat und ein »'tschuldigung, hab Sie nicht gesehen« hinwarf. Er ging zum Fenster und schaute in die Nacht, die schwer auf dem Hof lag und die Pflaumenbäume und die Bougainvillea verschluckte. Broschis Baukräne reckten mahnende, warnende Zeigefinger in die schwarze Leere des Himmels. Jetzt tat es ihm leid, dass er das Katzenjunge abgegeben hatte. Wenigstens eine Seele hätte er retten können. Er wandte sich von der Nacht ab, schloss den Fensterladen und trat mit dem Fuß gegen die Wand. Er musste etwas tun, musste aus dem Vertrag raus, Geld beschaffen und die Konventionalstrafe bezahlen, er musste raus aus diesem beschissenen Film und ein neues, sauberes Leben anfangen, ein nutzbringendes Leben, das Charakterfalten hinterlassen, seine Wangen schmälern und seinem Gesicht irgendeine Art von Ausdruck geben würde. Er ging zum Kühlschrank, holte den Champagner raus, den er dort noch hatte, und trank. Der Alkohol rann über sein Kinn, er wischte ihn nicht ab und trank weiter und fand sich am Morgen in den Kleidern vom Vortag auf seinem Bett wieder. Die Brille lag mit aufgeklappten Bügeln auf dem Boden, die leere Flasche stand auf dem Tisch. Ein Sonnenstrahl verfing sich in ihr und zersplitterte in blendende Lichtspäne. Er überlegte, wie viel Alkohol er in den letzten drei Tagen getrunken hatte. Es war mehr als in seinem ganzen Leben bisher. In verknautschten, an der Haut klebenden Kleidern stand er von seinem Bett auf, ging ans Fenster und sah das Kaninchen im Hof herumrennen. Oben auf der Treppe stand Jardena und führte ein reges Gespräch mit ihrem Handy: »Das muss nicht sein … wie kommst du denn darauf … jetzt lass mal gut sein … ich brauche keinen Arzt und auch sonst nichts.«

Er sah, dass sie das Gespräch abbrach und sich eine Zigarette anzündete. Die rauchte sie mit einer Hingabe, mit der andere Leute beteten. Sie sog den Rauch tief in die Lungen und ließ ihn langsam entweichen, bis sie die Zigarette aufgeraucht hatte, schnippte die Kippe in den Hof, verschwand in ihrer Wohnung, doch im nächsten Moment kam sie wieder heraus auf den Balkon, um dem Kaninchen, das im Hof herumrannte, zwei Möhren hinunterzuwerfen. »Herzl, fang! Fang doch!«, rief sie und warf ihm eine dritte Möhre hin.

5

Hannah Jona saß in dem alten bordeauxroten Sessel im Schatten der Pflaumenbäume, und da sie nicht wusste, was der neue Tag bringen würde, sann sie über die kleinen Begebenheiten des vergangenen Tages nach und dachte, meine schwarz gefärbten Haare stehen mir zwar gut, passen aber nicht zur Jahreszeit. Schwarz zog die Sonne an, und die knallte genauso erbarmungslos auf ihren Schädel wie auf die Santa-Rosa-Pflaumen an den Bäumen. Trotzdem freute sie sich über die neue Farbe. Die weiße Mähne, die wie ein Schild ihr Alter verkündete, hatte sie nicht länger ertragen wollen. Ihr machte der Anblick ihrer hageren Nacktheit beim Duschen genug zu schaffen. Ab jetzt würde sie das greise Weiß attackieren, sobald es sich am Haaransatz zeigte. Sieben Tuben Farbe hatte sie gekauft, die würden ein paar Monate reichen, um Nachsprießendes zu schwärzen. Johanna hatte ihr abgeraten, in der Farbe sei *oxigen*, und das sei nicht gut fürs Gehirn, aber ihr war das egal. Auch Depression war fürs Gehirn nicht gut. Doch dass sich die Kleine dermaßen erschrecken würde, damit hatte sie nicht gerechnet. Kinder mochten klare Verhältnisse, bei denen die Alten alt und die Jungen jung aussahen, aber auch sie würde sich daran gewöhnen. Gut, dass ihre Töchter kein Aufhebens machten. Hannah Jona hatte durchaus bemerkt, wie sie sich mit einem mitleidigen Blick auf sie den Vogel gezeigt hatten. Sollten sie doch. Haarefärben bot ihnen zumindest zu diesem Zeitpunkt noch keinen Vorwand, einen Vormund zu bestellen.

Die Luft war heiß und ihre Achselhöhlen waren verschwitzt, und trotzdem genoss sie den süßlich fauligen Geruch der auf dem Boden vergammelnden, gärenden oder schon verrotteten Santa-Rosa-Pflaumen und das Sirren der Mücken und aller anderen Schwebewesen, die wie Pünktchen in der Hitze schwirrten. Das Kaninchen hoppelte zwischen den Bäumen, nagte mal an den Gurken, mal am Weißkohl, den Johanna ihm hingelegt hatte; stürmisch raste es los, als habe man es zu den Fahnen gerufen, sprang ins Gebüsch, kam zurück und schnupperte wieder an seinem Schüsselchen. Sie wusste nicht, ob es jung oder alt war und was für eine Lebenserwartung Kaninchen hatten, aber es konnte von Glück sagen, denn bei Kaninchen gab es keinen Ruhestand, und sie wurden nicht in Lebensabend-Gettos abgeschoben wie die Menschen, denen man wie einem Joghurt einen Stempel mit Verfallsdatum verpasste. Mit spätestens siebzig quillt dein Briefkasten plötzlich über von alten Damen mit platinfarbenem Haar und makellosen Zahnreihen, die dir das Paradies im betreuten Wohnen versprechen. Steigst du in den Bus, bietet man dir einen Sitzplatz an, machst du den Mund auf, hört man dir unermüdlich nickend zu, damit du dich kurzfasst; man begleitet dich, stützt übereifrig deinen Arm und drängt dich geradezu vorwärts, na komm schon, Oma, so viel Zeit haben wir nun auch wieder nicht. Aber wenn du dich nur einmal bei der Telefonnummer deiner Fußpflegerin vertust, nickt man sich bereits vielsagend zu, siehst du, da beginnt der Alzheimer schon, und ab diesem Moment lauern alle nur noch auf weitere Anzeichen und finden in jedem Knopf, den du beim

Zuknöpfen deiner Bluse übersprungen hast, eine Bestätigung dafür. Doch diesen Gefallen würde sie ihnen nicht tun. Ihr würde das nicht so gehen. Sie hatte vorgesorgt, indem sie den Alzheimer bereits heimlich und von sich aus angenommen hatte, eine Art frei gewählte Demenz. In ihrem Alter musste man verrückt sein, um normal zu sein. Aus freien Stücken hatte sie sich das Narrenkleid angezogen, und seit sie das Gesetz der Zurechnungsfähigkeit abgeschüttelt hatte, konnte sie tun und lassen, was sie wollte. Von ihr aus konnte die Welt sie mal. Sollten sie sie doch ignorieren, sollten sie sie doch für dement und verrückt erklären, solang sie sie nur in Frieden ließen. Sie hatte ihren Töchtern nicht gesagt, dass sie völlig klar war und genau wusste, was sie tat. Warum auch? Sie konnten sie ruhig für verrückt halten. Hauptsache, sie ertrugen diese Verrücktheit still, so wie man sich mit Heiserkeit oder Sodbrennen abfand und kein Aufhebens darum machte.

»Nun sag schon, Herzl, wie steht mir das Schwarz?«, lachte sie hemmungslos, als sei außer ihr und dem Kaninchen niemand auf der Welt. Sie freute sich, dass sie noch klar genug war, um ihr wildes Lachen zu kontrollieren, dass ihre Sinne noch funktionierten und sie den faulig süßen Geruch unter den Pflaumenbäumen genießen konnte, der sie an den Duft welkender Rosen erinnerte. Während sie ihn tief in die Lungen einsog, dachte sie, so allein bin ich damit gar nicht. Alles altert, Bäume, Blumen, Frösche, Kaninchen, und nur die Menschen machen so ein Trara. Seit Millionen von Jahren werden sie geboren und sterben und haben sich noch immer nicht an das gewöhnt, was die Blumen längst vergessen haben: Die werden geboren, leben, vertrocknen und zerfallen lautlos zu Staub. Die Menschen haben noch nicht gelernt, dass die Welt ein großes Hotel ist, in dem man kommt, zahlt und geht. Ein Trick Gottes, um Platz für die Nachkommenden zu schaffen.

Geh demonstrieren, dass du nicht bereit bist, abzutreten. Die Demo will ich sehen. Auch wenn du Moses persönlich wärst oder der Präsident der Vereinigten Staaten, es würde dir nichts helfen, irgendwann musst du abtreten, da helfen die besten Beziehungen nichts. »So läuft der Hase«, seufzte sie, und Herzl hob den Kopf von seinem Schälchen, stellte die Ohren auf und schaute sie von der Seite an.

»Komm, Herzl, komm zu Hannah.« Sie schnalzte mit den Fingern und pfiff freundlich, doch das Kaninchen blieb distanziert höflich, kam nicht, kehrte aber auch nicht zu seinem Weißkohl zurück. Es wartete einen Moment, bis sie sich beruhigt hatte, spannte seinen Rücken an, tat einen Sprung und entfernte sich. Hannah Jona schaute hinauf zu den Wohnungen ihrer Töchter im ersten Stock. Als Alzheimer-Fall deklariert, konnte sie deren Leben unbefangen verfolgen, ungeniert zuhören und wusste alles über die Heimsuchungen, die ihnen widerfuhren, über Freud und Leid und natürlich auch über ihre langweiligen Tage, an denen es sie abwechselnd zum Fenster und zum Kühlschrank trieb. Als man sie noch für zurechnungsfähig hielt, war sie auf Zehenspitzen herumgeschlichen, hatte sich nicht eingemischt, nicht nachgefragt und sich auch nicht erlaubt nachzuspionieren. Sie hatte ihre Töchter um die unzähligen Möglichkeiten beneidet, die ihnen noch offen standen. Inzwischen zählte sie nicht mehr, und die Mädchen verheimlichten auch nichts mehr vor ihr. Sie dachten, der winzige Krebs, den Gott fünf Jahre zuvor geschickt hatte, bevor er überraschend schnell verschwand, habe in ihrem Hirn ein paar Defekte angerichtet. Dabei war dieser Krebs nur ein Versuchsballon Gottes gewesen, eine Mahnung kurz vor dem Abschalten. Gottes Engel hatte sie an den Rand der Grube geführt, hatte begonnen, sie hineinzustoßen, und sie im letzten Moment zurückgezogen. Das hatte ihr gereicht.

Auf einen Schlag hatte sie bis in die letzten Zellen begriffen, dass das Leben hier stattfand. Jetzt, in diesem Augenblick. Ein Später gab es nicht mehr. Ein gewaltiger Hunger nach den Freuden des Lebens war in ihr aufgebrochen, nach schönen Kleidern, Wein, Männern, ja, auch nach Männern, nach Käsekuchen, Schuhen mit hohen Absätzen. Sie wollte singen, weinen, lachen, wollte auf Höflichkeit, Takt, Schamgefühl und diesen ganzen Quatsch pfeifen und all das tun, was sie sich, als Jehuda noch lebte, nicht getraut hatte, was als luxuriös galt und den Tugenden von Bescheidenheit und Schicklichkeit widersprach. Schicklichkeit? – Nein danke! Die hohen Berge der Schicklichkeit hatten das ganze Leben unter sich begraben. Was hatte sie noch zu verlieren? Ehre? Sie pfiff auf Ehre, sie hätte die Reste ihrer Ehre ohne Weiteres auf der Straße verschenkt. So streckte sie die Arme seitwärts aus und freute sich über den Schweiß, der ihr den Rücken herunterlief. Der Körper lebte, und er wusste, was zu tun war, wenn ihm heiß war, die Poren waren offen. Mit ihren siebenundsiebzig Jahren funktionierte diese Maschine doch noch ganz gut.

Würden ihre Töchter ihr nur einmal zuhören, würde sie ihnen sagen, vergesst die Karriere, vergesst die Ehre und fangt an zu leben! Doch die steckten bis über alle Ohren in ihren Zwängen und würden zum Schluss ihr Leben verpasst haben, wie alle anderen auch.

Simona zum Beispiel. Ein Drittel ihres Lebens hatte sie damit verbracht, den menschlichen Körper zu verstehen, und als sie endlich mit dem Studium fertig war, wechselte sie die Stelle und arbeitete seither auf der Endstation. Von dort fuhr man nirgendwo mehr hin. Warum arbeitete sie nicht mit Säuglingen? Auf der Entbindungsstation? Mit Soldaten? Mit Menschen, die aus ihrem Leben noch etwas machen können? Die noch Mädchen nachlaufen können, eine Leber haben, die Wein verträgt, und Zähne für ein gutes Schnitzel. Sie war doch eine junge Frau mit gesunden Genen! Aber ernst wie eine Nonne! Ihre schönen Lippen, früher voll und rot, waren zusammengeschnurrt wie das Gummi einer Unterhose; ihr Haar, das früher wie in der Shampoowerbung glänzte, war im Neonlicht des Krankenhauses stumpf geworden. Sie war noch so jung, doch ihre Schultern krümmten sich schon, als trage sie mindestens einen Seekoffer durchs Leben. Von morgens bis abends beugte sie sich herunter, um alte Herzen und verbrauchte Lungen abzuhören. Wie konnte man erklären, dass eine mit einem Doktortitel von einer der angesehensten Universitäten des Landes ihrer Mutter den Bluff mit der Demenz so leicht abkaufte? Was brachte das ganze Studium, und wie konnte man sich im Krankenhaus auf sie verlassen, wenn sie einem alles, was man ihr vorspielte, abnahm? Wenn eine Ärztin, die mit Auszeichnung abgeschlossen hatte, auf ihre Show reinfiel, wie dann erst all die Mittelmäßigen, die auf ihrer Station rumliefen? Simona tat ihr leid. Am Morgen hatte sie so betrübt ausgesehen. Vielleicht steckte sie in einer enttäuschten Liebe oder in einem Streit mit Kollegen. Sie war aus ihrer Wohnung runtergekommen, grau wie dieses Kaninchen, hatte kurz für ein Guten Morgen hereingeschaut und war gleich wieder weg, so schnell, als hinge die Sauerstoffversorgung der ganzen Welt von ihr ab. Bloß gut, dass sie Simona nicht mit allen möglichen Fragen aufgehalten hatte. Sie war geübt in Geduld, und so oder so drangen die Dinge zum Schluss auch zu ihr.

Die Küchentür flog stürmisch auf. Johanna in der Gummischürze, die sie zum Putzen stets trug, stürmte wild gestikulierend in den Hof; mit einer Hand fuchtelte sie hinter sich, um drohende Gefahr anzudeuten, mit der anderen gab sie Hannah Jona ein Zeichen, schnell reinzukommen.

»Frau Hannah, da ist gekommen eine Frau. Sie müssen sitzen in die Rollstuhl.«

Doch Hannah Jona rührte sich nicht. Sie betrachtete Johannas breiten Schatten und dachte, was für ein Riesenschatten. Wer weiß, wie viele Ameisen von ihm in diesem Moment überrascht wurden. Wann hatte sie in ihrem Leben je über Ameisen nachgedacht? Keine Sekunde hatte sie ihnen oder irgendeinem anderen Wesen gewidmet, das ihr Leben nicht ganz direkt betraf. Man musste Kind sein oder alt, um zu entdecken, dass es auf der Welt Ameisen gab, und mitten in diese aufwühlende Entdeckung platzte jetzt diese Johanna.

»Wir brauchen den Rollstuhl nicht, Johanna«, rief sie, »die Sozialversicherung zahlt auch, wenn man ballaballa ist.« Johanna verstand nichts und sagte: »Was ist ballaballa? Schnell, kommen Sie in die Haus, Frau Hannah«, doch dafür war es zu spät. Die Besucherin hatte den Vorraum und die Wohnung schon durchquert, trat hinaus in den Hof und hielt gegen die grelle Sonne die Hand an die Stirn. Johanna rang die Hände. Zu Recht. Das war genau der Typ von Frau, der für Behörden arbeitete. Sie trug einen sommerlichen Hosenanzug, sportlich-elegant, gepflegt, sogar ein bisschen fein, und auf der Ledertasche an ihrer Schulter prangte das Markenzeichen eines Modehauses, von dem Johanna noch nie gehört hatte. Sie hielt sich gerade, war mittleren Alters, groß gewachsen, nicht dick, nicht dünn; das Haar im Nacken in gerader Linie geschnitten, mit großer Sonnenbrille, der Mund schmal und ernst, wie es zu jemandem in gehobener Stellung passte.

Hannah Jona betrachtete von ihrem geschützten Ort im Schatten der Pflaumenbäume aus ihre von der Sonne geblendete jüngere Schwester und dachte, das letzte Mal, dass ich sie beneidet habe, ist fünf Jahre her.

Die Besucherin schaute sich um. Sie bemerkte die alte Frau

erst, als sie zwischen den Ästen eine weiße Hand winken sah und Hannah Jonas Stimme hörte.

»Hallo, Tamara.«

Die Stirn der Besucherin legte sich oberhalb der Sonnenbrille in Falten, ihr reduzierter Mund öffnete sich kurz und schloss sich sofort wieder. Sie ging zu den Pflaumenbäumen, trockene Blätter und Kies knirschten unter den Absätzen ihrer weißen Sandalen. Ihr Schatten fiel auf die Alte und ließ deren Gesicht noch grauer werden.

»Dieses Schwarz sieht ja schrecklich aus, Hannah. Ich hab dich gar nicht erkannt.«

»Nun übertreib mal nicht. Wie geht's dir, Schwester?«

»Alles in Ordnung, aber hör mal, dieser Kontrast zwischen deinem Gesicht und dem Haar ist dermaßen künstlich, entschuldige, das ist ja schon pathetisch.«

»Ich mag eben Kontraste«, lachte Hannah Jona und staunte, dass sie sich trotz ihres Alters, ihrer hageren Gestalt und der Osteoporose stärker und sicherer vorkam als ihre jüngere Schwester. Tamara, die immer gerade irgendwo hinflog oder mit ihrem ach so wichtigen Mann von einer Reise aus der weiten Welt zurückkehrte und jedes neue Vitamin und jede Gesichtscreme kannte, die irgendwo in der Welt zu haben waren.

»Sollen wir reingehen?« Sie wartete Tamaras Antwort nicht ab, erhob sich aus dem bordeauxroten Sessel und wandte sich an die Pflegerin, welche, die Arme verkrampft über der Schürze verschränkt, auf halbem Weg zwischen der Küche und den Pflaumenbäumen stand und die Besucherin mit ihren Blicken durchbohrte. »Alles in Ordnung, Johanna, die Frau seien nicht von die Polizei und auch nicht von die Sozialversicherung. Die machen uns keine *probleme*.« Hannah Jona, die schon professionell im Zerbrechen ihrer Sprache war und sich mühelos

Johannas gebrochenem Hebräisch anpasste, berührte sie am Arm und sagte: »Wir sind Familie. Das ist meine Schwester, die kommt nicht oft zu Besuch, letztes Mal, als sie war hier, du warst gerade in die Kirche.« Johannas Hand fuhr hoch und bedeckte ihren Mund. Ihr Blick sprang von der einen zur anderen und suchte nach Ähnlichkeiten. Sie hob den Kopf und senkte ihn wieder, als wolle sie sagen: ein Unterschied wie Tag und Nacht.

Tamara musterte den Hof, sah die hohen Baukräne und sagte: »Dass dir hier bloß keine Steine auf den Kopf fallen. Schade, aus dem Hof könnte man einen wunderbaren Garten machen, lässt du ihn absichtlich so verkommen?«

»Das hängt mit meinem Hang zu Kontrasten zusammen. Eine gepflegte Wohnung und ein verwahrloster Hof.« Hannah Jona lachte über den Unsinn, den sie von sich gab, und fuhr fort: »Komm, Herzl, wir gehen rein.«

»Herzl?« Die Besucherin wunderte sich noch über die zweite sonderbare Antwort, da kam bereits die dritte. Einem so dummen Tier den Namen jenes großen Visionärs zu geben, der den jüdischen Staat vorausgesehen hatte? »Waren alle anderen Namen denn schon vergeben?«

»Kontraste, Tamara, Kontraste. Ein bedeutsamer Name für ein unbedeutendes Tier.« Hannah Jona amüsierte sich über ihre Geistesblitze; sie genoss das Pingpong mit Tamara und fühlte sich diesmal nicht unterlegen, im Gegenteil. Ihre gepflegte Schwester wirkte mit ihren zweiundsechzig Jahren misstrauisch und verloren wie noch nie. Welche Hannah sollte sie ihr präsentieren, die normale, die bei klarem Verstand war, oder die verrückte Alzheimer-Patientin? Sie wusste nicht, ob ihre Demenz sich schon bis zu ihrer Schwester rumgesprochen hatte. Indessen betrachtete sie die neuen kleinen Fältchen über Tamaras Oberlippe, die ihrem glatten Gesicht und der ausgezeichneten Wirkung der Cremes aber noch keinen Abbruch taten. Doch Tamaras Augen waren leblos wie stehendes Wasser, da halfen auch keine Cremes.

»Wie geht es den Töchtern?« Die Besucherin inspizierte ihre Umgebung, als suche sie nach Indizien.

»Ausgezeichnet«, log Hannah Jona, ohne mit der Wimper zu zucken. Von wegen ausgezeichnet. Jardena war an diesem Morgen völlig verquer aufgestanden, wie am Tag zuvor und an dem davor; irgendwas rumorte in ihr. Simona war ernst und bedrückt aufgestanden, und Orna? Die war viel beschäftigt und fuhr demnächst für ein Jahr nach Amerika. Den ganzen Tag ging es nur noch um diese blöden »Standortwechsel«. Was war das schon, Arizona. Sie verschiffte ihre Einsamkeit lediglich vom Nahen Osten nach Amerika, als ob da irgendwer auf sie wartete. Sie hatte eine Wohnung gekauft und wollte sie für diese Zeit an Simona vermieten, darüber hatten sie sich in ihrem Beisein unterhalten, so als sei sie taub. Sie hatten ihr nichts davon erzählt, aber Hannah Jona hatte Gott sei Dank gute Ohren. Sie hörte zu, zählte eins und eins zusammen und wusste, dass die eine ausziehen würde und die zweite auch, und Jardena, die wollte sowieso schon lange weg. Der obere Stock würde sich leeren. Allein der Gedanke, wie die Tauben in den Dachrinnen nisten, alles vollkacken und auf dem Balkon gurren, wie die Winde nachts von einer Wohnung in die nächste ziehen, an den Fenstern rütteln und gegen die Fensterläden klopfen würden! Doch Hannah Jona freute sich, dass das Leben nicht still stand, dass es sich immerzu veränderte und kein Tag verging, an dem nicht irgendetwas Neues geschah. Schließlich hieß es, *wer den Ort wechselt, der wendet sein Schicksal*. Eines Tages würden auch sie mit ihren Liebsten ankommen und sagen: »Mama, darf ich vorstellen?«

»Und wie geht's deinen Söhnen?«, fragte sie, als hätte sie

nicht mehr im Kopf, dass Tamara einen Sohn und eine Tochter hatte.

»Welchen Söhnen? Ich habe einen Sohn und eine Tochter, Joni und Nira, hast du das vergessen?«

»Nira? Ach ja, Nirale mit den schönen Augen. Sie hat die schönen Augen der Familie geerbt und meine Töchter den klugen Kopf ...«

Tamaras Gesicht lief rot an, und Hannah Jona verstand, dass sie zu weit gegangen war, und verstummte.

Johanna stellte einen Krug mit Wasser und Zitronenstücken und glänzend polierte Gläser auf den Tisch, ging wieder in die Küche und kehrte mit einer aufgeschnittenen Honigmelone und Papierservietten zurück. Sie schielte zu der Besucherin, hin und her gerissen zwischen Staunen und Argwohn.

Während die Besucherin die Beleidigung ihrer Tochter verdauen musste, klopfte der neue Mieter an die Tür und berichtete von einer Verstopfung in der Kanalisation. Er sprach zu Frau Jona, doch sein Blick ruhte auf der Fremden, und kaum hatte er sie gesehen, landete sie bereits auf seiner schwarzen Liste. Genau so kleideten sich ältere Wohnungsmaklerinnen, konservativ, sauber, elegant, als garantierten der gestärkte Kragen und der gerade Haarschnitt irgendetwas. Diese alten Füchsinnen verkauften dir Vogeldreck und machten dir weis, es handle sich um Diamanten; sie kauften dir Superimmobilien ab und erzählten dir, es seien Ruinen. Hannah Jona sagte ihm, er solle einen Installateur rufen und ihr dann die Rechnung geben, doch er winkte ab und sagte: »Das bezahl ich doch gern.« Die unerwartet aufgetauchte Immobilienfüchsin verdrängte das Problem mit der Kanalisation von der Spitze seiner Sorgenliste, und er vergaß beinah, wofür er gekommen war. Er warf ihr einen feindlichen Blick zu, machte kehrt und ging.

Doch die Besucherin war nicht wegen des Grundstücks gekommen; etwas anderes hatte sie alarmiert und hierhergebracht. Sie rutschte auf ihrem Stuhl von einer Pobacke auf die andere und wartete auf den richtigen Moment, und jetzt, wo der Mieter gegangen, Johanna in der Küche beschäftigt und das dumme Kaninchen auf dem knochigen Schoß ihrer Schwester eingeschlafen war, schob sie sich bis auf die Stuhlkante vor und sagte:

»Hannah, da gibt es etwas, das ich dich fragen wollte.«

»Nur zu.«

Hannah Jona ging in Alarmbereitschaft und rief sich in Erinnerung, dass sie sich für die Alzheimer-Show entschieden hatte, um so selbstbestimmt wie möglich leben zu können. Auf archäologische Vergangenheitserforschung oder Zukunftsspekulationen wollte sie sich nicht mehr einlassen. Mit Gewissenserforschung, Reue, Entschuldigungen, mit alten Rechnungen, Vergleichen oder Nostalgie hatte sie abgeschlossen. Ab jetzt lebte sie jeden einzelnen Augenblick, von Anfang bis Ende und von Minute zu Minute, bis zum Schluss. Und da sie nicht wusste, wie viele solcher Augenblicke sie bei der Bank des Lebens noch guthatte, lebte sie ihre Zeit in kleinen Stückchen von nicht mehr als sechzig Sekunden. Es war wie früher mit dem Wassereis. Wer große Bisse abbiss, hatte es schnell aufgegessen. Sie aß ihres nun in winzigen Portionen.

»Mein Joni hat dich spätnachts in irgendeinem Pub gesehen.«

Mit diesem Satz befreite sich Tamara von ihrer Last, rutschte auf dem Stuhl wieder zurück, entspannte sich aber nicht.

»Tatsächlich? Und er hat mir nicht Schalom gesagt?«

»Es war ihm unangenehm. Du hast da mit zwei jungen Männern rumgemacht und warst völlig betrunken.«

»Ist das ein Grund, nicht Schalom zu sagen?« Hannah Jona küsste das Kaninchen auf die Nase und sagte: »Junge Männer? Na ja, Herzl ist über sechzig, und Klein ist kurz davor.«

Tamara beugte sich zu ihr, wollte nach ihrer Hand greifen, ließ es aber lieber und fragte: »Hannah, fehlt dir vielleicht ein Vitamin, das für die Hirnfunktionen wichtig ist? Oder ein bisschen Eisen? Gewiss ist es nichts Schwerwiegendes, *but you have to see a doctor, my dear.*«

Hannah Jona sah, wie sich winzige Schweißperlen auf Tamaras Stirn bildeten, es tat ihr leid um die nutzlosen Bemühungen, die ihre Schwester investierte, und sie sagte:

»So vieles habe ich noch nicht gesehen, da soll ich ausgerechnet einen Arzt sehen?« Sie grub die Finger ins Fell des Kaninchens, hob es sich an den Hals und legte ihr Kinn auf seinen warmen Schädel. »Wir brauchen keinen Arzt, nicht wahr, Herzl?«, sagte sie, und es stellte kurz die Ohren auf und legte sie wieder an. Hannah Jona genoss die Akrobatik auf dem dünnen Faden zwischen Zurechnungsfähigkeit und Demenz. Die laue Höflichkeit, die immer zwischen ihnen geherrscht hatte, war keine Grundlage für plötzliche Aufrichtigkeit oder Offenherzigkeit. Sie waren sich noch nie nahe gewesen. Gegenseitige Besuche waren eine Seltenheit, der Altersunterschied und die Tatsache, dass sie unterschiedlich wohlhabend und unterschiedlich hübsch waren, hatten den Graben zwischen ihnen nur vertieft. Ihr klarer Kopf blieb ihr Trumpf; sie würde ihn erst ausspielen, wenn alle Stricke rissen, wenn die Sanitäter vom Gesundheitsamt mit der Zwangsjacke vor der Tür standen, um sie ins Irrenhaus oder in ein Heim für geistig verwirrte Menschen zu bringen.

Sie sah, wie die Falte an Tamaras Nasenwurzel länger wurde und die perfekte Symmetrie zwischen ihren gezupften Augenbrauen störte. Ihre jüngere Schwester war und blieb die schönere und die erfolgreichere – ein spätes Geschenk des Himmels an ihre Eltern als Entschädigung für die fünfzehn Jahre früher geborene Hannah, die in jeder Hinsicht nur mittelmäßig geraten war. Allen Glanz, der ihr gefehlt hatte, hatte Tamara im Überfluss abbekommen. Die war eine Musterschülerin gewesen, hatte schön getanzt, gewusst, wie man sich gut anzog, und den Richtigen geheiratet. Hannah Jona hatte einen Angestellten bei der Einkommenssteuer geheiratet, der graue Hemden mit einer Brusttasche trug; er hatte bei der Arbeit nur einen Stuhl und einen Tisch mit einer Vertiefung für sein Teeglas. Tamara aber hatte Ephraim geheiratet, der zu Effi wurde, er arbeitete in leitender Position im Sicherheitsministerium, war groß gewachsen und sah imposant aus. Eine Wolkensäule von Verschwiegenheit schritt des Tags vor ihm her, und ein Schein von Geheimnis umgab ihn des Nachts. Nach Paris und Rom war Tamara mit ihm gefahren und auch an alle möglichen anderen Orte, die nicht genannt werden durften. Jahrelang hatten sich die beiden in der großen Welt aufgehalten und von dort fließendes Englisch, fremde Düfte und andere Umgangsformen mitgebracht, und sobald sie zurück waren, fuhren sie auch gleich wieder los. Und sie, wohin war sie mit ihrem Jehuda gefahren? Auf den Wochenmarkt in Jerusalem, und von dort waren sie mit Petersilie, Tomaten und geschlachteten Hühnern zurückgekommen. Was würde sie nicht drum geben, dass er jetzt zu ihr zurückkäme, in seinem grauen Hemd, dass sie wieder zusammen mit den Plastikkörben und der Petersilie nach Hause laufen könnten. Aber was vorbei war, war vorbei. In dem neuen Leben, das sie sich nun gönnte, holte sie keine Toten aus den Gräbern und vermied Vergleiche. Was vorbei war, war vorbei. Und was dieser Augenblick ihr bot, war das weiche Fell des Kaninchens auf ihrer Brust, die schmale Falte zwischen Tamaras Augenbrauen und dazu ein punktförmiger trauriger Schatten in ihren Augen, der kam und verschwand. Ihre Schwester tat ihr leid. Sie betrachtete dieses Resultat edelster Sublimierung, wie wohlgesittet sie die Schenkel zusammenhielt und wie sie Knie und Unterschenkel aneinanderlegte und zur Seite neigte. Sie war noch immer schön, doch ihre Schönheit verblasste und erstarrte. Gelbes Licht fiel durch die Spitzenborte der Vorhänge und warf einen Streifen Licht oberhalb von Tamaras Kopf: Ihr Haar war noch immer voll und üppig, die Zeit war gnädig mit ihr umgegangen und hatte ihr Verschlechterungen nur häppchenweise abverlangt. Doch diese Gnade war nicht zu Tamaras Gunsten, dachte Hannah Jona, es wäre besser für sie gewesen, wenn das Alter sie mit einem Mal angesprungen, sie aus ihrem Käfig der Behaglichkeit gerissen und ihr gezeigt hätte: Das Alter brachte keine Annehmlichkeiten, außer der befreienden Einsicht, dass sie nichts mehr zu verlieren hatte. Sie schaute Tamara an und wusste, es würde ihr schwerfallen, das schleichende Altern zu ertragen, und sie war betrübt über ihre jüngere Schwester, die in ihrem picobello gestärkten und gebügelten Leben feststeckte. Sie würde in ihren gepflegten Hüllen, guten Kleidern, Parfüms und Manieren langsam vertrocknen, verbittern, verhärten und leer werden, und Effi würde, Gott behüte, seine Geduld mit ihr verlieren. Trotz der Distanz zwischen ihnen war Hannah Jona über Tamaras jämmerliche Zukunft betrübt: Sie hätte losheulen können, doch bevorzugte sie Worte.

»Tamara, du musst wissen, ich bin heute zurechnungsfähiger denn je.«

Ihre Stimme war so ernst, dass Johanna aus der Küche ankam, um nachzusehen, was geschehen war.

»Hör mir gut zu, Tamara. Als Dorftrottel kannst du dir alles erlauben. Dem verzeiht man alles.« Hannah Jona bemerkte, wie sich Tamaras kleiner Mund leicht öffnete und ihre Lippen sich etwas entspannten. Ermutigt von der Mimik ihrer Schwester, fuhr sie fort: »Und ein Mensch muss ja nicht als Trottel geboren werden, er kann auch eines Morgens einfach beschließen, ab jetzt den Narren zu geben. Wir leben hier in einem freien Land, und der Mensch kann sich entscheiden, auf seine Zurechnungsfähigkeit zu verzichten, wenn du verstehst, was ich meine.«

Da die Erdkugel inzwischen weiter ihrer Bahn gefolgt war, fielen die Sonnenstrahlen nun tief in Tamaras gefärbtes Haar und umgaben ihre Stirn mit einem rötlich kupfernen Schein. Sie brach in ein Lachen aus, doch nur ihr Mund lachte.

»Du willst mir erzählen, dass du morgens aufstehst und dich zum Deppen machst? Dass du nur so tust, als seist du nicht bei Verstand, damit du nachts in einer Kneipe mit Betrunkenen rummachen kannst? Dass du deine Töchter belügst? Dass dein ganzes debiles Auftreten eine einzige Show ist? Was soll ich sagen, Hannah, ich hab in meinem Leben schon viel gesehen, aber einen Menschen, der sich freiwillig psychisch … um Himmels willen, was bringt dir das denn?«

Hannah Jona staunte, dass der Wortschatz ihrer Schwester auch Wörter wie ›Depp‹ umfasste, und im selben Moment erschrak sie über ihren Leichtsinn. Welcher Teufel hatte sie geritten, ihren klaren Verstand zu offenbaren? Ihre Schwester würde überall rumerzählen, dass sie durchaus zurechnungsfähig und ihre ganze Demenz nur die Show einer verschrobenen Alten war, die gerade ihr schauspielerisches Talent entdeckt hatte. Dann würden sie ihr nichts mehr nachsehen; mit all den Freiheiten und wunderbaren Dingen, die sie sich damit erworben hatte, wäre es auf einen Schlag vorbei. Sie würde wieder Braun und Schwarz tragen, nachts auf ihre Besuche im Pub und tagsüber auf das leuchtende Lipgloss verzichten müssen, Enthaltsamkeit üben, sowohl in Bezug auf Männer als auch auf Wein, und sie würde jedes Wort auf die Goldwaage legen müssen. Sie musste Tamara auf der Stelle davon überzeugen, dass ihre letzten Sätze lediglich von einem seltenen, zufälligen Moment der Geistesklarheit zeugten und die Demenz durchaus anhielt.

»Herzl, runter mit dir!« Hannah Jona schüttelte das Kaninchen ab, knöpfte nacheinander alle Knöpfe ihres Kleides auf, zog die Arme aus den Ärmeln, sodass der obere Teil ihres Kleides bis auf ihre Hüften hinunterglitt. Da saß sie in ihrem durchsichtigen teefarbenen Unterkleid, das ihr viel zu weit war, und stellte ihre ausgemergelte Nacktheit zur Schau. Tamara wandte den Blick ab, schloss die Augen, um nicht zu sehen, und öffnete sie wieder, um sicher zu sein, dass sie richtig gesehen hatte. Sie hatte wohl noch keine Gelegenheit gehabt, Menschen nackt, ohne die Hüllen von Kleidern, Parfüm und Schminke, zu sehen. Jetzt suchte sie einen Punkt im Zimmer, zu dem ihre Blicke fliehen konnten, den Kronleuchter, eine Türklinke, einen Vorhang, doch kehrten sie immer wieder zum weißen Fleisch ihrer Schwester zurück und sahen ihre dünne Haut und die Venen, die sich darunter vernetzten, das Geflecht der Adern, die sich vom Halsansatz aus verzweigten, die Härte der leeren Brüste, die fahlen Achseln mit dem spärlichen Haar. Als sie den demütigenden Schwund sah, der vermutlich jeder Frau bevorstand, verlor sie die Fassung.

»Hannah, bist du verrückt? Zieh dich sofort wieder an!«

Ihr Schrei alarmierte Johanna in der Küche: »Was, Frau Jona machen Striptease? Hier nicht Badezimmer, hier Salon!« Johanna zog den Ärmel des Kleides hoch, doch Hannah Jona hielt ihre Hand fest und schrie sie an: »Nimm deine Hände von mir, Johanna, mir ist heiß. Mein Körper braucht Luft!«

Johanna ließ zwar den Stoff los, ließ aber nicht locker und

versuchte es mit freundlicher Überredung: »Frau Hanna, nicht schön so sitzen, nur Babys sitzen ohne Kleider ...«

Tamara war auf ihrem Stuhl erstarrt; sie hatte ihre Glieder nahe an sich gezogen, als habe sie Angst, sich an dem Virus des Alterns anzustecken, der die Knochen vertrocknen und das Fleisch schwinden ließ. Ihr Entsetzen blieb Hannah Jona nicht verborgen, spornte sie vielmehr an, die Vorführung fortzusetzen und den Eindruck zu festigen, sie sei an Alzheimer erkrankt. Sie stand auf, ließ das Kleid bis auf den Boden an sich heruntergleiten und offenbarte auch die Blöße ihres Unterkörpers. Beim Anblick ihrer losen Unterhose und der hageren Knie hob Tamara die Faust vor ihren Mund und rief: »Hannahle, jetzt ist es genug! Tu mir den Gefallen, Hannahle, komm, zieh dich wieder an.«

Hannah Jona sah, wie sich ihre erbärmliche Nacktheit in der Glastür des Schranks mit dem edlen Porzellan spiegelte und wie die vor Jahren gekauften Teller sie verzerrten; die waren genauso weiß wie sie. Der Kosename ihrer Kindheit und Tamaras ehrlich bemühter Ton gefielen ihr. ›Hannahle.‹ Wann hatte man sie so genannt? Als sie vier war? Sie wollte noch mehr von dieser späten Wärme spüren, ließ sich von dem Moment mitreißen und versuchte, noch ein oder zwei ›Hannahle‹ herauszuschinden. Sie bückte sich, hob ihr Kleid auf und begann einen Triumphzug um den ovalen Wohnzimmertisch. Ihr Unterkleid warf zitternde gelbliche Wellen auf ihre Nacktheit, sie wedelte mit dem Kleid, schwang es über dem Kopf wie ein *Kaparot*-Huhn an Jom Kippur, das sie in Zukunft vor irgendwelchen Sünden befreien sollte. Johanna versperrte ihr den Weg, legte ihr sanft eine schwere Hand auf die Schulter und die andere auf ihre Hüfte und drückte sie auf den nächsten Stuhl. »Frau Hannah wollen eine andere Kleid? Sie fühlen heiß? Sie wollen *aer condiționat*?«

»Ich will es genau so«, verkündete Hannah Jona, atmete heftig und hielt ihr Kleid mit beiden Händen fest. Sie sah, wie Tamara aufstand, ein Handy aus ihrer Handtasche zog und sich in die Küche entfernte, neben den Kühlschrank, in dessen Motorgeräusch ihre Stimme unterging. Hannah Jona wusste nicht, ob ihre Schwester die Polizei, einen Krankenwagen oder den Amtsarzt alarmierte oder ob sie sich nach den Erschütterungen der letzten Stunde einen EKG-Termin für sich selbst besorgte. Ein Lichtstrahl drang zwischen den Vorhängen herein, tanzte auf den ausgeblichenen Seidenblumen im Ausschnitt des Unterkleides und wärmte ihr Brustbein. Sie genoss die leichte Gänsehaut, das Spiel zwischen der dunklen Kühle des Hauses und dem warmen Licht von draußen, stützte sich auf die Armlehne des Stuhls und rief »wunderbar«, zog eine Rose aus dem in der Vase welkenden Strauß und steckte sie sich ins schwarze Haar. Johanna stand neben ihr. Ihre starken Hände hielten die Stuhllehne fest, auf alles gefasst. Hannah Jona war zufrieden; noch nie hatte sie so lange am Stück auf die Normalität gepfiffen, noch nie so tief ihre Verachtung für all das ausgedrückt, was Menschen einander verboten oder erlaubten. Doch sogleich sagte sie sich, nun gib mal nicht so an. War eine alte Frau im Unterkleid eine Bedrohung der Menschheit oder des Weltfriedens wie eine iranische Bombe? Also wirklich! Was konnte passieren? Würde der Nahe Osten untergehen? Was hatte sie getan? Vierzig Jahre hatte das Unterkleid im Schrank gelegen, und es würde dort noch viele Jahrzehnte liegen, wenn die Mädchen den Schrank nicht irgendwann leerten und seinen Inhalt verbrannten. Mit und ohne das Unterkleid würde die Welt weiter ihren Gang gehen. Menschen würden geboren und sterben, Johannas würden in die Fremde ziehen, um irgendwo ihren Lebensunterhalt zu verdienen, und alte Leute würden in Ruhestand-Gettos verbannt. Sie zog Johanna zu sich und machte ihr ein Zeichen, sie solle sich herunterbeugen. »Mit mir ist alles in Ordnung, Johanna«, flüsterte sie ihr ins Ohr, roch an ihr, was sie gekocht hatte, und freute sich, dass es Kümmelsuppe geben würde. »Alles in Ordnung, Johanna. Alles, was ich jetzt mache, ist Theater für meine Schwester, verstehst du, Johanna? Ich bin hundert *procent* in Ordnung. Ich bin nicht ballaballa. Alles, was ich jetzt tue, ist Theater für Tamara. Verstehst du?«

Johanna richtete sich wieder auf, legte sich die Hand aufs Herz und dankte dem Gekreuzigten und seinem Gott; sie klopfte Hannah Jona auf die nackte Schulter, hustete beim Lachen, doch ihr Lachen war nur kurz und verging schnell.

Simona saß im Ärztezimmer vor dem Computer und biss gerade schnell in ein Brötchen, als ihr Telefon klingelte.

»Simona, deine Mutter hat einen schweren psychotischen Anfall, komm schnell.«

Sie erkannte die Stimme sofort und wunderte sich, woher diese entfernte Tante plötzlich aufgetaucht war und seit wann sie sich mit der Diagnostik von Psychosen auskannte. Sie wickelte das restliche Brötchen ins Papier zurück, warf es in den Papierkorb, wählte die Nummer von zu Hause und verlangte nach ihrer Mutter. Johanna sagte: »Eine Moment, Frau Hannah, da ist *telefon* für Sie.«

»Wie geht's dir, Mama?«, fragte sie in sachlichem Tonfall; ihre Zeit war knapp und wertvoll, und es gab keinen Grund zur Sorge; die Demenz der Mutter befand sich in einem Mittelstadium, wo man nicht mit aufregenden Dramen zu rechnen hatte.

»Alles in bester Ordnung.«

Hannah Jona wusste, drei Frauen verfolgten jetzt jedes Wort aus ihrem Mund. Sie musste das präzise Gleichgewicht zwischen Demenz und Zurechnungsfähigkeit halten und sagte: »Ich sitze hier nur im Unterkleid, und die machen ein Trara darum, als hätte ich jemanden umgebracht.«

»Wer sind die?«

»Meine Pflegerin und meine Schwester. Sag mir bitte, Simona, wo in den Gesetzen des Staates Israel steht geschrieben, dass man nicht im Unterkleid herumlaufen darf? Du bist Ärztin für alte Menschen, und du weißt ganz genau, wie leicht wir von der Klimaanlage Bronchitis kriegen. Also wirklich, wo liegt das Problem, wenn ich, statt die Klimaanlage anzuschalten, im Unterkleid herumlaufe?«

»Da hast du völlig recht, Mama. Wenn es dich nicht stört, dass sie dich so nackend sehen.«

»Was kann man mir noch weggucken? Auch als ich jung war, gab's bei mir nicht viel wegzugucken, und heute?« Hannah Jona lachte und hörte Simonas kühles Schweigen. Sie wusste nicht, ob es Zustimmung bedeutete oder ob das Schweigen mit anderen Dingen zusammenhing, und so wartete sie, was Simona als Nächstes sagen würde, doch die sagte nichts. Hannah Jona drückte den Hörer an die Wange, lauschte dem Schweigen, und etwas regte sich tief in ihr, unter der linken Brust, unter- oder oberhalb des Herzens. Drei Kilo Mensch hatte diese Schweigende gewogen, als sie zwischen ihren Beinen herausgekommen war, und im selben Moment war sie bereits auf eine Distanz gegangen, die seitdem immer unüberbrückbarer geworden war, so als habe das Messer, das die Nabelschnur zwischen den beiden Körpern durchschnitt, auch ihre Seelen voneinandergeschnitten. Das Kaninchen kam zu ihr und rieb sein Fell an ihren Beinen; sie hob es mit der einen Hand hoch, hielt in der anderen das Telefon und sagte: »Viele Grüße von Herzl; dem Kleinen gefällt mein Unterkleid. Du solltest sehen, wie er sich an diese alte Seide schmiegt, es ist ein Genuss!« Am anderen Ende weiter Schweigen. Simona war schon nicht mehr dran. Hannah Jona stellte das Telefon zurück und saß wieder in ihrem Unterkleid da, mit dem Kaninchen auf dem Schoß. Da stand Tamara auf, kommentierte laut, dass man hier ja mit niemandem reden könne, schüttelte den Kopf und sagte: »Schrecklich, ich habe nicht geahnt, dass es so schlimm ist.« Sie zog ihr Jackett zurecht, grüßte eilig mit einem schwachen »Schalom« und ging.

Die Tür schloss sich hinter ihr, Hannah Jona zog ihr Kleid wieder an, nahm das Kaninchen auf den Schoß, und es rollte sich sofort ein. Sie wunderte sich, dass sie weder traurig noch fröhlich war und ihr Herz so flach und regelmäßig schlug wie das Ticken einer Uhr. Wenn ihre eingebildete Demenz bloß nicht Wirklichkeit wurde und ihr Verstand und ihre Gefühle sie langsam tatsächlich verließen. Denn wie kam es, dass sie ihre Schwester nicht beneidete, sich nicht über ihre grobe Einmischung empörte, dass ihr Besuch und Weggehen sie so gar nicht berührten und sie danach gefühllos und leer zurückblieb. Wie kam es, dass ihr Herz, das früher Höhen und Tiefen, Klüfte und Abgründe kannte, zu einer öden Wüstenebene geworden war? Was, wenn die Demenz, die sie doch frei gewählt hatte, sie jetzt wirklich heimsuchte? Das hätte ihr gerade noch gefehlt. Sie erschrak und begann sofort, ihr Gedächtnis zu prüfen, drückte mit den Fingern gegen ihre Schläfen und zauberte aus den Tiefen ihres Gehirns die Telefonnummern von Jardena, Orna und Simona und ihre eigene, und die Nummern purzelten aus ihrem Mund wie Perlen von einer gerissenen Kette. Aber nein, bei ihr war noch nichts gerissen, das Gedächtnis und der Kopf waren, Gott sei Dank, in Ordnung. Aber es gab auch noch die Seele, und wie prüfte man die? Sie hatte keine Ahnung. Vielleicht sollte sie in sich hineinhorchen, ob es auf der Welt noch etwas gab, was ihr naheging. Ob es jemand Bedeutsamen in ihrem Leben gab, aus der Vergangenheit oder der Gegenwart, der bei ihr noch etwas auslöste, ganz gleich ob positiv oder negativ. Ihre Wahl fiel auf ihren verstorbenen Jehuda. Sie hatte Sehnsucht, Wut oder Schmerz erwartet und staunte, dass von den vielen Jahren, die sie vollständig oder nur teilweise miteinander verbracht hatten, ausgerechnet jener Tag in ihrer Erinnerung aufschien, an dem er sich freigenommen hatte und sie zusammen ans Meer nach Tel Aviv gefahren waren. Großer Gott, war das ein Tag gewesen, erinnerte sie sich, und sofort war alles wieder da. Wie Jehuda auf seinem ausgebreiteten Taschentuch gesessen hatte, die Knie angezogen und die Hände auf den Knien, wie er seinen Hintern auf die Größe seines Taschentuchs zu reduzieren versuchte, um jede Berührung mit dem Sand zu vermeiden. Er hatte alle Kleider angelassen und noch nicht einmal die Schuhe ausgezogen. Gut eingepackt und verschlossen hatte er dort vor dem weiten Wasser gesessen und geschwiegen. Sie hatte gedacht, ich werde noch verrückt, hatte ihn angeschrien: »Was ist mit dir los, zieh doch wenigstens die Schuhe aus, fass den Sand an, und spür mal, woraus du gemacht bist.« Doch mehr als die Schuhe und das Taschentuch brachte es sie auf, dass dasselbe Meer, das ihr Innerstes aufwühlte, alles in ihr öffnete und dem sie sich hingeben wollte, in ihm alles verschloss. Sie fiel über seine Schuhe her, machte die Schnürsenkel auf, doch er stieß sie weg. »Was hast du«, sagte er und band sie wieder zu, zurrte den Knoten fest und achtete dabei auf die einheitliche Größe der Schlaufen, zog die Knie wieder an, verschränkte die Hände über ihnen und schaute vor sich hin und schwieg. Sie trug ein dünnes Sommerkleid, mit einem pastellfarbenen Blumenmuster, kickte die Sandalen von den Füßen, band ihr Haar auf und setzte sich neben ihn unter das Sonnendach, machte ihren Hals frei und hielt ihn in den Wind und ärgerte sich, dass es ihr nicht gelang, das Meer zu genießen, wenn er wie eine Sphinx rechts neben ihr saß und sich vor dem Meer verschloss. Es kam ihr vor, als verlange das Meer von ihr, sich an seiner statt für Jehudas Desinteresse an ihm zu rächen. Sie machte sich im Stillen über ihn lustig, das Meer müsse, damit er es berühren würde, erst mal lange Listen von Steuerpflichtigen, meterweise Vermögenserklärungen und ganze Sturzbäche von Heftchen mit Steuervorauszahlungen an Land spülen, dann würde er seine Hände von den Knien lösen, sich die Schuhe ausziehen, ans Wasser laufen und all diese Unterlagen Blatt für Blatt aufsammeln. In den vielen Jahren bei der Einkommenssteuer waren seine Hirnzellen viereckig geworden und hatten sich zu einem Kästchenmuster angeordnet, und das Meer hatte bekanntermaßen keine geraden Linien und keine Kästchen, in die man es einpassen konnte. Ihre Wut schwoll immer stärker an bis hin zu feindlichen Gefühlen gegenüber diesem Mann, der sein Leben lang in die Taschen von Steuerpflichtigen griff und ausrechnete, wie viel er ihnen abknöpfen könnte. In diesen Augenblicken vergaß sie völlig, dass sie ohne seine Arbeit kein Brot im Laden und auf dem Markt kein Huhn kaufen könnte, denn er bekam für diese Papiere, über denen er den ganzen Tag lang saß, ein Gehalt, das sie beim Gemüseladen, beim Schuster oder beim Metzger umsetzte. Sie hatte auch die schönen Dinge vergessen, die sie gemeinsam erlebt hatten, vielleicht nicht jeden Tag, aber es hatte sie gegeben. Ihr wurde heiß, sie raffte ihr Haar wieder zusammen, befestigte es mit einem Gummi und machte es gleich wieder auf, steckte die Zehen in den Sand und grub und beherrschte sich, ihm nicht den Ellbogen in die Rippen zu rammen, um ihn dazu zu bringen, dass wenigstens seine Hände das Terrain des Taschentuches verließen, er den Kopf schüttelte und wenigstens einmal aus der Haut fuhr und sich berühren ließ. Sie ärgerte sich über sich selbst, über ihn, über das bereits gelebte Stück Leben, das sich nicht mehr wiederbeleben ließ. In ihrer Wut wurde Jehudas Verschlossenheit für sie zum Symbol ihrer Verschiedenheit, dafür, dass sie einfach nicht zusammenpassten, ihre wilde, romantische und seine beständige und starre Seele, die sich fanatisch an Bekanntes klammerte und an alles, was sich regelmäßig wiederholte. Dass sie ihn gerade wegen dieser Beständigkeit liebte, hatte sie vergessen. Das erste Mal waren sie sich bei einem Zwischenfall auf der Straße begegnet. Die Leute hatten einen Araber umringt, in dessen Taschen man ein Messer gefunden hatte, und wollten ihn lynchen. Sie hatten den Mann beschimpft, bespuckt, jemand hatte ihn in die Rippen geboxt und zu Fall gebracht, und während einer ihn auf dem Trottoir festhielt und die aufgebrachte wilde Menge auf ihn eintrat, war plötzlich aus einem Schreibwarenladen ein Mann erschienen, zu der versammelten Menge gegangen und hatte gerufen: »Was ist denn in euch gefahren!« Er hatte sich einen Weg durch den Haufen gebahnt und trocken und gebieterisch gesagt: »Lasst ihn in Frieden, das ist Sache der Polizei.« Er war weder muskulös noch irgendwie angsteinflößend gewesen, doch seine beherrschte Stimme, die befahl aufzuhören, und der feste Blick, mit dem er die Leute anschaute, hatten bewirkt, dass die, die um ihr Opfer kauerten, aufstanden und die aufgebrachte Menge sich zurückzog. Er hatte über dem Araber gestanden und ihn mit seinem festen Blick beschützt, der einige beschämte und andere verwirrte, und bis die Leute sich gefasst hatten, kam auch schon die Polizei. Sie hatte ihn von der Seite beobachtet und sich gedacht, so einen würde ich gern heiraten, und war zu ihm gegangen und hatte gesagt: »Alle Achtung. Ich heiße Hannah.« Sie hatte ihm die Hand gegeben, und er hatte geantwortet: »Jehuda, sehr angenehm.«

Sie hatte ihm vorgeschlagen, zusammen etwas zu trinken, um sich zu beruhigen, und er hatte gesagt: »Ich muss mich nicht beruhigen, aber das ist kein Grund, nicht zusammen etwas zu trinken.« Sie hatte einen Cappuccino bestellt, er einen Espresso. Den zweiten Kaffee hatten sie schon in seiner Wohnung getrunken.

Doch in diesem Moment am Meer erinnerte sie sich nicht an die Tugend seiner Beständigkeit, die sie so für ihn eingenommen hatte, sondern schaute nur zwischen ihm und dem Meer hin und her und kochte vor Wut. Währenddessen erschien am Strand ein großer schwarzer Hund, der am Wasser entlanglief. Seine Lederleine schleifte hinter ihm her und hinterließ eine Spur im feuchten Sand. Hannah Jona suchte seinen Besitzer, sah aber niemanden, der stehen blieb und auf ihn wartete oder hinter ihm herlief. Der Hund trieb sich alleine herum, seine Zunge hing aus der Schnauze, er beschnüffelte den vom Meer angeschwemmten Schaum und Tang, rannte fünfzig Schritte und kam wieder zurück, blieb stehen, schüttelte sich und senkte hechelnd den Kopf. Wellen leckten am Ufer, spülten gegen seine Beine und rollten zurück, da erschien plötzlich ein älterer Mann mit ausgefranstem Hut, nacktem Bauch, die Sandalen in der Hand, und rief dem Hund zu: »Itsche, komm, wir gehn.« Er lief an dem Hund vorbei, doch die Leine zog keine Linie im Sand, denn der Hund war stehen geblieben, und das Wasser überspülte die Fußabdrücke seines Besitzers. »Itsche«, rief der Mann noch einmal, »Itsche, jetzt komm schon!« Seine Stimme ging im Lärm der Wellen unter, und der Hund hob den Kopf in Richtung seines Besitzers, prüfte, wie weit der sich schon entfernt hatte, schaute sich um, klappte das Maul zu, hob noch einmal den Kopf und schaute auf den sich entfernenden Rücken.

Hannah Jona wusste nicht, wie weit Hunde sehen konnten,

und auch nicht, auf welche Entfernung sie hörten, nahm aber an, dass es mit diesen beiden Sinnen nicht mehr weit her war bei ihm, denn plötzlich drehte der Hund sich um und wandte sich zum Meer, das Hinterteil angespannt, die Ohren aufgestellt. Es war, als breche alles Bellen, das ihm für sein ganzes Leben zugeteilt war, auf einen Schlag aus ihm heraus; jetzt oder nie, komme, was wolle, so ein Bellen war das. Das Bellen eines an seinen Herrn geketteten Hundes, der, seit er aus irgendeiner Hündin herausgekrochen war, immer nur gehört hatte, Itsche komm, Itsche lauf, Itsche fang, Itsche sitz, und jetzt schüttelte er das alles ab, schlug die Zähne in die Freiheit, und es war ihm egal, von wem er seine nächste Portion Bonzo bekommen würde. Sein Bellen wurde immer lauter, der Geruch seiner Schnauze verbreitete sich über das Meer, und sie hatte den Eindruck, das Meer füllte sich mit dem Geruch des Hundes, und die Wellen schwollen an. Sie sprang von ihrem Platz unter dem Sonnendach auf, rannte zu dem Hund, an ihm vorbei und lief so, wie sie war, ins Wasser. Ihr Kleid war sofort nass und schwer, doch sie selbst wurde mit jedem Moment leichter und schwamm hinaus, immer weiter, trieb wie ein Stück Holz nach Norden, geriet außer Sichtweite des erstarrten Mannes, der weiter auf seinem Taschentuch saß. Der Hund schrumpfte zu einem kleinen schwarz glänzenden Punkt, die Wellen rissen sein Bellen mit sich, und es vermischte sich mit ihrem lauten Lachen und ihren Rufen: »Itsche ist Itsche, und ich bin ich, Jehuda ist Jehuda. Jeder hat sein eigenes Leben.« Aus ihrem Mund kamen auch ganz unverbundene Satzfetzen wie »Gott, das ist mir so scheißegal«, *»und das Wasser war ihnen eine Mauer zur Rechten und zur Linken«*, und »ihr könnt mich doch alle mal«, und mischten sich mit ihrem Lachen und dem salzigen Wasser in ihrem Mund, das sie zurück ins Meer spuckte. Schon sah sie das Sonnendach nicht mehr, unter dem Jehuda seine Beine umklammerte und ihre Tasche und ihre Sandalen zu seinen Füßen bewachte. Vor sich sah sie andere, runde Sonnendächer wie flache Strohhüte, und andere Menschen bräunten sich am Strand. Sie ließ sich auf dem Rücken treiben und sang auf eine Melodie aus ihrer Kindheit, das Gesicht zum Himmel gewandt: »Ich bin Itsche, ich bin Itsche, ich bin Itsche, tanz ich schon?«, und alle ihre Glieder stimmten ein, und sie war nur noch Stimme und Wasser, ohne Gestern und ohne Morgen. Salz spritzte in ihren Rachen, sie wurde heiser, die Finger ballten sich zu Fäusten, die Haut wurde faltig und rau, das Wasser blähte ihr Kleid auf, und ihr Haar war schon ganz aus Salz. Auf dem Weg zurück zum Ufer trieb sie wie Tang, wurde immer wieder zurückgespült, schwamm oder versuchte zu gehen, fiel und ließ sich treiben und ging wieder, bis sie erschöpft die Strandlinie erreichte. Sie warf sich in den Sand und spürte, wie sich der große Himmel höchstpersönlich zu ihr herunterbeugte und sie zudeckte. Sie sah nur noch Blau. Eingehüllt ins Blau des Himmelszelts hörte sie lärmende Menschen, die sich um sie versammelten, einige sagten, sie sei ohnmächtig, bestimmt ertrunken, meinten andere, ruft einen Krankenwagen, noch eine, die nicht schwimmen konnte … und sie schlug die Augen auf, und die Leute wichen einen Schritt zurück, und jemand sagte: »Mamma mia, sind das Augen, so was von blau, das hab ich im Leben noch nicht gesehen.« Wie sie so von Fremden umringt auf dem Sand lag, versuchte sie zu lächeln, doch ihr Mund verzerrte sich, und heraus kam eine Art Weinen. Schwer atmend stützte sie sich auf die Ellbogen, richtete sich ein bisschen auf und sagte: »Ihr Idioten, habt ihr noch nie im Leben einen glücklichen Menschen gesehen?« Sie wichen weiter zurück, tuschelten, lachten, »eine Besoffene«, »eine Gestörte«, »die ist doch ballaballa«. Nur eine junge Frau sagte: »Recht hat sie, was habt ihr denn, endlich ist in diesem Land mal jemand glücklich!« Der Kreis der Umstehenden löste sich langsam auf, und auch das Himmelblau, das sie zugedeckt hatte, wich von ihr. Sie stand auf, schüttelte ganze Placken Sand von Kleid und Haaren und schnaufte noch immer wie ein Sprinter, der erschöpft und glücklich die Ziellinie erreicht hatte. Sie dachte nicht an Jehuda, an die Einkommenssteuer oder daran, wer sie war. Es kam ihr vor, als sei ihr Hirn, durchgespült vom vielen Wasser, nun leer und rein. Der Erste, an den sie sich erinnerte, war der Hund. Sie legte die Hand ans Ohr und lauschte den Geräuschen, doch statt des Bellens hörte sie in der Ferne eine Lautsprecherdurchsage und wunderte sich, dass die Hütte der Wasserrettung, die vorher links von ihr gewesen war, jetzt nur verschwommen zu erkennen, weit rechts von ihr stand, und die Wörter der Durchsage zerstoben und drangen nur abgehackt und undeutlich zu ihr. Sie blickte nach Süden, dorthin, wo vorher der Hund gewesen war und große Stücke Freiheit verschlungen hatte, meinte, ein verschwommenes Echo ihres Namens zu hören, und ging in die Richtung, aus der es kam. Ihre Beine waren kalt. Nass und schwer hing das Kleid an ihr, doch sie war leicht, beinah schwerelos, und je weiter sie lief, umso deutlicher hörte sie, dass der Name »Hannah« sich vom Rauschen des Meeres und vom Lärm der Menschen abhob, und auch das Wort »Jona« löste sich aus dem Möwengeschrei und dem Getöse der Badenden, und dann hörte sie: » ...wird gebeten, zur Strandaufsicht zu kommen, die Badende Hannah Jona wird gebeten ...« Die Wörter prasselten auf ihren Kopf nieder, schütteten ihr ganzes Leben über ihr aus, und sie erinnerte sich wieder an alles. Alles, das war in erster Linie Jehuda. Er hatte die Rettung alarmiert. Ihre Beine wurden schwer, sie schleppte sich in die Richtung, aus der die Ansage kam, und dann sah sie ihn an der Hütte der Wasserrettung stehen, erschrocken, zugeknöpft, die Beine fest aneinandergepresst, den Riemen ihrer geblümten Tasche über seiner Schulter; ihre Sandalen zitterten in seiner Hand. Er war aschfahl, hob den Blick hinauf zum Ausblick der Strandaufsicht und murmelte gemeinsam mit dem Mann dort oben, wie ein Betender zusammen mit dem Vorbeter: »Die Badende Hannah Jona wird gebeten …« Noch nie hatte sie ihn so elend und verzweifelt gesehen. Wo war seine Beständigkeit, wo seine Ruhe? Dieser Mann liebt mich anscheinend wirklich, dachte sie. Armer Kerl, bei einem Ereignis, in dem es keine Kästchen und keine Zeilen auszufüllen gab, konnte er seinen Platz nicht finden. Sie blieb noch einen Moment stehen und bohrte ihre faltigen Zehen in den Sand. Die Versuchung, es wie Itsche zu machen und einfach zu verschwinden, war beinah unerträglich, aber bei allem, was recht war, Itsche war ein Hund, und ein Mensch konnte sich nicht einmal ein Viertel von dem erlauben, was Hunde durften.

»Jehuda!«, rief sie, doch das Salz hatte sie heiser gemacht, zerkratzte ihren Schrei, und sein Name klang wie Bellen aus ihrem Mund. Jehuda hob das Kinn, sein Gesicht drehte sich, seine Augen wanderten suchend in die Weite und fanden sie nicht. Sie rief ihn noch einmal, und was ihr nun über die Lippen kam, waren alltägliche gewöhnliche Jehuda-Sätze wie Jehuda, komm essen, die Suppe wird kalt, Jehuda, schalt den Boiler aus … Sie erreichte die Hütte der Wasserrettung, stieg zwei Sprossen die Leiter hinauf und sagte: »Ich bin Hannah, jetzt hört schon auf mit dem Geschrei.«

»Na, endlich aufgewacht? Wurde auch Zeit.« Der Mann von der Strandaufsicht zeigte auf Jehuda und sagte: »Der wär mir hier fast abgekratzt: Er hat gedacht, Sie hätten sich umgebracht.« Er lehnte sich über das Geländer seines Ausgucks nach unten, schaute abwechselnd zu ihr und zu Jehuda und sagte: »Na, mein Herr, da dachten Sie schon, es sei vorbei mit ihr, Sie würden sie in der Gerichtsmedizin in Abu Kabbir wiedersehen. Sie sind mir zwei!« Er lachte, und eine schwere Metallkette schepperte auf seiner Brust.

Jehuda hatte nichts zu ihr gesagt und nur vorsichtig ihre Sandalen in den Sand fallen lassen, und sie war hineingeschlüpft, hatte die Riemchen nicht zugemacht, und zusammen waren sie hinauf zur Bushaltestelle gegangen, und er trug ihre Tasche. Er in seinen geschlossenen Schuhen und sie in ihren offenen Sandalen, doch nach zwanzig Schritten blieb sie stehen und sagte: »Ich muss mich einen Moment setzen, ich kann nicht mehr.« Er zögerte, ob er sie stützen sollte, nahm sie dann unsicher und kraftlos am Arm, und als sie sich nicht wehrte, packte er fester zu und führte sie zur nächsten Bank.

»Warum bist du gegangen? Was habe ich dir getan?«, fragte er und starrte vor sich hin. Wieder drückte er die Knie zusammen, wieder war er bis in die Knochen der Angestellte von der Einkommenssteuer, und wieder hätte sie explodieren können.

»Nicht du hast mir was getan, ich hab mir was getan.«

Sie zog Arme und Beine an sich, ihr war kalt, unter dem nassen Kleid hatte sie eine Gänsehaut. Ihr war nicht danach, zu streiten oder über das zu reden, was geschehen war, das war so nutzlos wie Angebranntes am Topfboden. Was sollte man sich damit noch abgeben, man putzte den Topf, und das Leben ging weiter. Nur selten hatten sie miteinander gesprochen, wenn sie sich übereinander ärgerten oder einander beleidigt hatten. Die Fähigkeit, nach einem Zwischenfall darüber zu reden und ihn zu klären, hatten sie nicht entwickelt. Wenn es einen Konflikt gab, sprachen sie nicht darüber, sondern redeten nur das Nötigste, wo ist das Salz, wir müssen die Stromrechnung bezahlen, und irgendwann verflogen die giftigen Dämpfe, und sie machten mit ihrem Leben weiter. Sie übte sich darin, in solchen Dingen nicht herumzustochern und sie nicht in ihrer Seele aufzubewahren. So war es für beide bequem. Man konnte weitermachen, der Weg war immer frei, aber auch immer nur in der Ebene und langweilig. Und jetzt, nachdem sie jahrelang darauf verzichtet hatten, in die Tiefe zu graben, fragte er sie plötzlich: »Warum bist du gegangen?« Sie war müde und glaubte nicht, dass sie es ihm würde erklären können.

»Warum ich gegangen bin? Weil ich vor Wut auf mich gekocht habe. Dass ich mit so einem Roboter von der Einkommenssteuer festsitze, mit einem, der ans Meer fährt und reglos mit seinem feinen Hinterteil auf einem ausgebreiteten Taschentuch sitzt, damit er ja nicht mit Sand und Wasser in Berührung kommt. Warum ich gegangen bin? Weil ich einen trockenen Rettich auch beim Gemüsehändler bekommen kann.« Sie hatte auf die goldenen Funken auf den Wellen geschaut und den Wortschwall aus ihrem Mund nicht zurückgehalten, doch als sie vom Meer wieder zu ihm blickte, erschrak sie. Er war erstarrt, sein Gesicht war verschlossen und erwartete verkrampft den nächsten Peitschenhieb.

»Was hast du, Jehuda? Ist dir nicht gut?« Sie wollte seine Hand nehmen, ließ es aber.

»Ich leide.«

»Woran?«

»An jedem weiteren Moment an diesem Ort. Ich hasse das Meer.«

Er hatte die Finger verschränkt und ließ die Gelenke knacken, und mit einem Mal flog der Korken raus, der ihn verschlossen hatte, und in einem Redeschwall breitete er vor ihr ein Kapitel seines Lebens aus, das er bisher immer mit dem Satz, mein kleiner Bruder ist als Baby gestorben, abgetan hatte.

Sie hatte an plötzlichen Kindstod oder eine Hirnhautentzündung gedacht. Die Augen starr aufs Meer geheftet, erzählte er hastig, um es schnell hinter sich zu bringen.

Er war neun gewesen, als er mit seiner Mutter und Jossi, seinem dreieinhalbjährigen Bruder, am Meer gespielt hatte. Seine Mutter war auf die Toilette gegangen, und er hatte auf Jossi aufgepasst, doch das Meer war in den Kanal gelaufen, den sie im Sand gegraben hatten, und in der Zeit, in der er eine lecke Stelle am Kanal ausbesserte, war Jossi ins Wasser gegangen. Die Männer von der Wasserrettung hatten ihn aufgedunsen und bewusstlos herausgezogen. Sie versuchten, ihn an Ort und Stelle wiederzubeleben, dann kam ein Krankenwagen, und danach hatte er ihn nie mehr gesehen. Jossi, so sagten sie, sei eine Pflanze geworden, und erklärten ihm nichts weiter. Danach wurde zu Hause nicht mehr von Jossi gesprochen. Er war gerade mal neun gewesen, und das, was er verstanden hatte, war, dass Jossi gestorben war und man ihn wie eine Pflanze beerdigt hatte. Nach diesem Ereignis war sein Gehör beschädigt. Man brachte ihn zum Ohrenarzt, doch der fand keine Krankheit und keine Verletzung. Der Arzt erklärte, es handle sich um psychosomatische Taubheit, und Jehuda fragte nicht, was das bedeute, und erzählte dem Arzt auch nicht, dass die Schreie seiner Mutter am Meer weiter in seinen Ohren gellten und alles andere übertönten. Erst beim Militär wurde er ihre Schreie los. Der Panzerlärm löschte sie bei der ersten Schießübung aus, und seitdem hörte er wieder gut.

Hannah Jona wollte ihn anfassen, sich entschuldigen, ihn fragen, warum er ihr nur erzählt hatte, dass sein kleiner Bruder gestorben sei, und nicht, was genau damals passiert war, doch sie wusste nicht, wie man mit offenen Brüchen der Seele umging. Sie wollte keinen Fehler machen und unternahm nichts, als habe er eine Rückenverletzung, als dürfe man ihn nicht bewegen. Sie rückte auf der Bank näher an ihn heran und fragte: »Hast du nie nachgeforscht, ob er noch lebt?«

»Nein.«

Sie fragte nicht nach den Gründen. Jehudas Augen hatten ausgesehen, als würden sie ihm jeden Moment aus dem Kopf springen. Er hatte auf das große Wasser geschaut, als könne Jossi, wenn er nur gut auf das Meer aufpasste und seinen Blick nicht abwandte, jeden Moment mit einem Eimer und seiner Schaufel wieder auftauchen. Auch danach hatte sie nicht gefragt, warum. Eigentlich hatte sie ihn nie gefragt.

»Was passiert, Frau Hannah, warum Sie weinen?« Johanna legte den Arm um ihre Schulter, wischte die Tränen mit dem Handrücken ab und trocknete sich die Hand an der Schürze.

»Ich weine aus zwei Gründen, Johanna. Aus Trauer um jemanden, der gestorben ist, und aus Freude über meine *emoție*, dass sie noch lebt, und darüber, dass auch *depresie* für mich noch infrage kommt.«

Johanna verstand, was sie verstehen konnte, und sagte: »Sie jetzt müssen trinken, Frau Hannah«, und ging in die Küche, um Kaffee zu machen. Hannah Jona knetete die Troddeln der Tischdecke zwischen den Fingern und spürte, sie könnte jetzt weinen und nie mehr aufhören. Doch genauso gut konnte sie das Weinen auch anhalten und auf einen anderen Zeitpunkt verschieben. Sie dachte über diesen Jossi nach. Fünf Jahre jünger als Jehuda war er gewesen, dann müsste er heute in meinem Alter sein, dachte sie, falls er noch lebte, wäre er siebenundsiebzig. Vielleicht lebte er ja wirklich noch? Sie wusste nicht, was die Lebenserwartung von menschlichen Pflanzen war und ob Jossi, falls dieser Zustand angedauert hatte, ausgewachsen war, ob seine Haare und Fingernägel wuchsen, oder ob sein Körper klein geblieben war und er jetzt ein siebenundsiebzigjähriger Greis im Körper eines Kindes von dreieinhalb war. Das hatte sie sich nie gefragt, auch nie etwas darüber gelesen, und sie hatte keine Ahnung über die biologische Entwicklung eines Menschen, der zur Pflanze geworden war. Simona wusste das bestimmt, aber die würde sie nicht fragen, sie würde es selbst herausfinden. Herzl rieb sein Fell an ihren kalten Füßen, und sie schlug sich plötzlich an die Stirn und rief: »Warte, warte, warte …«, und erinnerte sich an etwas. Als sie ihre dritte Tochter bekamen, hatte Jehuda darauf bestanden, sie Re'ut zu nennen, doch sie wollte Simona. Sie hatten erbittert diskutiert und zum Schluss eine Münze geworfen, sie gewann, und Jehuda hatte sich gefügt. Sie hatte siebenundsiebzig werden müssen, bis bei ihr der Groschen fiel und sie den Namen, auf dem er damals bestand, mit einem alten Sanatorium verband, das *Re'ut* hieß, eine Einrichtung, die solche Pflanzen pflegte, bis sie starben. Warum war es ihr nie in den Sinn gekommen, ihn zu fragen, warum er jedes Jahr eine Spende dorthin überwies, und warum so hohe Summen, und was er mit denen überhaupt zu schaffen hatte. Wie kam es, dass sie niemals eins und eins zusammengezählt hatte?

Johanna servierte Kaffee und Hefekuchen. Hannah Jona trank den Kaffee, rührte den Kuchen aber nicht an. Ganz gegen ihren Beschluss und gegen ihren Willen klopften die Toten an ihre Brust, und zu ihrem großen Unwillen hatte sie ihnen die Tür geöffnet.

»Komm, Herzl, komm zu Hannah.« Sie hob das Kaninchen auf ihre Schenkel, seine Lebendigkeit sollte die Toten vertreiben, sie riss ein Stückchen von dem Kuchen ab und fütterte das Tier, um das Lebendige gegen die Toten zu stärken, und sagte: »Und du, du weißt gar nichts über deine Geschwister, Herzl, oder? Bei euch gibt es auch nicht so was wie Pflanzen.

Kaninchen hält man nicht im Koma, bei euch gibt es keine Rehakliniken wie das Bejt Levinstein, wer tot ist, ist tot.«

Das Kaninchen leckte eifrig die letzten Krümel von ihrer Hand. Hannah Jona sah, dass die Sonnenstrahlen, die vorher Tamaras Schädel beleuchtet hatten, inzwischen tiefer gesunken waren und nun auf die Beine des Stuhls fielen, auf dem sie saß, und unter ihr lag eine kleine Pfütze Licht. Die Sonne tat ihre Arbeit, die Zeit verging, die Tage verstrichen. Obwohl sie beschlossen hatte, die Gegenwart von Minute zu Minute zu leben und nicht mehr in den Archiven ihrer Seele zu stöbern, brach das alles von alleine auf. Eine bittere Sehnsucht nach Jehuda überkam sie und auch nach dem kleinen Jossi, den sie nie kennengelernt hatte, vor allem aber nach den Tagen, in denen man alles noch hätte zurechtbiegen können, noch einmal ans Meer zurückkehren und gemeinsam auf demselben Taschentuch sitzen, Jehuda die Sandkörner von den Schuhen blasen und mit ihm zusammen das große Wasser verfluchen und dem Meer nichts verzeihen. Sie verstand nicht, wie es kam, dass etwas Vergangenes nicht vergangen war, dass ein Toter niemals tot war, und wie es kam, dass ihr Versprechen, in Gedanken nicht mehr in die Vergangenheit zurückzukehren, keinen Groschen wert war. Sie streichelte die Wirbelsäule des Kaninchens und flüsterte in sein Fell: »Stopp, Hannah! Schluss jetzt damit! Was vorbei ist, ist vorbei. Bei euch gibt es so etwas wie die Rückkehr in die Vergangenheit nicht, oder, Herzl?« Sie hob den Kopf und wandte sich über das Tier hinweg an Johanna: »Am Montag nächste Woche fahren wir nach Tel Aviv.«

»Wir gehen zu Tel Aviv?« Johanna hockte auf dem Boden und sammelte die Krumen auf, die das Kaninchen verstreut hatte.

»Da gibt es ein Hospital *Re'ut*. Wir gehen dorthin und fragen, ob sie einen Patienten haben, der Jossi heißt.«

Beim Namen der sagenumwobenen Stadt richtete sich Johanna auf, sie ließ ihren Blick zum Fenster schweifen und wieder zurück und sagte: »Tel Aviv? Wirklich, Tel Aviv? Ich bin nie gewesen in Tel Aviv. Wie wir gehen nach dort? Mit *autobuz*?«

»Mit dem Taxi zum Busbahnhof und dann mit dem Bus.«

»Am Montag, ja? Dann ich machen Sie Sonntag schöne Frisur für Tel Aviv.«

Hannah Jona drückte sich Herzl an die Rippen, und seine Wärme drang in ihre Knochen, sie riss noch ein Stück von dem Kuchen ab und sagte: »Was für ein Kuchen, Johanna, wunderbar! Ich wette, solche Delikatessen hat Tamara auf keiner ihrer Cocktailpartys gegessen.«

6

Am Montagmorgen warteten Hannah Jona und Johanna vor dem Haus auf das Taxi. Johanna in dem schwarzen Kleid mit weißen Punkten, das sie zweimal im Jahr, an Weihnachten und an Ostern, zu ihren Besuchen in der rumänischen Kirche in Jerusalem trug, und Hannah Jona in einem nonnenhaft grauen, hochgeschlossenen Kleid. Sie mochte graue Kleider nicht, dachte aber, man würde sie, wenn sie in dieser Einrichtung nach ihrem Schwager Jossi fragte, in ihrem Beerdigungskleid ernster nehmen und besser behandeln. Ein leichter Wind schlug in dem weichen Strickstoff von Johannas Kleid oberhalb der Knie Wellen, aber der Stoff von Hannah Jonas Kleid blieb starr. Nahe dem Hoftor warteten sie, und Hannah Jona sagte, sie spüre in den Beinen, wie die Erdkugel sich bewege, da sei sie sich ganz sicher; sie könne unterscheiden, wann sie selbst zitterte und wann die Erdkugel bebte. Doch Johanna hörte nicht hin; sie inspizierte die Straße, ob da auch wirklich keiner die Auferstehung einer siechen Behinderten und ihre kräftigen Beine fotografierte, um sie zu denunzieren. Das Taxi kam, sie bekreuzigte sich, drängte Hannah Jona, schnell auf dem Hintersitz zu verschwinden, stieg eilig nach ihr ein und warf einen letzten Blick auf das Haus, um nachzusehen, ob die roten Ärmel im zweiten Stock wieder flatterten. Erfreut über den Zuwachs an Rot, zeigte sie zu Simonas Fenster hinauf und sagte: »Sehen Sie, Frau Hannah, sehr gut was machen Simona.«

»Simona?«

Hannah Jona staunte. Simona hatte noch nicht mal rote Strümpfe im Schrank, diese Frau Doktor leugnete doch die Existenz des bösen Blickes und aller Dinge, die nicht aus Molekülen bestanden und sich nicht in einem Labor nachweisen ließen. Bis sie dem bösen Blick nicht eine Wimper vom Auge riss und unters Mikroskop legte, würde sie nicht an seine Existenz glauben. Doch wenn sie es recht bedachte, was wusste sie schon von Simona? Menschen veränderten sich, vielleicht lastete ihr etwas auf dem Herzen, vielleicht hatte eine Angst sie befallen, vielleicht waren diese roten Blusen ihre Art, sich über den bösen Blick zu mokieren.

Hannah Jona wandte den Blick auf die Straße und sagte: »Aber jetzt fahren wir nach Tel Aviv.« Sie würde noch genug Zeit haben, über Simona und die anderen nachzudenken, auch über die Kleine, die sich noch immer nicht davon erholt hatte, dass Omas Haar über Nacht schwarz geworden war. Sie gab sich der schaukelnden Bewegung des Taxis hin, das elegant über alle Schlaglöcher und Kanaldeckel hinwegrollte, versank neben Johanna in ihrem Sitzpolster und genoss es, dicht an sie heranzurücken und zu spüren, wie sich die Wärme von Johannas Hüften auf sie übertrug. Der Fahrer sah in den Rückspiegel und fragte: »Was läuft denn bei euch da hinten, Ladys?«

»Alles paletti, könnte nicht besser sein«, lachte Hannah Jona und glaubte in diesem Moment, dass es wirklich nicht besser sein könnte. Sie und Johanna fuhren wie zwei junge Mädchen heimlich und alleine in die große Stadt. Sie schaute durch die

Frontscheibe in den ermatteten Himmel, sah, dass ihm der lange Sommer schon schwerfiel und er dem Herbst langsam nachgab. Sie sah das ausgeblichene Blau und freute sich über die frechen Wolken, die über den Himmel jagten und ihn in Stücke rissen, sah die vom Wind verwirbelten gelben Blätter und jubelte über alles, was sich bewegte, auch über ihre Nasenlöcher, die bei jedem Atemzug bebten. Solange die Dinge sich bewegten, gab es Leben, im Tod regte sich kein Molekül mehr, da war sie sich sicher, auch wenn sie nicht genau wusste, was Moleküle waren. Doch als sie am Bussteig ankamen, verflog ihre Freude. Sie liefen hin und her, erst zu den Kassen, dann zum richtigen Bussteig, und im Gewimmel der Reisenden sah Hannah Jona ihr verzerrtes Abbild in den Schaufenstern der kleinen Läden und betrachtete ihr Kleid plötzlich mit feindlichen Augen.

»Das Kleid sieht nicht gut aus«, verkündete sie und zog Johanna hinter sich her in ein Geschäft für Damenbekleidung im Untergeschoss des Bahnhofs. Johanna sagte: »Warum wichtig jetzt Kleid, Frau Hannah? Zeit für Kleid kaufen nehmen uns weg Zeit von Tel Aviv.«

»Es ist wohl wichtig«, erklärte sie und probierte einen weiten sommerlichen Rock, der mit leuchtenden gelben Butterblumen bedruckt war, wählte sich gleich noch ein passendes gelbes T-Shirt dazu aus, betrachtete sich im Spiegel, drehte sich um sich selbst und sagte: »Da kannst du sagen, was du willst, dieses Gelb steht mir umwerfend gut, findest du nicht auch?«

Sie stellte sich mit dem Rücken zur Verkäuferin, damit sie ihr das heraushängende Preisschildchen abschnitt, packte das graue Kleid und fragte: »Sagen Sie, wo ist der Müll?«

»Wieso Müll? Wollen Sie das denn wegwerfen?!« Die Augen der Verkäuferin wurden immer größer, und eine junge

Kollegin, die Kaugummi kauend in einer Ecke des Ladens saß, sagte: »Die ist ja vielleicht 'ne Nummer!«

Hannah Jona zerknüllte das Kleid und verkündete, nicht einmal als Totenkleid wolle sie das tragen, und warf das graue Bündel in den Mülleimer. Die junge Verkäuferin lachte, doch Johanna schüttelte den Kopf und sagte: »In *România* Menschen stehen Schlange für so eine Kleid. Menschen anziehen diese Kleid oder nähen *bluză* oder eine Rock davon, oder Taschentücher.« Sie verließen das Geschäft, und Hannah Jona betrachtete sich mit ihrem schwarzen Haar und den neuen gelben Kleidern in den Schaufenstern von zuvor. Sie legte sich eine Hand auf die Brust und sagte: »Unglaublich. Wie eine wunderschöne Sonnenblume, die man nicht rechtzeitig geschnitten hat und die am Stil verwelkt ist.«

»Was Sie haben gesagt, Frau Hannah?«

»Dass ich eine schöne Frau bin, deren Zeit vorüber ist.«

Sie bahnten sich einen Weg zwischen den durcheinanderlaufenden Menschen, standen schon am richtigen Bussteig für Tel Aviv, und Johanna sorgte dafür, dass Hannah Jona genug trank. »Sie sind gelb wie Zitrone, Frau Hannah, Sie müssen trinken Wasser.« Hannah Jona gehorchte, trank und war stolz auf sich und auf ihre neuen Kleider. Hut ab, Hannah, sagte sie sich, nur eine sehr aufgeschlossene Frau wird einem siebenundsiebzigjährigen Körper riesige Butterblumen anziehen. Da möcht ich doch mal sehen, ob die reichen Damen von Miami Beach sich solche Butterblumen anziehen und ihr altes Kleid in die Mülltonne werfen. Zwei Soldatinnen saßen auf den Eisengeländern am Anfang der Warteschlange, schielten zu ihr herüber und kicherten. Sie winkte ihnen zu, streckte ihnen die Zunge heraus und beschloss, diesen beiden Dummerchen direkt in die Augen zu schauen. Zwei greise Seelen von achtzehn Jahren mit verrammelten Köpfen. Anstatt dass sie lernten, auf Konventionen zu pfeifen und ihren jungen Herzen zu folgen, saßen sie da und kicherten über sie. Die beiden würden die ganze Runde ihres Lebens drehen müssen, bis sie kapierten, dass man machen konnte, was man wollte, und Konventionen einen Dreck wert waren.

Der Bus fuhr aus der Stadt hinaus, am Friedhofshügel vorbei, und Hannah Jona wandte den Blick, um nicht an das zu denken, was sie nicht vergessen konnte. Nach der großen Kurve schaute sie wieder auf die Straße. Vor ihr öffneten sich die Weiten der Landschaft wie ein Fächer, und sie sah lang Vergessenes wieder. Die Bäume fuhren in der anderen Richtung, hinauf nach Jerusalem. Sie drückte die Stirn an die Fensterscheibe und spürte, wie die letzten Verkrampfungen aus ihrer Brust wichen, ihr Herz weit wurde und die Rippen sich voneinander lösten wie Lamellen einer sich öffnenden Jalousie. Hätte sie nicht Angst gehabt, schlummernde Fahrgäste aufzuwecken, sie hätte aus voller Brust gesungen: *Gott aller Welt, du hast regiert / eh' ein Geschöpf geschaffen ward.* Er hatte es verdient, dass man ihn ab und zu lobpries, und was er verdient hatte, stand ihm auch zu. Soweit sie gesehen hatte, befand sich unter den Fahrgästen niemand, der sie kannte, und auch kein potenzieller Denunziant; sie konnte ihre Maske der Demenz also ablegen und sein, wer sie war. Doch wohin war die verschwunden, die sie war? Sie sank zurück in den Sitz, betrachtete die Kaskade gelber Rockfalten von ihren Knien abwärts und spürte, wie die Jalousie sich schloss. Alles, was noch vor einem Augenblick weit und offen war, ging wieder zu. Sie war wie ein Akkordeon, aus dessen Balg die Luft entwich, eine Alte von siebenundsiebzig Jahren, der das tätige Leben die besten Jahre geraubt hatte. Jetzt, wo sie nichts mehr zu tun hatte, war sie leer und schlaff. Sie hatte sich Demenz zugelegt, um ihre Aktivitäten zu ersetzen, und erwachte nun jeden

Morgen wie ein Zirkusclown zu seinem neuen Auftritt. Vor Schreck griff sie nach Johannas Hand, und die wandte ihren Blick vom Fenster zu ihr und fragte: »Was ist, Frau Hannah, Sie fühlen nicht gut? Sie möchten Wasser? Ich habe auch *ciocolată* für die *glicemie*, damit Sie, behüte Gott, nicht werden hypo.« Johanna kramte in der Tasche mit der Verpflegung und fütterte sie mit Schokoladenstückchen, und Hannah Jona reckte ihren offenen Mund zu der fütternden Hand und verlangte nach mehr. Die bittersüße Masse zerging in ihrem Mund, verteilte sich in ihre Zellen, und nach einer viertel Tafel war sie getröstet und erinnerte sich wieder, dass sie nach Tel Aviv fuhren, um die Pflanze des kleinen Jossi Jona zu retten, dafür waren sie schließlich aufgebrochen, und sie sagte zu Johanna: »Bisher läuft alles tipptopp.« Doch als sie die Außenbezirke von Tel Aviv erreichten, war das Tipptopp schon nicht mehr ganz so tipptopp. Die Verkehrsstaus kurz vor der Stadt verlangsamten die Fahrt, und das Treffen mit dem lebenden oder toten Jossi rückte in die Ferne. Hannah Jona blies sich ins T-Shirt, um sich etwas Kühlung zu verschaffen, und sagte: »Siehst du, Johanna, was für eine freche Sonne sie in Tel Aviv haben? Die steht über dem Dach des Autobusses und brät uns, als sei jetzt Mitte August, dabei haben wir schon Winterzeit.«

Dieselbe Sonne gab sich über dem Dach des Krankenhauses in Jerusalem wesentlich zurückhaltender: Sie schickte einen einzigen dünnen Streifen Licht ins Fenster der Station und beschien die gesenkten altersweißen Köpfe der Patienten, die nach dem Frühstück auf ihren Plätzen sitzen geblieben waren und nun schweigend das Mittagessen erwarteten. Simona schaute abwechselnd auf ihre Armbanduhr und auf die große Uhr der Station; auch sie wartete auf den Mittag. In ihren paar freien Minuten wollte sie hinuntergehen und den ersten

Schritt tun, wenn bis dahin nicht die Gegenargumente Überhand gewannen und sie doch noch davon abbrachten.

Kurz darauf legte sie das Stethoskop auf Fortunas schwitzenden Rücken und horchte sie ab. Rechts drang keine Luft in ihre Lunge, doch Fortuna war an einem Ort, an dem die Aufforderung »tief einatmen« nicht mehr ankam. Ihre Tochter biss sich auf die Lippe, setzte alle Hoffnung in das silberne Plättchen und die Kreise, die es auf der fahlen Haut hinterließ, und wartete, was die Ärztin sagen würde. Sie ist etwa in meinem Alter, dachte Simona, und hängt doch so an ihrer Mutter. Jeden Tag kommt sie und wischt ihr den Schweiß von der Stirn, befeuchtet ihre Lippen, wacht darüber, dass ihre Brust sich hebt und senkt, und Fortuna weiß gar nicht, dass ihr Leben an dem dünnen Faden hängt, der sich von den Augen ihrer Tochter zu ihr spannt. Die fütterte die Ohren ihrer Mutter mit guten Nachrichten, Mama, Iris hat eine eins in Rechnen bekommen, Mama, Amnon hat die Fahrprüfung bestanden, Mama, Adi isst jetzt schon pürierten Brei, und hoffte, sie damit aus ihrem Schlaf heraufzuholen, und falls das nicht gelang, so hatte sie ihr wenigstens einen Proviant aus guten Nachrichten fürs Jenseits mitgegeben. Sie war gepflegt, geschminkt, ihr geglättetes schwarzes Haar fiel ihr bis auf die Schultern. Simona hatte sie für die Untersuchung nicht hinausgeschickt. Diese junge Frau hatte ihrer Mutter weitaus mehr Gutes getan als sie ihrer. Als die Tochter fragte, ob es Veränderungen gebe, machte sie ihr keine falschen Hoffnungen und sagte, nein, fragte sie dann, ob es ihr nicht schwerfalle, jeden Tag hierherzukommen. Die junge Frau war etwas verlegen, dass sich die ärztliche Aufmerksamkeit plötzlich auf sie richtete, und antwortete: »Das ist nicht schwer. Schwer ist, was meine Mutter durchgemacht hat, als sie uns großgezogen hat, und was sie jetzt durchmacht.« Simona sah, wie der Blick der jungen Frau ernst und hart wurde; sie ärgerte sich wahrscheinlich über die Ungerechtigkeit des Lebens, über eine Welt, die Gutes mit Bösem vergalt.

»Sie war eine gute Mutter, das sieht man«, sagte Simona und zog Fortunas Nachthemd zurecht, damit es ihren nackten Rücken wieder bedeckte.

»Sie war es nicht, sie ist es noch immer«, protestierte die Tochter und richtete sich auf. Tränen sammelten sich in ihren geschminkten Augen, und man sah ihr an, auf nur dahingesagte Komplimente konnte sie verzichten. Was wusste diese Frau Doktor schon über ihre Mutter. Frau Doktor sah ihr Herz auf dem Bildschirm des Echokardiogramms, und das zeigte nur Blut und Fleisch, aber nicht das Herz im Herzen.

»Sie haben recht«, sagte Simona, sah, wie die junge Frau ihre Daumen fest in ihre Knie bohrte, um nicht aufzuspringen, nahm Fortunas Akte und verließ mutlos das Zimmer. Da kannst du zwanzig Jahre Medizin studieren, alles mit Auszeichnung absolvieren und bleibst trotzdem dumm. Sie beugte sich über den Visitewagen und dachte, ich könnte nie so neben meiner Mutter sitzen. Nicht, dass Hannah Jona keine gute Mutter gewesen wäre, sie war auf ihre Art gut gewesen. Wer konnte Mütter überhaupt bewerten. Und egal, wie sie und ihre Schwestern sie auch bewerteten, sie würden ihr immer eine Menge schuldig bleiben. Nie wirst du für den, der dir als Baby den Po abgeputzt hat, im Alter die gleiche Freundlichkeit aufbringen. Weder Orna noch Jardena würden einmal wie Fortunas Tochter neben Hannah Jona sitzen. Sie würden diese Hingabe für Geld kaufen und eine Johanna anstellen. Aus der ganzen Familie der »Nanas« würde nur die kleine Dana irgendwann am Kopfende von Jardenas Bett sitzen und sie pflegen, wie Fortunas Tochter es tat, und zwar unabhängig davon, welche Note Jardena auf der Skala der Mutterschaft bekäme.

Das war in Danas schwerem Körperbau verankert, in ihrem ausgeglichenen, normalen Gang, in der Art, wie sie in eine Scheibe Brot biss oder Gras für das Kaninchen pflückte. Wenn sie groß war, würde sie eine von denen sein, die im Leben die wichtigen Dinge tun. Wäre Dana ihre Tochter, würde sie ihr nicht erlauben, so unkultiviert heranzuwachsen, sie würde ihr Bücher kaufen, sie zum Schwimmunterricht schicken und Stadt-Land-Fluss mit ihr spielen. Simona beugte sich noch immer über den Visitewagen und trug etwas in Fortunas Akte ein, da hörte sie, wie die Tür des Fahrstuhls aufging und der Rollwagen mit dem Mittagessen scheppernd auf die Station geschoben wurde. Die Patienten wurden zum Essen gerufen, und sie sagte sich, apropos Mutterschaft – jetzt oder nie. Sie ließ alles stehen und liegen, ging drei Stockwerke hinunter und ließ sich in der Fruchtbarkeitspraxis einen Termin geben, für alle Fälle. Zunächst war es nur ein Eintrag im Kalender, sie konnte noch jederzeit absagen. Und da sie schon dort war, ging sie drei Stockwerke weiter runter in die Hämatologie, dorthin, wo er sein Bett hatte, schob den Vorhang auf, hinter dem er lag, und zog ihn hinter sich zu.

»Ich habe mich entschieden, Michael. Ich mache das.«

Er saß im Sessel, das Buch *Eine Zeit ohne Tod* lag umgekehrt auf seinen Knien, aus einem Infusionsbeutel tropften Chemikalien in eine Vene. Er sah sie und lächelte. Sie bemerkte, dass seine Wangen etwas voller waren, und wusste, das kam von den Steroiden und war nicht etwa eine plötzliche Gnade Gottes.

»So eilig?«, fragte er. »Vielleicht triffst du noch jemanden und heiratest, dann brauchst du keinen eingefrorenen Samen.«

Sie setzte sich auf das leere Bett und dachte, ich hab es eilig, es sei denn, er macht noch einen Rückzieher. Ihr brauchte man nicht zu erzählen, dass an diesem Ort hier alles möglich war und man nicht ausschließen konnte, dass eine Krankenschwester oder Assistenzärztin sich in ihn verliebte und er sich in sie. Ihr brauchte man nicht zu erzählen, dass auf diesen freudlosen Fluren die sinnliche Liebe mit dem Tod flirtete, dass hier Lieben entflammten, die keine Zeit verlieren durften und deren Funken bis zum Himmel stoben. Sie wusste, welch starke Anziehungskraft der Strahlenkranz der Ewigkeit besaß, der Todgeweihte umgab, besonders die Jungen, die bei klarem Verstand waren und wussten, dass sie sterben würden. Sie kannte ihre Magerkeit und diesen adligen Gesichtsausdruck, selbst wenn sie von der Berührung mit der Unendlichkeit schon fahl geworden waren und die Krankheit ihre Kiefer abgefeilt hatte. Simona erinnerte sich an einen Leukämiepatienten aus ihrer Zeit in der Onkologie, einen hübschen jungen Mann, für den sich kein Knochenmarkspender gefunden hatte. Eine junge Assistenzärztin hatte sich besinnungslos in ihn verliebt. Wohl wissend, dass seine Zeit in Wochen gemessen wurde, hatten sie dem Tod einen unglaublichen Kampf geliefert. Als sie im Hof des Krankenhauses den Traubaldachin aufrichteten, konnte er kaum noch stehen und hatte sich auf seinen Vater und auf sie gestützt und schön und krank bis in die letzte seiner Zellen zu ihr das *Sei-du-mir-angetraut* gesagt. Am nächsten Tag hatte sie ihren weißen Mantel zusammengelegt, das Stethoskop eingepackt und war mit ihm bis ans andere Ende der Welt gefahren, um Heilung für seine Krankheit zu finden. Der Tod war anscheinend träge und nicht sehr entschlossen gewesen und hatte seinen Klienten nicht weiter verfolgt, und der begab sich auf eine der berühmtesten Krebsstationen der Welt, nach dem Spruch der Weisen *wer den Ort wechselt, der wendet sein Schicksal,* und mit der Hilfe Gottes und eines passenden Spenders, den man für ihn fand, hatte er sein Schicksal gewendet und war gesund geworden.

Als er sich erholte und wieder zu Kräften kam, flaute ihre Liebe ab; sie verlor das Heroische der Todesnähe, die Erregung, an die Ewigkeit zu rühren, erschlaffte und starb. Die beiden waren nach Israel zurückgekehrt und hatten sich, noch kein Jahr verheiratet, wieder scheiden lassen. Simona schaute in Michaels glänzendes Gesicht. Gelblich bleich glich er einem aus Wachs geschnitzten Heiligen. Die Hand mit der Infusion lag ausgestreckt neben ihm, die Finger gespreizt, die Blutbahnen bereit, das Gift aufzunehmen, die andere ruhte in seinem Nacken. Er wirkte gelassen, wie jemand, der sich aus dem Wettkampf zurückgezogen hatte und nun am Rand saß und sich erholte. Hinge ihre Vergangenheit nicht wie ein Kadaver zwischen ihnen, hätte sie sich auf der Stelle in ihn verliebt. Sie erwiderte den hartnäckigen Blick, mit dem er sie anschaute, streckte die Hand zu ihm, und ihre Finger verschränkten sich mit seinen. Seine Haut war feucht und kühl, er schwitzte trotz Klimaanlage.

»Was hast du's so eilig? Du musst dich nicht sputen. Ein Gefrierschrank mit minus 195 Grad Celsius ist ein guter Babysitter für meine Kinder; ihnen wird in den nächsten zehn bis zwanzig Jahren nichts passieren.«

»In zwanzig Jahren bin ich dreiundfünfzig«, sagte sie, und in diesem Moment wurde der Vorhang zurückgezogen. Eine junge Frau im weißen Kittel und mit einem durchdringenden Blick stand in dem Spalt, und Simona spürte Michaels Finger in ihrer Hand erstarren. Das schwarze Haar der jungen Frau war kurz geschnitten, ihr Gesicht klar, der Hals sehr lang und dünn.

»Hast du Kraft für mich, Michael?«, fragte sie ihn.

»Für dich immer, Doktor.« Er ballte seine inzwischen befreite Hand zur Faust und ließ seine Armmuskeln spielen, doch ihr Gesicht blieb ernst, und sie sagte: »Ich bin wegen einer genetischen Studie hier, wenn du bereit bist«, und wedelte mit den Papieren in ihrer Hand.

»Bitte schön, Frau Doktor, meine DNA und alles, was dazugehört, steht der Wissenschaft zur Verfügung.« Er nahm die andere Hand aus dem Nacken, richtete sich im Sessel auf, kniff vor Schmerz einen Moment die Augen zusammen, und als er sie wieder aufschlug, senkte er den Blick auf die schwarzen Sandalen der jungen Ärztin und schaute mit einem halben Lächeln zu ihr auf.

Simona sah, dass sie sich kannten und befreundet waren, und stand auf, um zu gehen. Diese junge Frau wird ihn in ihren Bann schlagen, dachte sie, und Schwäche übermannte sie. Aber warum? Der Mann war kaputt, aufgedunsen von Steroiden, abgemagert bis auf die Knochen. Im Gegenteil, sollte er sich doch vom Leben nehmen, wozu er noch Kraft hatte. Gegen ihren Willen maß sie die schlanke Figur der jungen Frau, die Länge ihrer Beine und dachte, mit der als Partnerin im Finale wird es ihm schwerfallen abzutreten.

»Michael, du machst keinen Rückzieher?«, fragte sie, wollte zur Tür.

Er massierte sein Knie, um die Schmerzen etwas zu lindern, wurde ernst und schaute sie an, wie er sie noch nie angeschaut hatte. Die fehlenden Augenbrauen und Wimpern gaben ihm einen übertrieben nackten, durchdringenden Blick.

»Ich bleibe dabei, Simona, das ist deiner.«

»Nur meiner?«

Er antwortete nicht, und sie kam sich dumm und überflüssig vor. Die junge Frau trat zur Seite, machte ihr den Weg frei, und sie ging schweigend aus seinem Zimmer, ohne ein Wort des Abschieds. Wieso plötzlich ›nur meiner‹? Was sollte ihn daran hindern, seinen Samen auch dieser Genetikerin und jeder anderen Frau zu spenden? Und wer könnte die Samenbank davon abhalten, mit seiner Samenspende so viele Embryos wie möglich zu zeugen? Sie wollte zur Cafeteria, schaute kurz in den Spiegel über dem Waschbecken, sah ihr ungepflegtes Haar, ihr Gesicht, das keine Kosmetik kannte außer einer billigen Feuchtigkeitscreme, und dachte, so darf man der Natur nun auch wieder nicht nachgeben, selbst wenn klar ist, dass sie letztlich siegt. Nach dem Dienst würde sie zum Friseur gehen und sich die Haare schneiden und mit Gel behandeln lassen, damit sie in stacheligen Spitzen vom Kopf abstanden und aussahen, als sei sie gerade dem Bad entstiegen. Sie ging zur Kuchenvitrine, wollte bei den selbst auferlegten Ernährungsregeln eine Ausnahme machen, kaufte ein Stück sahnigen Käsekuchen, setzte sich an einen freien Tisch und aß ihn genüsslich. Es lag nicht in ihrer Hand, zu entscheiden, wer geboren wurde und wer starb, und paradoxerweise lag in dieser Unumstößlichkeit ein Trost. Sie ließ den angebissenen Kuchen kurz stehen, kaufte sich noch einen Vanille-Milkshake, kehrte zu ihrem Teller zurück, nahm abwechselnd eine Gabel voll oder einen Schluck, als gäbe es etwas zu feiern. Sie betrachtete die weißen Kittel und die Pyjamas, die die Cafeteria bevölkerten, einige von ihnen standen mit ihrem Tablett Schlange, Ärzte und Patienten gemischt. Manch einer wickelte sein Sandwich bereits aus der Klarsichtfolie oder biss schon mal von seinem Hefestückchen ab, steckte einen Finger in die Suppe und kostete sie auf dem Weg zur Kasse. Egal auf welcher Seite man stand, wie wichtig man war oder wie unheilbar und verloren, man war seinem Magen ausgeliefert. Simona trank den Milkshake und betrachtete die Schlange. Geduldig oder ungeduldig zogen sie wie eine Herde an der Kassiererin vorbei, und die zählte, berechnete und nannte jedem seinen Preis. Sie sah Dr. Amjad, den neuen arabischen Assistenzarzt, der in Rumänien studiert hatte, mit einer dampfenden Suppe auf dem Tablett, und hinter ihm wählte Dr. Nissimov gerade zwischen Reis und Kartoffeln. Bevor sie sie erspähen und sich zu ihr setzen würden, wandte sie sich ab und schaute aus dem Fenster auf eine Reihe kleiner alter Häuser. Die meisten waren zum Abbruch bestimmt und wurden nur noch zur Aufbewahrung rostiger Betten und kaputter Rollstühle genutzt. Tote Kiefernnadeln häuften sich auf den flachen Dächern, zu schwer für den Wind und erstaunlich regenbeständig. Unzählige Zyklen aus Ergrünen und Vergehen hatten sich auf diesen verwahrlosten Dächern angesammelt. Wäre Nissimov nicht noch immer mit seinem Tablett zwischen den Tischen umhergeirrt, hätte sie diesen Hinterhof mit den sichtbaren Beweisen für die tyrannische Herrschaft der Zeit nicht so ausgiebig betrachtet. Sie schaute kurz in den Raum, sah erleichtert, dass Nissimov und auch Dr. Amjad einen Platz gefunden hatten, doch fühlte sie sich unwillkürlich weiter von dem Anblick dieser toten Nadeln angezogen, von diesem Gleichnis für das Erdenleben. Eine Schwangerschaft, ein neues Kind, dachte sie, ist der einzige und bei Weitem nicht perfekte Gegenzug gegen diese absolute Endgültigkeit. Sie schnippte eine Haarsträhne aus der Stirn und erinnerte sich, dass sie nach der Arbeit zum Friseur gehen wollte, und freute sich. Wie würde sie mit einem stacheligen Kurzhaarschnitt aussehen, der bei jeder Bewegung hüpfte, und was würde Jardena dazu sagen? Sie trank aus, stand auf, schüttelte die Kuchenkrümel von ihrem Kittel, ging zurück auf die Station und hoffte, dass die Gesamtzeit ihrer Abwesenheit fünfunddreißig Minuten nicht überschritt.

Die Patienten saßen noch über ihre Teller gebeugt, der Essenswagen stand noch im Flur, einige baten um Nachschlag und bekamen ihn. Simona setzte sich im Ärztezimmer an den Computer. Das flüchtige Gefühl von Optimismus und von Erholung schrieb sie dem gehaltvollen Käsekuchen zu, der ihren Blutzucker hatte hochschnellen lassen. Sie wartete darauf, dass auf dem Bildschirm Hämoglobinwerte und Lymphozytenwerte erschienen, und dachte indessen an Michaels nackten Blick. Der Arme. Zu früh hatte er den Ort erreicht, an dem er nichts mehr verbergen konnte, auch nicht vor sich selbst. Ihm fehlte die schützende Begrenzung durch die Augenbrauen, er besaß auch keine Wimpernfilter mehr und sah die Dinge nun so, wie sie waren.

Ein anämischer flacher Sonnenstrahl streifte die Blumenkästen der Westfenster und erinnerte Simona daran, dass der stürmische, übervolle Arbeitstag offiziell längst beendet war: Drei akute Neuaufnahmen, ein misslungener Wiederbelebungsversuch, ein Patient mit Lungenödem, der kaum noch zu stabilisieren war, eine Konsultation mit einem Kardiologen und Routineaufgaben, die ihre Arbeit mit sich brachte. Die Zeit war wie im Flug vergangen. Sie zog den Kittel aus, leerte die Taschen, schloss ihre Sachen in den Spind, gab letzte Anweisungen für die Infusionstherapie von zwei Patienten und verließ die Station. Sie verzichtete auf den Aufzug, nahm stattdessen die Treppe und beschloss, noch einmal bei Michael vorbeizuschauen, bevor sie ging, vielleicht brauchte er eine Dose Cola, eine Zeitung oder Taschentücher. Raschen und leichten Schrittes lief sie durch die Flure, vorbei an Arsenalen verschiedenster Qualen. Hier und in den Stockwerken darunter und darüber gab es zahllose Kammern voll Jammer und Schmerz. In der Synagoge im Erdgeschoss betete man das Nachmittagsgebet. Die Stimme des Vorbeters drang auf den Flur: *Der die Lebenden in Liebe versorgt, Tote in großer Barmherzigkeit belebt, der Strauchelnde stützt und Kranke heilt, der Gefangene löst und seine Treue hält* .... Sie ärgerte sich über den oberflächlichen Text dieses Gebetes, das die

Toten in einem Atemzug mit anderen vom Schicksal Geschlagenen nannte und sie alle in einem Bündel göttlicher Barmherzigkeit zusammenpackte. Vermutlich verabscheute auch Gott diesen Mischmasch, der die ganze Bandbreite der Nöte, die er seinen Kreaturen zumutete, gleichsetzte. Als gleiche das Schicksal eines Toten dem eines Strauchelnden und das eines Kranken dem eines Gefangenen. Als könne man jemanden, der sein Unglück selbst verschuldet hat, in den gleichen Topf werfen mit jemandem, den es zufällig trifft, oder jemanden, der aus seinem Leiden eine Lehre fürs Leben zieht, mit einem, der in seinem Leiden keine Bedeutung zu sehen vermag. Sie betrat die Hämatologie und dachte, bei dem Ausmaß an Barmherzigkeit, das allein auf dieser Station vonnöten war, blieb für die Strauchelnden und Gefangenen wohl nicht mehr viel übrig. Sie schaute sich nicht weiter um, sondern ging direkt zu dem Zimmer am Ende des Flurs, ein kleines Zimmer mit einem einzigen Fenster direkt über dem Bett, aus dem man auf die Kiefernwälder auf dem südlichen Abhang blickte. Dorthin legte man einzelne Patienten, um sie entweder wegen ihres schweren Krankheitszustands zu isolieren oder um die Privatsphäre bekannter oder hochgestellter Personen zu schützen. Michael war kein Prominenter und sein Zustand war auf dieser Station nichts Außergewöhnliches, doch er hatte einst als Fachkollege im Haus gearbeitet, und so hatte man ihm dieses Einzelzimmer verschafft. Und obwohl sein Zimmer am Ende des Flurs lag und er es mit niemandem teilte, war er darauf bedacht, sich noch weiter zu isolieren, und hielt den Vorhang um sein Bett immer zugezogen, als wolle er sich so von dem ihn umgebenden Schicksal distanzieren. Sie ging schnell auf dieses letzte Zimmer zu, warf keinen Blick in die anderen Zimmer, trat ein, zog mit einer ausladenden Armbewegung den Vorhang zurück, und ihr Mund wurde schlagartig trocken. Die junge Ärztin mit dem durchdringenden Blick und dem dünnen Hals saß auf seinem Bett und er im Sessel. Ihre Hand lag auf seinem Knie. Simona wusste nicht, ob sie ihn massiert hatte und jetzt innehielt oder ob ihre Hand dort einfach lag. Die junge Ärztin, eine stängelhafte Gestalt, eher wie eine Gymnasiastin, trug jetzt keinen Kittel mehr, sondern enge Jeans, ein graues T-Shirt, keinen Schmuck oder andere modische Accessoires, und diese Schlichtheit betonte eine Art Reinheit, die sie ausstrahlte.

»Hi, Simona«, sagte er und wandte den Blick von der jungen Frau zu ihr.

»Ich bin vorbeigekommen, um zu sehen, ob du noch was brauchst, aber ich sehe, du bist gut versorgt.« Sie schob den Riemen ihrer Tasche auf der Schulter zurecht wie jemand, der verlegen war und sich in irgendeine Geste flüchtete, und sie wusste, seinem Blick blieb nichts verborgen.

»Absolut gut versorgt«, sagte er lächelnd und lehnte sich zurück. Im abnehmenden Licht wirkte er grau, die Steroide hatten sein Gesicht aufgeschwemmt, verwischten seine Konturen, polsterten sein Kinn, nahmen ihm etwas von seiner Entschlossenheit, und all das passte nicht zu der Magerkeit seines Körpers. Vor dem Fenster waren die Hügel bereits bläulich gefärbt, die Sonne hatte sich hinter die Baumwipfel zurückgezogen. Beide saßen im schummrig grauen Restlicht des Tages, und die Hand der jungen Ärztin ruhte die ganze Zeit völlig natürlich auf seinem Knie. Simona starrte die junge Frau einen Moment lang an, der Riemen ihrer Tasche glitt wieder von ihrer Schulter, und diesmal schob sie ihn nicht zurück, sagte nur noch »gute Besserung« und verließ das Zimmer, und das Geräusch ihrer eiligen rhythmischen Schritte auf dem Flurboden hallte in ihren Ohren wider.

Gegen Ende der Dämmerung, der Friseur stand hinter ihr, unter ihr das abgeschnittene Haar, verfolgte sie im Spiegel, wie die Umrahmungen ihres Gesichtes sich veränderten, und beschloss, nicht weiter darüber zu grübeln, was das leichtsinnige Aufziehen des Vorhangs ihr offenbart hatte. Was dort in diesem Moment passiert war und was dort später noch alles passieren würde, lag nicht in ihrer Hand. In jeder Minute des Lebens geschahen entsetzliche Dramen, und es entzog sich ihrer Kenntnis und Kontrolle, bei wem sie sich abspielten und warum. Jetzt saß sie hier, und gerade war der Friseurstuhl die Achse des Universums und die Hände des Friseurs – sie hätten am liebsten noch viel mehr abgeschnitten – der Mittelpunkt der Welt.

»Aber warum möchten Sie denn keine Strähnchen?«, fragte er, »das würde Ihre Augen betonen.«

»Heute nicht, vielleicht nächstes Mal«, sagte sie, obwohl sie wusste, dass sie das niemals machen würde. Niemals? Quatsch, dachte sie, erinnerte sich an das schwarze Haarwunder ihrer Mutter, das bewies, dass alles möglich war. Der Termin in der Fruchtbarkeitspraxis, den sie sich hatte geben lassen, war auch so etwas, was sie nie im Leben gemacht hätte und was ihr noch vor einem Jahr nicht in den Sinn gekommen wäre. Als ihr das jetzt einfiel, dachte sie, gut, dass ich den Termin gemacht habe, und gut, dass ich ihn noch absagen kann.

»Ich mag Strähnchen sogar«, log sie, »aber heute nicht.«

»Ich bin immer für Sie da«, sagte der Friseur, *»up to you.«*

Etwa zur selben Zeit, als sich der Friseur um Simonas sorgfältig gestufte Kurzhaarfrisur bemühte, schuf Hannah Jona einen Beweis für die simultane Existenz verschiedener Achsen im Universum.

»Vielleicht jetzt genug Tel Aviv, Frau Hannah, wir müssen fahren zu Hause.« Johanna drängte Hannah Jona, doch die betrachtete den flackernden Wechsel von Licht und Schatten in den Kronen der Ficusbäume, die wundervollen Reste dieses Tages in den Bäumen des Gartens, und es stach sie ins Herz. Könnte sie den vergehenden Tag doch noch einen Moment festhalten!

»Ja, müssen fahren zu Hause«, murmelte sie wie ein Echo von Johannas Worten, doch es fiel ihr schwer, aus dem Korbstuhl am Ende des verzauberten Gartens aufzustehen, in dem sie diesen Tag verbracht hatte. Eigentlich war es bloß ein schmaler, länglicher Hof an der Vorderseite eines alten, langgezogenen doppelstöckigen Gebäudes. Auf jedem Stockwerk gab es eine Reihe winziger Wohnungen, deren Türen auf einen langen gemeinsamen Balkon hinausgingen. An dem Geländer hingen Blumenkästen, vor allem diente es aber als Stütze für die Ellbogen von Menschen, die ihren Platz nicht gefunden, Menschen, die die Shoah oder ein anderes schweres Schicksal überlebt hatten und die hier eigene vier Wände, eine gute Portion Mitgefühl und kostenlose Mahlzeiten bekamen. Der Hof war gepflegt, in der Mitte verlief ein asphaltierter, von violetten Stiefmütterchen gesäumter Gehweg, an den Seiten standen hohe Bäume mit dichtem Laub, darunter Bänke, Korbstühle und kleine Tische und zwischen den ausladenden Schatten kleine Flecken mit spärlichem Rasen. Kein beeindruckender Garten, doch das, was Hannah Jona, als sie morgens durch das Tor in den Hof getreten war, als wohltuend empfunden hatte, hatte sich im Laufe des Tages zu einem Gefühl des Glücks gesteigert.

Von Johanna begleitet, war sie in ihren neuen knallgelben Kleidern diesen Asphaltweg entlanggegangen und hatte sich erkundigt, wo sich das Büro befinde, und viele Alte, die allein, zu zweit oder in kleinen Gruppen im schützenden Schatten der Bäume saßen, hatten neugierig zu ihr aufgeschaut und sich gefragt, ob diese strahlende Dame in ihrem Hof eine neue Bewohnerin war oder ob sie sich nur informieren wollte. Hannah Jona hatte gelächelt, laut gegrüßt; den Rocksaum in der Hand, hatte sie sich wie eine Filmschauspielerin auf dem roten Teppich bewegt und darüber beinah vergessen, aus welchem Grund sie hierhergekommen war. Johanna, dicht hinter ihr, immer ein Auge darauf, dass sie nicht fiel und sich nicht zu sehr in Szene setzte – denn man konnte nicht wissen, wie weit die forschenden Blicke der Sozialversicherung reichten –, war in Hannah Jonas Schatten getreten und hatte mit den Händen wedelnd die Bienen verjagt, die Frau Hannah, betört vom Butterblumengelb ihres Rocks, umkreisten. Die Hausmutter, eine runde, herzliche Frau, hatte sie am Eingang zu den Büros im Erdgeschoss empfangen, ihnen kaltes Wasser angeboten und gefragt, ob sie jemanden besuchen kämen oder sich selbst für einen Platz hier interessierten.

»Um jemanden zu besuchen«, hatte Hannah Jona gesagt und nach Johannas Hand gegriffen, »eine Pflanze mit dem Namen Jossi Jona.«

»Jossi Jona?« Die Hausmutter zog die Augenbrauen zusammen und sagte, sie habe diesen Namen noch nie gehört, aber das müsse nichts bedeuten. Es gäbe noch ein weiteres Gebäude, in dem Pflegefälle und Komapatienten lägen, eineinhalb Straßen weiter. Große Schweißperlen rannen über Hannah Jonas Stirn, die Hausmutter schenkte ihr noch ein Glas Wasser ein, und Johanna sagte: »Sie müssen sitzen ein bisschen, Frau Hannah.«

»Er ist mit drei Jahren im Meer ertrunken und eine Pflanze geworden«, sagte Hannah Jona und setzte sich auf einen Stuhl, den Johanna ihr hingeschoben hatte.

»Dann liegt er bestimmt auf unserer Kinderstation. Sind Sie die Großmutter?«

»Nein, die Schwägerin.«

Hannah Jona zog das klebrige T-Shirt von ihrem Körper und schuf Raum zwischen ihrer Haut und dem feuchten Gewebe.

»Wie geht das? Die Schwägerin eines Dreijährigen?« Die Hausmutter musterte die Besucherin und blickte kurz zu Johanna, um von ihr einen Hinweis auf den geistigen Zustand der alten Dame zu erhalten.

Hannah Jona inspizierte die Umgebung und sagte: »Wenigstens ist es hier sauber.« Sie fuhr mit dem Finger über den Fensterrahmen, um die Staubprobe zu machen. »Tipptopp sauber«, sagte sie abschließend, und während sie ihren Finger prüfend gegen das Sonnenlicht hielt, fügte sie hinzu: »Er war drei, als er im Meer ertrunken ist, heute ist er siebenundsiebzig«.

»Siebenundsiebzig?«, lachte die Hausmutter, verstummte aber sofort, um die Besucherin nicht zu verletzen. Sie musste entscheiden, ob die an geistiger Verwirrung litt oder nur von der Hitze und der langen Reise erschöpft war. Sie kannte sich mit alten Leuten aus, seit Jahren arbeitete sie mit ihnen und sah normalerweise sofort, in was für einem Zustand sie waren, ob sie noch »bei sich« waren oder schon nicht mehr, was dann Demenz hieß; ob sie klinisch depressiv oder ganz normal traurig waren und ob ihre Fröhlichkeit von einer manisch-depressiven Veranlagung herrührte. Doch diesmal fiel ihr die Entscheidung schwer. So ein komischer Vogel war ihr in dieser Einrichtung bislang noch nicht untergekommen. Mit einem Hahnenkamm, schwärzer als schwarz, knallgelben Federn und viel zu blauen Augen. Sie betrachtete die Alte, die ihre Lippen schürzte, sich in den Ausschnitt ihres T-Shirts blies und mit der Hand wie mit einem Fächer vor ihrem Gesicht wedelte.

Sie sah ihre mageren, sehnigen Beine, überlegte kurz und beschloss, ihr und ihrer Begleiterin den Weg zur Abteilung zwei Straßen weiter zu ersparen.

»Wie war der Name noch mal? Jossi Jona? Warten Sie hier, ich gehe mich erkundigen.«

»Er ist der kleine Bruder meines seligen Mannes«, sagte Hannah Jona, und die Hausmutter hielt einen Moment inne, zu Ehren des verstorbenen Gatten, und ging dann zu ihrem Büro. Hannah Jona machte es sich auf dem Stuhl in der Vorhalle des Heims für betreutes Wohnen bequem, betrachtete die Wände und sagte: »Das ist ein sehr guter Ort für Pflanzen. Ich bin, Gott sei Dank, keine Pflanze, aber ich fühle mich hier wie zu Hause.« Sie freute sich, dass sie auf die Idee gekommen war, ihren Schwager aus dem Sumpf des Vergessens zu retten, und dass sie dank dieser barmherzigen Tat einen Ort entdeckt hatte, der seine Alten ernst nahm und ihnen nicht den Stempel »Verfallsdatum abgelaufen« verpasste. Johanna saß angespannt da, lehnte sich nicht an und drehte Däumchen. Es beunruhigte sie, dass dieser Ort ihrer Arbeitgeberin so gefiel. Möge Gott sie davor bewahren, dass Frau Hannah sich verführen ließ, hierhin umzuziehen, denn wenn ihre Arbeitserlaubnis ablief, müsste sie in ihre Heimat zurück, obwohl sie noch nicht einmal die Hälfte des Geldes verdient hatte, das Angela brauchte.

»Zu Hause viel besser, Frau Hannah«, sagte sie. »Was Sie sehen von draußen, ist nicht, was Sie sehen von drinnen. Eine Mensch, wo haben eine Haus wie Sie, nicht müssen kommen hierher.«

Hannah Jona legte ihre Beine auf den Holzschemel, den Johanna ihr hingeschoben hatte, und sagte: »Weißt du was, Johanna, so einen Garten brauchen wir auch zu Hause.« Sie ließ den Blick schweifen und verglich den Garten mit ihrem

Hof, mit jener verwahrlosten Gedenkstätte für Jehuda, Friede seiner Seele. Als ob die Steine sich erinnerten, dass er seine Seele für ihren Erwerb drangegeben hatte. Als ob sich nach fünfzehn Jahren überhaupt noch jemand erinnerte. Und angenommen, einer würde sich erinnern, was hätte Jehuda davon? Gar nichts. Die Mädchen dachten alle Jubeljahre mal kurz an ihren Vater und machten mit ihrem Alltag weiter, und sie? Kein Tag verging, an dem er nicht in ihrem Herzen vorbeikam, manchmal zog er nur durch, manchmal machte er einen Zwischenhalt und blieb eine Weile, aber war er damit weniger tot?

»Sofort! Morgen ich kaufen *flori* und machen eine Garten. Sie sitzen unter die Pflaumenbäume und sehen, was für eine Garten Johanna pflanzen in die Hof.« Johanna gönnte ihren Daumen eine Pause, setzte sich bequemer hin, krempelte die Ärmel ihres festlichen Kleides auf, betrachtete die hohen Bäume und dachte, da kann man nichts sagen, das ist ein sympathischer Ort, sauber, mit Blumen, mit Menschen, alles ist da, aber was sagt das schon? Auch auf einem Busbahnhof gab es Menschen. Der Mensch konnte hier und dort hundsallein sein. Mochte Gott uns vor Heimleitern bewahren, die nichts andres im Kopf hatten als das Klingeln in der Kasse. Und Frau Hannah war wie ein kleines Mädchen, sie sah Bäume und Blumen und war glücklich bis zum Himmel über solche Kleinigkeiten. Man musste sie hier wegholen. Gleich kam die Frau zurück, die nach Jossi suchte, sie würde berichten, und dann würden sie den Autobus nehmen und sich endlich Tel Aviv anschauen.

Doch die Hausmutter kam und kam nicht, und Hannah Jona schwitzte schon nicht mehr, setzte sich auf und wurde ungeduldig. Sie klopfte mit den Schuhen einige Male kurz an das Tischbein, reckte ihren Hals zum Fenster und betrachtete die Leute, die an diesem Ort wohnten und sich im Schatten der Bäume unterhielten, Zeitung lasen, Karten spielten oder vor sich hin starrten. »Das ist es, was mir im Leben fehlt, die Gesellschaft von Menschen«, sagte sie laut und dachte, mein Leben lang war ich liiert, erst mit Jehuda, jetzt mit Johanna, ich hab schon ganz vergessen, wie man mit mehr als nur einem Menschen redet. Ja, ich habe Herzl und Klein, aber die zählen nicht wirklich, die Gespräche mit ihnen sind wie ein Gespritzter aus billigem Wein, man redet Unsinn, und einen Moment später weiß man nicht mehr, was man gesagt hat. Sie kam sich vor wie ein Kind auf der Quarantänestation, das sich hinter dem Fenster nach seinen Freunden sehnt. Auf der Stelle stieß sie den Schemel weg, stand auf, ging zur Tür, hielt im Türrahmen inne und warf im Licht der Sonne einen hellen Schatten auf die Schwelle. Die draußen Sitzenden bemerkten das gelbe Aufleuchten, und ihre Köpfe wandten sich ihr zu wie Sonnenblumen der Sonne. Das Licht blendete, sie schloss kurz die Augen, öffnete sie wieder, beschirmte mit der Hand ihre Augen und betrachtete ihre Umgebung. Da sah sie ein himmelblaues Aufblitzen aus den Augen eines Alten.

»Schau, Johanna, schau, was für blaue Augen Gott diesem Mann gegeben hat«, sagte sie und stieg die paar Stufen hinunter in den Hof, ging auf den Mann zu, und Johanna, dicht hinter ihr, überwachte jeden ihrer Schritte. Der Mann saß alleine an einem Tisch, um den drei leere Stühle standen; er hielt eine ungarische Zeitung in der Hand und fächelte sich Luft zu.

»Darf ich mich vorstellen, ich bin Hannah Jona.« Sie reichte ihm die Hand, und er stand auf und machte eine halbe Verbeugung.

»Sehr angenehm, Bruno Kohn.« Er drückte ihre Hand, verbeugte sich auch vor Johanna und gab auch ihr die Hand.

»So setzen Sie sich doch«, sagte er und wies auf die leeren Stühle.

Hannah Jona sah, er war schlank und klein gewachsen, faltig und eingefallen, aber was für Augen! Wenn ihre blau waren, so waren seine, oho, der pure Extrakt von Himmelblau! Reine Augen eines Kindes, dem das Leben noch nicht zugesetzt hatte, Augen, die garantiert noch nie den Dreck des Lebens hatten sehen müssen. Sie brannte darauf, sofort alles von ihm zu erfahren, wer er war, woher er kam und wohin er von hier aus gehen würde. Er würde von hier nirgendwohin mehr hingehen, antwortete er ihr mit starkem ungarischem Akzent. »Da oben, sehen Sie die grüne Tür? Da werde ich leben, bis Gott mich holt.« Binnen weniger Minuten erfuhr sie, dass Gott in den Jahren 1939 bis 1945 nicht wenige Gelegenheiten gehabt hatte, ihn zu holen, so wie er seine Eltern, seinen Bruder und seine Schwestern geholt hatte. Keinen hatte er ausgelassen, nur ihn hatte er übersprungen, vielleicht hatte er ihn übersehen, weil er so dünn und klein war. Er war fünfzehn gewesen, als alle Menschen tot und alle Orte ausgelöscht waren und als der große Lärm endlich vorbei war. Fünfzehn, als es auf der Welt plötzlich still wurde und er keine Adresse hatte, wohin er gehen konnte. Mehr als sechzig Jahre war er herumgezogen, erst in Europa, dann in Israel, und hatte nie das Wort ›Zuhause‹ benutzt, bis diese Engel von *Re'ut* ihn von der Straße aufgelesen und ihm diesen Palast gegeben hatten, diese wunderbaren achtzehn Quadratmeter. Alles, was ein Mensch brauche, habe er da, einen Kühlschrank, ein Sofa, einen Schrank, ein Waschbecken, eine Dusche und eine Toilette, einen Stuhl und einen Tisch.

»Ich habe da sogar ein Bügeleisen«, sagte er, streckte die Arme aus und zeigte Hannah Jona die Bügelfalten an seinen Ärmeln. »Wissen Sie, Frau Hannah, ein Mensch, der jeden Tag zur Allenbystraße fährt, eine Zeitung kauft, zurückfährt, an derselben Haltestelle aussteigt, durch dasselbe Tor zurückkehrt, und dessen Schlüssel jeden Tag dieselbe Tür aufschließt, der hat großes Glück. Der hat wirklich großes Glück, wissen Sie?«

Hannah Jona wusste es nicht. Vieles hatte sie in ihrem Leben entbehrt, aber stets hatte sie ein Haus gehabt, und sie hatte nicht immer gedacht, dass es ein so großes Glück sei, jeden Tag dieselbe Wohnung zu verlassen und wieder in sie zurückzukehren. Es hatte Tage gegeben, wenn auch nicht viele, an denen sie aus dem Haus gegangen war und nicht hatte zurückkehren wollen, an denen sie das Haus, das Jehuda gebaut hatte, verabscheute. Es war so fest und beständig gewesen, so unverändert existent, wie für die Ewigkeit gebaut, dass es ihr fremd geworden war. An manchen Tagen hatte sie das Gefühl gehabt, jeden Morgen unter demselben Stück Himmel aufzuwachen, sei genauso gut, wie tot zu sein. Ihre Schwester Tamara hatte viele Adressen gehabt. Eine, die auf ihren Namen im Grundbuchamt eingetragen war, und alle anderen verstreut über die Welt. Dieser Unterschied hatte ihr seinerzeit zu schaffen gemacht. Und siehe, das Rad hatte sich weitergedreht, jetzt machten ihr Immobilienmakler und Bauunternehmer den Hof, kamen an ihre Tür, damit sie ihnen das Haus verkaufte, das Jehuda gebaut hatte, und sie sagte zu jedem, nur über meine Leiche. Sie schaute zu Bruno, dessen Kopf jede Nacht am selben Ort lag; kein großer Kopf, man konnte sogar sagen relativ klein, ein vertrocknetes Gesicht, ein Schädel, der sich einer Welt angepasst hatte, in der man nicht viel Platz einnehmen durfte.

»Ich bin in Israel geboren«, sagte sie, damit er gleich wusste, dass sie nicht *dort* gewesen war und nur die gewöhnlichen Sorgen des Lebens kannte.

»In Israel? Wie schön! Welch ein Glück! Wer in Israel geboren ist, der hat alles, eine Familie, ein Haus.« Er lächelte und freute sich wirklich für sie, und sie bemerkte, dass er neue Zähne hatte. Bestimmt hatten die Engel dieses Ortes sie ihm richten lassen. Johanna drehte wieder Däumchen. Sie war nervös. Frau Hannah suchte nur *probleme*. Wenn sie nur nicht erzählte, was man nicht erzählen durfte, und wenn bloß noch genug Zeit bliebe, um sich Tel Aviv anzuschauen. Ihre Augen flitzten hin und her, musterten die Umgebung, und in dem Moment, in dem sie die Hausmutter auf sie zukommen sah, hielten ihre Daumen inne.

»Frau Hannah, hier ist die Frau, wo Sie gefragt wegen Jossi«, sagte sie, indem sie leicht auf Hannah Jonas Schulter klopfte.

»Bruno, was für nette Damen haben Sie heute!«, lachte die Hausmutter, setzte sich auf den freien Stuhl und wandte sich an die beiden Frauen: »Sie müssen wissen, Bruno ist unser Gentleman. Wir haben hier nicht viele Männer, die galant sein können.« Sie legte ihre kräftige Hand kurz auf Brunos hängende Schulter und rief: »Nein, so einen wie Bruno haben wir nicht noch einmal«, und Bruno lächelte wie einer, der seine Rolle und Applaus gut kannte und es gewohnt war, von der stolzen Heimleitung ausgestellt zu werden.

Hannah Jona schaute ihn an und dachte, ich laufe ja nicht erst seit gestern auf dieser Welt herum, ich habe Augen in allen Größen, Formen und Farben gesehen und gemeint, ich hätte schon alles gesehen, bis ich in diese Einrichtung kam und diese Augen entdeckt habe. Die gibt es nur einmal auf der Welt. Es ist nicht das Blau, auch meine sind blau, es ist diese Mischung von süß und bitter, von traurig und fröhlich, von einem kleinen Kind und einem alten Mann. Mit dreiundachtzig hat er noch ein solches Drama in den Augen! Sie beugte sich zu ihm hinüber, und in dem Moment, in dem sie seinen

Arm berühren wollte, beugte sich auch die Hausmutter von der anderen Seite des Tisches zu ihnen hin und sagte: »Frau Jona, was Schwager Josef angeht …«

»Wer ist das, Josef Schwager?«

Die Hausmutter lächelte mit erfahrener Nachsicht. Das erschütterte Erinnerungsvermögen alter Menschen war an diesem Ort keine Seltenheit, und man nahm Rücksicht darauf. Sie hielt einen Moment inne und sagte dann: »Es tut mir sehr leid, Frau Jona, Ihr Schwager ist vor sechzig Jahren an einer Lungenentzündung gestorben. Da war er siebzehn.«

Hannah Jona rechnete die Jahre nach und sagte: »Wenn das so ist, war Jehuda da zweiundzwanzigeinhalb. Armer Jehuda.« Sie suchte im Gesicht der Hausmutter nach etwas, griff nach deren Ärmel und fragte: »Sagen Sie mir bitte, wie sieht eine Pflanze mit siebzehn Jahren aus? Und wie kann es sein, dass ein Siebzehnjähriger an Lungenentzündung stirbt? Hatten Sie keine Antibiotika für ihn? Und bitte, sagen Sie mir noch: Hat ihn jemand besucht? Und zuletzt: Wo ist sein Grab?«

Die Hausmutter wusste keine weiteren Einzelheiten über den Verstorbenen Jossi. »Frau Hannah, ich habe ihnen alles gesagt, was in der Akte steht, Wort für Wort. Leider sind diejenigen, die Jossi damals hier gepflegt haben, längst pensioniert, und einige von ihnen leben bestimmt auch nicht mehr.«

Hannah Jona wollte etwas sagen über Pflanzen wie Jossi, die ohne Verwandte und ohne Ehre beerdigt werden, doch sie riss sich zusammen. Was hatte Jehuda jetzt noch von seiner Ehre? Nichts. Sie machte ihn nicht weniger tot als Jossi. Sie wollte sich nicht die schönen Momente mit diesem liebenswerten Bruno verderben, und überhaupt wollte sie jetzt nicht mehr über die Toten reden. Sollten die Toten übereinander reden, sie hatten die ganze Ewigkeit, sie konnten sich das erlauben, aber bei ihr und Bruno lief die Uhr wie an der Zapfsäule einer Tankstelle. Sie setzte sich wieder aufrecht hin, machte eine ernste und gebieterische Miene und sagte: »Johanna, du schaust dir Tel Aviv alleine an. Ich warte hier auf dich. Und diese Frau zeigt dir gleich, wo du einen Bus ins Stadtzentrum nehmen kannst.«

»Aber Frau Hannah, ich nicht Sie lassen alleine, ich habe *responsabilitate*.« Johanna bekreuzigte sich und lief rot an, sie schwitzte in dem festlichen Kleid, das sie Tel Aviv zu Ehren angezogen hatte. Sie hob den Blick zu der Hausmutter, sollte die zwischen ihnen schlichten und ihr beipflichten, doch die Hausmutter verließ sich auf ihre Erfahrung und auf das, was sie sah, und sagte, Johanna könne Frau Hannah durchaus hier alleine lassen, sie werde prima zurechtkommen, und Bruno sei ein echter Gentleman und werde sich darum kümmern, dass sie auch esse und trinke und sich hier wohlfühle.

Mit rotem Kopf, weil sie den Kampf verloren hatte, musterte Johanna den ausgemergelten Greis, der sich um Hannah Jona kümmern sollte, sagte: »Guter Gott, dass bloß nichts …«, griff nach ihrer Handtasche und ging beschämt und wütend zusammen mit der Hausmutter auf die Straße und folgte der Hand, die ihr den Weg zur Haltestelle wies.

Hannah Jona genoss ihre plötzliche Unabhängigkeit. Sie zog die Schuhe aus und kickte sie unter den Tisch, sie zog die Haarklammern heraus und löste das schwarze Haarknäuel. Barfuß und mit wilder Mähne hob sie den Kopf zur Krone des Ficus und sagte: »Tut das gut! Endlich mal keine Direktoren über mir.«

Bruno beobachtete sie, lächelte sie mit seinen neuen Zähnen an und sagte: »Es gibt nur einen Direktor, dort oben.«

»Bei Gott, sind Sie fromm?« Sie griff nach seinem gebügelten Ärmel, sie feierte gerade ihre Freiheit und wollte jetzt weder himmlische noch irdische Direktoren über sich.

»Ich bin, wie soll ich das sagen, ich bin ein bisschen religiös«, sagte Bruno, und sie wiederholte das Wort ›religiös‹ und lachte. Sie wusste nicht, was der Unterschied zwischen ›fromm‹ und ›religiös‹ war, und beschloss, erst später danach zu fragen, und wenn sie es vergessen würde, wäre es auch nicht schlimm. Eine Lektion in Theologie war das Letzte, was sie jetzt brauchte.

Bruno war fasziniert von ihrem pechschwarzen Haar, das statisch aufgeladen zu Berge stand und sich um ihren Kopf herum aufplusterte wie ein Pfau. Er dachte, so etwas gibt es nur im Kino, und sagte: »Meine Beziehung zu Gott, Frau Jona, das ist nichts für jetzt, nicht so zwischen Tür und Angel. Das heben wir uns für ein anderes Mal auf.« Er reichte ihr seine ungarische Zeitung, damit sie sich Luft zufächeln konnte. »Ich habe Weintrauben im Kühlschrank und auch Diätorangensaft«, sagte er, »aber zuerst ziehen Sie doch Ihre Schuhe an, man sollte auf diesem Rasen lieber nicht barfuß laufen.«

Hannah Jona zog ihre Schuhe an. Der Weg war schmal, und Bruno machte ihr ein Zeichen, sie solle vor ihm hergehen. »Rechts bitte, zu der Treppe«, sagte er, und beide stützten sich auf das Geländer und gingen Stufe um Stufe hinauf in seine Wohnung.

Gegen Abend drang ein letzter waagerechter Sonnenstrahl durchs Rückfenster des Busses, tastete nach Johannas gelbem Haarschopf, der über die Lehne des Sitzes hinausragte. Sie saß sehr aufrecht, den Nacken angespannt, die Knie aneinandergepresst inmitten von Plastiktüten mit allem, was sie auf dem Carmelmarkt für Angela erstanden hatte. Rechts von ihr, am Fenster, tiefer als der Sonnenstrahl, saß Hannah Jona, krumm, zerknittert, mit aufgelöstem Haar und glücklich. Sie schwieg, gab keinen Laut von sich. Sie hatte sich eingerollt und klein gemacht, als wollte sie ihr Glück ganz für sich behalten, damit es sich nicht zerstreute und verging. Johanna musterte ihr Profil, sah, dass Frau Hannah übermäßig glücklich war, und spannte sich an. Sie mochte kein Übermaß an Glück, mochte überhaupt keine Dinge, bei denen man zwar wusste, wo sie begannen, nicht aber, wohin sie führten, und bevorzugte laue Tage, die sich wiederholten. Als sie morgens aufgebrochen waren, hatte sie gedacht, der Höhepunkt des Tages würden das Aufspüren von Jossis versandeten Spuren und die Entdeckung Tel Avivs sein. Und was war dabei herausgekommen? Jossi war tot, in Tel Aviv war sie alleine spazieren gegangen, und bei Frau Hannah war eine neue, unbekannte *emoție* geweckt worden. Dass Frau Hannah jetzt schwieg, war nicht ihr Theater von ballaballa, das kam von der neuen *emoție*.

Hannah Jona hielt die Augen geschlossen, sie lauschte dem Plätschern des Glücks in sich und betastete ihre hageren Rippen, um sich zu vergewissern, dass sie nicht träumte und dass das alles wirklich geschehen war. Am Morgen, als sie ihr graues Kleid in die Mülltonne geworfen und diese frechen Butterblumen angezogen hatte, hatte sie gedacht, alles, was das Leben für sie noch bereithielt, sei Wenigerwerden, Verengung, Verringerung und Schrumpfung bis zum endgültigen Nichts. Sie hatte nicht geahnt, dass sich die Welt binnen weniger Stunden völlig umkehren und ihr Herz noch einmal weit werden würde, so groß wie das Fußballstadion Teddy Kollek.

Sonderbar, dieser Bruno war kleiner als sie und dermaßen dünn! Als sie in sein winziges Badezimmer gegangen war, um sich zu kämmen, dachte sie, hier hat noch nicht mal eine Haarnadel Platz, und er war hinter ihr hergekommen wie ein feiner Luftzug und stand neben ihr, und sie hatte ihn nicht bemerkt, bis er sagte, es sei sehr schön, einer Frau beim Kämmen zuzusehen. Sie sah im Spiegel, dass sein Hemd halb leer war und seine Hose unter dem Gürtel viele Falten schlug, und dachte, er wiegt ja noch weniger als ich, und sie drehte sich zu ihm um, schaute ihm in die Augen und dachte, siebzig Prozent dieses Mannes sind seine Augen. »Lässt du mich mal«, sagte er, nahm ihr die Haarbürste aus der Hand, stellte sich auf die Zehenspitzen und raffte ihr Haar mit ungeübten Händen zusammen und rollte es in ihrem Nacken zu einer Schnecke. Sie hatte sechs Haarnadeln, eine nach der anderen, zwischen ihren Zähnen herausgezogen, und er hatte die schwarze Schnecke an ihrem Kopf festgesteckt und gesagt: »Hannah, diese gelben Blumen stehen dir wunderbar.«

Jetzt verkroch sie sich noch tiefer in sich selbst, sehnte sich nach dem Geruch von Seife und Schimmel in diesem winzigen Badezimmer und legte Johanna eine Hand auf den Schenkel.

»Was passiert?« Johannas erstarrter Hals wurde weich, ihr Rücken locker, und sie wandte sich ihr zu.

»Hast du eine Ahnung, was ›religiös‹ bedeutet?«

Johanna legte die Stirn in Falten, schaute auf die dunkler werdende Landschaft, die draußen vorbeizog, und sagte überraschend kurz angebunden: »Ich weiß nicht, ich nicht kennen diese Wort.«

Hannah Jona fuhr sich mit der Hand übers Haar, prüfte, ob die Schnecke noch gut saß, und sagte: »Ich glaube, ich werde religiös.«

»Was bedeuten diese Wort?«

»Ehrlich gesagt, ich weiß es auch nicht so genau, aber es hat irgendwie mit Gott zu tun.«

Und beim Reden über Gott erinnerte sich Hannah Jona an die roten Blusen morgens an der Leine unter Simonas Fenster und sagte: »Ich hoffe nur, dass Simona die roten Blusen nicht abgehängt hat.«

»Simona ist eine Mensch mit *responsabilitate*. Sie wissen, was sie tut.« Johanna legte den Arm um Hannah Jonas Schulter und löste ihre Oberschenkel, die sie bisher fest und streng zusammengehalten hatte, voneinander; sie entspannte ihre Beine, setzte sich bequemer hin, und die Plastiktüten mit all den Kleidern für Angela raschelten.

7

Der neue Mieter war sich bewusst, dass der erste Februar immer näher rückte. Die Zeit rannte, und er kam mit seinem Auftrag keinen Schritt weiter.

Er hatte an diesem Montagmorgen gesehen, wie die Damen des Hauses aufgebrochen waren, hatte hinter dem Vorhang seines Fensters gestanden und durch den Spalt die Töchter Jona beobachtet, wie sie eine nach der anderen entschlossen und mit den Absätzen klappernd die Treppe herunterkamen, um ihr Tagwerk zu beginnen. Zuerst verließ Jardena mit dem Mädchen das Haus. Es hatte seine Schultasche nur halb über die Schulter gehängt, ließ sich von seiner Mutter nachziehen, und ein gerissener Riemen von der Schultasche schleifte auf dem Boden hinterher. Kaum waren sie aus dem Hof verschwunden, erschienen auch schon die Rumänin und Frau Hannah Jona, beide elegant gekleidet, die eine mit einer Tragetasche, die andere mit Handtasche, und warteten am Tor auf ein Taxi.

Er war vor seine Wohnung getreten, um besser zu sehen, und Hannah Jona hatte auf den Raum zwischen den Dächern gezeigt und gesagt: »Sieh mal, Johanna, wie blau der Jerusalemer Himmel ist. Der in Tel Aviv ist ganz anders, der ist grau wie eine Maus. Weißt du, was eine Maus ist?« Die Rumänin hatte kurz aufgeschaut und gesagt: »Ich weiß nicht Maus. Aber heute wir fahren nach Tel Aviv wegen Tel Aviv und nicht wegen die Himmel dort.«

Mehr brauchte er nicht. Er musste nur einen gewissen Sicherheitsabstand wahren, falls sie einen Schal, ein Medikament, eine Handtasche oder Dokumente vergessen hatten oder irgendetwas anderes und noch einmal kurz zurückkamen. Zwar hatten sie Fensterläden und Türen verschlossen, doch schon an seinem ersten Tag hier hatte die Alte ihm eine von einem herausziehbaren Stein verdeckte Nische draußen an der Küchenwand gezeigt, wo immer ein Schlüssel zur Hintertür lag. Sie hatte ihm erklärt, der Schlüssel sei für den Fall, dass Feuer ausbräche oder sie einen Schlaganfall bekäme, damit die Sanitäter oder die Feuerwehrleute sofort hereinkönnten und nicht warten müssten, bis eine halb Ohnmächtige oder Verbrannte ihnen von innen die Tür aufschloss. Er schaute auf die Uhr, beschloss, eine halbe Stunde abzuwarten, und inspizierte indessen den unfruchtbaren Staub des großen Hofes und dachte an den Riesenreibach, den er machen würde. Gleich würde er in die Wohnung der Alten gehen und in ihren Sachen kramen, um sicher zu sein, dass er keine Konkurrenten hatte, dass es keine Preisangebote gab, keine Schätzungen von Taxatoren oder Vorvereinbarungen. Sollte er welche finden, würde er Broschi informieren, welche Summe die anderen boten, und dann könnte Broschi sein Angebot entsprechend gestalten und die anderen ausstechen.

Er zog den Stein heraus, nahm den Schlüssel aus der Nische, klopfte einige Krümel Putz von seiner Hose, schob den Stein zurück, schaute sich um, sah, dass niemand kam, steckte flink den Schlüssel ins Schloss, drehte ihn einmal und öffnete die Küchentür, ging hinein, schloss die Tür hinter sich ab, und eine Wolke Knoblauchgeruch schlug ihm von den getrockneten Knollen auf der Fensterbank entgegen. Noch nie war er in einen Ort eingedrungen, der ihm nicht gehörte, und er erschrak vor seinem eigenen Schatten auf dem Boden und versuchte sich einzureden, du bist kein Dieb, Rafi, letztlich wird ja auch die Alte von deinem Vorhaben profitieren. Sie wird weitaus mehr als die sprichwörtlichen hundertundzwanzig Jahre brauchen, um das Geld auszugeben, das sie für ihr Haus bekommen wird. Aber was ein Idiot war er doch, hätte er früher daran gedacht, hätte er sich Handschuhe besorgt und eine Ausrede überlegt, denn woher wollte er wissen, dass ihn nicht gerade eine versteckte Kamera filmte, in diesem misstrauischen Haus. Erschreckt hob er den Blick zur Decke und sah die Stromleitungen, die wie Sehnen unter ihr entlangführten und sich verzweigten, er sah die Pinselstriche von der Tünche und die aufgeplatzten Blasen vom Kalk. Er senkte den Blick und sagte sich, *komme ich um, so komme ich um,* trat gegen ein Stuhlbein, ging ins Schlafzimmer der Alten, schaltete das Licht an, zog die erste Schublade von ihrer Kommode auf und spürte, wie sein Herz sich in seiner Brust verhärtete, und er dachte, *aber Gott verstockte das Herz des Pharao,* es gab keinen Weg zurück. Er spottete über sich und schalt sich, lass jetzt Gott aus dem Spiel, wieso zerrst du ihn in die beschämendsten Situationen deines Lebens mit hinein, du bist nicht Pharao, und keiner verhärtet hier dein Herz, du kannst immer noch umkehren. Er zog die Schublade mit Hannah Jonas Unterwäsche auf. Der schwere Geruch der Zeit schlug ihm entgegen, zusammen mit dem Geruch von dutzendfach getragener, gewaschener, gespülter, getrockneter und wieder getragener Wäsche. Er schob die Finger unter die Wäschestapel der Frau des Hauses, ertastete aber nicht das kleinste Zettelchen, nur altes, gesprungenes Holz, und er tastete weiter, gab acht, die Ordnung der sorgfältig zusammengelegten und in Fünferpacken gestapelten Unterhosen nicht durcheinanderzubringen, zog die nächste Schublade mit den seidenen gelblichen Unterkleidern heraus, fand auch hier nichts, fuhr mit der Hand glättend über sie, um die Spuren seines Wühlens zu beseitigen, und ging zur dritten Schublade über, seine nervösen Finger zitterten schon stärker, wurden feucht und klebrig. Als er zur untersten Schublade kam, schimpfte er vor sich hin. Wie viele Strümpfe brauchte eine alte Frau? Dünne und dicke, alte und neue, lange und kurze. Wohin wollte sie noch gehen, und wer schaute ihr überhaupt noch auf die Beine? Sie hortete Strümpfe wie Bohnen und Reis für den nächsten Krieg. Er schob die Schublade knallend zu und wandte sich dem Nachtschränkchen am Kopfende ihres Bettes zu. Unter ihren Medikamenten lagen zusammengefaltete Papiere mit den Ergebnissen einer Darmspiegelung von zwei Jahren zuvor, einer Blasenspieglung von einem Jahr zuvor, alten Belastungs-EKGs und Blutuntersuchungen. In der zweiten Schublade befand sich ihr Schmuck, schwarz angelaufene Armreifen aus Silber, Saphirketten, ein abgegriffenes goldenes Medaillon und eine Glasperlenkette mit grünen, grauen, violetten und durchsichtigen Perlen. Er berührte die Kette kurz, begehrte sie für einen Moment und erschrak. Bin zwar ein Scheißkerl, aber ein Dieb bin ich nicht. Er stieß die Schublade zu, wollte die darunter öffnen, doch sie ging nicht auf, und er musste sie rütteln und dagegenhauen, und als sie aufsprang, quollen Papiere heraus, und er fasste neuen Mut. Er zog die Schublade ganz heraus, leerte ihren Inhalt auf das Bett der Alten, setzte sich daneben und begann eifrig und ungeduldig zu sortieren. Das meiste waren alte Blätter, gelblich oder bräunlich, als habe man sie in Tee eingeweicht. Die neueren, weiß und aus festerem Papier, waren von *Yad Sarah*, von der Sozialversicherung, der Beratungsstelle für ausländisches Pflegepersonal, von Zahnärzten, und dazwischen lagen ihre Bankauszüge. Er versank in Hannah Jonas weicher Matratze, sein Hintern formte eine Kuhle unter ihm, gerne hätte er sich hingelegt und seinen Kopf auf das Kissen der Herrin des Hauses gebettet. Er fühlte sich müde und elend. Womit brachte er seine Zeit zu, womit verschwendete er seine Tage wie der letzte Betrüger. Wenn eine von ihnen jetzt kam und ihn erwischte, würde er alles sofort zugeben, seine Sachen packen und verschwinden, und wenn sie ihn bei der Polizei anzeigten, würde er dort hingehen und alles zugeben, ja, er würde seinen Mann stehen und Verantwortung für sein Handeln übernehmen. Er stand auf, schob die Papiere mit grober Hand zusammen und presste sie durcheinander, zerknittert, einige wieder zusammengefaltet, in die Schublade und übersah eine Quittung vom Optiker, die auf dem Bett liegen blieb. Er klopfte auch nicht die Kuhle weg, zog den Bettüberwurf nicht glatt und schaltete auch das Licht nicht aus. Er ging in die Küche, verließ sie durch die Hintertür, schloss ab, legte den Schlüssel in seine Nische und den Stein davor. Zurück in seiner Wohnung, duschte er, um sich den hartnäckigen Knoblauchgeruch und die Berührung mit der Unterwäsche, dem Bett der Alten, ihren Unterröcken und Medikamenten und überhaupt allem, was die Alte berührt hatte, abzuwaschen. Er stand unter dem starken Wasserstrahl, seifte sich ein und spülte sich ab, seifte sich ein und spülte sich ab und murmelte die biblischen Anweisungen, *und er soll seinen Leib in lebendigem Wasser abwaschen, so ist er rein, und er soll seinen Leib in lebendigem Wasser abwaschen, so ist er rein.*

Er aber wusch seinen Leib und wurde nicht rein; sein Körper roch nach der Alten. So lief er durch die Straßen der Stadt, in der Hoffnung, dass Luft und Wind fertigbrächten, was Wasser und Seife nicht geschafft hatten. An einem Schaufenster für Herrenbekleidung blieb er stehen und sah, dass sie bereits Winterkleidung ausstellten. Eine hübsche junge Verkäuferin stand in der Ladentür und lud ihn ein: »Wir haben wunderbare Ware bekommen, alles neu, der neueste Chic, sagen Sie mir nur, welche Marke Sie tragen.«

Was seine Marke war! Als ob er davon etwas verstünde, als ob er eine Marke hätte! Er kaufte im Kaufhaus, was man ihm anbot, und auch das nur selten. Er wollte den Laden nicht betreten und auch nichts kaufen, aber er wollte, dass sie weiter zu ihm über die schöne Jahreszeit, die neue Mode, egal worüber sprach, solange er nur eine fremde Stimme hörte und nicht in sich selbst hineinhören musste. Er betrat das Geschäft nach ihr, und sie zeigte ihm eine Menge langärmeliger Hemden, leichte und schwere Mäntel, und er schaute zerstreut auf alles, was sie vor ihm auf der Theke ausbreitete und wieder zusammenlegte, und es wurde ihm bereits unangenehm, er fühlte sich gedrängt, etwas zu kaufen, nachdem sie sich all die Mühe gemacht und ihm so viel gezeigt hatte, und so fragte er: »Haben Sie vielleicht Handschuhe?«

»Ich habe noch Ware vom letzten Jahr«, sagte sie, »die neue haben wir noch nicht reinbekommen.«

»Dann eben die vom vorigen Jahr«, antwortete er. Er würde nehmen, was sie ihm zeigte, würde bezahlen, der Sache ein Ende machen und gehen.

In der Schublade, die sie aufzog, lagen verschiedene Arten von Handschuhen, aus Leder und Wolle, dicke und feine, er probierte einen schwarzen Handschuh aus besonders zartem Leder an, bewegte die Finger, um sicher zu sein, dass der Handschuh seine Bewegungsfreiheit nicht einschränkte, prüfte, dass die Oberfläche des Leders so glatt war, dass es keine Spuren hinterließ, bezahlte, ließ die Quittung auf der Theke liegen und ging. Du bist auch ein Idiot, wozu hast du die jetzt gekauft? Bist du ein englischer Prinz oder was? Trompeter im Armeeorchester? Er hasste es doch, wenn etwas seine Haut von den Dingen trennte, die er berührte. Auch wenn er in einem Bienenstock arbeiten würde, er würde es mit bloßen Händen tun; die Bienen würden seine nackten Hände achten und ihnen nichts antun. Tiere konnten an der Haut erkennen, wenn jemand keine bösen Absichten hatte.

Angenommen, es gelänge ihm, sich jetzt doch noch von diesem Broschi zu lösen, was würde er dann machen? Mit Bienen arbeiten, seine Tage mit den kleinen Honigarbeiterinnen verbringen, bis sein Hirn sich mit ihrem Summen füllte, den ganzen Tag lang nur noch sssssss … das war es, was er wollte. Er hatte sie alle satt, die Wörter, die Bauunternehmer, die alten Frauen, die Menschen, sich selbst. Ein Glück, dass sein Vater schon in der Welt weilte, in der alles gut ist, und nicht mit ansehen musste, mit welchem Schmutz sein Sohn, der begabte Talmudstudent, sich abgab, dass er in die Wohnung einer Alten einbrach und in ihren Unterhosen wühlte. Der Vater hatte ihn auf eine religiöse Schule geschickt und zu ihm gesagt: »Lern bei den Frommen, da lernst du, was in der Thora geschrieben steht, und so wird ein anständiger Mensch aus dir.« In Bezug auf das Erste hatte sein Vater recht gehabt, die Thora kannte er. Man konnte ihn nachts aufwecken, und er konnte die entsprechende Stelle auswendig aufsagen: *Wenn ein Dieb ergriffen wird beim Einbruch* … Aber machte ihn das weniger zu einem Dieb? Wäre sein Vater heute noch am Leben, würde der ihm sagen, lass das alles, Rafael, finde eine Frau und heirate. Doch sein Vater war nicht mehr da und seine Mutter auch nicht. Sie war schon Jahre vor ihm gestorben. Ein Mensch, dessen Eltern tot sind und der keine Frau und keine Kinder hat, ist wie ein Schiff ohne Anker, das sich treiben lässt. Ein Glück, dass er wenigstens Siva und Motti hatte, ein etwas trauriger Anker, aber immerhin.

Er setzte sich auf eine Bank an der Hauptstraße, betrachtete die von hier nach dort eilenden Passanten; sie alle wirkten, als hätten sie etwas vor, Kohl nach Hause tragen, eine Stromrechnung bezahlen, die Wäsche aus der Reinigung abholen, eine Uhr zur Reparatur bringen. Nur er saß mitten am Tag tatenlos herum, mitten in der Stadt, mitten im Leben. Gut, er war noch nicht ganz in der Mitte des Lebens angelangt, aber die kam schneller, als man dachte, und auch der erste Februar würde schneller kommen. Er wählte Broschis Nummer und hörte sofort: »Gibt's was Neues?« Broschi verschwendete seine Zeit nicht mit Schalom oder wie geht's?

»Wir haben keine Konkurrenten«, sagte er und benutzte das ›wir‹, als seien Broschi und er gleichberechtigte Partner. Er versuchte, den Rest seines Selbstvertrauens zusammenzukratzen und lebensnah und entschieden zu klingen.

»Woher weißt du das? Hat sie dir das gesagt, und das glaubst du ihr?« Broschi lachte kurz, nervös und ungeduldig.

»Quatsch«, sagte er, »ich habe in ihren Papieren gekramt. Da gibt es nichts.«

»Jetzt hör mal gut zu. Ich brauche keine Scherereien mit der Polizei, ich habe schon eine Bewährung laufen. Benutz deinen Verstand, okay? Dass du mir bloß keine Probleme machst, verstanden?«

»Verstanden, verstanden.« Natürlich hatte er verstanden, und er kam sich vor wie jener Knecht, der seinem Herrn ein Glas Wein einschenkte, woraufhin der es ihm ins Gesicht schüttete. Auch das hatte er bei den Frommen gelernt. An Sprichwörtern und Gleichnissen fehlte es ihnen nicht; für alles hielten sie immer unzählige Sprüche bereit. Sie fürchteten die direkte Berührung mit dem Leben so sehr, dass sie es mit Wörtern zuschütteten, es in Fabeln und Gleichnisse wickelten, um nur ja nicht das lebendige Fleisch zu berühren. Doch was halfen ihm diese Gleichnisse. Er brauchte Geld, hier und jetzt. Er brauchte eines von zwei Dingen: Entweder kaufte er sich von Broschi seine Freiheit zurück, oder er kochte die Alte für ihn weich und präsentierte sie ihm auf einem Tablett. Wenn er jetzt von alldem frei wäre, würde er sich bei Singleausflügen anmelden, würde bei *Love-me* anrufen, null fünf null sechs, und über Facebook brüten, bis er fündig würde. Ein Glück, dass man heute einem Mädchen nicht mehr auf der Straße hinterherpfeifen oder im Bus mit ihr flirten musste. Du brauchtest nur ein paar Tasten zu drücken, schon wurde der Computer zur Wolkensäule, die dich auf den rechten Weg führte und vor dir herzog und dir zeigte, wer für dich infrage kam und wer nicht. Ein Glück für ihn, dass er mit diesen Neuerungen zurechtkam. Im Briefeschreiben war er wesentlich besser als im Hinterherpfeifen auf der Straße oder mit »Entschuldigen Sie, wie spät ist es bitte?« im Bus. Früher, noch bevor er diesem Broschi seine Seele verschrieben hatte, hatte er Bücher gelesen, Gedichte geschrieben, hatte sich vom Anblick des Herbstlaubs anrühren lassen und ein Gedicht darüber geschrieben, wie sich im Weinlaub das Rot ausbreitete, und über den silbernen Schein hinter den Wolken. Auch über Liebe hatte er geschrieben, und heute? Heute benutzte er seinen IQ dazu, eine verschrumpelte Alte zu hintergehen. Wenn sich der Himmel über ihm öffnen und ihm ein Bündel Banknoten in den Schoß werfen würde, würde er sich von diesem Broschi freikaufen und aus dem Staub machen, oder, umgekehrt, wenn Gott einen Stein auf den Kopf der Alten fallen lassen und sie zu sich rufen würde, wäre das Problem in einer Sekunde gelöst. Binnen eines Tages würden die Töchter das Grundstück an den Meistbietenden verkaufen. Er betastete die Handschuhe durch die Plastiktüte, hob den Blick zum staubigen Himmel und schämte sich. Da wartete er tatsächlich darauf, dass der Himmel Segen oder Fluch von oben herabwarf und ihn von der Notwendigkeit zu handeln entband. Rafi, du Weichei, steh auf und tu was, etwas Gutes oder Schlechtes, aber tu etwas.

»Ist hier noch frei?«, fragte eine Frau und wartete seine Antwort nicht ab. Sie setzte sich neben ihn auf die Bank und rückte sogleich etwas von ihm ab, um den Höflichkeitsabstand zu wahren. Sie kramte in ihrer Tasche, zog ein Sandwich heraus, schälte die dünne Frischhaltefolie ab und fragte ihn: »Möchten Sie auch? Ich habe noch eins.«

»Was ist denn drauf?«, fragte er und traute seinen Ohren nicht.

»Schnittkäse und Gurke«, sagte sie, klappte das Sandwich auf und zeigte ihm den Belag. Der Käse sah weich aus, als müsse er einem auf der Zunge zergehen, und die Gurkenscheiben dufteten.

»Ja«, antwortete er, ohne Danke und ohne Zögern. Sie reichte ihm das andere Sandwich, er nahm es wortlos und aß mit großem Appetit. So kannte er sich gar nicht. Er hatte das Gefühl, dass sie sich freuen würde, wenn er mit ihr redete, doch er biss immer wieder ab, kaute und schwieg, und im Stillen klopfte er sich auf die Schulter: Schön, Rafi, du machst Fortschritte, du wirst selbstsicherer, du musst ja nicht die ganze Zeit die Erwartungen von anderen erfüllen; es reicht allmählich mit den Dankeschöns und den Entschuldigungen bei jedem Schritt. Als er das Sandwich aufgegessen hatte, zerknüllte er die Folie und steckte sie in die Tüte zu den Handschuhen, schwieg weiter und hörte zwischen den vorbeifahrenden Autos, wie sie kaute. An jedem anderen Tag hätte er sich gesagt, schau, in was für einer guten Welt du lebst, ein fremder Mensch setzt sich neben dich, macht seine Tasche auf und teilt mit dir sein Brot. Heute konnte ihn nichts dazu bringen, gut über diese Welt zu denken, die schlechten Gedanken meldeten sich von ganz allein. Die Frau schluckte ihren letzten Bissen runter, steckte die Frischhaltefolie in die Tasche, wischte sich den Mund ab, stand auf, um zu gehen, wünschte ihm einen schönen Tag und begann die Fahrbahn zu überqueren. Er schaute ihr nach, sah, dass sie humpelte, dass ihr eines Bein kürzer war als das andere, und wollte ihr etwas nachrufen, dass es sehr lecker gewesen war, tat es aber nicht. Siehst du, so benimmt sich ein Schwein. Er befreite mit der Zunge ein paar Krümel, die zwischen den Zähnen stecken geblieben waren, und hörte aus einem Geschäft für Kinderbekleidung hinter sich das Zeichen für die Nachrichten im Radio. In den Satzfetzen, die zu ihm drangen und sich mit dem Straßenlärm vermischten, hörte er von einem tödlichen Verkehrsunfall, er meinte sogar gehört zu haben, auf der Schnellstraße Jerusalem–Tel Aviv, und konzentrierte sich auf die Stimme, doch die Nachrichten gingen im allgemeinen Lärm unter. So stand er auf, überquerte die Straße und ging direkt in den Laden, bahnte sich seinen Weg zwischen drei Kundinnen mit Kindern in Kinderwägen und fragte laut: »Was haben sie im Radio über diesen Unfall gesagt?« Die Verkäuferin zuckte mit der Schulter und sagte, so genau habe sie nicht zugehört, die anderen drei ignorierten ihn völlig, drehten den Ständer mit den kleinen Kleiderbügeln und befühlten die Ware.

»Wo genau war das? Gibt es Tote?« Er ließ nicht locker.

»Ich habe Ihnen doch gesagt, ich habe nicht hingehört. Gehn Sie doch in den Laden nebenan, vielleicht haben die ja zugehört. Haben Sie noch nie von Verkehrsunfällen gehört? Jeden Tag kommt in diesem Land jemand bei einem Verkehrsunfall ums Leben. Nehmen Sie doch dieses hier mit den langen Ärmeln, gute Frau, der Winter kommt bald. Haben Sie

Kinder?«, wandte sie sich zu ihm, »wir geben dreißig Prozent Rabatt auf alle Sommerkleider.«

»Habe ich nicht«, sagte er und stand wie der Plumpsack in der Mitte des Ladens.

»Und Sie erinnern sich wirklich an nichts Genaueres über diesen Unfall?«

»Guter Mann, ich arbeite hier. Was die im Radio erzählen, geht bei mir hier rein und da wieder raus.«

Er verließ das Geschäft, ging auf dem Trottoir auf und ab, die Sonne wurde schon schwächer, *sie war schon zur Hälfte in ihre Scheide zurückgekehrt*, um die Worte des großen Kommentators Raschi zu verwenden. Selbst auf dem tiefsten Punkt fiel ihm noch Raschi ein. Als Kind hatte er seine Bibelkommentare geliebt, seinetwegen hatte er die Stunden in Bibelkunde kaum erwarten können. Aber das war lange her. Jetzt wartete er auf die Vieruhrnachrichten. Mit jeder Minute verstärkte sich in ihm das Gefühl, dass die Alte in den Busunfall mit Todesopfern verwickelt war und dass sie unter den Todesopfern des Busunfalls war. Er stand auf dem Trottoir, kaute Fingernägel, und um Punkt vier betrat er einen Hutladen und hörte, dass die zuvor gesperrte Schnellstraße Jerusalem–Tel Aviv wieder in beiden Richtungen befahrbar sei. Da es, wie die Weisen sagen, keine größere Freude gibt, als einen Zweifel auszuräumen, erwog er, bei der Polizei anzurufen und sich nach den Namen der Opfer zu erkundigen. Doch er überlegte es sich anders. Was war er für ein Idiot, Tausende von Menschen fuhren jeden Tag von Jerusalem nach Tel Aviv und zurück; wie hoch war die statistische Wahrscheinlichkeit, dass es ausgerechnet die Alte getroffen hatte und nicht zum Beispiel ihre Rumänin oder jeden anderen Fahrgast? Doch statistische Wahrscheinlichkeit und ein eindeutiges Bauchgefühl waren zwei Paar Schuhe. Er wählte Hannah Jonas Nummer zu Hause, und niemand hob ab. Da gab es nur zwei Möglichkeiten. Entweder schlenderten die beiden noch gesund und munter durch Tel Aviv, oder die Pflegerin und die Alte lagen bereits in der Gerichtsmedizin in Abu Kabbir. Die Nummern ihrer Mobiltelefone kannte er nicht, wenn sie denn überhaupt welche besaßen. Ungewissheit zerrte an seinen Nerven, schuf aber auch ein auf seine Art genüssliches Gefühl: Es war eine Situation, in der plötzlich alle Möglichkeiten offen waren. Die gleiche Erregung wie damals in der Schule, bevor die Lehrerin ihnen die Aufsätze zurückgab, wenn sie, die Hefte schon in der Hand, vor der Klasse stand und diesen Moment hinausgezögert hatte. Da hatten die Vorfreude auf den Erfolg und die Angst, gescheitert zu sein, gleichzeitig in ihm pulsiert, und er hatte sich alle Fingernägel abgebissen.

Er ging ins Café, bestellte einen Espresso und schaute ein Basketballspiel an, das auf einem Bildschirm an der gegenüberliegenden Wand lief. Über zwei Stunden saß er dort und bestellte auch noch ein Stück Kuchen, um seinen langen Aufenthalt zu rechtfertigen. Er sah die glänzenden Muskeln der braun gebrannten Spieler und beneidete sie um ihre Männlichkeit. Sollte sich die Sache mit der Alten tatsächlich auf diese Weise gelöst haben, würde es eine der Herausforderungen seines neuen Lebens sein, sich um seine Kondition zu kümmern. Es begann zu dämmern, die Straße hinter dem Fenster wurde grau, im Café machten sie die Lichter an, und es füllte sich nach und nach mit Gästen. Er schaute sich um und sah, dass an jedem Tisch mindestens ein Gast ein Handy in der Hand hielt und telefonierte. Wen konnte er schon anrufen? Siva? Broschi? Die wenigen Freunde, die er in seinem Geburtsort noch hatte? Er erschrak über das armselige Resümee seiner Sozialkontakte und begann sogleich, sich mit dem neuen Leben zu trösten, das beginnen würde, sobald das

Kapitel mit Broschi und der Immobilie Jona abgeschlossen wäre und hinter ihm läge. Er gab der Kellnerin ein Zeichen, bezahlte und hinterließ ein genau berechnetes Trinkgeld. Erst wollte er ein Taxi nehmen, ging dann aber doch zu Fuß zur Bushaltestelle. Noch bist du kein reicher Mann, Rafi, rief er sich in Erinnerung und wartete geduldig, steckte die Hände in die Taschen, klimperte in der einen mit den Münzen und raschelte in der anderen mit der Plastiktüte der Handschuhe, die seine Hosentasche fast aus den Nähten platzen ließen.

Er stieg aus dem Bus, ging auf das Haus zu, bis er direkt vor ihm stand, und sah, in allen Zimmern brannte Licht. Er hielt inne, seine Knie wurden weich. Was war mit der von einer Kolchose geflohenen Rumänin, die sich sonst immer über die Lichtschalter hermachte und alle überflüssig brennenden Lampen ausschaltete? War sie die Verunglückte oder waren beide umgekommen? Vielleicht versammelten sich die Töchter in der Wohnung ihrer Mutter, nachdem sie die Nachricht vom Tod der beiden erhalten hatten? Er überquerte die Straße, stellte sich dicht an die Außenwand des Hauses und drückte sein Ohr an den Stein. Verschiedene Frauenstimmen drangen durch die kühle Mauer, doch der Straßenlärm vermischte alles, zerstreute die Stimmen im Wind, und er konnte nicht verstehen, wer dort sprach und worüber. Er fasste sich ein Herz und öffnete das Tor, als komme er von alltäglichen Erledigungen zurück, ging in den Hof bis zu seiner Wohnung und sah nicht, dass Orna am Fenster ihrer Mutter stand und seine vorübergehende Gestalt bemerkt hatte.

»Rafi, Rafi, kommen Sie mal kurz!«, rief sie ihm in einem Ton zu, der ihm keine andere Wahl ließ.

Er machte kehrt, lächelte sie an, rief: »Schalom, wie geht's?« Er bemühte sich, seine Stimme normal und leicht klingen zu lassen, und ging zur Tür von Hannah Jona. Sie öffneten ihm, er trat ein, und seine gute Laune verging. Die Alte stand vital und energisch wie noch nie in der Mitte ihres Schlafzimmers, und die Rumänin stand aufgeregt, mit grimmigem Gesicht und einem Glas Wasser in der Hand neben ihr und drängte sie zu trinken.

»Kommen Sie rein, kommen Sie rein«, forderte Orna ihn auf.

Er blieb auf der Schwelle des Zimmers stehen, und es dauerte einen Moment, bis er Simona mit ihrer neuen Jungenfrisur erkannte. Sie sah ernst aus, lehnte an der Kommode mit der Unterwäsche, ihre Arme hingen an ihren Seiten herab, ihr Gesicht war müde und passte nicht zu den abstehenden Haarstacheln, die ihr der Friseur verpasst hatte. Jardena lehnte barfuß an der Wand, hielt ihre Schuhe mit den Absätzen in der einen Hand, löste mit der anderen ihr Haar und lockerte den Gürtel, und das Mädchen lief vom Fenster zum Tisch und vom Tisch zum Fenster, schaute mal die eine, mal die andere an und drückte sich das Kaninchen so fest an die Brust, dass es zu ersticken drohte. »Aber Mama, wer hat das getan?«, fragte es immer wieder, und keiner antwortete ihm.

»Hören Sie mal. Jemand ist in die Wohnung eingebrochen. Haben Sie aus Ihrer Wohnung irgendetwas gehört oder gesehen?« Orna stand ziemlich nah bei dem Mieter und hatte die Hände in die Hüften gestemmt.

»Wirklich!?«, rief er und hörte sein Herz schlagen, hatte Angst, er würde bleich oder rot werden, und sagte: »So ein Mist! Ich geh gleich sehen, ob sie auch bei mir eingebrochen haben …«, und wandte sich zur Tür, doch Orna stellte sich ihm in den Weg und sagte: »Warten Sie, dann haben Sie wirklich nichts Ungewöhnliches gehört?«

»Gar nichts. Ich war auch den meisten Tag nicht zu Hause. Was wurde denn gestohlen?«

»Das ist es ja, anscheinend gar nichts.«

»Woher wissen Sie dann, dass jemand eingebrochen ist?«, fragte er frech, hatte sich aber gleich wieder unter Kontrolle. Im Stillen verfluchte er seine jämmerliche Intuition, die den Bus mit der Alten hatte verunglücken und sie bereits in Abu Kabbir aufbahren lassen, während sie vital und glücklicher denn je aussah.

»Woher ich das weiß? Der Perverse, der hier war, hat auf Mutters Bett den Abdruck seines Hinterns hinterlassen, eine Schublade durchwühlt und eine alte Quittung liegen lassen, und das Licht brannte auch noch …«

Er sah zu der Kuhle auf dem Bett, schaute dann wieder zu Orna, während sie redete, und achtete darauf, ihrem Blick nicht auszuweichen und seine Augen nicht abzuwenden. Während er ihr standhielt, dachte er, wenn du sie aus der Nähe betrachtest, hat sie ja doch was. Sie müsste nur ein bisschen abnehmen und etwas zarter aussehen, schade, dass sie wegfährt … Orna hatte zu Ende geredet, und er schaute sie immer noch an. Dann erschrak er, denn er hatte ihre letzten Worte nicht mitbekommen und wusste nicht, ob sie etwas in Bezug auf ihn geäußert hatte und ihn mit dieser Geschichte in Verbindung brachte.

»Haben Sie die Polizei gerufen?«, fragte er, fürchtete die Antwort, doch er stand, die Beine über Kreuz, ganz entspannt da, als sei es ihm gleichgültig, ob sie die Polizei verständigt hatten oder nicht. Broschi hatte ihn gewarnt, er brauche keine Scherereien mit der Polizei, und hatte ihm gestanden, dass er bereits eine Bewährung laufen hatte. Interessant, weshalb.

»Noch nicht«, sagte Orna. Anscheinend hatte die Familie sie ermächtigt, diesen Vorfall zu managen; die beiden anderen Schwestern schwiegen und beobachteten, wie sich die Sache entwickelte. Von der ganzen Frauengesellschaft, die in der Wohnung der Alten zusammenstand, war ausgerechnet die Hausbesitzerin, das Opfer des Einbruchs, in bester Stimmung. Sie strahlte in ihren gelben Kleidern und ließ sich ihre gute Laune nicht durch Indizien und Beweismittel verderben.

»Lasst uns einen Tee trinken, oder wollt ihr Kaffee?«, schmetterte sie den Anwesenden entgegen, als habe sie alle zu einer Teegesellschaft eingeladen.

»Jetzt?! Einen Kaffee?!«, rief Jardena gähnend und brach in Lachen aus.

Die Alte ist im siebten Himmel, die bekommt gar nichts mehr mit, dachte er, die muss schnell unterschreiben, bevor sie nicht mehr zwischen rechts und links unterscheiden kann. Und je fröhlicher die Alte wurde, umso betrübter, angespannter und verängstigter wirkte die Rumänin. Ihr Blick jagte durchs Zimmer, und als er auf seinen traf, sagte sie, was sie wohl schon vor seinem Kommen gesagt hatte:

»Ich glauben, die, wo sind gewesen hier, sind von die soziale Versicherung oder von die *poliția* und von die innere Ministerium. Sie wollen wissen, wer ist in die Haus und wer brauchen Pflegerin.«

Die Jona-Töchter hatten die Theorie der Rumänin vermutlich schon gehört und reagierten nicht, doch er griff sogleich nach dem rettenden Ast und warf ein: »Was sie sagt, ist ziemlich logisch. Die Detektei der Sozialversicherung wird alles tun, um einen Versicherungsbetrug aufzudecken. Die schicken ihre Detektive, brechen Türen auf … ich weiß das, ich habe einen Freund, der dort arbeitet …«

»Reden Sie doch keinen Stuss«, unterbrach Orna ihn scharf und stellte sich zwischen die Rumänin und ihn, »die lauern ihren Klienten schlimmstenfalls auf der Straße auf und fotografieren sie, die brechen aber nicht in Häuser ein. Diesen *bullshit*, den Ihr Freund Ihnen da aufgebunden hat, können

Sie jemand anderem erzählen, aber bitte setzen Sie unserer Pflegerin nicht solche Ideen in den Kopf, die ist auch so schon paranoid.«

Er stand einen Meter von ihr entfernt und hätte sich am liebsten in der Erde verkrochen. Du bist ein elender Lügner, Rafi. Du hast gar keinen Freund bei der Sozialversicherung, du hast überhaupt keinen Freund. Diese Feldwebelin hat dich in flagranti ertappt, jetzt geht sie garantiert zur Polizei. Dann sei jetzt ein Mann und steh für das ein, was du gemacht hast. Er schluckte und schob sein Kinn vor, doch ihr Blick durchbohrte ihn unerbittlich, und er senkte die Augen wieder. Jardena gähnte gelangweilt, schlug vor, die Demonstration jetzt aufzulösen, schaute ihre Mutter an und sagte: »Mama, und was sollen diese zwei Quadratmeter Butterblumen, die du dir da angezogen hast? Bist du jetzt unter die Blumenzüchter gegangen?«

Die Alte ergriff die Zipfel ihres Rocks, hob sie und zeigte den Stoff in seiner ganzen Breite, verbeugte sich wie ein Fotomodell und ignorierte das Knacken in ihren Knien. »Hast du was gegen diese Blumen? Du meinst wohl, ich sollte nur tote Farben tragen, damit ich mich schon mal an mein Totenkleid gewöhnen kann? Keine Sorge. Wenn es so weit ist, wird das mit der Gewöhnung ganz schnell gehn.« Sie ließ den Rock mitsamt den Butterblumen fallen und sagte: »Und, damit ihr's wisst, ein Herr hat mir heute sogar Komplimente gemacht und gesagt, dieses Gelb stehe mir wunderbar.«

Der neue Mieter wunderte sich über Jardenas Äußerung; seiner Meinung nach standen diese Blumen der Alten gut und belebten sie, zumal sie ihn an die Abertausende von Butterblumen erinnerten, die auf den Wiesen außerhalb seiner Heimatstadt wuchsen. Wieder verpasste er einige Worte, diesmal von Simona, die bis zu diesem Zeitpunkt geschwiegen hatte.

Orna kaute an ihrer Unterlippe und hörte ihr zu und Jardena auch. Wenn jemand die meiste Zeit schweigt, hört man ihm aufmerksam zu, wenn er dann mal etwas sagt. Das Mädchen schaute von einer zur andern und versuchte vergeblich, einen Blick zu erhaschen. Da wandte es sich zu seiner Großmutter, zog an ihrem gelben Ärmel und fragte: »Oma, Oma, wo ist er denn eingestiegen? Ruft ihr jetzt die Polizei?«

»Nicht nötig. Das ist nichts für die *poliția*«, stellte die Rumänin nervös fest, »wir nicht müssen suchen *probleme*.«

Das Mädchen schmiegte sich an seine Oma, die sich in dieser tragisch anmutenden Runde als die einzig optimistische Seele erwies. Die Alte legte eine Hand auf den Kopf des Kaninchens und die andere auf den Kopf des Mädchens, kraulte beide und sagte: »Denk nicht so viel nach, Danale, es ist schade um deine schönen Locken. Von zu viel Nachdenken bekommst du nur Schuppen auf dem Kopf.«

Der neue Mieter verfolgte die knochigen Finger der Alten, die hungrig Berührungen mit den einfältigen Seelen im Zimmer hamsterten, und dachte, mich würde sie nicht anfassen. Und dennoch, so schmutzig und abstoßend er war, war Gott doch noch mit ihm, denn man hatte entschieden, die Polizei nicht zu rufen, um die Rumänin nicht aus dem Gleichgewicht zu bringen. Es hatte ihnen gerade noch gefehlt, dass sie jetzt zusammenbrach.

Um die Erleichterung auf seinem Gesicht zu verbergen, bückte er sich zu seinen Schuhen und band die Schnürsenkel auf und wieder zu. Beim Bücken klaffte seine Hosentasche auf, die Plastiktüte mit den neuen Handschuhen fiel heraus und ein schwarzer Finger reckte sich aus dem Beutel. Das Mädchen hatte das gesehen. Er richtete sich schnell wieder auf, schob den Beutel zurück, und das Mädchen fragte nichts. Entweder hatte es vor sich hin gestarrt und gar nichts mitbekommen, oder es war am Schoß der Oma so angenehm, dass es dort verweilen wollte.

Wieder in seiner Wohnung, überlegte er, die Handschuhe zu verbrennen, dann dachte er, vielleicht besser zerschneiden und in den Müll werfen, oder er könnte sie auf der Straße irgendjemandem geben, so wie diese junge Frau ihm das Sandwich gegeben hatte, und schließlich steckte er sie in seine Schublade, unter die Unterhemden. Er legte sich hin, schlief aber nicht ein, er dachte an den vergangenen Tag und hasste jeden Augenblick. Deshalb suchte er etwas Erbauliches und sagte sich, das wird schon gut gehen, Rafi, jeder beschissene Tag hat auch einen Abend, der ihm ein Ende macht. Es wird alles wieder gut. Und morgen ist ein neuer Tag.

Er erwachte eine Stunde oder auch mehr, nachdem der neue Tag begonnen hatte, und stand sofort auf; er wollte nicht mit offenen Augen im Bett liegen bleiben, sonst würden die Ereignisse des Vortags noch einmal an ihm vorüberziehen. Wäre es doch nur möglich, solche beschissenen Tage einfach zu streichen, sie zu ertränken oder zu verbrennen. Er zog sich schnell an, rasierte sich, trank mit Genuss den Kaffee, den er sich gekocht hatte, stellte sich an sein Fenster und schaute auf den schmalen Ausschnitt der Welt, den er von hier aus sehen konnte. Die Baukräne umarmten den Himmel und erdrückten ihn fast, doch noch warfen sie ihre Schatten nicht auf den Hof. Bei all ihrem Hochmut waren auch sie auf die Drehung der Erde angewiesen. Die trockenen Pflaumenbäume sahen elend aus, sie hatten nur wenig Laub und würden das einzige botanische Opfer sein, wenn die Bulldozer hier auffuhren. Er hob die Augen zum ersten Stock. Orna kam aus ihrer Wohnung. Sie schloss die Tür ab, ging zur Treppe, doch auf dem oberen Treppenabsatz klingelte ihr Handy, und sie blieb stehen und antwortete. Im zarten Morgenlicht leuchtete ihr Haar golden und weich, nicht so ungepflegt wie sonst, und ihre Gesichtszüge wirkten zarter. Immer wieder dachte er, wie schade, dass sie bald wegfährt. Er stellte seine Kaffeetasse ab, öffnete die Tür und trat in den Hof; vielleicht konnte er ihr ja freundlich einen guten Morgen wünschen, wenn sie bei ihm vorbeikam. Sie war in ihr Gespräch versunken, nahm ihn aber wahr, wie er da auf dem kleinen gepflasterten Stück Hof zwischen seiner Wohnung und der Treppe stand, warf ihm einen kurzen Blick zu und wandte sich gleich wieder ab, um nach den Baukränen zu sehen. Er stand da, als mache er einen Moment Pause vom Schreiben und den geistigen Dingen, mit denen er sich befasste, um die Morgenluft einzuatmen. Er versuchte, wie der Ghostwriter zu wirken, als den er sich an seinem ersten Tag hier ausgegeben hatte, und den Eindruck zu erwecken, dass er früh aufgestanden war, bereits einen beträchtlichen Teil seines Arbeitstages hinter sich hatte und eine kurze Pause brauchte. Orna klappte das Telefon energisch zu, hängte sich die Tasche über die Schulter und kam herunter. Schade, dass sie diese plumpen Jeans trägt, ein weich fallender Rock würde ihrer Figur mehr schmeicheln, dachte er, und sie war schon auf dem letzten Stück der Treppe, würde im nächsten Moment an ihm vorbeikommen. Er sah, wie ein Fuß das Pflaster betrat und danach der zweite, und sie blieb eine Bodenkachel von ihm entfernt stehen.

»Guten Morgen«, sagte er und lächelte, und sie lächelte nicht zurück.

»Angsthase«, sagte sie und schaute ihn wieder mit dem nagelnden Blick des Vortags an, »wir haben schon ein Kaninchen im Haus, wir brauchen kein zweites.«

Er schüttelte sich, als habe man ihm ein Stück Eis an die Stirn geknallt, und konnte gerade noch murmeln: »Ich habe nur ein Optalgin gesucht, der Kopf platzt mir vor …«

»Sie können sich bedanken, dass wir nicht die Polizei gerufen haben, und jetzt halten Sie besser die Klappe«, zischte sie ihm zu, schulterte ihre Tasche erneut und entfernte sich mit energischen Schritten, öffnete das Tor, ging hinaus und ließ es hinter sich zuknallen.

Er wusste, er war bleich wie die Wand hinter ihm; er bekam weiche Knie und betete zu Gott, er möge wiederholen, was er mit der Rotte Korah getan hatte, er möge die Erde unter ihm zerreißen, dass sie ihren Mund auftue und ihn verschlinge und ihn dann zudecke. Jeder Wurm, jede Eidechse, jedes Huhn war ehrenhafter als er, die nährten sich redlich, jede Ameise, jedes elende Ungeziefer … aber du hast mit dem Fallen begonnen und wirst weiter fallen. Es liegt an dir, Rafi. Du kannst dich noch retten, noch hast du nichts gestohlen, noch hast du niemanden getötet, noch hast du nicht … Er sah Jardena und das Mädchen aus ihrer Wohnung kommen und das Kaninchen einen Meter vor ihnen. Jardena übertrieben herausgeputzt, das Mädchen wie immer ungekämmt und ungepflegt, und der gerissene Riemen ihres Rucksacks schleifte hinter ihr her. Als Erstes hoppelte das Kaninchen an ihm vorbei, es hüpfte in seinen neuen Tag, flitzte zur Tür der Alten, als würde es dort schon erwartet. Danach lief Jardena an ihm vorüber und würdigte ihn keines Blickes, sie war in eine Rede versunken, die sie in ihr Handy hielt, und er konnte an ihrem Gesicht nicht ablesen, ob sie wusste, was Orna wusste. Doch das Mädchen blieb neben ihm stehen. »Was stehst du hier rum wie ein Plumpsack? Hast du keine Arbeit?« Es schaute ihn an, ein Stückchen Cornflakes bebte an seinem Kinn und fiel ab, es wandte den Blick von ihm und rief das Kaninchen, rannte ihm nach zur Tür der Großmutter, ging aber nicht hinein. »Jetzt komm schon«, drängte Jardena zur Eile, und das Mädchen folgte seiner Mutter zum Tor.

Rafi blieb stehen, atmete tief durch und spürte, dass sein Herz sich etwas entspannte, sein Gesicht wieder Farbe bekam und seine Knie fester wurden. Die Sonne war inzwischen etwas gestiegen und brannte auf die Baukräne. Licht stob wie glitzernde Funken in seine Augen. Er schloss die Augen, und als er sie wieder öffnete, sah er Simona, die ihre Tür abschloss; sie blieb auf dem oberen Treppenabsatz stehen, versuchte sich an etwas zu erinnern, hielt ihre Stirn zwischen Daumen und Zeigefinger, ließ es dann, kam die Treppe herunter, und ihr kurzes Haar hüpfte auf dem Kopf. Wenn sie doch bei ihm stehen bleiben und ihm etwas sagen würde. Selbst wenn sie ungehalten sein würde, mit ihr konnte man wenigstens reden, ihr könnte er sagen, dass die Migräne ihn wahnsinnig gemacht habe, dass er alles doppelt gesehen habe und sein eines Auge angeschwollen war, dass er sich die Seele ausgekotzt habe, dass er unbedingt ein Optalgin gebraucht habe, sonst wäre er gestorben … doch sie ging an ihm vorbei, vielleicht mit einem Viertelnicken, oder sie hatte nur mit dem Kopf gezuckt, um eine Mücke vor ihren Augen zu verjagen.

Das war's, Rafi. Sie sind weg, jede auf dem Weg zur Arbeit, so wie es die meisten Menschen morgens tun, und dir bleibt nur, in deine kranke Seele zu schauen und dir zu überlegen, ob du sie rettest. Noch ist es nicht zu spät. Er strich sich über die Brust, als wolle er dort seine Seele fühlen, und dachte, ich muss etwas Abstand gewinnen, muss zu Siva und Motti fahren und den Kopf frei bekommen. Ich werde einen Tag mit ihnen verbringen, dann wird die Welt wieder in die richtigen Proportionen zurückkehren. Er holte sein Handy aus der Hosentasche, um Siva anzurufen, da sah er, wie ein Lastwagen vor dem Haus hielt, und steckte das Handy zurück in seine Tasche. Die Rumänin verließ die Fahrerkabine durch die Beifahrertür, und der Fahrer kam von der anderen Seite. Ein Mann, nicht mehr jung, in blauer Arbeitskleidung. Beide gingen zur Rückseite des Lastwagens, der Mann öffnete hinten die Klappe, holte eine Kiste voller Pflanzen heraus, trug sie durchs Tor, stellte sie ab und holte eine weitere Kiste und danach noch zwei, und die Rumänin stand bei den Kisten, als habe sie im Lotto gewonnen. Was war in sie gefahren? Wann musste sie aufgestanden sein, wenn sie so früh bereits von der Gärtnerei zurückkam? Und in wessen Namen und zu welchem Zweck startete sie einen botanischen Angriff auf diesen öden Hof? Der Mann in dem blauen Overall bat ihn erst, Platz zu machen, drängte ihn dann zur Seite und ging an ihm vorüber, trug mit beiden Händen eine Kiste mit wackelnden Pflanzen, die den intensiven Geruch nach feuchter Erde verbreiteten. Der Mann stellte die Kiste in den Schatten der Pflaumenbäume, ging zurück zum Lastwagen, holte andere Kisten, und nun umgab ihn eine Wolke von Minze. Die Rumänin begab sich zu den Pflaumenbäumen und überwachte die Lieferung der Gewürzkräuter und Baumsetzlinge, und der neue Mieter sah, wie diese ihre grünen Köpfe reckten und den Ort musterten, an dem sie ihr weiteres Leben verbringen sollten. Die Rumänin sah aus wie eine Bäuerin, die ihr Tagwerk auf dem Kohlfeld begann. Breitbeinig stand sie da, die kräftigen Beine in groben Schuhen, und gab dem Gärtner Anweisungen, wo er welche Gewürze, welche Zierpflanzen und Obstbäume hinsetzen sollte.

Der neue Mieter beobachtete das grüne Fieber, das den Hof ergriff, und dachte, die Alte verwurzelt ihr Leben in diesem Haus nun auch noch fest in der Erde. Wer im Hof Bäume pflanzt, tut dies zumindest für die nächsten siebzig Jahre. Während er noch über sie nachdachte, trat Hannah Jona aus der Küchentür und schloss sich dem grünen Treiben an. Das lila Kleid, das sie trug, war verknittert, als habe sie es nach Jahren aus einem Bündel auf dem Dachboden hervorgeholt.

Er betrachtete sie und sagte sich, diese Alte ist unbeirrbar, sie hat den Rückwärtsgang eingelegt, und zwar mit Vollgas, sie färbt sich die Haare schwarz, fährt nach Tel Aviv, um sich zu vergnügen, und jetzt auch noch diese Arbeit im Garten, als habe sie mit Gott einen Vertrag für die nächsten hundert Jahre abgeschlossen. Sie ging in Richtung der Pflaumenbäume, ihre schmalen Füße stießen an die Steine, die den Abdruck der Seele ihres verstorbenen Mannes trugen, und die Sonne offenbarte die kahlen Stellen auf ihrem Schädel. Mager, knochig und glücklich strahlend stand sie neben ihrer Rumänin, klatschte in die Hände und sagte: »Was für einen Park werden wir hier haben. Bald wird es bei uns genauso schön sein wie in dem Heim, in dem die Pflanze gestorben ist und in dem der Gentleman lebt.«

Rafi verließ das gepflasterte Stück des Hofes vor seiner Tür und ging ebenfalls zu den Pflaumenbäumen, vielleicht konnte er ja herausbekommen, was sie vorhatte. Anders als sonst, lächelte die Rumänin ihn diesmal an, und ein Sonnenstrahl blitzte von ihrem Goldzahn auf. Sie sagte: »Vielen Dank, meine Herr, was Sie haben gesagt gestern. Soziale Versicherung machen solche Sachen, und wir nicht müssen holen die *poliția*.«

Endlich hatte sie ihn auf die Seite der Guten geholt. Man durfte die Hoffnung auf die Gnade des Himmels nicht aufgeben.

Der Gärtner ging zurück zu seinem Wagen und kam mit einem Spaten und einer großen Rolle Bewässerungsschläuchen auf der Schulter zurück, holte dann noch Heugabel und Spitzhacke, und der neue Mieter beobachtete die energischen Erdarbeiten im Hof und verstand, dass die Alte nicht vorhatte, hier auszuziehen. Sonst würde sie nicht so viel Geld in ein Projekt investieren, dessen Früchte andere ernten würden. Er wollte ihr den Wind aus den Segeln nehmen und sagte: »Der Staub der Baukräne wird die Pflanzen ersticken, er wird sie mit weißem Staub bepudern, und auch wenn sie nicht gleich sterben, werden sie krank und nur schlecht gedeihen, und ihre Blüten oder Früchte, die können Sie sowieso vergessen.« Der Gärtner holte sich eine Zigarette aus der Tasche, zündete sie an, sog den Rauch ein und sagte zu ihm: »Was machen Sie ihr Angst? Leute wie die haben nicht mehr viel zu tun. Sie wird sich den ganzen Tag um den Garten kümmern, ihn wässern, Staub von den Blättern wischen und die Fliegen verjagen. Warum wollen Sie sie schon am Anfang entmutigen?« Er klopfte die Asche von der Zigarette, warf sie halb geraucht in den Sand, zertrat sie mit dem Schuh und fragte: »Gute Frau, und wohin sollen die Orangen?«

Er schwang die Hacke und begann die Erde aufzulockern, und der Kopf der Alten hob sich jedes Mal, wenn er mit der Hacke ausholte, und senkte sich, wenn er sie in die Erde schlug, hoch und runter, immer wieder, als nicke sie ja, ja, ja. Der neue Mieter trat wegen des aufgewirbelten Staubes einen Schritt zurück, ließ den Blick über den Hof schweifen und sah das tote Lächeln der Vogelscheuche, den leuchtenden Goldzahn im Mund der Rumänin und den roten Hahn aus Glas, den die Alte an einer Halskette trug, und er begriff, dass die Baukräne hier keine Macht mehr hatten. Er ging in seine Wohnung, putzte die Brille, kämmte sich, nahm seinen Geldbeutel, verließ den Hof, ging zur Bushaltestelle und fuhr zu Broschis Büro, fest entschlossen, ihm zu sagen, Broschi, die Sache ist aussichtslos, wir haben da nichts verloren, entlass mich aus diesem Vertrag. Nach einer Stunde kehrte er hart geschlagen zurück. Broschis Sekretärin hatte ihm gesagt: »Tut mir leid, er ist für zwei Tage nach London geflogen, kann ich Ihnen weiterhelfen?« Er hatte verneint, das Büro verlassen, war im Treppenhaus stehen geblieben und hatte sich gedacht, vielleicht ist es nur gut, wenn ich ihm das nicht direkt sagen muss. Ich werde seine Frau anrufen und ihr die Ergebnisse mitteilen, werde ihr erklären, dass es aussichtslos ist, auf dieses Grundstück zu warten, und dass mein Aufenthalt in diesem Haus nicht länger zu rechtfertigen ist. Ich werde ihr sagen, dass ich aus Gründen der Fairness und Ehrlichkeit von dem Vertrag zurücktreten möchte, und zwar ohne die Konventionalstrafe zu bezahlen. Broschis Frau würde ihren Mann anrufen und ihm die Dinge aus zweiter Hand berichten, und bis Broschi zurückkäme, würde er die Sache verdaut haben, klein beigeben und den Vorschlag annehmen. Broschis Frau hörte ihm geduldig zu, und als er mit seinen Ausführungen am Ende war, sagte sie: »Das ist ja wohl ein Witz. Sind Sie wirklich so naiv, oder tun Sie nur so? Von einem Vertrag mit Broschi zurücktreten? Sich von Broschi befreien? Das ist noch keinem gelungen. Das schaffen Sie nie, nicht mal in der kommenden Welt. Wenn der ein Auge auf ein Grundstück oder einen Menschen geworfen hat, wird er zum Vampir, beißt sich fest und lässt nicht locker, bis die Beute in seinen Händen zappelt. Hören Sie zu, wenn er schon mich nicht gehen lässt, mit den ganzen Skandalen, die ich ihm mache, dann Sie ganz bestimmt nicht.«

Rafi versuchte erst gar nicht, weiter auf sie einzureden, er glaubte ihr, dass es aussichtslos war, steckte das Handy ein, ging auf die Straße, mischte sich aber nicht unter die Leute, sondern blieb unten an dem Bürohaus stehen und sagte sich, das war's, Rafi, *siehe, ich habe dir heute vorgelegt das Leben und das Gute, den Tod und das Böse,* du hast die Wahl. Er stieg nicht in den Bus, sondern ging zu Fuß und dachte, ich wandere hier einsam in einem stinkenden, finsteren Tal, wenn ich schreie, wird keiner mich hören, wenn ich da verwese, wird keiner mich vermissen, vierzig Jahre war ich auf der Welt und habe keinen Eindruck hinterlassen. Bei niemandem. Er war schon fast zu Hause, in Selbstmitleid versunken, da sah er eine Frau in einem roten Kleid vor dem Haus stehen. Sie hatte die Hand an die Stirn gelegt und betrachtete die roten Blusen, die vor Simonas Fenster wehten, bemühte sich, die Hausnummer zu erkennen, verglich sie mit der Nummer auf ihrem Zettel und ging auf das Tor zu. Er ging genau einen Schritt vor ihr durchs Tor und hielt es ihr weit auf.

»Wen suchen Sie denn?«, fragte er und roch einen feinen Duft von Deodorant, als sie an ihm vorüberging. Noch so eine Immobilienmaklerin. Sollte sie ihr Glück versuchen. Sollten sie doch kommen, Broschis Konkurrenten, einer nach dem andern, Herzl und Klein und all die anderen Grundstückshaie. Sollten sie die Alte ruhig bedrängen, bis sie einem von ihnen erlag, das lang ersehnte Ich-will sagte und ihr Grundstück hergab. Dann hätte sein Leiden ein Ende.

»Wohnt hier Simona Jona?«, fragte die Frau, und ein Lichtstrahl fiel auf ihren Hals. »Im zweiten Stock, die Wohnung rechts außen.« Er wies auf die Treppe und fügte hinzu, »soviel ich weiß, ist sie um diese Zeit noch bei der Arbeit. Ich habe sie am Morgen aus dem Haus gehen sehen.«

»Wir sind verabredet«, sagte die Frau, ihre Stimme war angenehm und jünger als ihr Aussehen. Sie muss zwischen vierzig und fünfzig sein, wohl näher an fünfzig, dachte er, und war, als sie jung war, bestimmt ein echter Hingucker. Was wollte sie von Simona? Er wollte fragen, in welcher Sache sie kam, hielt sich aber zurück. Reicht es dir nicht, dass du in ihr Haus eingedrungen bist, jetzt willst du dich auch noch in ihr Leben drängen?

»Versuchen Sie's, vielleicht ist sie zu Hause«, schlug er ihr vor, als sei er der Concierge, der die Kommenden begutachtete und ihnen Zutritt gewährte. Sie stieg die Treppe hinauf, und da er unten stand, sah er ihre Waden und das Dunkel um ihre Schenkel, soweit das schwingende Kleid ihm Einblick gewährte. Er ging in seine Wohnung, konnte sich aber nicht beherrschen, trat ans Fenster und beobachtete sie, wie sie, die Ellbogen auf das Balkongeländer im ersten Stock gestützt, auf Simona wartete. Sie betrachtete den Hof, den Himmel über sich und die Hausdächer, die das Reich des Himmels dezimierten. Er wunderte sich, dass er gar nicht genug bekam und sogar den Gärtner im Hof vergaß. Fasziniert von ihrer Schönheit, von der er immer weniger sah, nur noch ihre Umrisse, beobachtete er sie von seinem Platz hinter dem Vorhang. Solange er sich erinnern konnte, hatten Frauen mit freundlichen, glatten Gesichtern, auf denen der wirkliche Dialog mit dem Leben keine Spuren hinterlassen hat, ihn nie angezogen, er mochte keine Wangen wie unbeschriebene Blätter. Siva zum Beispiel, seine Schwester, war, bevor das Leben ihr Falten gemacht hatte, die Hübscheste im Viertel gewesen. Sie war von einer reinen, makellosen Schönheit, zu glatt und ohne erkennbaren Charakter, wie die jungen Frauen in den Frauenmagazinen, die von den Fotografen dermaßen retuschiert und geglättet wurden, dass sie alle aussahen, als seien sie von derselben Matrize gestanzt. Doch dann hatte sie Motti bekommen und mit ihm all die Sorgen und auch eine ganz andere Schönheit. Voller Falten und angespannt, von ihren Zigaretten geräuchert und doch lebendig, als wollte sie im nächsten Moment aus ihrer Haut ausbrechen. Ihr Gesicht hatte immer etwas Zitterndes, etwas, das sich entspannen wollte und gleichzeitig losstürzen. Selbst wenn man wollte, konnte man den Blick nicht von ihr wenden.

Wieder betrachtete er die Frau, die auf Simona wartete, sie hatte die Ellbogen auf das Geländer gestützt und das Kinn in die Handwurzeln gelegt. Schon lange hatte er keine Frau mehr begehrt, und plötzlich erregte ihn diese nicht mehr ganz junge Fremde. Kaum eine Sekunde waren ihre Gesichter einander gegenüber gewesen, jetzt sah er nur noch ihr fernes Profil, und das hatte nichts Besonderes. Trotzdem, etwas im Zusammenspiel ihrer schlichten Gesichtszüge machte sie attraktiv. Wenn er Mut hätte, würde er hinausgehen und ein Gespräch mit ihr anfangen, doch Simona konnte jeden Moment kommen, und er hielt sich lieber etwas zurück, nachdem man ihn am Tag zuvor ertappt hatte. Er schaute kurz in den Spiegel, kämmte sich mit den Fingern durchs Haar, putzte seine Brille und sagte sich, ich gehe nachschauen, was der Gärtner im Hof macht, und den Rest überlasse ich der Gnade des Zufalls.

»Nun, was Sie sagen?«, fragte die Rumänin, die zwischen den Pflaumenbäumen auf ihn zukam. Schwitzend und lächelnd streckte sie die Arme zu den Seiten, um ihm die Metamorphose des Hofes zu zeigen. Er starrte sie an, starrte den Hof an und traute seinen Augen kaum, nahm die Brille ab, putzte sie, setzte sie wieder auf und sagte sich, schau mal einer an, in der Zeit, in der du zu Broschis Büro gegangen bist, eine Stunde deines Lebens mit Jammern verschwendet hast und unverrichteter Dinge zurückgekommen bist, hat der Gärtner im Hof grüne Tatsachen geschaffen. Er hat an den Zäunen entlang rote Geranien, um die Vogelscheuche herum kleine Kräuterbüsche gepflanzt und junge Bäume gesetzt. Er hat Säcke brauner Erde auf den trockenen Sand geschüttet und sie gewässert, und das alles an noch nicht mal einem Tag und unter den rot blinkenden Augen der Baukräne. In der Zeit, in der du durch die Stadt geschlurft bist und saure Dämpfe verbreitet hast, haben die Rumänin und der Gärtner gejätet, umgegraben und gepflanzt und diese Welt schöner gemacht. Er bückte sich und sah die Füße des Gärtners zwischen den dünnen Pflaumenstämmen am Ende des Gartens, wie er die Erde zwischen den Pflaumen für eine Bougainvillea aufhackte. Er spannte Schnüre, rammte Stöcke in die Erde und sang: *Der Messias kommt nicht, der Messias ruft auch nicht an …*

Der neue Mieter staunte, welche Freude ihn plötzlich überkam. Statt über das Grundstück zu trauern, das immer festere Wurzeln schlug, spürte er, wie sein Herz weit wurde. Das Schicksal, das ihm am Morgen nicht hold gewesen war, hatte sich gewendet.

»Ist das schön, richtig schön«, sagte er zu der Rumänin. Auch sie hatte ihre Haltung ihm gegenüber geändert, nachdem die Angst vor der Polizei sie seit dem Vorabend miteinander verband. Sie lächelte ihn an und sagte: »Schon lange ich sagen zu Frau Hannah, man muss machen eine schöne Garten. Jetzt wollen auch Frau Hannah eine Garten.«

Er stand mit dem Rücken zum Haus und hoffte, dass die Frau im roten Kleid sich noch immer auf das Geländer lehnte, sog den Duft der feuchten Erde ein, wandte sich zum Haus und sah, wie sie, die Hände vor der Brust verschränkt, auf dem Balkon hin und her ging.

»Ist sie immer noch nicht zurück?«, rief er ihr aus dem Hof zu, und sie blieb stehen und antwortete: »Noch nicht«, und ging weiter auf dem Balkon auf und ab. Ihr Kleid warf einen rötlichen Flecken an die Wand, der neben ihr herlief.

»Haben Sie sie angerufen?«

»Nein, warum sollte ich?«

»Was heißt warum?«, antwortete er und hielt sich zurück und rief nicht, na, warum wohl? Weil sie mit Ihnen etwas verabredet hat und weil auch Ihre Zeit etwas wert ist! Aber das war nicht seine Sache, und vielleicht hielt der, der die Dinge dort oben lenkte, Simona gerade auch auf und gab ihm die Gelegenheit, ein paar Worte mit dieser Frau zu wechseln, und diesen seltenen Moment der Gnade wollte er nicht verpassen.

»Möchten Sie etwas trinken?«

»Einen Kaffee, wenn's geht«, antwortete sie, und ihre Schlichtheit und Natürlichkeit bezauberten ihn.

»Natürlich geht das. Schwarz? Aufgebrüht oder Nescafé?« Vor lauter Eifer vergaß er, dass sie ohne Zucker gesagt hatte, süßte ihren Kaffee gleich mit zwei Teelöffeln Zucker, stellte Tasse samt Untertasse auf ein Tablett und legte auf ein weiteres Tellerchen die letzten Kekse aus der Packung, die er schon fast leer gefuttert hatte. Er verließ seine Wohnung, ging mit vorsichtigen Trippelschritten mit dem Tablett die Treppe hinauf, stellte es auf dem Geländer ab und betrachtete sie aus der Nähe. Sie nahm einen Schluck Kaffee und setzte die Tasse gleich wieder ab und sagte: »Ich wollte ohne Zucker.« Noch bevor er erröten oder sich entschuldigen konnte, quietschte das Tor, und er hörte Simonas Schritte auf dem gepflasterten Hof. Er sah, wie sie unten an der Treppe innehielt, um das Wunder, das im Hof geschah, zu betrachten, und dachte, gleich wird sie heraufkommen und sehen, wie ich an ihrem Besuch klebe, und mir einen verärgerten Blick zuwerfen. Und was sollte er mit dem verunglückten Kaffee machen? Sollte er ihn mitnehmen? Ihr einen anderen Kaffee anbieten? Ihn auf dem Geländer stehen lassen? Doch Simona war bereits oben auf dem Balkon angekommen und sagte: »Entschuldigen Sie die Verspätung.« Sie gab der Frau ein Zeichen, ihr zu folgen, steckte den Schlüssel ins Schloss ihrer Wohnungstür und murmelte kühl und trocken: »Sie werden uns jetzt entschuldigen«, und beide verschwanden in der Wohnung, und die Tür schloss sich hinter ihnen. Er wartete keinen Moment länger, nahm das spärlich bestückte Tablett, ging hinunter in seine Wohnung und verdrückte die letzten Kekse auf dem Tellerchen. Sie waren feucht und schmeckten gammelig. Er aß sie schnell auf, einen nach dem anderen, und dachte, ein Glück, dass sie nicht die Zeit hatte, auch die Kekse zu probieren. Dann nahm er ein Buch und einen Stuhl und setzte sich in den Hof, um nicht zu verpassen, wenn die Frau ging. Wenn ihm das Glück weiter hold war, könnten sie noch ein, zwei Worte wechseln und vielleicht sogar Telefonnummern austauschen. Wenn das Glück ihm nicht hold war, würde sie ihn wegen des erbärmlichen Kaffees und wegen seiner Untätigkeit verachten. Warum saß ein junger Mann mitten am Nachmittag, wenn Leute in seinem Alter arbeiteten, produktiv waren und die Welt am Laufen hielten, einfach so vor seiner Tür und las! Wenn sie wüsste, was für schändliche Dinge er tat, um an ein bisschen Geld zu kommen, und wie billig er seine Ehre verkauft hatte! Er versuchte zu lesen, konnte sich aber auf nichts konzentrieren und wartete nur darauf, zu hören, dass Simonas Tür geöffnet wurde. Unterdessen wurde ihm heiß, die Sonne knallte unbarmherzig und so legte er sich das Buch auf den Kopf. Es sollte ihn vor der Sonne schützen, und sobald er die Tür hörte, würde er es sich auf die Knie legen und so tun, als sei er darin vertieft. Die Sonne hatte sich nicht weit von den Pflaumenbäumen wegbewegt, da hörte er die Tür, nahm schnell das Buch vom Kopf, doch es entglitt seiner schwitzenden Hand und fiel zu Boden, er hob es auf, schlug die Buchdeckel zusammen, sah aus dem Augenwinkel einen rötlichen Lichtschein an der Wand und hörte die Schuhe der Frau auf der Treppe klopfen; und während er sich lesend stellte, ging sie an ihm vorbei und sagte: »Nächstes Mal ohne Zucker.«

»Dann wird es ein nächstes Mal geben?« Er setzte sich auf, zog den Bauch ein und legte seine Hand unters Kinn, um sein Doppelkinn zu verstecken.

»Kann sein«, sagte sie, »ich bin bald Ihre neue Nachbarin. Ich habe die Wohnung der Frau Doktor gemietet«, und ging Richtung Tor.

»Gratuliere, viel Glück zum Neuanfang!«, rief er ihr nach, doch das Tor quietschte und verschluckte seine guten Wünsche, und sie war schon auf der Straße.

»Ich danke dir, dass du mich erhört hast«, sagte er und stieß mit der Faust gegen das Buch.

»Was haben Sie da gesagt?«, hörte er den Gärtner hinter sich; er stellte sich mit seinem staubigen Gesicht neben ihn, zog eine Zigarette heraus und zündete sie an.

»Ich habe Gott sei Dank gesagt.«

»Sind Sie fromm?«

»Traditionell«, antwortete er und dachte, ich habe keine Lust, diesem Gärtner meine komplexen Beziehungen zu Gott zu erklären. Was hatte er mit einem Fremden zu schaffen, der kam, pflanzte und wieder ging?

»Traditionell«, lachte der Gärtner, spuckte Tabakkrümel aus, zog an seiner Zigarette und blies Rauchringe aus den Nasenlöchern. »Nur Feiglinge nennen sich ›traditionell‹, sie haben Angst, aufs Ganze zu gehen. Die Gebote wollen sie nicht halten, trauen sich aber nicht, die Religion ganz an den Nagel zu hängen. Aber ich, ich hab damit gebrochen, hundertprozentig, ich halte gar nichts mehr. Egal was kommt, ich habe keine Angst.« Der Gärtner warf die Zigarette weg, zertrat sie mit seinem schweren Arbeitsschuh und sagte: »Nichts für ungut, guter Mann, bleiben Sie, wie Sie sind«, und bevor er sich wieder daranmachte, weitere Stöcke zwischen den Pflaumenbäumen und der Bougainvillea in die Erde zu rammen, fragte er noch: »Wofür haben Sie ihm denn gedankt?«

»Haben Sie die Frau im roten Kleid gesehen?«

»Ja, schon. Nicht mehr die Jüngste, hat schon einige Jährchen auf dem Buckel. Für die haben Sie ihm gedankt?«

»Egal, vergessen Sie's!«

»Sie haben wohl Angst vor dem bösen Blick?«, lachte der

Gärtner, »vor dem brauchen Sie sich nicht zu fürchten. Ich hab die roten Lumpen vorne am Haus gesehen. Also, dann machen Sie's mal gut«, sagte er, wandte sich der Bougainvillea zu und arbeitete pfeifend weiter.

Ein Glück, dass ich es ihm nicht gesagt habe, dachte sich der neue Mieter, schließlich sagen unsere Weisen: *Man findet den Segen nur in dem, was dem Auge verborgen ist.* Und apropos Augen, welche Farbe hatten die von der neuen Mieterin eigentlich? Sie waren braun, aber auch grün und auch grau, so als seien Gott die Farben ausgegangen, als habe er von allen Resten ein bisschen genommen. Diese Farbe hatte er die Woche schon einmal irgendwo gesehen. Er versuchte, sich zu erinnern, und schlug sich gegen die Stirn, gestern, du Idiot, das war gestern, in der Schublade der Alten, da hast du diese Farbe gesehen, diese Kette, bei der du an Meer und Erde denken musstest, erinnerst du dich? Natürlich erinnerte er sich, die Kette, die er im Nu hätte mitgehen lassen, wären da nicht Gott und sein Vater und das alles.

Dann wird sie also die Mieterin von Simona. Rafi lächelte vor sich hin und dachte, der Mensch ist doch wirklich wie ein Jo-Jo, in einem Moment rollt er hinunter, in die letzten Tiefen, und dann wird er wieder in die Höhe gerissen. Hauptsache, da ist einer, der den Faden die ganze Zeit hält. Er warf einen Blick zum Himmel, nahm Buch und Stuhl und ging hinein.

8

Hannah Jona war mit ihrem Leben und mit sich selbst im Allgemeinen zufrieden. Schon lang gehorchte ihr Gehirn nicht mehr der allgemeinen Logik, und sie machte, was ihr in den Sinn kam. Die Mädchen hatten sich daran gewöhnt und ließen sie in Ruhe, und ihr Leben war in etwa so, wie sie es haben wollte. Nur dass sich die Zeit, die bisher im Rhythmus von Uhren und Jahreszeiten vorangeschritten war, aus irgendeinem Grund plötzlich wie ein Heuschreck bewegte. Tage, die sonst gleichmäßig verstrichen waren, hüpften plötzlich einer auf den andern, und der Morgen verschlang den Abend. Über Jahre war jeder Tag ihres Lebens mehr oder weniger so vergangen wie sein Vortag, doch nun ergriffen unerwartete Veränderungen wie Feuer das Haus. In Ornas Wohnung war fieberhafte Rastlosigkeit ausgebrochen, auf die Wohnungen der Schwestern übergesprungen, und binnen eines Monats würde sich der erste Stock von den drei Töchtern leeren, und neue Mieter würden mit Sack und Pack einziehen. Noch bevor sie sich an die neue Betriebsamkeit gewöhnen konnte, die die Erdbewohner plötzlich ergriff, überkam auch den Himmel eine ganz eigene Nervosität. Der Herbst überwältigte die letzten Reste des Sommers, streifte den Pflaumenbäumen die letzten Blätter ab und ließ sie kahl werden; bereits zweimal hatten die Wolken sich zusammengeballt und es auf den Hof regnen lassen, und der hatte mit einem vitalen Ausbruch von Minze und Petersilie geantwortet. Die Krähen schrien so laut und frech, dass man dort nur noch mit zugehaltenen Ohren rumlaufen konnte. Sie sah, wie sie den Hof mit geschwellter Brust im Tiefflug überquerten, zog den Kopf ein und spürte auf der Haut, wie sie die Luft zerschnitten und sich in die Zypressen warfen. Sie hörte, wie sie bis in den fernsten Himmel schrien und an Johannas Nerven zerrten. Die kam dann stürmisch aus der Küche gerannt, drehte den Wasserhahn auf, drückte das Ende des Gartenschlauches zusammen und jagte gewaltige Wasserstrahlen in die Baumkronen, um sie einzuschüchtern und wenn möglich zu verjagen.

Orna brach mit zwei großen Koffern, einem Rucksack auf dem Rücken und der Miene eines Admirals, der in die Schlacht zog, nach Amerika auf. Hannah Jona und Johanna begleiteten sie zu dem Minibus, der sie zum Flughafen bringen sollte. Sie legte ihrer Mutter die Hand auf die Schulter, drückte Johanna die Hand, sagte *bye* und half dem Fahrer, die Koffer in den Wagen zu verfrachten.

Das Mädchen und das Kaninchen verfolgten den Abschied vom Fenster im ersten Stock. »Hast du's gut, dass du nach Amerika fährst«, schrie das Mädchen, »bring mir eine Barbie mit. Nein, keine Barbie, ein iPhone. Bringst du mir ein iPhone mit?«

»Ihre?«, fragte der Fahrer und wies mit dem Kinn zum ersten Stock hinauf. »Ich hab zu Hause auch so eine.«

Orna machte sich nicht die Mühe, seinen Fehler zu korrigieren, er würde das ohnehin in dem Moment vergessen, in dem er sie mit ihrem Gepäck am Flughafen absetzte. Er rückte die Koffer im Kofferraum zurecht, stellte einen auf den anderen, und man sah seinen Hintern. Hannah Jona verfolgte sein Tun mit großem Interesse und sagte: »Mein Herr, das ist nicht die richtige Jahreszeit, den Po zu zeigen, da erkälten Sie sich noch«, doch der Kopf des Fahrers war tief in seinem Wagen, und er hörte sie nicht.

Sie wollte Orna berühren, immerhin fuhr ihre Tochter für ein Jahr fort, doch waren sie es nicht gewohnt, einander zu berühren, und wussten nicht, wie. Obwohl selbst gesund und in bester Verfassung, war ein Jahr in ihrem Alter schon eine lange Zeit, und Gott konnte sie ins Finale schicken, bevor Orna zurückkehrte. Sie wusste, Unglücke warteten nicht auf den passenden Moment, wenn Gott wollte, reichte ihm eine Sekunde aus, um ein Dach über dir einbrechen oder dich an einer verschluckten Erdnuss ersticken zu lassen. Während sie noch überlegte, ob sie Orna die Hand auf die Schulter oder auf die Hüfte legen oder auf sie zugehen und sie von vorne umarmen sollte, machte Orna den ersten Schritt, legte die Arme auf die Schultern ihrer Mutter, drückte ihre Wange an die Wange ihrer Mutter, und Hannah Jona spürte, wie künstlich und unglaubwürdig diese Geste war. Bei der ungeübten, bärenhaften Umarmung ihrer Tochter hörte sie ihre eigenen Knochen knacken und dachte, die hat schon lange niemanden mehr umarmt, sie macht das nicht wirklich gut, und während ihre Wangen einander berührten, fürchtete sie, Orna könnte sich vor ihrer alten, trockenen Haut und vor ihrem Geruch ekeln. Sie wollte sich bestimmt aus dieser merkwürdigen Umarmung befreien und wusste nur nicht, wie. Doch Orna drückte fester zu und zog sie an sich. Was war mit ihr los? Hatte sie etwa Mitleid mit ihrer Mutter und steckte in diese eine Umarmung die Dosierung für ein ganzes Jahr?

Sie sagte: »Ornale, hast du eine Kraft! Du umarmst wie ein

Mann. So hat mich seit Jahren niemand mehr umarmt. Da wirst du dir einen großen, starken Kerl suchen müssen. Gut, dass du nach Amerika gehst. Da gibt es alles und von allem viel.« Sie drehte ihren Mund weg, damit Orna nicht ihren Mundgeruch von dem Brei riechen musste, den sie gerade gegessen hatte, nahm ihre Hand und küsste sie, bevor ihre Körper sich voneinander lösten.

Orna saß längst in dem Kleinbus, den Blick auf die Straße gerichtet, und spürte doch noch immer die Berührungen ihrer Mutter auf der Haut. Wenn sie Feuchttücher dabei hätte, würde sie sich Hals und Lippen abwischen. Der Himmel war grau, an den Straßenrändern häufte sich das Laub. Der Wind wirbelte es auf und trug es fort, um es an einem anderen Ort zu zerbröseln – alles Anblicke, die einen dazu brachten, über den Lauf der Welt nachzusinnen. Sie verfolgte den Flug der Blätter und erschrak: Was, wenn sie ihre Mutter nicht mehr wiedersehen würde? Gut, dass sie keine Feuchttücher dabei hatte, es war ja immerhin ihre Mutter. Auch am Flughafen würde sie Gesicht und Hände nicht waschen und Mutters Berührung nicht wegwischen. Noch nie hatte sie sich Gedanken darüber gemacht, was ihre Mutter für sie war; die war so selbstverständlich dagewesen wie Brot und Wasser, und jetzt, nachdem sie sich von ihr verabschiedet hatte, wusste sie nicht, ob sie ihr leidtat, weil sie ein paar Schrauben locker hatte, weil sie so viel schwächer war oder weil die Gene einem, ob man wollte oder nicht, Mitgefühl mit dem vorhergehenden Glied in der biologischen Kette aufzwangen. Ihr Blick fiel auf ihre Schenkel, sie wirkten so plump, breiteten sich, wenn sie saß, auf dem Sitz aus wie aufgegangener Teig. Kein Wunder, dass sie vergessen hatte, was eine Umarmung war. Seit der kurzen und lauen Affäre mit Ron bei der Arbeit hatte sich keiner mehr für sie interessiert, und auch sie hatte niemanden interessant gefunden. Die Erinnerungen an die gemeinsamen Nächte mit ihm drängten sie nicht gerade, sich nach einer neuen Liebe umzusehen, und auch der Gedanke, in sich selbst zu investieren, begeisterte sie nicht gerade. Abnehmen, Sport machen, sich um ihr Haar, die Augenbrauen, das Gesicht kümmern? Doch trotz allem und gegen jede Vernunft hatte es ihr die Laune verdorben, als sie ihn dann mit der kleinen Ingenieurin mit der Vogelnase und dem winzigen Ärschlein rummachen sah. Es war kränkend zu sehen, wer ihren Platz eingenommen hatte und wie schnell er über die Trennung von ihr weggekommen war.

»Wer bleibt denn bei dem Mädchen? Der Vater?« Der Fahrer wandte ihr ein Auge und eine Wange zu und schaute wieder auf die Straße.

»Ja.« Sie beschloss, das Spielchen bis zum Ende zu spielen.

»Schön blöd, Ihr Mann«, der Fahrer lachte und schlug leicht aufs Steuer, »und was macht er?«

»Mein Mann? Präsident des Bezirksgerichts.«

Sie zuckte mit keiner Wimper, ließ den Blick nicht von der Straße und freute sich, dass sie nicht woanders hingeschaut hatte, denn ein Schwarm Störche zog quer über den Himmel; Dutzende von Flügelpaaren erhoben sich gleichzeitig von dem gepflügten Feld links der Straße und landeten auf dem Feld auf der rechten Seite.

»Das sieht man Ihnen aber nicht an, Gesundheitsschuhe, abgewetzte Jeans und das alles. Stört es ihn nicht, dass Sie so rumlaufen? Die Frau eines Richters, das ist doch eine andere Liga.«

»Überhaupt nicht. Er liebt mich so, wie ich bin.« Sie schaute auf ihre prallen Unterarme, die aus den Ärmeln des T-Shirts herausschauten und die sie unter ihrer üppigen Brust verschränkt hielt. Die Unterarme von Frauen dieser Liga, sagen wir Kate Middleton oder Carla Bruni, waren normalerweise schlank und elegant an den Seiten ihres Körpers und nicht stur wie bei einer Bäuerin unter der Brust verschränkt.

»Da haben Sie Glück«, sagte er und hupte, weil ein Wagen ihn rechts überholte, und versank danach in Schweigen, genau wie sie. Sie verfolgte den weißen Flug der Störche wie einen Film über verpasste Gelegenheiten. Seit Jahren hatte sie keine Vögel mehr betrachtet, abgesehen von den Krähen im Hof des Hauses. Sie war die ganze Zeit in der Firma gewesen, immer am Computer, leitete ein Team von Ingenieuren und gab alle drei Monate ein Ranking zu deren Arbeit ab. Die Supervisorin Orna Jona, ein strebsames Glied in der Produktionskette von Computerchips, verbrachte ihr Leben in klimatisierten, von Neonlicht erleuchteten Hallen, als seien sie das Zentrum des Kosmos. Sie rügte und lobte, saß in Sitzungen, in denen Riesenbudgets und Handlungsstrategien beschlossen wurden, und war ansonsten abgeschnitten von allen anderen Dingen der Welt. Sie produzierte Speichermedien und nahm sich keine Zeit, ihre eigenen Erinnerungen irgendwo zu speichern. Und während sie mit Siliziumchips ihren Unterhalt verdiente, flogen Störche auf und landeten, wurden Felder gepflügt und eingesät, wurden Kinder gezeugt und geboren, trennten sich Menschen voneinander und taten sich mit anderen Partnern zusammen, und ihre biologische Uhr tickte.

Sie fuhren an den verschiedenen Flughafeneingängen vorbei und gelangten zu dem Parkstreifen vor der Abflughalle. Der Fahrer holte die Koffer heraus, sie bezahlte, hob ihr Gepäck auf einen Gepäckwagen und sah in den großen Glastüren ihr Spiegelbild. Unförmig, ungelenk und sehr weit entfernt von dem, wie die Frau eines Bezirksrichters aussehen sollte. Sie fuhr für ein Jahr nach Arizona, um das Innenleben hochkomplizierter Maschinen zu studieren, die ihre Firma angeschafft hatte, jede kostete viele Millionen Dollar. Sie baute an ihrer Karriere, nicht aber an ihrem Leben. Die Eingangstüren schlossen sich hinter ihr, und sobald sie die Abflughalle betreten hatte, dachte sie nicht mehr an den Gegensatz von Karriere und Leben und auch nicht an Störche und andere Tiere. Sie schob den Gepäckwagen zum Schalter, gab ihr Gepäck auf, ging in den Duty-free-Bereich, kaufte nur ein Sandwich und eine Tasse Kaffee, setzte sich an einen Tisch, von dem man auf die Startbahnen sah, interessierte sich aber nicht für den Himmel hinter den Glaswänden, weder für die auffliegenden und landenden Vögel aus Fleisch und Blut noch für die aus Metall, legte vielmehr einen Packen Papier vor sich auf den Tisch und versank in Skizzen, Zahlen und Flussdiagrammen. Vertieft in ihre Papiere, biss sie von ihrem Sandwich ab und bemerkte gar nicht, dass jemand neben ihr stand.

»Hi, kann ich mich dazusetzen?«

Sie hob den Blick, den Mund voll Brot und Tomaten, schluckte schnell runter und sagte: »Hi.« Musch von der Planungsabteilung hatte seinen Kaffee bereits auf ihren Tisch gestellt und zog sich einen Stuhl heran, wartete, bis die Reinigungskraft mit dem Lappen unter dem Tisch durchgewischt hatte, und setzte sich ihr gegenüber. Erst da begriffen sie, dass sie beide zum selben Mutterkonzern in Arizona fuhren, aus der die Technologie hervorgegangen war, mit der überall auf der Welt Siliziumchips produziert wurden. Sie fuhr für ein Jahr, er für fünf Monate. Sie unterhielten sich über ihre jeweiligen Aufgaben und die dringenden Angelegenheiten ihrer Fabrik, stiegen zusammen in den Flieger und setzten sich ein paar Reihen voneinander entfernt auf ihre Plätze. Gefangen im Bauch des Metallvogels, standen sie ab und zu auf, um sich die Füße zu vertreten, unterhielten sich, einer über den Sitz des anderen gebeugt, und sie fragte ihn, was ›Musch‹ für ein Name sei.

»Mosche«, sagte er. Er stand und sie saß und sah den unteren Teil seines Kinns und seinen Kehlkopf, der wie ein perfektes Dreieck hervorstand.

Sie fragte, nach wem er so genannt worden sei, und er sagte: »Nach Mosche, unserem Erzvater. Ich komme aus einer religiösen Familie.« Er drückte sich an ihren Sitz, um eine Flugbegleiterin hinter sich vorbeizulassen. Sie nahm an, dass er mit seinem Namen in Frieden lebte, und sagte, heutzutage würden nur noch Fromme ihre Kinder nach Moses nennen. Er lächelte. »Na ja, das mit dem Namen ist ja auch schon eine Weile her, meine Beschneidung war vor sechsunddreißig Jahren.«

»Ich bin auch sechsunddreißig«, sagte sie, bereute es aber sofort. Sie wusste nicht, ob diese Zahl für oder gegen sie sprach. Die Tatsache, dass sie so alt aussah, wie sie war, hatte sie meist nicht gestört, doch jetzt gab es ihr einen Stich. Im gedämpften Licht des Flugzeugs wirkte er ein paar Jahre jünger als sie. Sie versuchte, sich etwas eleganter hinzusetzen, die Beine übereinanderzuschlagen, doch der Platz war zu eng, und sie ließ es.

»Dann kommst du also aus einer religiösen Familie. Wann bist du da raus?«

»Ich bin da nicht raus. Ich bin immer noch dabei, trage nur keine Kippa mehr. Der da oben braucht nicht dieses Stück rundes Textil auf dem Kopf, um zu wissen, wer ich bin.«

Das Flugzeug bebte, der Gott von Musch schickte ein Zeichen aus seinen Himmeln, und die Fahrgäste wurden gebeten, sich wieder anzuschnallen. Musch kehrte an seinen Platz zurück, sie zog den Gurt fest und dachte, hundert Mal sind wir in der Fabrik aneinander vorbeigelaufen und haben ›hi‹ gesagt, ab und zu saßen wir auch in denselben Sitzungen, und er ist mir nie aufgefallen. Er ist fleißig und zuverlässig, aber nicht hervorragend, und plötzlich steht er dicht vor mir, und ich sehe die Unterseite seines Kinns und die Bartstoppeln, die ihm beim Rasieren entwischt sind. Und hier kommen mir Gedanken, die mir dort nicht gekommen sind. Sie wusste nicht, was ihre Kollegen bei der Arbeit über sie dachten und wie sie ihren Charakter bewerteten. Vermutlich gehörte auch er zu denen, die ihren Nebenmann anstießen, wenn sie an ihr vorbeigingen und sagten: »Die ist mit ihrem Beruf verheiratet, streng, unnachgiebig, professionell, ehrgeizig und engagiert, aber trocken wie ein Brett und ohne jeden Humor.«

Weil die Dinge hier oben etwas anders aussahen, freute sie sich, dass sie an denselben Ort reisten, widerrief dies aber noch im selben Atemzug, und als sie am Band der Gepäckausgabe warteten, fragte sie: »Hat deine Frau zugestimmt, dass du für fünf Monate wegfährst?«

»Ich bin nicht verheiratet«, sagte er und beugte sich vor, um seinen Koffer vom Band zu heben, kämpfte gegen das unbeirrt rollende Band, versuchte, seinen Koffer unter anderen herauszuziehen, und auch sie beugte sich vor, streckte die Hände aus, um ihm zu helfen, doch da hatte er seinen Koffer schon aus eigener Kraft befreit. Sie schoben ihre Gepäckwagen in die Ankunftshalle, sagten, dass sie sich ja am nächsten Tag in der Fabrik treffen würden, trennten sich bei den Autoverleih-Büros und gingen jeder zu seinem Wagen.

Sie hob ihre Koffer in den Kofferraum und setzte sich in den silbernen Chevrolet Cruze, studierte das Armaturenbrett, schaltete den Navigator an, fuhr hinaus auf die großen Straßen und fühlte sich unendlich stark. Doch sie war kein kleines Mädchen mehr, sie wusste, diese plötzliche Leichtigkeit des Lebens, die sie verspürte, nährte sich aus der glatten Bewegung und dem leichten Geräusch der Räder, aus dem erhöhten

Sitz, dem Wüstenwind, den offenen Weiten und der flachen Steppe, die sich vom einen Horizont zum anderen erstreckte, und vielleicht auch ein bisschen aus seinem »Ich bin nicht verheiratet«, als er mit der blinden Mechanik des Gepäckbandes gekämpft hatte. Unsinn, sie war nicht mehr sechzehn und erwartete nicht mehr als eine freundschaftliche Beziehung, jemanden, der ihr nah war und mit dem man ab und zu ein Wort wechseln konnte, mehr nicht. Aber auch für so eine Freundschaft brauchte man Glück, und es war völlig klar, wenn er zu Hause eine Frau hätte, wäre das Bedürfnis nach so einer Freundschaft weniger symmetrisch verteilt. Südwinde trugen feinen gelblichen Sand heran und zogen ganze Staubgardinen über den Horizont. Mal sehn, was sich da entwickelt, sagte sie sich, überlassen wir es dem Leben. Es gibt Dinge, die ich unter Kontrolle habe, und andere nicht. Keines dieser Milliarden von Staubkörnchen wusste vor einigen Sekunden, ob der Wind es forttragen oder über es hinwegblasen würde; es lag nicht in ihrer Macht, den Wind dazu zu bringen, das eine oder das andere zu tun. Man muss auch dem Zufall etwas überlassen; es hat im Leben schließlich schon Überraschungen gegeben. Wer hätte vor einem Monat gedacht, dass sich das erste Stockwerk auf einen Schlag völlig leeren würde? Dass Jardena sich von diesem Zachi, dem Patron ihrer Tage und dem Liebhaber ihrer Nächte, trennen und mit dem Mädchen in eine andere Stadt ziehen würde? Oder dass die Alte in irgendeiner Einrichtung einen greisen Bruno finden und sich für ihn entflammen würde! Wer hätte gedacht, dass Simona, dieses stille Wasser, plötzlich sagen würde: Ich mache ein Kind.

Da hatten sie beide auf dem Balkon gestanden und den unter Johannas Händen entstehenden Nationalpark betrachtet.

»Ich habe mich schon eingeschrieben und mit den Untersuchungen begonnen«, hatte Simona gesagt, und im selben

Moment war eine Krähe auf dem Geländer gelandet und hatte in seinen Pfosten gepickt.

»Samenspende?«

»So ungefähr, ja, so kann man es nennen«, hatte sie gesagt und die Bewegungen der Krähe verfolgt.

Eine Frau, die Krähen für Boten des Bösen hielt, hätte nicht in Anwesenheit einer Krähe erzählt, dass sie ein Kind zur Welt bringen wolle. Doch Simona betrachtete die Krähe gelassen, und als Orna die Hand hob, um den Vogel zu vertreiben, sagte sie: »Lass ruhig, ist doch bloß ein Vogel. Außerdem bin ich geschützt. Ich habe drei rote Blusen vor mein Fenster gehängt.«

»Du?!«

»Ja, ich«, lachte Simona, wurde sofort wieder ernst und fragte: »Dann fährst du also? Wer weiß, bis du zurückkommst, hab ich vielleicht ein Kind.«

Die Sonne fiel auf das Auge der Krähe und entflammte in ihm einen durchsichtigen Glanz. Orna verabscheute diese ekelhaften, überflüssigen Vögel, doch auch die hatten sich nicht selbst geschaffen, welche Wahl hatten sie gehabt. Nicht sie und überhaupt niemand war von der Willkür der Natur ausgenommen. Bei wem willst du dich da beschweren? So wie sie sich nicht ihre breiten Hüften und ihre dicken Arme ausgesucht hatte, so hatte sich auch dieser hässliche Vogel nicht die abstoßende Krümmung seines Schnabels, das Aas als Nahrung, seine düstere Farbe oder seine kurzen Beine ausgewählt und ganz gewiss nicht seinen Ruf, ein Bote des Bösen zu sein und auf der Sense des Todes zu sitzen. Die Krähe hüpfte gebieterisch über das Geländer, bis ihre Nerven den Impuls bekamen, die Flügel zu spreizen und auf die lockere Erde zu fliegen, wo sie in den feuchten Erdstückchen scharrte und nach Schwächeren suchte. Die beiden verfolgten die Krähe, Orna dachte an die vielen verschwendeten Tage des Hofes, an

Trockenheit, Kies und an die unzähligen blöden Steine, die angeblich den Abdruck der Seele ihres Vaters trugen. Wer weiß, was für Frauen aus ihnen geworden wären, wenn sie jeden Morgen beim Aufwachen grüne Petersilie und Möhrenbeete gesehen hätten anstelle dieser verwahrlosten Ödnis, die aus verbohrter Dummheit bewahrt wurde. Auch Simona schaute auf den Hof, dachte aber andere Dinge und sagte, man müsse ganz schön verrückt sein, um zu glauben, dass einem irgendein böser Blick auflauert und dass der ausgerechnet vor roten Lumpen haltmachte.

»Warum hast du sie dann aufgehängt?«

»Ich weiß nicht, einfach so, als Deklaration meiner eigenen Dummheit und Angst. Ich hätte genauso gut den Schädel irgendeines Wundermannes aufhängen können, ein Bund Knoblauch oder den Skalp eines Hasen. Und außerdem, auch wenn es nichts hilft, so schadet es auch nicht.«

Orna betrachtete ihre Schwester im Profil und dachte, am Ende schlottert also auch den größten Zynikern irgendwann der Bauchnabel. Sie versuchte, sich Simona mit einem Baby auf dem Arm vorzustellen, und es gelang ihr nicht. Simonas Arme waren schmal und stark, der Rücken eines Kindes würde sich auf ihren knöchernen Unterarmen wundliegen, und überhaupt waren Simonas Hände dazu bestimmt, Nadeln in Venen zu stechen, zu schneiden, kranke Glieder zu betasten und zu drücken, was sollten diese Hände mit einem Baby?

Orna schwebte in dem Chevrolet Cruz über die breiten Straßen von Arizona und kam zu dem Schluss, dass Computerchips nicht alles im Leben waren. Andererseits war sie ein Workaholic, und selbst auffliegende Störche würden sie von dieser Sucht nicht befreien, und wegen der Störche musste sie gleich wieder an Simona denken, an das Baby, das sie vielleicht bekommen würde, vielleicht aber auch nicht, und sie sagte sich, im Moment würde ich wetten, dass Simona das nicht macht.

Doch sie irrte. Simona hatte sich bereits hinter grünen Vorhängen untersuchen lassen, und als alle Ergebnisse der Untersuchungen vorlagen, teilte ihr der leitende Professor des Kinderwunschzentrums höchstpersönlich mit, ihre Fortpflanzungsorgane seien intakt. Sie hörte, was er sagte, und dachte sich, jetzt bin ich wie ein Subaru nach dem TÜV, der Auspuff ist in Ordnung, das Chassis auch, die Bremsen … Er hätte immerhin auch sagen können, Sie können schwanger werden, Mutter werden. Er hätte zwischen meinen Beinen einen Moment den Kopf heben können, aber er war eben der Fachmann für Fortpflanzungsdiagnostik. Im siebten Stock wurde das Organ Hirn behandelt, im fünften die Knochen, im zweiten das Blut und auf minus eins die Verdauungsorgane, und man vergaß leicht, dass diese ganzen Organe in einem Hautsack zusammengepackt einen Menschen ausmachten. Nicht, dass sie besser war als die Kollegen, auch sie dachte nicht immer daran, dass neben der Lunge, die sie abhörte, auch noch ein Herz schlug.

»Danke, Professor«, sagte sie, stand auf, um zu gehen, und er wünschte ihr mit routiniertem Lächeln viel Erfolg.

Michael sah fix und fertig aus. Sie war eigentlich zu ihm gegangen, um ihm mitzuteilen, dass ihre Fortpflanzungsorgane intakt waren und dass dies seine letzte Gelegenheit war, es sich anders zu überlegen, sonst würde sie seinen eingefrorenen Samen auftauen lassen, doch sie teilte ihm überhaupt nichts mit. Sie erschrak, ließ sich aber nichts anmerken. Sie schreckte nicht zurück, weil er von den Steroiden aufgeschwemmt war, sie hatte in ihrem Leben schon einige so aufgeschwemmte Patienten gesehen, auch nicht wegen seiner Bleichheit, wegen seines kraftlos bis in die Kuhle des Schlüsselbeins gesenkten Kopfes oder seiner tief liegenden Augen. Es war etwas anderes, was ihr zusetzte. Der Michael, den sie kannte, war aus ihm verschwunden, seine Wangenknochen, seine Falten der Entschlossenheit, des Lachens und des Ärgers waren weg. Er wirkte fremd, nur noch eine verwaschene Skizze seiner Person war von ihm übrig, vor allem die Hand, die das Kinn in einer für ihn so charakteristischen Haltung stützte. Die Krankheit hatte die persönlichen Züge, die seine Gene und sein Leben ihm eingeprägt hatten, ausgewischt und ihn zu einem weiteren ausgelöschten Onkologiepatienten gemacht, in einer langen Reihe von Glatzköpfen mit runden, grauen, von Steroiden aufgeschwemmten Gesichtern. Er sah aus wie jemand, der aufgegeben hatte, der sich der Krankheit nicht mehr entgegen stellte und zuließ, dass sie ihm alles nahm, was und wie viel sie wollte.

»Wie steht's«, fragte sie nichtssagend.

»Wie du siehst, beschissen. Sie haben mir ein tödliches Gift gespritzt und probieren etwas Neues an mir aus.«

»Und du hast zugestimmt?«

»Ob ich zugestimmt habe?«, lachte er mit Mühe. »Ich habe sie darum angefleht. Du weißt doch, ich habe keinerlei Chance, mein Leben als Mensch weiterzuführen, deshalb habe ich unterschrieben, als Kaninchen weiterzumachen.«

»Da pokerst du ziemlich hoch«, sagte sie und suchte nach Worten, die sie ihm noch sagen konnte. Er saß auf dem Bett, mit dem Rücken zum Mittagslicht, das sich über das Fenster hermachte und dessen Strahlen sich auf dem Fensterbrett brachen. Bei der Formulierung ›hoch pokern‹ erinnerte sie sich daran, wie er einmal einen Stein aus Dutzenden von Metern auf eine Tonne geworfen hatte. Sie waren in Tel Aviv am

Strand spazieren gewesen, und er hatte die Tonne aus der Ferne gesehen und gesagt: »Wenn ich die nicht treffe, suche ich mir mindestens drei Bettler und halte ihnen einen Vortrag.« Er hatte die Tonne um ein paar Millimeter verfehlt, und sie waren vom Strand hinauf in die Allenbystraße gegangen, um Bettler zu suchen. Der erste Bettler hatte keine Beine. Die Chance, dass er davonlief, bis sie zwei, drei aus seinem Metier finden würden, war gering. Er lag da, schlief auf einer vergammelten Matratze und ließ seine frei liegenden Stümpfe für sich arbeiten. Sie merkten sich den Ort, an dem er lag, gingen weiter und fanden schon bald eine verwahrloste Bettlerin. Mit wirrem Haar saß sie in Lumpen gewickelt auf dem Trottoir und klapperte mit der einen Münze in ihrer Blechbüchse. Michael war bereits am Ende seiner Assistenzzeit, seine Hände, die schon alle Arten von eitrigen Abszessen berührt hatten, schreckten vor nichts mehr zurück. Er bückte sich zu ihr, schob eine Strähne fettes, dreckiges Haar aus ihrer Stirn und sagte: »Schätzchen, ich möchte dir etwas geben.« »Schön«, sagte sie und zeigte ihren zahnlosen Kiefer. »Komm mit mir mit«, sagte er, und seine Stimme, die gebieterisch und warm zugleich klang, brachte sie auf die Beine. »Was gibst du mir dafür?«, fragte sie, zog ihre Lumpen zurecht und humpelte hinter ihnen her. Als sie den beinlosen Bettler erreichten, sagte sie: »Ah, das ist Sami, das ist ja keine Kunst. Seine abgeschnittenen Beine bringen ihm viel ein.« Michael sagte: »Warte hier, bis wir zurückkommen«, und sie stieß eine ganze Salve von Flüchen aus: »Du hast gesagt, du würdest mir was geben, nicht Sami. Warum hast du mich hierhergebracht? Das ist der Platz von Sami. Einem Hund ohne Beine geben alle was. Wenn sie bei mir vorbeikommen, sagen sie, die hat ja noch Beine, und geben mir nichts. Meine Beine sind voll mit Thrombosa, die brennen wie Feuer, wäre besser, sie würden die gleich abschneiden.« Sie zählte alle ihre Leiden auf und schimpfte auf den Profit, den Hunde mit amputierten Beinen machten, doch die Mischung aus Härte und Weichheit in Michaels Stimme zeigte Wirkung, und sie blieb dort und wartete auf Samis Terrain. Und während Michael loszog, noch andere Bettler aufzusammeln, lehnte sie, Simona, an einem nahen Schaufenster und ließ die Bettlerin nicht aus dem Auge für den Fall, dass sie ihre kranken Beine in die Hand nehmen und sich aus dem Staub machen würde. Michael kam irgendwann mit zwei weiteren Bettlern zurück, mit einem gebückten hageren Greis, der sich in viel zu großen Schuhen rechts von ihm herschleppte, und links von ihm humpelte ein Junge, rot von Alkohol oder zu hohem Blutdruck. Der Junge schwieg, der Greis fluchte und lachte immerzu. Auch sie kannten Sami und waren in Bezug auf den Vorteil fehlender Beine in diesem Metier mit der Bettlerin ganz einer Meinung. Michael zog am Ärmel des Beinamputierten, schüttelte ihn, weckte ihn auf und verlangte von ihm, sich aufzusetzen, und der Mann stützte sich auf seine Ellbogen, streckte seine Stümpfe nach vorne und sagte: »Ich habe nichts getan, ich mache keinen Dreck, nehme auch keinen Platz vom Trottoir und bin auch nicht laut.« Er spulte sein übliches Repertoire von Rechtfertigungen ab, als hätten ihn die Ordnungshüter der Stadt mal wieder aufgegabelt. Michael setzte die anderen drei in einer Reihe neben ihn hin, achtete darauf, dass sie sich an die Wand des öffentlichen Gebäudes lehnten und nicht zu viel Platz vom Gehsteig wegnahmen, und die anderen drei beschimpften sich gegenseitig und stritten sich um den Platz und um das Stück Wand, an das sie sich lehnten, nur der Junge schwieg. Aber Michael gehorchten sie alle und saßen in einer Reihe vor der Hauswand, als hätten sie einen Bescheid von der Stadtverwaltung bekommen. Michael hockte sich erst vor sie hin, setzte sich dann im Schneidersitz auf den Gehweg und sagte: »Schalom, Freunde. Heute reden wir über das Wasser.« Dem Beinamputierten entfuhr ein riesiges Gähnen, und er murmelte *Wasser schöpfen. Wasser schöpfen aus den Brunnen des Heils.* Die Bettlerin rief: »Du hast gesagt, du gibst mir was!« Der Greis sagte: »Sei still, Hure.« Und der Junge drehte seinen Schnürsenkel zwischen den Fingern und schwieg. Michael, ganz frei und ungerührt über die Neugier der Passanten und deren Spott, ignorierte den hohlen Blick des Beinlosen und das Schimpfen der Bettlerin und erzählte ihnen, dass der menschliche Körper zum größten Teil aus Wasser bestehe. Der Greis riss Mund und Augen auf, er streckte die Hand zur Straße, und sein Daumen rieb den Zeigefinger in einer mechanischen Bewegung, die sagte: Gebt mir Geld! Passanten blieben stehen, ein Kreis Neugieriger stellte sich um Michael und belagerte ihn. Die Leute streckten ihre Köpfe zwischen denen der anderen hindurch und wollten diese Gratisvorstellung sehen. Der junge Bettler verbarg sein Gesicht zwischen seinen Schenkeln, die Bettlerin sagte: »Ich habe Schmerzen.« Der Greis sagte: »Sei still, Hure.« Und der Beinamputierte krempelte seine Hose bis auf die Hälfte des Oberschenkels hoch, damit die Stümpfe für ihn sprächen. Michael fragte sie: »Freunde, woher wissen wir, dass es im Körper Wasser gibt?« Der Amputierte sagte: »Man pinkelt, na klar, wenn man doch pinkelt.« Der Greis sagte: »Es gibt Spucke, man macht pfui Teufel und sieht die Spucke auf der Straße und weiß es.« Die Bettlerin sagte: »Man schwitzt«, und der Junge: »Man weint.« Michael rief: »Bravo!« Ermutigt von dem Applaus, streckten drei von ihnen die Hälse vor, reckten die Ohren näher, um Michael besser zu hören, und nur der Junge vergrub seinen Kopf noch tiefer zwischen seinen Schenkeln. Michael war mit ihren Reaktionen zufrieden und setzte sein Charisma wohlbedacht ein, er wusste, wie er es dosieren musste, um sein Publikum für sich einzunehmen, und liebte den Funken, der immer neu in ihren Augen aufflackerte. Er erzählte ihnen, was mit dem Körper passierte, wenn ihm Wasser fehlte, erzählte von durstigen Blumen und durstigen Vögeln und von einer Frau, die mit ihrem Kind in die Wüste vertrieben worden war und es unter einen Strauch gelegt und gesagt hatte, *ich kann nicht ansehen des Knaben Sterben*. Der fluchende Alte sagte: »Das ist Hagar, diese Hure aus der Bibel. Die da, das ist die Mutter von dem Araber Ismael, pfui Teufel!« Sie starrten Michael an, als sei er eine Kindergärtnerin in der Vorlesestunde. Vier alte Kinder, deren Ohren das Klappern der Münzen in der Blechbüchse gewohnt waren und Flüche von der Art wie, verschwinde hier, mach Platz, räum deinen Dreck weg … Wann zuletzt hatte sich jemand an ihren Verstand gewandt und es gewagt, unter ihre schlaffe Haut zu dringen, ihre verkalkte Schädeldecke zu durchbrechen? Auf die Bettlerin wirkte seine Stimme wie ein Wiegenlied, sie schlief ein, der Kopf sank ihr auf die Brust, und doch drückte sie noch immer ihre Rocktasche an sich. Michael schaute sich um und sprach plötzlich auch das neugierige Publikum an, das hinter ihm stand: »Hört auch ihr mal zu, liebe Leute«, und damit hatte er den Ort der Passanten mit dem der Verwahrlosten und Verachteten vereint. »Wasser, Freunde. Trinkt jeden Tag zwölf Gläser Wasser, und wenn ihr aus dem Haus geht, nehmt eine Flasche mit.«

»Ah, der verkauft Mineralwasser! Seht ihr, was für ein Trick?«, rief eine Frau hinter ihm. Er drehte sich nicht zu ihr um, sagte aber: »Ich bin von der staatlichen Wassergesellschaft, gute Frau, und ich sage euch, liebe Leute, kauft *kein* Mineralwasser, es ist schade um's Geld, trinkt Leitungswasser, nur Leitungswasser, das ist das sauberste und gesündeste Wasser.« Kontroverses Murmeln ging durch das Publikum, die

Menschenansammlung wurde größer, ein Polizist kam, bahnte sich einen Weg durch die Menge und fragte, was das für eine Demonstration sei. Der Polizist legte Michael die Hand auf die Schulter, bat um dessen Personalausweis und fragte: »Was ist Ihr Beruf?«

»Öffentliche Gesundheit«, antwortete Michael, holte seinen Personalausweis aus der Brieftasche und reichte ihm den.

Der Polizist stand über ihm und versuchte, die Situation zu begreifen: im Schneidersitz zu seinen Füßen der junge Besitzer des Personalausweises, in Kleidern, mit denen man ans Meer ging, und Schlappen, die man sonst in der Dusche trug, und ihm gegenüber vier Verrückte, die man schon längst in irgendeine Anstalt hätte einweisen müssen.

»Gleich erzählen Sie mir auch noch, dass Sie Arzt sind«, sagte der Polizist spöttisch und gab ihm den Ausweis zurück.

»Ich bin Arzt.«

»So wie ich Pilot bin«, der Polizist lachte und auch die Umstehenden.

»Na gut, Doktor«, sagte der Polizist, und wieder lachte das Publikum, »dann lösen Sie jetzt diese Demonstration hier auf, Sie haben keine Erlaubnis dafür.«

Michael hatte es nicht eilig gehabt aufzustehen. Er hatte seine Brieftasche aufgemacht, darin gekramt und jedem der vier zehn Schekel gegeben. Die Bettlerin wachte auf und fluchte, sie hatte mehr erwartet; die anderen drei nahmen die Münzen und steckten sie ein. Michael stand auf und sagte in seiner vollen Größe, aufrecht und selbstsicher zu den vieren, die noch mit dem Geldstück und ihren Taschen beschäftigt waren: »Und vergesst nicht, Leute, ihr müsst viel trinken.« Jetzt, wo er stand, beeindruckte er das Publikum, drei junge Frauen taxierten ihn schon, flüsterten und kicherten. Er machte Simona ein Zeichen, dass er nun zu ihr kommen würde, und noch bevor er sich einen Weg zu ihr bahnte, sagte er zu dem Polizisten: »Herr Polizist, vergessen auch Sie nicht: Zwölf Gläser Wasser täglich, damit Sie uns nicht vertrocknen.«

Er verließ den Kreis, kam mit leichten Schritten auf sie zu, die am Schaufenster eines Hutladens gelehnt und sich das ganze Spektakel von dort aus angeschaut hatte. Er legte ihr die Hand auf die Schulter und flüsterte ihr ins Ohr: »Das war die verrückteste Wette, die ich je gemacht habe, keine Ahnung, wie ich darauf gekommen bin, aber die vier, das waren doch nette Typen, oder?«

Sie war in Gedanken alle Kollegen seiner Station und andere Kommilitonen durchgegangen und hatte keinen gefunden, der so gelassen mit sich selbst umging und kein Gramm Angst vor Publikum hatte. Sie kannte niemanden, dem gesellschaftliche Normen dermaßen egal waren und den es wirklich nicht juckte, was die Leute sagten. Er war einer, der in sich hineinhorchte und dann handelte. Er redete nicht um den heißen Brei herum. Wenn er sie eines Tages nicht mehr liebte, würde sie es im selben Moment wissen. Er legte den Arm um ihre Schultern und sie ihren um seine Hüfte, und so gingen sie die Allenby entlang, hielten immer wieder an, um sich zu küssen, und sie hoffte, dass in diesem ganzen Glück nicht bereits der Keim für künftigen Schmerz lag. Als läge in jeder Frau, die Freude austrug, bereits eingerollt der Embryo für den kommenden Schmerz. Vom Meer her wehten salzige Dämpfe und erfüllten die Luft, die Sonne ging gerade unter und zog sich hinter dunkles Rosarot zurück, und an diesem Zeitpunkt und an diesem Ort war es ihr leichtgefallen zu glauben, dass dieses Gute für immer andauern würde.

Was von diesem Mann war noch übrig in dem, der jetzt auf dem Bett saß und schwer atmend mit dem Rücken an der

Wand lehnte? Sie wusste nicht, ob sich der Krebs auch in die Zellen seiner Seele ausgebreitet und einen anderen Menschen aus ihm gemacht hatte. Er wirkte wie ausgewischt, resigniert. Sollte sie ihn an seine Wette von damals erinnern? Sie fürchtete, die Erinnerungen an das Meer, an die Straße, daran, wie er sein Charisma versprüht und seinen persönlichen Charme eingesetzt hatte, würden nur den Verlust von alledem und seine elende Situation hervorheben. Andererseits war die Stille im Zimmer brutal und noch schwerer zu ertragen als jedes Reden. Man musste etwas sagen, und in einer Situation, in der es um die Zukunft schlecht stand, sprach man besser von der Vergangenheit.

»Weißt du noch, wie du diesen Bettlern einen Vortrag gehalten hast?« Sie stellte ihn überraschend auf eine Probe und bereute es sofort. Was, wenn sich herausstellte, dass es mit seinem Humor vorbei war und auch seine Erinnerung nicht mehr funktionierte? Sein Kopf war zwischen die Schultern gesunken, die Hände lagen zu Fäusten geballt neben den Oberschenkeln, er starrte sie mit seinen augenbrauen- und wimpernlosen Buddha-Augen an und sagte:

»Weißt du, was mich fertigmacht? Dass die Bettlerin nicht zufrieden war.«

»Wenn das alles ist, was dich fertigmacht, steht's nicht so schlecht um dich.«

»Entschuldige, dass ich nicht lachen kann, mein Mund ist voller Aphthen. Ich wollte da immer noch mal vorbeigehen und sie entschädigen. Tut mir leid, dass ich das nicht gemacht habe.«

»Noch ist es nicht zu spät«, sagte sie, als wüsste sie nicht, wie spät es war, aber weil man etwas sagen musste, hatte sie das gesagt. Wenn es keine Wand gab, an die man sich anlehnen konnte, wurden Wörter zur Wand, zu einer Mischung aus Mörtel, Kalk und Nichts, ein Anstrich, um die Leere zu übertünchen. Bei Tieren war das einfacher. Solange sie Kraft hatten zu jaulen, jaulten sie, danach stöhnten sie, und dann schwiegen sie, und was kam, kam von alleine und auf natürlichem Wege. Sie hatte mal gehört, dass Schafe sich von der Herde entfernten, wenn ihr Ende gekommen war, um alleine zu sterben, und die Herde zog weiter, malmte weiter Gras und respektierte die Privatsphäre derer, die sich abgesetzt hatten. Michael saß mit all den Kilos, die seine Krankheit ihm aufgeladen hatte, wie ein Buddha da. Seit sie ins Zimmer gekommen war, hatte er sich kaum bewegt und sich auch keinerlei Mühe gegeben, das Gespräch zu beleben. Sich jedes Muskels bewusst, der sich in ihrem Gesicht regte, trat sie an sein Bett, berührte ihn an der Schulter und fragte: »Warum legst du dich nicht hin? Bei allen meinen Besuchen sitzt du immer. Und noch was ganz anderes: Ich bin gekommen, um dir zu erzählen, dass meine Fortpflanzungsorgane intakt sind.«

»Na dann, *go ahead*«, sagte er, öffnete seine Faust und streckte die flache Hand in ihre Richtung, als wolle er sagen, gute Fahrt! Die Schlüssel stecken. »Und zu deiner Frage, warum ich mich nicht hinlege: Solange ich nur irgend kann, bin ich lieber senkrecht auf der Welt. Zum Liegen hab ich noch die ganze Ewigkeit. Außerdem hab ich beim Liegen wahnsinnige Schmerzen.«

Eine Schwester stand in der Tür und warf ihm einen besorgten Blick zu. »Wie steht's?«

»Man lebt«, sagte er, versuchte zu lächeln, verzog das Gesicht und wurde ernst.

»Unter den gegebenen Umständen ist das schon eine ganze Menge«, sagte sie, »vergessen Sie nicht, was man Ihnen i.v. gespritzt hat. Diese Infusion von heute kann einen Elefanten umbringen. Was möchten Sie essen?«

»Nichts, nur Götterspeise.«

Ein Sperling landete auf dem Fensterbrett, ließ ein paar Kiefernnadeln aus seinem Schnabel fallen, flanierte das Fensterbrett entlang, breitete die Flügel aus und flog den bewaldeten Abhang hinunter, und bis Michael sein Schälchen Götterspeise bekam, brachte er weitere Nadeln an und ließ sie auf die vorigen fallen.

»Siehst du den Vogel, der baut sich ein Nest.« Simona legte die Hand an seine Wange und drehte sein Gesicht zum Fenster.

»Er hat sich ein Fenster der Hämatologie ausgesucht, um da seine Villa zu bauen, *of all places*«, sagte er, verfolgte den Vogel, der sich auf der gesunden Seite des Fensters zu schaffen machte, dort, wo das Leben so weiterging, wie es ursprünglich gemeint war. »Sieh, dieses kleine Geschöpf«, sagte sie, »zwanzig Gramm Leben, ein ausgeklügeltes System von Nerven und Muskeln, so ein Winzling, wenn er deine Krankheit hätte, wär er längst tot. In seiner Branche gibt es weder Chemo noch Bestrahlung und auch kein Mitleid.«

Der Vogel lief weiter auf dem Fensterbrett hin und her, schob mit dem Bein die Nadeln so zusammen, dass sie sich ineinander verhakten, und plötzlich flog er weg. Michael wandte den Blick zurück ins Zimmer und sagte: »Ja, bei denen gibt es kein Mitleid und auch keinen eingefrorenen Samen. Also, wirst du es machen?«

»Ja.« Das ›ja‹ entwich ihr kurz und entschieden, und mit einem Mal war ihr dieses Gespräch, dieses vorsichtige, wohlbedachte Herumeiern, zuwider, und sie fragte ihn:

»Was ist mit dieser schicken Ärztin, seid ihr noch in Kontakt?«

»Mit Noga? Ja.« Jetzt war die Reihe an ihm, ein klares ›ja‹ zu sagen.

»Entschuldige, dass ich bohre. Seid ihr ein Paar?«

»Wir haben es nicht so definiert, aber de facto ja.«

Flügelflattern und Schnabelpicken vor dem Fenster zogen seine Aufmerksamkeit nach draußen; er wollte nach den Vögeln schauen, konnte sich ihnen aber nur Stück für Stück zuwenden, ein Körperteil nach dem anderen. Erst drehte er seine Brust und seine Schultern zum Fenster, dann langsam den Hals und zum Schluss den Kopf, und als er sein Gesicht zum Fenster wandte, glänzte es wie grauer Marmor. Zwei kleine Vögel hatten sich in einer grünlichen Schnur verfangen, sie turtelten, zwitscherten und hasteten mit beinah durchsichtigen Beinchen über den Sonnenstreifen auf dem Fensterbrett. Michael verfolgte ihre Bewegungen und sagte mit Blick zum Fenster: »Hör zu, was die mir heute gegeben haben, entscheidet, ob ich leben werde oder nicht.«

»Dann warte ich damit, bis es eine Antwort gibt«, sagte sie und dachte, wenn er gesund wird, wird er mit der Frau, die er liebt, leben und mit ihr Kinder haben. Er wird kein Anhängsel brauchen, das seine Gene weiterträgt.

»Mach keinen Quatsch, Simona, geh und mach das jetzt. Schieb es nicht raus.« Er kehrte sein Gesicht in genau demselben Bewegungsablauf zurück zum Zimmer, begann wieder mit Brust und Schultern, holte vorsichtig den Hals nach und drehte schließlich den Kopf zu ihr.

»Iss doch was«, sagte sie, zog die dünne Alufolie von der Götterspeise und reichte sie ihm. Er aß langsam, das Schlucken bereitete ihm Schmerzen, er machte lange Pausen zwischen den Löffeln und sagte, die Affäre, die er mit dieser Ärztin habe, solle ihre Entscheidungen nicht beeinflussen. Diese Geschichte sei im Zuge einer tödlichen Krankheit entstanden und habe, wie sie wisse, überhaupt keine Aussicht.

»Hallo! Die haben dich heute früh vergiftet, damit sich deine Lebenserwartung um dreißig oder vierzig Jahre verlängert«, sagte sie und verstummte. Er biss sich auf die Lippen, es tat weh, und über dreißig Jahre zu reden war, wie in der Sahara über einen Eisberg zu philosophieren. Er rutschte auf seinem Platz hin und her, und nachdem er seine Glieder ausbalanciert und den Schmerz auf sie verteilt hatte, bat er um Wasser. Sie goss ihm welches in einen Einwegbecher auf dem Tischchen und reichte ihm den. Er hob den Becher an den Mund, seine Hand zitterte, Wasser spritzte auf sein Kinn.

In ihm kämpften Gog und Magog, ein Gewebe gegen das andere, ein Knochen gegen den anderen, und man konnte den Menschen Michaël nicht von seiner Krankheit lösen. Noch hat man kein Verfahren entwickelt, das die Persönlichkeit von den kranken Zellen zu trennen vermochte. *Das Blut ist die Seele,* das wussten schon die Alten in der Bibel. Die junge Ärztin kannte Michael nicht gesund; wenn er gesund würde, würden sie alles noch mal von vorne anfangen müssen. Wenn er gesund würde? So wie er jetzt aussah … Ihr Blick flüchtete zum Fenster, um nicht mit ansehen zu müssen, wie das Wasser im Becher zitterte und auf sein Hemd tropfte. Die Vögel bauten weiter an ihrem Zuhause, flogen weg und brachten immer mehr Nadeln heran; sie taten, was zu tun war, und hatten an sich selbst genug. Seine Atemzüge füllten das Zimmer. Wieso hatte sie sie vorher nicht gehört? Vorher hatte er nicht so geschnauft, er war auch nicht so bleich gewesen und hatte nicht wie ein Pferd geschwitzt.

»Leg dich hin, Michael.« Sie legte ihm die Hand auf den Rücken, er war klatschnass, Schweißperlen rannen in seinem Nacken, von Stirn und Hals. Sie nahm den Becher, ging zum Wasserhahn, füllte ihn noch einmal, und dann brach er zusammen. Sie hörte den Aufschlag, drehte sich um und sah ihn auf dem Boden liegen. Auf dem Rücken und bleich wie ein Toter. Sie drückte die Klingel, schob schnell ein Kissen unter seine Beine, um sie hochzulegen, zog ihm die Hausschuhe aus, legte seinen einen Arm, der auf der Brust lag, neben ihn, damit er nicht aufs Herz drückte, hob seine Augenlider an, sah schmale, verkrampfte Pupillen, hörte, dass er atmete, und war erleichtert. Er war nicht tot und auch nicht tief bewusstlos. Zwei Pfleger und eine Schwester hoben ihn in sein Bett. Drei Ärzte und ein hochmoderner Notfallwagen standen um ihn herum, bereit, ihn wiederzubeleben, und das alles vor den Augen der Vögel, die sich auf der Fensterbank zu schaffen machten, pickten und von draußen gegen die Scheibe klopften. Sechs gegen einen. Simona war überflüssig und verließ das Zimmer. Aus eigener Anschauung kannte sie diese heroischen Momente der Medizin, das Zusammenwirken von Pharmakologie, Strom und Ambition, um der Biologie und all ihren Prozessen die Stirn zu bieten. Sie wollte Michael nicht in dem Moment sehen, wo er wieder zu sich käme und sechs Augenpaare ihn anstarren würden und ein auf seine Brust gerichteter geladener Defibrillator. Eilig lief sie aus dem Zimmer. In den nächsten Tagen würde sie nach Tel Aviv fahren und in der Allenbystraße nach der Bettlerin suchen, um ihr zu geben, was Michael ihr hatte geben wollen. Sollte sie sie nicht finden, würde sie es dem Beinamputierten oder den beiden anderen geben oder sonst dem erstbesten Bettler, der ihr über den Weg lief. Und da sollte ihr keiner sagen, ihre Freundlichkeit sei eine Frucht der Hilflosigkeit und der Notwendigkeit, irgendetwas zu tun, auch wenn schon nichts mehr zu machen sei. Sie ging den Flur entlang, kam zur Stationstür, schaute sich noch einmal um. Vielleicht würde sie sie herauskommen sehen. Ihr Gang würde ihr verraten, ob sie den Kampf gewonnen oder verloren hatten, doch niemand kam aus dem Zimmer, und gerade als sie sich wieder umwandte, sah sie in einem Augenwinkel, wie eine schmale junge Frau im weißen Kittel in Michaels Zimmer verschwand. Gut, dass ich nicht dort geblieben bin, dachte sie, es ist völlig richtig, dass auf dem Höhepunkt dieses Dramas die Frau an seiner Seite ist, die er liebt.

Sie stieg in ihren Wagen, verließ das Gelände des Krankenhauses und fuhr weg von Dingen, die zu Ende gingen, zu den Dingen, die neu begannen: zu Julia, der Frau in dem roten Kleid, der sie ihre Wohnung vermietet hatte und die an diesem Tag mit ihrem kleinen Sohn einzog. Simona wusste nicht, war der Knabe dreizehn oder schon fünfzehn, sie sah nur seinen klaren Blick und seine schmalen Hände, dachte, das ist genau die Art von Junge, die einen Thomas Mann dazu verführt hätte, »Tod in der Aelia Capitolina« oder etwas in der Art zu schreiben. Er half seiner Mutter, die Sachen nach oben zu tragen, legte dann seine zarte Hand auf das Geländer und betrachtete den Hof, und Simona schaute ihn an. Der Knabe würde heranwachsen, er würde ins Leben ziehen, wie alle Knaben, und nicht ahnen, dass seine Hände und Augen bei ihr bleiben würden. Kein Michael, kein Krebs und kein Krieg würden ihr die vier Worte entlocken, die seine feinen Glieder ihr eingegeben hatten: *Ich will ein Kind*. Er musste nicht die legendären schwarzen Locken haben, es reichte, wenn er klug wäre. Sie lehnte sich neben ihm ans Geländer und fragte: »Und wie heißt du?«

»Adam.« Seine Stimme war viel tiefer, als sein Aussehen vermuten ließ, und störte ein bisschen die geschmeidige, feingliedrige Harmonie, die er ausstrahlte. Alles an ihm wies darauf hin, dass schon bald eine Flut von Hormonen über ihn hereinbrechen und ihn rau machen und erhärten lassen würde, es waren die letzten teuren Minuten eines Alters, in dem ihm noch beides erlaubt war, zu weinen oder auch schon das Weinen zu unterdrücken.

»Adam ist ein toller Name«, sagte sie, und er zog die Schultern ein und zeigte, dass es ihm lieber wäre, wenn sie ihn in Ruhe ließe.

Adam, ›Mensch‹, war wirklich ein toller Name für ein Menschenkind. Alles steckte da drin, und doch war noch nichts vorbestimmt. Seine Mutter hat gut daran getan, ihm die Freiheit zu lassen, zu werden, was er werden wollte. Sie hatte ihm mit dem Namen nicht schon ein Verhältnis zu Gott, zur Thora, zur Geschichte, zum jüdischen Volk oder einer bestimmten Familie aufgezwungen. ›Adam‹ war ein unbeschriebenes Blatt. Eine Tabula rasa. Ein Name, der von ihm nichts anderes erwartete, als dass er ein Mensch sei und kein Tier. Simona lehnte am Balkongeländer, warf einen Blick in den Hof und sah, dass Mutters Mieter in den ersten Stock hinaufschaute. Er stand hinter dem Vorhang, und sie hätte ihn nicht bemerkt, wenn sich an den dicken Gläsern seiner Brille nicht ein Lichtstrahl mehrfach gebrochen hätte. Sie hatte schon gespürt, dass er irgendwas mit Julia, der Mutter des Jungen, hatte, hatte gesehen, dass er ihr Kaffee und billige Kekse servierte, doch wie diese Julia sich anhörte und aussah, würde sie ihm eine Lektion über das Leben erteilen oder sie würde ihn mit ihren spitzen Schuhen die Treppe runterkicken.

»Leb dich hier gut ein, Adam«, sagte sie, wandte sich um und ging hinunter in die Wohnung ihrer Mutter.

»Okay«, sagte er, als habe er sich zu etwas verpflichtet. Bevor sie ging, warf sie noch einen kurzen Blick auf seine nackten Unterarme und seine Finger und dachte, solche Hände müssten Drachenschnur halten und Papiervögel steigen lassen.

Sie ging die Treppe hinunter und wich den neuen Mietern aus, die gerade in Jardenas Wohnung einzogen und ihr mit einem schweren Karton auf der Treppe entgegenkamen. Ein junger Mann und eine junge Frau, deutlich als Neubekehrte zu erkennen, die in der Stadt Gottes wohnen wollten. Daniel und Dina. Simona schlug eine Freundlichkeit entgegen, als werde automatisch ein Abzug ihres Lächelns ausgelöst, sobald ihnen jemand entgegenkam.

Jardenas Wohnung hatte bisher nicht viel Gottesfurcht gesehen und auch der Rest des Hauses nicht. Am Tag, an dem das Paar auf die Anzeige hin hergekommen war, hatte Jardena das zu einem Turban gebundene Tuch um den Kopf der Mieterin und den Durchmesser der Kippa auf dem Kopf des Mieters betrachtet und sich gesagt, so etwas habe ihre unsittliche Wohnung im Leben noch nicht gesehen. Sie vermietete gerne an Leute, die sich ununterbrochen für ihre Existenz rechtfertigen mussten, die jeden Tag beteten und in dem Gefühl lebten, ihrem Gott immer etwas schuldig zu sein, denn die würden die Wohnung vermutlich in gutem Zustand halten und pünktlich ihre Miete zahlen. Ihr Baby war in ein Tragetuch um den Körper der Mutter gebunden, klebte fest an dem Bauch, aus dem es erst kürzlich gekrochen war. Dana hatte die Frau von allen Seiten beäugt und gesagt: »Der erstickt dir noch da drin, der Kleine kriegt ja gar keine Luft«, und die junge Frau hatte über den Stoff gestreichelt, unter dem sich der Kopf des Babys abzeichnete, und gesagt: »Es sieht nur so aus, als ob es ihm eng sei, er mag das sehr gern, das ist für ihn so ähnlich wie, als er noch im Bauch war.« Das Mädchen hatte auf das atmende Stoffbündel gestarrt, und hätte jemand es gefragt, es hätte liebend gern auf Tel Aviv verzichtet und wäre in seiner Wohnung geblieben, um diese Leute zu beobachten. Endlich passierten in diesem Haus Wunder, die noch keiner gesehen hatte, wie das Kaninchen und das Haar von Hannah Jona, das über Nacht schwarz geworden war.

Neben den Wundern, die im Haus passierten, ereigneten sich auch im Hof Wunder: Die Geranienbüsche blühten, noch bevor ihre Knospen reif waren, und sogar die Krähen, die sich zunächst frech auf die unreifen Knospen gestürzt hatten und in den Bewässerungskuhlen der Geranien herumgetapst waren, erschraken über den gewaltigen Ausbruch der Blüte und das fiebrige Rot, das sich im Hof breitmachte, verließen die Büsche, überquerten den Hof mit geschlossenen Schnäbeln und hielten ihre Schreie zurück, bis sie die hohen Zypressen erreicht hatten, und erst dort blähten sie die Lungen auf und stießen ihr Geschimpfe zu den Geranien aus, denn wer dazu bestimmt war zu grünen, sollte sich nicht mit so viel Rot beschmieren.

Simona schaute lange auf den blühenden Hof und betrat die Wohnung ihrer Mutter auf dem Höhepunkt eines fieberhaften Treibens. Johanna buk einen Hefekuchen und salzarme Cracker. Hannah Jona probierte vor dem Spiegel verschiedene Kleider an, und man sah, dass sie Lippen und Augen geschminkt hatte.

»Na, was sagst du?«, fragte sie Simona und hob die Zipfel eines pompösen grünen Kleides mit goldenen Pailletten, das sie fünf Jahre zuvor gekauft hatte, um zu feiern, dass der Krebs sie besucht und schon bald wieder verlassen hatte. So kurz, bevor man mich mit Erde bedeckt, darf ich mir ruhig ein paar Luxusdinge erlauben, die ich mir ein Leben lang versagt habe und die ich nach meinem Tod gewiss nicht mehr bekommen werde, hatte sie damals gedacht. Außer diesem Kleid hatte es noch einen dicken goldenen Ring gegeben, der so viel wog wie fünf Ringe, und einen dummen Papagei, der trotz all ihrer Versuche, ihm das Wort »Krebs« beizubringen, nicht bereit war, diesen Fluch auf sich zu nehmen.

»Na, wie steht mir das?« Sie drehte einen halben Kreis und betrachtete ihr hageres Profil im Spiegel.

»Zu wessen Ehren veranstaltest du dieses ganze Trara, Mama?«

»Für Bruno! Er kommt heute um halb fünf.«

Die Augen der Alten leuchteten, und die goldenen Pailletten glänzten und beschienen ihr Gesicht.

»Frau Hannah müssen machen gute Eindruck!«, rief Johanna von der Küchentür aus, schüttelte die Hände ab und klatschte mit mehligen Händen. »Bruno ist eine Mann von *cultură*, eine Mann, die weiß, was ist gut und was nicht.«

Simona schaute ihrer Mutter zu, wie sie aufgeregt und ganz außer sich in ihren Festkleidern zwischen Dusche und Zimmer hin und her lief und verschiedene Broschen, Gürtel, Ketten und Schminke ausprobierte. Man muss sie beruhigen, sagte sie sich, bevor sie noch ein Kilo Puder auflegt, sich ein weiteres Dutzend Wildschweinnadeln in ihre Frisur rammt und den armen Gast in Angst und Schrecken versetzt.

»Mama, es sieht so aus, als ob du ein bisschen verliebt bist.«

»Nur ein bisschen? Total!«

Johanna lachte und brachte weitere Beweise für das ›total‹ und sagte: »Frau Hannah haben viel *romantism*, sie gehen zu Bruno jede Woche. Ich bringen Frau Hannah zu Tür von Bruno, dass sie Gott behüte nicht fallen auf die Treppe und es geben *catastrofă*. Wir warten eine Moment, dann Bruno aufmachen die Tür und sagen ›wie schejn, bejde zusammen, schejne Damen, bitte einzutreten‹ und ich sagen ihm, danke, ich nicht müssen einzutreten, ich gehen auf die Carmel-Markt und an die Meer von Tel Aviv, und nach vier Uhr ich zurückkomme zu die Heim abholen Frau Hannah und zurückfahren nach Hause mit die *autobuz* um fünf Uhr.«

Und jetzt war der große Tag gekommen. Tel Aviv kam nach Jerusalem. Bruno sollte um halb fünf kommen. Hannah Jona saß jubelnd im Sessel, grün wie ein Heuschreck, sprunghaft und übersprudelnd. Simona betrachtete die spät erblühende Lust, die ihre Mutter überkommen hatte. Sie fand das Kleid grotesk und dachte, man muss ihr helfen und ihr das vorsichtig beibringen, und sagte: »Mama, dieses Kleid ist wahnsinnig dramatisch. Wenn Bruno Pathos mag, wird ihm das Kleid gefallen. Wenn aber nicht, wird er finden, dass du da etwas übertrieben hast.«

»Was ist daran bitte übertrieben? Was ist daran Pathos? Bruno kommt doch nicht ins Theater. Kommt Bruno, um sich Shakespeare anzusehen? Bruno kommt zu mir!« Hannah Jona war verärgert, trat noch einmal vor den Spiegel und musterte sich. »Das wird ihm gefallen«, sagte sie, »ich habe auch eine grüne Kette, die wunderbar zu dem Kleid passt«, und sie ging zu ihrer Schmuckschublade, kramte nervös und gab keine Ruhe, bis sie die blaugrüne Kette gefunden hatte, die zu dem allgemeinen Glanz noch ihre eigenen Funken Gloria hinzufügen sollte.

Simona schwieg, wartete, bis ihre Mutter sich wieder aufrichtete, knöpfte ihr das Kleid, wo sie einen Knopf übersprungen hatte, richtig zu und sagte: »So oder so, Mama, du bist sehr elegant.« Und wirklich, es war doch nicht wichtig, ob Bruno Pailletten mochte oder nicht. Er kam eigens für sie aus Tel Aviv angereist, und sie schmückte sich für ihn, und das war es, was zählte. Simona lehnte an der Wand, doch die Unruhe der beiden Frauen ergriff auch sie; sie ging in die Küche, trank Wasser, kam zurück ins Wohnzimmer, ging auf und ab und dachte, die Leute ziehen sich fein an, frisieren sich, laufen aufgeregt hin und her, steigen in Busse, fahren irgendwohin und steigen wieder aus und gehen zu jemandem, den sie lieben, und dann gehen sie von dem, den sie lieben, wieder weg, und das ganze Leben ist ein einziges Hin-und-her-Gerenne. Jardena ist nach Tel Aviv gezogen, Orna nach Arizona, ich in Ornas neue Wohnung, und Daniel und Dina, Julia und Adam ziehen in dieses Haus, und nach einer Weile werden wir alle wieder an andere Orte gehen und auch von dort wieder weiterziehen. Unser Leben lang ziehen wir immer wieder um und bewegen uns fort, um unser Glück zu suchen, und der Tod wird an dem Tag beginnen, an dem wir uns nicht mehr bewegen, an dem wir im Sessel versinken und nur noch aufstehen, um zu essen, zu pinkeln und zu schlafen. Meine Mutter hat das Glück, dass sie sich noch für jemanden bewegt und dass sich noch jemand für sie bewegt. Schön wär's, wenn es mir in ihrem Alter auch so ginge.

»Zehn vor vier!«, verkündete Hannah Jona und rannte vom Spiegel im Bad zu dem im Schlafzimmer und von dort in die Küche und drehte sich um sich selbst, bis Johanna sie am Arm packte und sie anwies: »Frau Hannah, sie müssen sich sitzen ein wenig. So Sie nicht müde, wann Bruno kommen.« Hannah Jona widersprach ihr diesmal nicht und setzte sich in ihren Fernsehsessel. Sie saß noch nicht ganz, da klingelte es schon.

»Bruno? Um drei Minuten nach vier?« Sie setzte sich auf und schaute gespannt zur Tür.

Johanna rannte zum Fenster, schaute hinaus und bekreuzigte sich mit zitternden Fingern. »Nicht Bruno!«, sagte sie und blickte voll Grauen auf einen prächtigen schwarzen Mercedes vor dem Haus, der so glänzend poliert war, dass sich die Ärmel der roten Blusen vor Simonas Fenster in ihm spiegelten.

»Poliția«, sagte sie bleich. Es klingelte wieder, stärker und energischer als beim ersten Mal. Die beiden Frauen schauten zu Simona, und die ging resolut zur Tür. Auf der Schwelle standen drei Herren. Der Mittlere war kräftig gebaut, mit schwarz gefärbtem Haar; er war sportlich gekleidet und perfekt rasiert. Auf seinen fleischigen Lippen hing ein schiefes Lächeln, und er kniff ein Auge zusammen. Die beiden anderen Herren, links und rechts von ihm, waren grau und konturlos, wie Filmstatisten.

»Was wollen Sie?«, fragte Simona. Der arrogante Hochmut des Mittleren reizte sie, ihre Stimme und ihre Gesichtszüge zu verhärten. Der hatte noch nicht geantwortet, da war Hannah Jona schon aus ihrem Sessel aufgestanden und wie ein wandelnder Kronleuchter an die Tür gekommen; die Kette und die Pailletten funkelten nur so. Sie verschränkte ihre hageren Arme vor der flachen Brust, wie zum Hahnenkampf bereit. »Die sind nicht von der *poliția*, Johanna. Was wollen Sie hier? Ich bin beschäftigt. Ich erwarte Gäste.«

»Und wir? Sind wir keine Gäste?« Der kräftige Mann setzte einen polierten Schuh über die Schwelle, betrat den Boden des Hauses und zog das andere Bein nach.

»Ich habe Sie nicht erwartet. Bitte gehen Sie.« Wut ließ ihre Halsadern schwellen, pochte in ihren Schläfen. Sie wandte sich an die beiden Begleiter dieses angeblichen Gastes, blickte vom einen zum andern und sagte: »Herzl und Klein, wer ist dieser Grobian, den Ihr da mitgebracht habt?« Mit dem Kinn wies sie auf das Objekt ihrer Frage, und ihr Ellbogen stieß gegen dessen aufgeplusterte Brust.

Der polierte Schuh stampfte zornig auf, und sein Besitzer sagte: »Sie wollen wirklich wissen, wer dieser Grobian ist? Kommen Sie heraus und heben Sie den Blick, hoch, noch höher, und sehen Sie, was an den Baukränen steht.«

Broschi hob den Kopf, um ihr vorzumachen, wie hoch sie den Blick heben müsse, doch Hannah gehorchte ihm nicht. Bruno sollte um halb fünf kommen. Diese Männer mussten auf der Stelle das Feld räumen, sie würde auch noch eine Minute brauchen, um sich zu beruhigen und den Lippenstift neu aufzutragen. Sie überlegte einen Moment und beschloss, Verstärkung zu rufen. »Ruf meinen Sohn«, sagte sie zu Johanna, und die sprang aus ihrer Schreckstarre auf und rannte, den Mieter zu holen. Der schlurfte hinter Johanna her wie ein gerade aus dem Schlaf zu einem Einsatz gerufener Soldat, in alten kurzen Hosen und einem Unterhemd, das seinen Bauch besonders betonte, an den Füßen abgetragene wollene Hausschuhe mit kaputtem Reißverschluss. Sein Haar wirr, seine Brillengläser voller Fettflecken. Er sah die drei und blieb wie angewurzelt stehen. Die herunterfallende Kinnlade landete auf seinem Doppelkinn, und sein Mund blieb offen stehen. Schweiß rann über sein Gesicht und wurde vom Unterhemd aufgesogen. Da stand er, nass, ungekämmt, armselig wie ein begossener Pudel.

»Da haben Sie wirklich einen netten Sohn.« Broschi kniff sich fest in die Wange, grinste, kniff ein Auge zu und riss das andere auf.

»Wenn der Prophet nicht zum Berg kommt, um seine Ware abzuliefern, kommt der Berg eben zum Propheten.« Broschi stieß ein schrilles Lachen aus, in das sich Zigarettengeruch mischte. »Frau Jona, wenn es Ihnen jetzt nicht genehm ist, kommen wir gern auch ein andermal wieder. Ich verspreche Ihnen, Sie werden es nicht bereuen. Wir haben ein traumhaftes Angebot für Sie. Und jetzt werden wir uns, wenn Sie erlauben, draußen noch kurz mit Ihrem Sohn unterhalten.«

»Nehmen Sie ihn mit, reden Sie mit ihm, tun Sie, was Sie wollen, aber verschwinden Sie.« Sie nahm die Tür und schob sie zu, bis Broschis Schuh sie stoppte. Die schwere Schminke lief ihr übers Gesicht und sammelte sich in den Falten, sie atmete schwer und glänzte von Schweiß und Pailletten. Broschi senkte seinen Nacken, verbeugte sich theatralisch und sagte: »Ich danke Ihnen für die Gastfreundschaft, Frau Jona. In diesem Kleid sehen Sie aus wie Angelina Jolie, bereit zur Oscar-Verleihung.« Er lachte laut auf, nahm seinen Fuß aus der Tür und seine beiden Begleiter mit und ging zum Tor hinaus, und der Mieter folgte ihm mit eingezogenem Kopf zu einem Gespräch, das er nicht ausschlagen konnte. Hannah Jona knallte die Tür zu, öffnete sie noch einmal und schrie den Männern, die gerade in den Mercedes stiegen, hinterher: »Und ihr, Herzl und Klein. Wartet nur. Einen Hasen mit Namen Herzl haben wir schon, wir besorgen noch einen, dann haben wir auch noch einen Klein.«

Sie schlug die Tür noch einmal zu, sank fix und fertig in ihren Sessel, und Johanna stand bei ihr und tupfte die in die Falten geflossene Schminke ab.

Es war vier Uhr fünfundzwanzig.

9

Der neue Mieter aß nicht und schlief nicht, und auch den Geruch des Deodorants, den er in dem Mercedes aufgesogen hatte, wurde er nicht los. Barfuß vermaß er den Boden seiner Wohnung, vom Fenster zum Badezimmer und von der Küche zur Toilette. »Du Nichtsnutz«, hatte Broschi zu ihm gesagt, »drei Monate *undercover* bei der Alten, und sie hat sich keinen Millimeter von der Stelle bewegt. Da hockst du drei Monate auf deinem Arsch, isst auf meine Kosten, wohnst auf meine Kosten und null Ergebnisse. Null.« Aufgewühlt und verängstigt hatte er dagesessen, links und rechts von ihm Broschis elende Adjutanten, Herzl und Klein. Die Ärmel ihrer Jacketts rieben sich an seinen nackten Armen und schränkten seine Bewegungsfreiheit ein, der Geruch ihrer Deodorants mischte sich mit seinem Schweiß, sie drückten sich an ihn, als könnte er fliehen. Und der General selbst, der feiste, arrogante Pate der Immobilienmafia, saß vorne auf seinem prächtigen Sitz, eine Hand locker auf dem Steuer, die andere auf der Lehne des Beifahrersitzes, sein Profil zu dem schwitzenden jungen Mann gewandt, der in Unterhemd und Hausschuhen mit kaputtem Reißverschluss hinter ihm saß. »Was denkst du dir eigentlich, Bürschchen?« Mit seinen kühlen Fingern kniff er Rafis Kinn und drückte den Unterkieferknochen so gemein, dass Rafi einen brennenden Schmerz spürte und ihm ein »Au« entwich. »Antworte mir nicht. Was du denkst, interessiert mich einen Scheiß. Hier zählt nur, was ich denke, und ich denke, dass mit dem Verkauf dieses Grundstücks ein paar Leute für ihr Leben ausgesorgt hätten. Die Alte, ihre Kinder und Kindeskinder. Und sogar du, wenn du nicht eine dermaßene Null wärst. Hör zu, ich stelle dir ein Ultimatum: Ab heute noch maximal drei Monate. Lieferst du nicht, zahlst du mir alles zurück, was ich in dich investiert habe, inklusive zwanzigtausend Schekel Schmerzensgeld und Mehrwertsteuer auf die ganze Summe.« Broschi nahm die Hand vom Steuer, öffnete das Handschuhfach, zog ein Kästchen mit edlen Zigarren heraus und reichte es ihm. »Bitte schön, greif zu, Junge«, und Rafi, der sich ohnehin gleich übergeben musste, stieß das Kästchen mit dem Handrücken zurück und sagte: »Von dir nehm ich gar nichts.« »Hoppla«, lachte Broschi, »wenn er will, kriegt er den Mund ja doch auf!« Er zündete sich eine Zigarre an und sagte, mit dem Nacken zum Rücksitz: »Lasst ihn gehn.« Klein stieg aus, ließ ihn raus und stieg wieder ein, und alle drei verfolgten, wie er davonging.

Elend und mit hängenden Schultern öffnete er das Tor, versuchte sich zu fassen und spuckte kräftig aus, doch auch der feuchte Fleck, der auf dem Sand schäumte, gab ihm seine Ehre nicht zurück, und auch nicht das »Arschloch«, das er am Tor fauchte, als er es so heftig aufstieß, dass es zurückfederte und krachend hinter ihm zufiel. Er hörte ein Geräusch von Reifen, die vom Trottoir auf die Straße hinunterfuhren, und drehte, bevor er in seiner Wohnung verschwand, noch einmal den Kopf, als seien sie hinter ihm her. Da sah er einen hageren alten Mann in einem bis oben zugeknöpften bordeauxroten Hemd und braunen Hosen das Tor öffnen, das von dem Aufprall noch bebte und quietschte. Der Mann hielt in der einen Hand Rosen und in der anderen eine prall gefüllte Plastiktüte. Ein Gast der Alten, dachte er. Seinetwegen hat sie mich gerufen und den Hunden zum Fraß vorgeworfen, sie wollte einfach ihre Ruhe. Er ging in seine Wohnung und spürte, wie alle Lebenskraft aus ihm herausgepresst worden war, beugte sich über das Waschbecken, hielt den Mund an den Wasserhahn und trank und trank. Dann hielt er seinen Kopf unter das Wasser, drehte weiter auf, und ein kalter Strahl prasselte auf ihn nieder und spritzte in alle Richtungen. Das Wasser kühlte ihn zwar, vertrieb aber nicht das Gefühl, ein gemeines Ungeziefer zu sein, das vom blanken Stiefel des reichen Herrn zertreten worden war.

Nichts wie abhauen und untertauchen, dachte er. Seine Sachen packen, sich nachts hinausschleichen und nach Eilat oder nach Kirjat Schmona fahren, nach Afula oder Um-el Fahem. Im dunklen Hinterhof eines billigen Restaurants würde er Teller waschen und sich dort verstecken, bis er wüsste, wohin. Er ging vom Badezimmer ins Zimmer, trat ans Fenster, das Wasser tropfte von seinem Kopf auf den Boden, und nach einer weiteren Runde durch die Wohnung hatte er diesen Gedanken bereits verworfen. In einem so kleinen Land kannst du gar nicht weglaufen. Dieser Mafioso würde die Polizei einschalten, und mit seinen Kontakten in der Unterwelt hätten sie ihn in einem, höchstens zwei Tagen, auch wenn er die Haare färbte, die Augenbrauen abrasierte und sich einen Bart wachsen ließ. Er ging ins Schlafzimmer und sagte sich, sieh nur, wie absurd, es gibt keinen Ort, zu dem man fliehen kann. Er schaute nach, ob er noch etwas Hochprozentiges zu trinken hatte, und ärgerte sich. Da will ein Mensch verschwinden, noch einmal ganz von vorn anfangen, anonym sein, alle seine Bekannten hinter sich lassen und einfach untertauchen, so ein grundlegender Wunsch, und die Behörden lassen ihn nicht. Wie idiotisch ist die menschliche Spezies, dass sie sich den Strick der Bürokratie selbst um den Hals legt. Was jede noch so erbärmliche Katze darf, verbietet sich der ach so geniale Homo sapiens. Umbringen könnte er diesen Broschi, ihm von hinten in den Nacken springen, ihn mit eigenen Händen erwürgen oder mit einem Messer … Er trank den Rest billigen Whisky, den er gefunden hatte, suchte in den Küchenschränken, ob er irgendwo noch ein paar Tropfen fand, knallte sämtliche Türen, fluchte und schwitzte, setzte sich in den abgewetzten Sessel, den die Alte zusammen mit anderen sperrmüllreifen Möbeln in seine Wohnung gestellt hatte, und schlug sich gegen die Stirn. Jetzt beruhig dich mal, Rafi, beruhige dich! Wenn du so weitermachst, kriegst du nur einen Schlaganfall oder einen Herzinfarkt. Das hätte ihm noch gefehlt, dass sie ihn hier raustrugen und die Sanitäter und die Sanitäterinnen seine Schmach sähen, seine schlaffe Brust, seinen weißen Bauch, die billigen Alte-Männer-Unterhosen, die er im Kaufhaus zum halben Preis erstanden hatte. Noch heute würde er sich duschen, rasieren, die Unterwäsche wechseln, seine roten Boxershorts anziehen, die noch in ihrer Verpackung auf ein vielversprechendes Date warteten, und sich darauf vorbereiten, dass sie ihn hier entsorgen müssten. Gesagt, getan, doch auch nachdem er geduscht, sich rasiert, gekämmt, die roten Boxershorts angezogen und auch seine Brille geputzt hatte, beruhigte er sich nicht. Er lief weiter zwischen Fenster und Bett hin und her, vom Bett in die Küche, von der Küche zum Fenster und zermarterte sein Hirn, welche grandiose Lehre er Broschi erteilen könnte. Er ging hinaus, kaufte sich Hochprozentiges, trank, legte sich hin und schlief nicht ein, holte sein Reiseset heraus, das er früher mal in einem Geschäft für Trekkingausrüstung gekauft und nie benutzt hatte, steckte sich Ohrstöpsel in die Ohren, setzte sich die Augenbinde auf, doch indem er sich von allen äußeren Reizen abschottete, arbeitete sein Hirn nun ausschließlich an dieser einen Sache, die ihn umtrieb, seit er seinen Hintern vom feinen Ledersitz des Mercedes gelöst hatte und mit Schimpf und Schande auf die Straße gesetzt worden war. Er riss sich die Augenbinde ab, nahm die Ohrstöpsel raus und sah von seinem Bett aus, dass der bleiche Mond schon den Zenit überschritten hatte, lag weiter wach und schlief auch nicht ein, als das erste fahle Morgengrauen heraufzog und die Tauben auf dem Dach sich zu zanken begannen. Erst als er sich vornahm, aufzustehen, seinen Wahnsinn in der Wohnung einzuschließen und zu Siva und Motti zu fahren, erst da schlief er ein.

Auf dem Rückweg von Siva und Motti saß er im hinteren Teil des Busses und fühlte sich, als habe man ein bösartiges Geschwür aus seinem Hirn entfernt. Er machte es sich auf seinem Platz bequem, dachte an Obama, Mottis Papagei, und lachte.

»*Kapara* Motti, mein Schatz Motti«, hatte der Papagei geschrien und die Welt von Mottis schmaler Schulter aus inspiziert. Siva hatte gesagt, dieser Obama könne auch fluchen und auch den Segen über den Wein sprechen. »Ob du's glaubst oder nicht, er hat hier die Hosen an, nur *er* hat hier was zu sagen.« Neben seinen verbalen Fähigkeiten war der Papagei auch ein begnadeter Akrobat, er hielt sich auf Mottis Schulter, die sich dauernd hob und senkte und von unvorhersehbaren und unergründlichen Zuckungen geschüttelt wurde. Die gestörte Kommunikation zwischen Mottis Hirn und seinen Gliedern kümmerten den Papagei nicht. Für ihn war es egal, ob er sich an Mottis Schulter oder an einem im Wind wehenden Ast festhielt, Hauptsache, er konnte darauf landen und davon losfliegen. Motti lachte viel und weinte wenig, und Siva war das genaue Gegenteil. Schade, dass sie sich so gehen ließ. Sie hätte längst anfangen müssen, ihren Haaransatz zu färben. Die Haare wuchsen schwarz und weiß aus ihrem Kopf, als finde in ihm ein Kampf zwischen diesen beiden Polen statt; sie bestimmten schon vier natürliche Zentimeter, bevor die alte Blondierung begann. Doch Rafi hatte ihr nicht gesagt, du musst deine Haare färben; er hatte ihr nicht gesagt, hör mit dem Rauchen auf und lass deine Zähne richten. Er hatte alles schweigend betrachtet. Den Rollstuhl mit den abgewetzten Plastikteilen und dem rostigen Metall, Sivas immer übereinandergeschlagene Beine, von denen das obere ununterbrochen vor und zurück wippte, als werde es von einem Motor angetrieben. Er hatte gesehen, wie dünn sie war und dass sie sich nur von Kaffee und Nikotin nährte. Sie war noch schön, ja, vielleicht sogar schöner geworden. Die vielen Sorgen und Schmerzen hatten ihre Knochen unter der Haut hervortreten lassen und ein schwarzes Funkeln in ihren Augen entzündet, das die Jungen, die früher um sie warben, als das ganze Leben rosafarbene Zuckerwatte war, noch nicht gesehen hatten.

»Hör mal, Rafi«, hatte sie gesagt, »Gott hat es schon ganz gut gerichtet, als er unsere Eltern zu sich rief, bevor Motti zur Welt kam. Hätte Papa gesehen, wie Motti geboren wurde, er hätte seine Kippa verbrannt.« Sie war aufgestanden, um für sie drei Suppen aufzuwärmen, und hatte aus der Küche gerufen: »Wenn Papa sich von jemandem betrogen fühlte, hat er sofort mit ihm gebrochen und ihn aus seinem Leben gestrichen. Ganz zu schweigen von Opa Mordechai, dem großen Heiligen. Hätte er das Schicksal des Enkels gesehen, der seinen Namen trägt, er hätte einen Aufstand gemacht und Gott vor Gericht gezerrt, er hätte die Krise bekommen und gebrüllt: ›Ich will nichts mehr wissen von diesem Gott, von wegen *barm-*

herzig und gnädig, geduldig und von großer Güte und diesen ganzen Lügen.‹« Motti hatte seiner Mutter gelauscht und gelacht, oder vielleicht hatte er auch nur den Mund verzogen. Ein Auge blieb ernst, der andere Augapfel hatte sich in das Futter des Lids zurückgezogen. Siva war mit zwei Tellern Suppe zurückgekommen und hatte gesagt: »Und Mama, die hätte ihrem Gott der Angst die Treue gehalten. Sie hätte uns immerzu gemahnt: Hütet eure Zunge, es kann alles immer noch schlimmer kommen, als es schon ist.«

Obama war von Mottis Schulter zu dem Körnerschälchen gesprungen, das Siva ihm hingestellt hatte. »Iss, *Kapara*, mein Schatz, iss«, hatte sie zu Motti gesagt, ihn mit der Suppe gefüttert, abgewischt, was aus seinen Mundwinkeln herauslief, und mit dem nächsten Löffel Suppe in der Luft gewartet, bis er den vorigen runtergeschluckt hatte. Auch Rafi hatte sie einen Teller Suppe hingestellt. Linsensuppe, so gewürzt, wie er es mochte, sie war dickflüssig und zerging auf der Zunge. Er hatte ihr gesagt, er habe schon lange keine Suppe mehr gegessen, die nach zu Hause schmeckte, für die man alle Zutaten von Hand geschält, geschnitten, in den Topf gelegt und dann geduldig gekocht und umgerührt hatte, nicht wie diese Suppen im Restaurant, wo sie erst Natriumglutamat ins Wasser taten und dann frisch gehackte Basilikumblätter draufstreuten, gesunde Verzierung auf einer kranken Suppe. Siva hatte ihm einen guten Appetit gewünscht, und er hatte staunend zugeschaut, wie sie Motti weiter fütterte. Trotz der wilden Bewegungen, die Mottis Arme machten, wenn sie in der Luft ruderten, auffuhren, sich verschränkten und wieder öffneten, wobei jeder Finger in eine andere Richtung abstand, hielt Siva wider alle Erwartung den Löffel mit der Suppe, ohne etwas zu verschütten, nahe an Mottis Mund und wartete, bis er runtergeschluckt hatte, genauso unbeirrt von seinen Zuckungen wie der Papagei. Er hatte sie fragen wollen, was sie sich für Motti am meisten wünschte von all dem, was man sich wünschen konnte, und er hatte überlegt, wie er das formulieren sollte, doch sie hatte seine Gedanken unterbrochen und gefragt: »Und du, geht's dir gut in Jerusalem? Hast du Erfolg bei der Arbeit?«

»Es geht mir gut, und ich habe Erfolg«, hatte er gelogen. Er konnte ihr doch nicht den Glauben nehmen, dass sie jemanden hatte, der sie unterstützte, und dass nicht alles in diesem Leben schiefging.

»Schön«, hatte sie gesagt und Obama zu seinem Tellerchen gescheucht, doch der war nur aufgeflogen und über ihnen gekreist, um sich so bald wir möglich wieder auf Mottis Schulter niederzulassen. »Warte, bis Motti seine Suppe aufgegessen hat, du Psycho«, hatte sie geschimpft, und der Papagei wiederholte *»Psycho, Psycho«*, und Motti lachte, und die Suppe spritzte ihm aus dem Mund. Rafi stand auf, um sie ihm abzuwischen, doch Siva war geübter und schneller, putzte sein Kinn, schaute zu ihrem Bruder und sah, wie dessen Blick auf Mottis verkümmerten Beinen ruhte, und berichtete ihm: »Die Sozialversicherung hat uns jetzt ›Mobilitätshilfe‹ zugestanden, jetzt könnte ich ein Auto steuerfrei kaufen, aber woher soll ich je das Geld für ein Auto bekommen? Das kriegen wir ja nicht geschenkt.«

»Chev… chev… Chevrolet!«, rief Motti lachend.

»Rolls Royce, warum keinen Rolls-Royce, Motti? Du hast große Augen«, sagte Siva, »komm, iss deine Suppe weiter, mein Schatz. Dann machen wir dir Gel ins Haar, damit du wie Justin Bieber aussiehst, wenn wir dich in den Rolls-Royce setzen.« Sie streichelte sein kurz geschorenes Haar, hielt inne, und ihr Blick verweilte lange an einem unsichtbaren Punkt, weit weg von ihrem schäbigen Wohnblock, und bevor sie ihn wieder ins Zimmer zurückholte, sagte sie: »Du bist so intelligent geworden, Rafi, und ich bleibe, wie ich bin. Aber ich kann auch anders reden. Früher hab ich mal wie die Intelligenten geredet, aber seit das Leben mich auf einen so niedrigen Schemel gesetzt hat, rede ich die Sprache der Niedrigen. Der Mensch muss sich an den Ort anpassen, an den das Leben ihn setzt.«

Jetzt, auf der Rückfahrt im Bus, zog er aus dem Rucksack ein Butterbrot mit Rührei, sauren Gurken, Tomate, Avocado und Oliven. Alles, was der Kühlschrank hergab, hatte Siva zwischen die beiden dicken Scheiben gelegt, die sich wölbten und aufbrachen. Er zog die Klarsichtfolie halb herunter und genoss jeden Bissen. Auf dem Weg zu Siva war er klein wie eine zertretene Ameise, und Broschi war unendlich groß gewesen, wie die Azrieli-Türme in Tel Aviv, doch jetzt, als er von ihnen zurückfuhr, war Broschi auf die Größe eines Lotteriekiosks geschrumpft. In jeder Minute bei Siva hatte Broschi an Größe verloren. Bei Siva zu Hause stehst du vor dem wirklichen Leben, du siehst es ohne alle Posen, wie einen abgeschabten Knochen, mit kein bisschen Fleisch oder Fett. Bei Siva gibt es keinen Unterschied zwischen Äußerem und Innerem. Wenn du mit Broschi zusammen bist, hast du immer nur eine Maske vor Augen. Hinter allem, was du siehst, steckt noch etwas, was du nicht siehst. Siva hatte ihn beim Abschied zur Tür begleitet, und Rafi hatte zu ihr gesagt: »Was ich dir von meinem Erfolg in Jerusalem erzählt habe, ist gar nichts im Vergleich zu dem, was ich in Zukunft schaffen werde, und, Siva, diese Zukunft ist nicht mehr fern.«

Er hätte sich nicht so weit aus dem Fenster gelehnt, wenn in ihm nicht bereits ein Plan gereift wäre. In dem Moment, in dem er Sivas Wohnung betreten und Mottis eingefallene Wangen gesehen hatte, auf denen bereits spärliche Bartstoppeln sprossen, hatte er sich gesagt, Rafi, du fliehst jetzt nirgendwohin, nicht nach Eilat, nicht nach Afula oder nach Um-el-Fahem. Motti ist bald kein Kind mehr, und dann wird es für Siva noch schwerer werden. Ein Sonnenstrahl, der zu ihnen ins Wohnzimmer gefallen war, hatte ihm alles gezeigt, und das hatte ihm gereicht. Er war auf Mottis Brust gefallen und hatte das spärliche Haar auf seiner weißen Brust beleuchtet und den päckchenweise zum Himmel aufsteigenden Rauch der Zigaretten, die Siva in ihrer Verzweiflung rauchte, als habe sie sich vorgenommen, die Ozonschicht zu durchlöchern und Gott den Rauch direkt in die Augen zu blasen. In diesem einen Lichtstrahl hatte er Sivas ganze Gegenwart und Zukunft offen vor sich gesehen. Obama hatte sich auf einzelne Staubpartikel gestürzt, die in dem Sonnenstrahl tanzten, hatte den Schnabel aufgesperrt und »*Yalla, Yalla,* nun mach schon!« geschrien, und Siva hatte erklärt, so sei er immer, wenn er zufrieden sei, er schreie *Yalla, Yalla,* so als wollten sie aus dem Haus gehen. Sie hatte sich vor Mottis Rollstuhl auf den Boden gehockt, seine Füße bewegt, seine Waden massiert, und Rafi hatte gesagt, lass mich das mal machen, da war sie weggerückt, und er hatte die steifen Knie des Jungen und seine dünnen Waden geknetet, und seine Handflächen weinten. Motti aber hatte gelacht, Onkel Rafi, Onkel Rafi, und Obama hatte hinterher gekrächzt, Onkirafi, Onkirafi.

Er saß im Bus. Alles, was er bei Siva gesehen hatte, war in seinem Herzen aufbewahrt, und dort stöberte er nun, und seine Hände ballten sich zu Fäusten. Aber er hatte einen Plan im Kopf, der bereits in allen Schritten ausgearbeitet war, und wusste genau, was er am nächsten Morgen tun und wie er ihn in die Realität umsetzen würde.

Er bedauerte, dass er das Butterbrot schon ganz verdrückt hatte. Jetzt hatte er nur noch ein Stück Kuchen von Siva, aber das wollte er sich für den Abend aufheben, wenn er in seine Wohnung käme, sich duschen und sich einen Kaffee kochen würde, dann würde er den Kuchen aus dem Beutel nehmen, auf einen Teller legen und ihn, wenn er die Kraft dazu aufbrächte, auch an diesem Abend nicht ganz aufessen. In Gedanken an die bescheidenen Vergnügungen des Lebens, die der Abend für ihn bereithielt, musste er an Julia denken, Simonas Mieterin, die mit ihrem Sohn eingezogen war, einem zarten, leicht verletzbaren Jungen, schmetterlingsgleich, etwa in Mottis Alter. Vielleicht würde er sie zu Sivas Kuchen einladen. Am besten, sie käme alleine, obwohl er noch nicht hatte ausmachen können, ob sie ihn mochte oder lächerlich fand. Vielleicht wäre es besser, der Junge käme mit, so würde sich die Last auf drei Leute verteilen, und wenn ihnen der Gesprächsstoff ausging, würde er den Jungen immer noch fragen können, in welche Klasse er ging, in welche Schule und was sie gerade in Literatur durchnahmen. Julia hatte er bisher nur auf der Treppe getroffen oder am Tor, wenn sie den Hof verließ oder gerade betrat. Sie hatten höflich ein paar Worte gewechselt, eine lustige Bemerkung gemacht, doch aus irgendeinem Grund hatte er immer den Eindruck, dass ihr Gesichtsausdruck etwas Spöttisches hatte. Vor eineinhalb Wochen hatten sie sich am Schabbatvormittag im Hof getroffen. Sie hatte an einem Wäscheständer, den sie mitten im Hof aufgestellt hatte, Wäsche aufgehängt. Sie trug weite Schlabberhosen und ein unförmiges rotes T-Shirt. Ungeschminkt und ohne Absätze, mit einem Berg wildem Haar auf dem Kopf, das an diesem Tag noch keinen Kamm gesehen hatte. Sie wirkte älter als bei ihren flüchtigen Begegnungen, wenn sie aus dem Haus ging, doch er hatte sich mindestens so stark zu ihr hingezogen gefühlt, wenn nicht sogar noch mehr. Auch wenn zwanzig Jahre zwischen uns liegen, hatte er sich gesagt, will ich sie haben, ihr Geburtsdatum ist mir doch egal. Am Himmel kamen und gingen schwere Wolken, einen Moment versteckten sie die Sonne, im nächsten rissen sie ein Loch für sie auf.

»Sieht so aus, als ob es heut noch regnet«, sagte er zu ihr, »die Wäsche kann nass werden.«

»Ich versuch's mit Optimismus. Der Regen soll warten.«

Selbstsicher, als habe sie einen direkten Draht zu Gott, schob sie eine Wäscheklammer in den Mund und zog ein Unterhemd des Jungen glatt, nahm die Wäscheklammer aus dem Mund und sagte: »Wenn es regnet, dann trocknet das alles eben etwas später.« Er beobachtete ihre Bewegungen, ihre Konzentration und Flinkheit, die kleinen inneren Kämpfe, die ihre Stirn in Falten legten, ob sie die Unterhosen enger hängen sollte, dann passten noch zwei auf die Leine und sie hätte Platz für das Handtuch, ob sie die Hemdchen an den Trägern oder am Saum aufhängen sollte. Hundert Prozent Frau, dachte er sich, wenn sie meine wäre, würde ich den Blick nicht von ihr lassen. Er sah, wie die Wäsche im Eimer weniger wurde, gleich würde sie wieder hochgehen, und er fragte sie: »Haben Sie heute schon was vor?« Er staunte über sich selbst. Wie hatte es diese Frage gewagt, über seine Lippen zu kommen, so als sei er nicht mehr Herr über seinen Mund, doch nachdem sie draußen war, freute er sich.

»Warum fragen Sie?«

»Ich dachte, wenn Sie beide Zeit haben, könnten wir zusammen ein kleines Picknick machen.«

»Haben Sie ein Auto?«, fragte sie, den Blick auf dem Handtuch, das sie erst in der Luft ausschlug und dann zurechtzog.

»Nein, und außerdem fahre ich am Schabbat auch nicht.«

Du Dummkopf, dachte er ärgerlich, was bringst du jetzt den Schabbat ins Spiel? Tu doch nicht so fromm. Wenn du bei ihr auch nur eine minimale Chance hättest, würdest du abgehn wie eine Rakete! Wie schnell würdest du da ins Auto steigen …

»Wie soll das dann gehen?«, fragte sie, und die Wäscheklammer in ihrem Mund spaltete ihr Lachen.

»Man kann auch hier in der Gegend Picknick machen, im Sacher-Park oder im Independence-Park«, sagte er, doch sein Ich-fahre-am-Schabbat-nicht verzieh er sich nicht. Wenn er ein Auto besäße und sie eingewilligt hätte, hätte er keinen Moment gezögert und wäre losgestürmt, den Schabbat zu entweihen. Sein Vater und Gott hätten sein Herz verstanden und ihm vergeben: *Wenn es darum geht, für den Ewigen zu handeln, muss man manchmal seine Gesetze übertreten*, hieß es doch in der Thora, und jeder Rabbiner würde zustimmen, dass ein Handeln, das die Chance in sich barg, Liebe zu finden und eine Familie zu gründen, ein Handeln für den Ewigen war. Wenn das Judentum wollte, konnte es sehr gut kleine Fehltritte übersehen und größere auch. Und in diesem Fall würde das Judentum sehr wollen, denn bevor du nicht verheiratet bist und Kinder gezeugt hast, zählst du ja sowieso überhaupt nicht.

»Adam hat morgen eine Matheprüfung, er muss lernen«, sagte sie und hob den Blick zu den Wolken, »und Sie haben doch gesagt, es könnte regnen.«

»Dann können vielleicht nur wir beide, Sie und ich?«

»Wie sind Sie in Mathe?« Sie schaute ihn an, und er sah, wie in ihren Augen Grau und Violett miteinander rangen. Wie er in Mathe war! Sie interessierte sich nicht für ihn, sie wollte nur, dass er ihrem Sohn half. Er sagte: »Ich habe mir den Stoff, den man in der Schule lernt, schon seit Jahren nicht mehr angeschaut.«

»Ich meine gegen Bezahlung«, sagte sie, hob den leeren Eimer hoch und hielt ihn sich mit beiden Händen vor den Bauch.

»So einer bin ich nicht. Ich bin nicht einer, der sich plötzlich wieder an Mathe erinnert, wenn man ihm Geld dafür bietet.« Er schaute ihr lange direkt in die Augen, und sie zwinkerte zuerst.

Da erschien die zerbrechliche Gestalt ihres Sohnes auf dem Balkon im ersten Stock. »Mama, da ist ein Anruf für dich!«, rief er, und sie packte die Gelegenheit beim Schopf und murmelte: »Entschuldigen Sie.« Sie lief in Richtung Treppe, drehte sich, bevor sie hinaufging, noch einmal und wünschte ihm »Schabbat Schalom«, und ein leuchtender Funke flammte in ihren Augen auf. Er war stehen geblieben, wo er war, und wusste, er musste aufhören zu hoffen. Zugleich freute er sich, dass er ein bisschen von seinem Ehrgefühl gerettet hatte. Er ging in seine Wohnung, und als der Regen tatsächlich begann, sah er sie runterkommen, die Wäsche retten. Sie kämpfte gegen den Wind an, versuchte, eine Plastikplane über den Wäscheständer zu breiten, doch der Wind wehte unter die Plastikplane und war stärker als sie, und er hatte sie beobachtet und war nicht hinausgegangen, ihr seine Hilfe anzubieten.

Jetzt, im Bus, auf dem Weg von Siva nach Jerusalem, spürte er, wie seine Kräfte zurückkehrten; er stand wieder mit beiden Beinen fest auf dem Boden. Er fürchtete sich nicht, ihr bei sich Kuchen und Kaffee anzubieten, egal, ob sie ihren Sohn mitbrachte oder nicht. Jetzt, wo er seine Selbstsicherheit zurückgewonnen hatte, würde sie ihn anschauen, wie eine Frau einen Mann anschaut, und alles Weitere lag in Gottes Hand. Aber *duty before pleasure*, rief er sich in Erinnerung und schloss seinen Rucksack über dem angenehmen Duft des Kuchens. Am nächsten Morgen würde er ausziehen und Broschi das Fürchten lehren. Mit seinem neuen Plan im Kopf und voller Tatendrang würde er zu der Alten gehen, seine rhetorische Artillerie klug einsetzen und sie so lange bearbeiten und nicht ablassen, bis sie nachgeben würde.

Doch am nächsten Morgen traf er die Alte verwirrt an. Sie sprach so verworrenes Zeug, dass es sinnlos war, es überhaupt zu versuchen. Johanna sagte: »Frau Hannah getrunken viele Alkohol, sie haben eine *roman de dragoste* mit Bruno, diese Mann, wo ist gewesen hier. Sie wollen sprechen mit Frau Hannah?«

Die Alte saß mitten im Wohnzimmer in ihrem Sessel, schaute ihn an, als sei er ein Arzt, klagte über Kopfschmerzen und lachte, als sei alles ein Witz. Sie sah noch knochiger und greiser aus, und er sah, wie erschöpft sie war, und sie tat ihm leid. Endlich hatte sie eine Liebe gefunden, und dann hatte sie keine Kraft dafür. »Ich komme später noch mal«, sagte er, »vielleicht am Abend.«

»Besser, Sie kommen am Nachmittag. Wenn Frau Hannah haben geschlafen, sie ist hundert *procent*.«

Er dankte Johanna, lächelte sie an, achtete darauf, dass sie das auch mitbekam, und ging. Sie ist eine gute Frau, dachte er, und es tat ihm leid, dass seine Arglist zu einem Großteil auf ihrer Angst vor der allmächtigen Sozialversicherung beruhte. Doch wenn sein Plan aufging, würde er genug Geld haben, um sie zu entschädigen. Nachmittags kam er wieder. Hannah Jona saß im Wohnzimmer und tunkte Biskuits in den Tee. Sie sah aus, als erhole sie sich von einer schweren Lungenentzündung oder einer anderen schlimmen Krankheit, aber obwohl sie bleich und faltig war, lag ein glückliches Strahlen auf ihrem Gesicht, und sie wirkte klar genug, worauf er direkt zur Sache kam.

»Frau Jona, ich will nur Ihr Bestes. Ich bin gekommen, um Sie zu warnen.«

»Nett von Ihnen. Noch so einer, der mich warnen will, dass die Liebe meinem Herzen und meinem Blutdruck schadet und mich umbringen kann, aber ich sage Ihnen, junger Mann, dass ich lieber an der Liebe sterbe als an einem langweiligen Hirnschlag im Bett. Sagen Sie selbst: Wenn der Mensch sich seinen Henker wählen könnte, wer würde da den Schlaganfall der Liebe vorziehen? Ist das so schwer zu verstehen?« Sie ballte die Faust und schlug auf den Tisch, dass das Teeglas wackelte.

»Aber ich komme gar nicht wegen der Liebe, Frau Jona, im Gegenteil! Es gibt nichts Erhabeneres auf der Welt als die Liebe. Ich sage es Ihnen ganz ehrlich, ich beneide Sie. Ich habe keine Liebe in meinem Leben, und ich wäre glücklich, wenn ich eine fände.« Er schwieg einen Moment und ließ sein ehrliches Geständnis wirken.

»Sie haben wirklich keine Liebe?« Sie lehnte sich vor und näherte sich seinem Gesicht. »Keine Sorge. Sie sind jung und sympathisch. Zugegeben, nicht gerade der Schönste im ganzen Land, wirklich nicht, aber es gibt ja auch junge Frauen, die keine Schönheitsköniginnen sind. Zum Beispiel meine Orna, das könnte etwas werden mit Ihnen beiden, aber ich weiß, sie ist ein bisschen hart …«

»Frau Jona, nett, dass Sie sich um mich sorgen, aber ich bin nicht zur Eheanbahnung gekommen. Ich bin gekommen, um Sie zu warnen.« Diesmal hob er seine Stimme etwas und verlieh ihr Dringlichkeit.

»Warnen? Wovor? Bruno ist ein ehrlicher Mann, er will keinen Groschen von mir!«, sagte sie zornig, hob den Kopf, und ihre Halsschlagadern traten hervor wie große Ausrufezeichen.

Er wagte es, leicht ihre Hand zu berühren. »Verstehen Sie mich nicht falsch, Frau Jona. Ich habe nichts gegen Bruno, im Gegenteil, ich wünsche mir nichts mehr, als dass Sie beide sich weiter lieben können und gemeinsam glücklich werden, aber ich muss Sie warnen. Jemand plant nämlich heimtückisch, Ihnen diese Freude zu verderben. Jemand plant, Sie anzuzeigen.«

»Mich anzeigen? Weswegen? Ich habe ihn keiner anderen Frau weggenommen! Er ist Junggeselle!« Die Hälfte des Biskuits, den sie in den Tee getunkt hatte, brach ab, sank auf den Boden des Glases und trübte das Getränk. Nervös und wütend versuchte sie, einzelne Krümel herauszufischen, die schon zu Brei zerliefen. Indessen legte Johanna Wäsche zusammen, ganze Haufen von Handtüchern und Unterwäsche der Alten, ein jedes Ding zu seinesgleichen, die Handtücher zu den Handtüchern, die Taschentücher zu den Taschentüchern. Als sie das rhythmische Klopfen des Teelöffels hörte, faltete sie langsamer und schaute hinüber; ein Auge blieb auf den Bündchen der glatt gestrichenen Unterhosen, das andere wanderte von Frau Hannah zum Mieter und zurück.

»Es geht um die Sozialversicherung, Frau Jona.«

Er hatte die Granate geworfen, und die Druckwelle entsprach seinen Erwartungen. Der Löffel der Alten glitt am Teeglas ab, die Hände der Rumänin verkrampften sich über dem Stapel Textil; sie wandte ihm den Kopf zu, als habe sie das Sendezeichen der Nachrichten gehört und erwarte nun die Meldung von einem Anschlag. Er zögerte keinen Moment. Man musste das Eisen schmieden, solange es heiß war. Er rückte mit seinem Stuhl etwas näher an sie hin und sagte: »Als Sie beide in Tel Aviv waren, ist hier ein Wohnungsmakler vorbeigekommen. Er will Ihr Haus kaufen und ist bereit, sehr viel Geld dafür zu bezahlen. Bis hierhin ist ja alles schön und gut, Frau Jona, aber dieser Typ hat damit gedroht, dass er Sie, sollten Sie sein Angebot ausschlagen, bei der Sozialversicherung anzeigt. Er habe einen Privatdetektiv, und der habe herausbekommen, dass Sie kerngesund sind und gar keine ausländische Pflegekraft brauchen und dass Sie seit über fünf Jahren die Sozialversicherung betrügen und Zuwendungen und Leistungen erhalten, die Ihnen gar nicht zustehen. Frau Jona, dieser Makler ist ein gefährlicher Typ, und einen Ton hatte der am Leib! Er hat an Ihrem Tor gestanden und gesagt: ›Der werd ich es noch zeigen. Sie wird den Moment bereuen, in dem sie mein Angebot ausgeschlagen hat. Ich werde sie vor Gericht verklagen, und sie wird Hunderttausende von Schekeln zurückzahlen müssen, all ihre Renten samt Zins, einem Bußgeld und Inflationsausgleich.‹ Zusätzlich zum betrügerischen Erschleichen von Sozialleistungen würde man Sie auch noch wegen illegaler Beschäftigung einer ausländischen Arbeitskraft anklagen, man würde Ihre Pflegerin festnehmen und von heute auf morgen des Landes verweisen, und Sie werden den Moment verfluchen, in dem Sie sein Angebot ausgeschlagen haben.«

Das Wetter und der Sonnenuntergang hinter dem Fenster kollaborierten bereitwillig mit ihm, blutgefleckte violette Wolken verfinsterten den Himmel und boten die passende dramatische Kulisse für aufziehendes Unheil. Die Hand der Alten hielt erstarrt den Löffel. »Aber das ist das Haus von Jehuda«, flüsterte sie mit hohler, kraftloser Stimme.

»Frau Jona, verzeihen Sie, dass ich mich da einmische, aber wenn Jehuda, seligen Andenkens, wenn er wüsste, welche Nöte auf Sie zukommen, er hätte nichts dagegen, dass Sie bei dem Angebot des Maklers mit beiden Händen zugreifen. Denken Sie doch nur an ihn! Er hat es nicht verdient, sich vor Trauer im Grab herumzudrehen! Er hätte längst in Frieden ruhen können. Denn was ist ein Haus letztlich? Ein Haufen Steine. Heute verbindet man sie mit Mörtel, und morgen schlägt man den Mörtel heraus und baut aus den Steinen ein anderes Haus. Das wahre Haus von Jehuda steht doch in Ihrem Herzen, Frau Jona, dort wohnt Jehuda, und von dort kann ihn keiner vertreiben.«

Die Alte stieß ein kurzes, schrilles Lachen aus. »Mit beiden Händen«, sagte sie, »dass ich nicht lache! Das Fleisch von Jehudas Händen haben längst die Würmer gefressen, jetzt sieht man wahrscheinlich die Metallscheiben, die sie ihm nach seinem Fahrradunfall da eingesetzt haben, und die Delle in dem Knochen, an den er sein Leben lang den Federhalter gedrückt hat. Dieser Privatdetektiv ist einen Dreck wert, verzeihen Sie, dass ich in meinem Alter so rede, aber was versteht diese Null von psychischen Krankheiten? Was weiß dieser Kerl von Alzheimer und Demenz? Hören Sie, wenn diese Beamten von der Sozialversicherung mir nicht glauben, dass ich verrückt bin, werd ich es ihnen schon zeigen, ich werde mich bei ihnen nackt auf den Tisch setzen, vielleicht mach ich da auch ein bisschen Pipi. Die werden mir die Prämie gleich noch verdoppeln, damit ich nur wieder gehe. Johanna, hängen die roten Blusen draußen noch?«

»Draußen hängen die *bluză* und auch meine rote Schal.« Johanna hob den Blick, um sich zu versichern, dass sie alle Vorbeugemaßnahmen getroffen hatte, alles Weitere lag in der Hand des Himmels.

»Gut so.« Die Alte lachte und murmelte etwas über Gräber, Tote und Würmer, und Rafi dachte, diese Frau ist wirklich total durch den Wind, ich muss schleunigst einen Vertrag mit ihr machen, bevor man ihr einen Vormund bestellt. Immerhin hatte er ihr offensichtlich Angst eingejagt, denn auf einen Schlag hörte sie auf zu lachen und schaute verängstigt zu Johanna. Vielleicht hatte sie versucht, sich ein Leben ohne Johanna vorzustellen, und war erschrocken. Sie sammelte ihre Gliedmaßen ein und saß ausgedörrt und in sich gekehrt da, als stünden die Polizisten und die Gläubiger schon auf der

Schwelle und würden im nächsten Moment anklopfen. Er betrachtete die beiden und beschloss, es einstweilen dabei zu belassen; alles Weitere würde nur schaden. Auch am Himmel legte sich das Drama. Die Farben wechselten zum gewöhnlichen Grau eines erschöpften Tages. Johanna überwand ihre Schockstarre als Erste, nahm den trüb gewordenen Tee vom Tisch und ging, um frischen zu machen. Nach der Peitsche war nun der Zeitpunkt des Zuckerbrots gekommen. Rafi zählte der Alten ausführlich die Vorteile des vielen Geldes auf, das sie für ihr Haus bekommen würde. »Sie können sich eine Wohnung in Tel Aviv kaufen, Sie können in Eilat Urlaub machen oder in Europa oder …« Er überlegte angestrengt und wusste nicht, mit welcher Art von Luxus man das Herz einer Alten kaufen konnte. Wonach sehnte sich ein Mensch in ihrem Alter? Was konnte er ihr noch versprechen? Kleider? Schmuck? Die besten Ärzte? Eine Fünfsterne-Pflegestation? Dritte Zähne aus feinstem Porzellan?

»Wenn Sie wollen, Frau Jona, kann ich Ihnen bei den Verhandlungen über das Haus zur Seite stehen. Es geht um Millionen, Sie werden eine sehr reiche Frau sein, denken Sie darüber nach.« Mit diesen Worten beendete er das Kapitel Zuckerbrot.

Hannah Jonas Gesicht war ausdruckslos und wie erloschen. Man konnte nicht ausmachen, ob sie über seine Worte nachsann oder über etwas völlig anderes. Er wusste nicht, was von seiner langen Rede sie überhaupt mitgekriegt hatte. Johannas deprimiertes Gesicht zeigte jedoch, dass sie alles ganz verstanden hatte, und genau das hatte er sich erhofft. Er verließ die Wohnung. Der Himmel hatte bereits alle Farbe verloren, als habe ihn die endlose Last des Blaus erschöpft, und er spürte, wenn der Himmel schwach wurde, wuchsen den Menschen neue Kräfte zu, der schwere Deckel, der auf der Welt ruhte, wurde etwas leichter, und dies war die Stunde der Menschen, sich zu rüsten und zu handeln. Er ging die Treppe hinauf in den ersten Stock, und es kam ihm vor, als sei er um ein paar Zentimeter gewachsen, als sei sein Bauch geschrumpft und seine Muskulatur fester geworden. Er klopfte an die Tür von Jardenas Wohnung, und Daniel und Dina, die neuen Mieter, machten ihm auf und luden ihn ein, doch hereinzukommen. Nein, es tue ihm leid, vielleicht ein anderes Mal, er wolle sie nur um einen kleinen Gefallen bitten: Jardenas Telefonnummer, er müsse ihr etwas berichten, was mit ihrer Mutter zu tun habe. Dina riss einen bereits vergangenen Tag vom Kalender an der Kühlschranktür und schrieb die Nummer darauf. Er ging die Treppe hinunter, fühlte sich groß und wusste gleichzeitig, das Gefühl von Mir-kann-keiner-was, das ihn durchflutete, würde nicht lange anhalten; er musste dieses Momentum der Überlegenheit nutzen, bevor er wieder auf seine normalen kleinen Dimensionen schrumpfte. Er ging in sein Zimmer und wählte die auf dem abgerissenen Tag notierte Nummer von Jardena.

Der Anruf ließ Jardena, die auf dem Sofa in ihrer Wohnung in Tel Aviv eingedöst war, aufschrecken. Sie fragte: »Wer spricht? Noch mal bitte? Moment, wer ist das? Was genau wollen Sie? Ach so, okay, und was ist das Problem?« Beim Reden schaute sie auf ihre Zehennägel, es war Zeit, sie zu schneiden. Eine kühle Brise blies vom Meer herein und ließ sie erschaudern, das Fenster stand offen, draußen war es schon fast dunkel, sie wusste nicht, wie lange sie geschlafen hatte. Nichts lag ihr ferner als der Mieter ihrer Mutter. Er sagte, er habe etwas Dringendes mit ihr zu besprechen, das in Zukunft Einfluss auf die Geschicke der ganzen Familie haben werde. Nein, das könne man nicht am Telefon besprechen, er bat um ein Treffen.

Sie stimmte zu, vor allem, um ihn loszuwerden; ihr war kalt, und sie wollte Kaffeewasser aufsetzen. Er war wirklich der Letzte, dem sie auch nur einen Blick oder eine Minute ihres Lebens schenken würde – wie hatte der sie bloß gefunden? Sie legte das Handy beiseite, da kam das Mädchen schon hereingestürzt und das Kaninchen gleich hinterher. Das Mädchen hatte das Ende des Gespräches mitgehört und fragte: »Wer hat angerufen?«

»Rafi, der Mieter von Oma. Geh, zieh dir was an, Dana, es wird kalt«, sagte sie, obwohl die Wangen des Mädchens rot glühten. Das taten sie, seit sie in diese Wohnung gezogen waren, als habe es Fieber. Sie hatten kaum ihre Sachen eingeräumt, da hatten schon die Zwillinge aus der gegenüberliegenden Wohnung angeklopft. Das Mädchen hatte die Tür aufgemacht, und in ebendiesem Moment war diese Röte auf seinen Wangen entbrannt und seitdem nicht mehr von ihnen gewichen. Die beiden musterten das Mädchen und das Mädchen sie. Sie schwiegen und das Mädchen auch, bis das Kaninchen angelaufen kam und sich zwischen seine Füße drängte. Als sie sich so, zwei und zwei, gegenüberstanden, hatten die Zwillinge das Mädchen nach seinem Namen gefragt und im Gegenzug ihre Namen, Tom und Tina, preisgegeben. Und seit diesem Augenblick durchquerten Dutzende Male am Tag zehn Beine, das Kaninchen mitgerechnet, die zwei Meter Niemandsland zwischen den beiden Wohnungen, und die Wohnungstüren wurden abwechselnd aufgestoßen und knallten wieder zu.

»Mir ist nicht kalt. Komm, Herzl, komm.« Es rannte zur Wohnungstür, hielt inne und fragte: »Mama, und warum hat er angerufen?«

»Er will uns besuchen kommen.«

»Wozu?«

Das Mädchen nagte an seiner Unterlippe und ließ ein Knie

hüpfen. Die Aussicht, dass die Vergangenheit in sein neues, perfektes Leben in Tel Aviv eindringen könnte, begeisterte es nicht gerade.

»Dass du den bloß nicht heiratest! Komm, Herzl, komm.« Es packte das Kaninchen, und schon erschienen in der Tür gegenüber die Köpfe der Zwillinge, und im Nu war das Quartett in der Nachbarswohnung verschwunden.

Jardena ging sich einen Kaffee machen, schaute aus dem Küchenfenster in den dunkelnden Hof, der sich mit Vogelgezwitscher füllte, wo es nach feuchten Farnen roch und die Luft vom Meer leicht nach Salz schmeckte. Eine Wohnung im Erdgeschoss nahe am Meer, das hatte sie gesucht und auch gefunden. Sie hatte nicht geahnt, dass zwei alte Ficusbäume sie jeden Tag neu zum Fenster ziehen würden; sie hatte sich auch nicht vorgestellt, dass der Himmel an diesem Ort dünnem, feinem Zellophan ähneln würde, ganz anders als die schwere prächtige Decke, die immerzu auf Jerusalem lastete. In Jerusalem läufst du mit einem Helm aus Gott und Geschichte auf dem Kopf herum und hier? Nur Leere, Dunst und Staub. Sie trank einen Schluck Kaffee und dachte, soll dieser Rafi doch kommen. Was kann er mir schon Neues erzählen? Dass Mama durchgeknallt ist? Dass sie sich betrinkt und verrückte Sachen macht? Dass sie im Unterkleid auf die Straße rennt? Dass Baukräne den Grund und Boden ihres Hauses erschüttern? Sie staunte, wie wenig sie das alles berührte, und erschrak. Wie war es möglich, dass die sechzig Kilometer zwischen Tel Aviv und Jerusalem eine solche Kluft zwischen ihr und ihren Schwestern, ihrer Mutter und dem Haus aufgerissen hatten? Wie konnte es sein, dass das Boutiquehotel, das sie hier so resolut leitete, sie schon völlig aufgesogen hatte? Aus den Augen, aus dem Sinn, heißt es, aber in diesem Maße? Es waren doch nicht mehr als sechzig, siebzig Kilometer.

Doch es war nicht die räumliche Distanz, es war der Erfolg, der sie weitertrieb und sie das, was hinter ihr lag, vergessen ließ. Und sie hatte wirklich großen, beinah schwindelerregenden Erfolg. Ihre Mitarbeiter schätzten sie und folgten ihren Anweisungen, das Hotel war die meiste Zeit ausgebucht, der Gewinn wanderte auf Zachis Konto, und er vergalt es ihr und zahlte ein ausgezeichnetes Gehalt. Und trotzdem hatte sie Mühe zu akzeptieren, dass ein Unternehmen, das Leute übernachten ließ und sie gleich nach dem *Check-out* vergaß, mit den Beziehungen zu ihren nächsten Verwandten konkurrierte. Auch mit den Männern war es nicht wie früher. Kaum war sie hier angekommen, stolzierte sie nicht mehr wie ein Pfau auf Stöckelabsätzen durch die Gegend und hörte auf, Männer wie Trophäen zu sammeln. Sie verbuchte auch nicht mehr jeden Mann, der ihr verliebte Augen machte und mit ihr ins Bett wollte, als Erfolg. Bis zu diesem Zeitpunkt hatte noch niemand in ihrem Bett geschlafen, obwohl es durchaus Gelegenheiten dazu gegeben hatte, und auch Zachi hatte noch nicht aufgegeben. Er wartete auf sie. »Tel Aviv wirkt auf dich wie Alkohol, wie eine Droge, wie ein Kurs über Kabbala von einem Scharlatan. Das wird vorbeigehen«, hatte er gesagt, »eines Morgens wirst du ernüchtert aufwachen und Jardena begegnen.« Doch der Morgen, den er ihr prophezeit hatte, ließ auf sich warten. Seit sie ihm deutlich gesagt hatte, was lief und was nicht, war er bei seinen Besuchen in ihrem Hotel verkrampft und ungeduldig. Sie besprachen Geschäftliches; er hörte auf, sich nach ihrem Wohlergehen zu erkundigen, und lobte sie auch nicht dafür, wie gut sich das Hotel unter ihrer Leitung entwickelte. An dem Tag, als sie ihn angerufen und ihm erklärt hatte: »Zachi, das zwischen uns beschränkt sich auf Sympathie und *business*«, hatte er einen Moment geschwiegen und dann geantwortet: »Sympathie und *business*? Okay, wie du willst«, und aufgelegt. Doch in seinem Herzen war noch nichts vorbei. Er besuchte das Hotel, das ihm gehörte, trat ein und ließ ihre ihm förmlich entgegengestreckte Hand in der Luft hängen. »Jardena, was soll diese Hand, wir haben ja wohl schon das eine oder andere miteinander gehabt.« Er musterte sie und sagte: »Du hast dich verändert.« Er bemerkte, dass sie sich kaum noch schminkte, dass sie den grellen Lippenstift durch einen matteren ersetzt hatte, dass ihre Blusen nicht mehr so spannten wie die früheren, die mehr offen legten als bedeckten.

»Jetzt sag mir bloß nicht, dass du fromm geworden bist, ›im Glauben erstarkt‹ oder sonst was …«, sagte er bei einem seiner Besuche.

»Ich kehre nur zu mir selbst zurück, Zachi. Ich habe zu lange davon und dafür gelebt, welchen Eindruck ich auf andere mache.«

»Erlaube mir die Bemerkung – in deinem vorigen Leben fand ich dich schon schön, aber in deinem neuen, ›züchtigen‹ Leben finde ich dich umwerfend.«

Er umwarb sie, fest entschlossen, sie nicht aufzugeben. Ihre neue Schlichtheit zog ihn an, doch er spürte, wie sie ihm entglitt. »Hör zu, Jardena, wir könnten es zusammen so gut haben, warum sollen wir es nicht versuchen?« Sie hatte große Lust verspürt, ihn zu berühren, doch sie hatte sich beherrscht. Das war, wie eine zu rauchen, nachdem man mit dem Rauchen aufgehört hatte. Sie trug flache Schuhe, und er überragte sie. Sein breites Gesicht war schwer, männlich und strahlte Macht aus. Sie schaute ihn an und sagte: »Hör zu, du kannst gerne den römischen Senator spielen oder den Kaiser in irgendeinem Film, aber ich scherze nicht.«

Auch er hatte seine Worte nicht als Scherz gemeint. »Es wird mir schwerfallen, mich mit Sympathie und *business* zu begnügen«, sagte er ernst und betrübt.

»Tut mir leid, Zachi, so ist es nun mal.«

»Für unser *business* müssen wir uns hin und wieder treffen«, sagte er, »doch wenn mir dein bisschen Sympathie zu wenig wird, werde ich dich entlassen müssen.«

»Entlassen? Ich mache hier prima Arbeit«, sie richtete sich auf, versteckte ihre Hände in der maßgeschneiderten Hose und blickte auf die Glastüren, die zum Meer hinausgingen. »Also wirklich, Zachi. Einen Bulldozer wie mich findest du nicht noch mal.«

»Da geb ich dir völlig recht«, sagte er mit Blick auf die Tür und ging hinaus zu dem für ihn reservierten Parkplatz. Sie blieb stehen, blickte auf den Horizont, der sich zum Meer niederbeugte, und dachte, nie im Leben wird der mir kündigen! Dieses Hotel ist das Boutiquehotel schlechthin in Tel Aviv! Und beim Anblick des unendlichen Meeres dachte sie, beneidenswert, dieses Meer, ihm kann die Zeit nichts anhaben. Aber ich bin bald vierzig, das Ende meiner guten Jahre naht. Diese Stadt hier vergöttert die Jugend, hier wird das Leben an der Börse der Zeit gehandelt, ihr Wert steigt von Tag zu Tag und mit jeder Minute, ich habe nicht mehr viel Zeit zu verschwenden. Sie drehte sich ruckartig um, ging zu ihrem Büro, wild entschlossen, alle ihre Konkurrenten aus dem Feld zu schlagen, und stürzte sich auf die Umsetzung ihres neuen Konzepts, um das Niveau des Hotels weiter zu heben. Sie halbierte das Budget für Entwicklung, investierte dafür in PR-Arbeit, peppte das Frühstück auf und sorgte dafür, dass die Zimmer andere Vorhänge bekamen. Das Hotel erhielt von zwei Lokalzeitungen gute Besprechungen und gute Bewertungen auf den Touristikportalen. Wohlhabende Gäste mit erlesenem Geschmack schickten eine Flut von Reservierungswünschen, und erwarteten auf dem Kopfkissen belgische Pralinen, im Badezimmer eine ökologische Bodylotion, im Fahrstuhl Mozart, im Empfangsraum schwere armenische Teppiche und eine persönliche Atmosphäre.

In Bezug auf ihr Gehalt machte sie sich keine Sorgen, er würde sie nicht entlassen. Auf die Goldgrube, die sie für ihn betrieb, würde er nicht verzichten. Und sollte er dennoch seinen verletzten Gefühlen erliegen und ihr kündigen, würde sie sofort eine neue Stelle bekommen, denn sie hatte sich einen Namen gemacht. Sie brauchte sich nicht zu sorgen. Solange das Gleichgewicht des Schreckens im Lande und in der Region gewahrt blieb und Tausende von Raketen in ihren unterirdischen Verstecken blieben, blühte der Tourismus, und sie hatte ausgesorgt.

Mit dem Hotel war also alles in Ordnung, aber in ihrem Leben? Im Hotel kamen und gingen die Leute, doch im Leben hatte sie ein Mädchen, das nirgendwo hinging. Es war vor siebeneinhalb Jahren zur Welt gekommen und ihr sofort verloren gegangen, und jetzt bezahlte sie teuer für all die Tage, an denen sie nicht nach ihm gesucht hatte. Sie hatte nicht geahnt, was für hartnäckige Gläubiger diese kleinen Schultern sein konnten und wie schwer es sein würde, jemanden zu umarmen, der nie umarmt worden war. Wer hätte gedacht, dass Kinderfinger auf solche Art erstarren und hart wie Wäscheklammern werden konnten.

Dort, im Haus der »Nanas«, hatte sie die Großmutter, Tanten und eine rumänische Pflegerin gehabt; sie hatte gewusst, dass immer jemand da war, der Dana Cornflakes mit Milch hinstellte, ihr die Haare wusch, sie daran erinnerte, sich Nase und Zähne zu putzen, der ihr ein Pflaster aufs Knie klebte und ihr sagte, das ist nicht so schlimm, das geht vorbei, bis du groß bist. Doch diese Zeit war zu Ende. Das Leben war zu einem Nullsummenspiel geworden. Alles oder nichts, dachte sie, nur noch du und das Mädchen. Entweder bist du für es da oder niemand. In den ersten Tagen in Tel Aviv waren sie beide verstört und orientierungslos gewesen, als seien sie in einem fremden Land aufgeschlagen, ohne Karte, ohne Sprache und ohne Touristenführer. Jardena hatte gesagt, sie seien wie zwei aus einem Flugzeug gefallene Katzen, und das Mädchen hatte gesagt: »So ein Quatsch, Katzen fliegen nicht im Flugzeug.« Nach einigen Tagen hatte sie, als sie sich beim Abendessen gegenübersaßen, gesagt: »Dana, ab jetzt sind wir nur noch zu zweit, wir müssen jetzt lernen, alleine zusammenzusein.« Das Mädchen hatte ein Nudelhörnchen auf die Gabel gespießt und gesagt: »Ich muss gar nichts lernen. Ich hab schon genug mit dem, was ich in dieser Schule Neues lernen muss. Stell dir vor, die sind schon beim kleinen Einmaleins!«

Jetzt stand Jardena am Fenster, sah die schattenspendenden Ficusbäume, die an- und ausgehenden Lichter in den Nachbarhäusern, nahm einen Schluck von ihrem Kaffee, hörte, wie die Vögel still wurden und nur noch die Kinder und das Kaninchen zwischen den Wohnungen hin und her rannten. Gleich würde sie das Mädchen zum Abendessen rufen und ihnen beiden ein Rührei mit Zwiebeln braten. Sie würde vor ihm sitzen und sich einreden, dass dieses Kind ab jetzt die Hauptsache ihres Lebens war, ein Gedanke, der nicht zu ihr passte und ihr nicht wirklich natürlich vorkam, doch sie wollte es wenigstens versuchen. Sie hatte jetzt das Mädchen und das Hotel. Zwei Projekte, die sie ganz und gar forderten. Das Haus der »Nanas« interessierte sie nicht, und ob der Mieter ihrer Mutter kam oder nicht, war ihr auch ziemlich egal.

Zwei Tage später kam er. Um Punkt sechs klopfte er an die Tür, sie nahm an, dass er schon vorher angekommen und bis zur vereinbarten Zeit herumgelaufen war. Sie ließ ihn ein.

Sein spärliches Haar war verschwitzt, seine Brille beschlagen, er war glatt rasiert und trug ein grün kariertes durchgeknöpftes Hemd mit Brusttasche, aus der ein Kugelschreiber ragte. Sie führte ihn herein und musste ein Gähnen unterdrücken. Egal wie viel Mühe er sich gab, das Image des langweilig grauen und unterwürfigen Angestellten wurde er nicht los. Einer, der am Bankschalter Überweisungen entgegennahm oder die Kunden am Postschalter eingeschriebene Sendungen quittieren ließ. Sie stellte kalte Getränke und Kekse auf den Tisch und bemerkte, dass er sich für die Wohnung interessierte und sie ganz genau inspizierte.

»Eine gute Gegend«, sagte er und setzte sich, »die Miete ist hier sicher nicht billig.«

»Ja, keine schlechte Gegend«, sagte sie ohne weiteren Kommentar. Sie wollte es kurz machen, er sollte sagen, was er auf dem Herzen hatte, und dann wieder verschwinden. Mit Fußgetrappel und großem Getöse stürmten nacheinander Dana, die Zwillinge und das Kaninchen herein, stellten sich zu beiden Seiten des Gastes auf und starrten ihn an. Das Kaninchen hoppelte um seine Füße und leckte seine Schuhsohlen, als seien sie frischer Salat.

»Dein Onkel?«, fragte der Nachbarsjunge.

»Quatsch, doch nicht mein Onkel. Der wohnt nur bei meiner Oma im Haus«, sagte das Mädchen und verzog den Mund; eine widerspenstige Locke fiel über sein Auge, das Mädchen schob sie nicht weg.

»Das ist der Mann von deiner Oma?«, fragte das Mädchen.

»Quatsch! Der Mann von meiner Oma ist vor ungefähr hundert Jahren gestorben. Der hier wohnt da nur und zahlt meiner Oma Miete.« Es kaute an seiner Unterlippe und ließ nervös ein Knie hüpfen. Bei der Erinnerung an dieses vergangene Kapitel seines Lebens wurde es nervös.

»Warum bist du plötzlich gekommen?«, fragte es Rafi und schob sich eine Haarsträhne in den Mund.

Er lächelte, beugte sich zu seinem Rucksack, machte ihn auf und zog eine rosafarbene Tüte heraus. »Ich habe dir was mitgebracht«, sagte er. Dana zögerte, schaute auf die Tüte, rührte sich nicht vom Fleck und machte keinerlei Anstalten, sie zu nehmen.

»Na los, er hat dir was mitgebracht, er wird es dir nicht ewig hinhalten.« Der Nachbarsjunge zog sie am Oberarm, und Dana streckte langsam die Hand aus, nahm die Plastiktüte, und schon drängten sich drei Köpfe darüber. Dana zog ein Armband aus hellrosa, hellgrün und hellblau gefärbten Bonbons heraus und zwei Plastikschmetterlinge mit blauen Flügeln für ihr Haar, drehte die Tüte um, schüttelte sie aus, um sicher zu sein, dass sich nicht noch etwas in ihr versteckte, und dann zogen sich die drei zur Eingangstür zurück und berieten, wie sie die Beute aufteilen sollten. Das Gummi des Armbands riss, und alle Kinder knieten auf dem Boden, sammelten die zerstreuten Bonbons ein und verschwanden in die Wohnung gegenüber. Das Kaninchen blieb bei den Sneakers des Gastes sitzen und schnupperte weiter an seinen Sohlen.

»Es geht mich zwar nichts an, aber ich bin gekommen, um Sie zu warnen. Jemand ist dabei, großes Unglück über Ihre Mutter zu bringen.« Der neue Mieter nutzte die kurze Pause zwischen den Auftritten der Kinder und kam sofort zur Sache. »Jemand hat vor, sie bei der Sozialversicherung und bei der Fremdenpolizei hinzuhängen. Man wird sie anzeigen und verklagen. An den Bußgeldern wird sie pleitegehen und vielleicht auch Sie und Ihre Schwestern.«

Er nahm die Brille ab und putzte die Gläser mit dem Hosensaum. Jardena schaute in seine nackten Augen; sie hatte nicht gedacht, dass die dermaßen klein waren.

»Warum sollte ihr jemand so etwas antun?«, fragte sie, um Haltung bemüht.

»Der Typ ist ein Makler. Er will das Haus kaufen.«

»Das ist Erpressung. Für solche Fälle gibt es, wie Sie wissen, die Polizei.«

Er beugte sich vor und sagte etwas leiser: »Wenn Ihre Mutter ihn anzeigt, belastet sie sich selbst. Dann wird man ihr draufkommen.« Anschaulich schilderte er die Nöte, die über die Alte kommen würden, wenn ihre Betrügereien aufgedeckt würden. Er senkte und hob die Hand, breitete die Finger abwechselnd aus und ballte sie zur Faust, und dann beschrieb er den gewaltigen Profit, der ihr in den Schoß fallen würde, den finanziellen Aufstieg, wenn sie eine Konfrontation mit dem Gesetz umging und das Grundstück verkaufte.

»Hören Sie zu, es geht mich ja wirklich nichts an, was hab ich damit zu tun, aber immerhin heißt es: *Du sollst vor den Blinden kein Hindernis legen*. Wenn man ein Loch sieht, in das jemand fallen könnte, ist man verpflichtet, ihn davor zu warnen. Ich weiß nicht, wie ich das sagen soll, aber Ihre Mutter ist, entschuldigen Sie, bereits ein bisschen, wie soll man sagen … sie ist nicht immer ganz klar im Kopf, und Sie sind immerhin ihre älteste Tochter. Sie haben diese Geschichte eines Tages selbst am Hals.« Er setzte sich wieder aufrecht hin. Jardena bemerkte große Schweißperlen, die das Hemd unter seinen Achseln dunkel färbten.

Sie schob ihm die kalte Limonade hin, doch er war zu aufgeregt und wollte unbedingt zuerst die Rede beenden, für die er gekommen war.

»Hören Sie zu, ich habe Ihre Mutter sehr gerne, und es täte mir im Herzen weh. Das viele Geld, das sie bekommen wird, kann ihr doch den Lebensabend versüßen. Sie hat es nicht verdient, dermaßen bloßgestellt mit Schimpf und Schande aus der Welt zu scheiden. Das hat sie wirklich nicht verdient. Und danach stehen Sie vor dem Schuldenberg.« Jetzt streckte er die Hand nach dem Krug, schenkte sich mit zitternder Hand ein Glas ein und trank es auf einen Zug aus.

Jardena schwieg. Sie setzte sich im Schneidersitz hin und sah, wie sein Rücken sich entspannte und er sich lockerer und bequemer hinsetzte. Ein sonderbarer Typ, dachte sie, so ein Naivling, der die Welt retten will. Das alles hätte er mir auch am Telefon sagen können, aber er hat sich die Mühe gemacht, bis nach Tel Aviv zu kommen. Entweder hat er zu viel Zeit, oder wir wissen noch nicht alles über ihn. So oder so hatte sie nicht vor, viele Gedanken in diese Geschichte zu investieren. Sie schob ihm die Plätzchen hin, er nahm eins und sagte, bevor er davon abbiss: »Das Mädchen sieht prima aus. Es hat sich sehr verändert …« Noch während er das sagte, stürmte die ganze Bande wieder herein. Einer der beiden Plastikschmetterlinge wankte auf der widerspenstigen Locke, die über Danas Auge fiel, der andere flatterte über dem Pony des Zwillingsmädchens.

»Herzl, komm!« Dana beugte sich zu dem Kaninchen, das sich nur widerwillig erhob und der Bande folgte, und kurz bevor die Wohnungstür wieder zuschlug, rief sie noch: »Es ist schon dunkel! Bald fährt kein Bus mehr nach Jerusalem, und wir haben noch kein Gästebett. Komm, Herzl, komm!«

Jardena dachte nicht viel über das nach, was der neue Mieter ihr erzählt hatte, nicht, während er sprach, und nicht, nachdem er seinen Rucksack genommen hatte und gegangen war. Doch spät am Abend, als sie mit ihrer Zigarette am offenen Fenster stand, erinnerte sie sich an seine Formulierung, mit Schimpf und Schande aus der Welt zu scheiden, und dachte, Schimpf und Schande, das sind so abstoßende Wörter aus anderen Zeiten, genau wie Schmach und Scham. Sie betrachtete die Ficusbäume mit ihren breiten Kronen, das völlige Gegenteil der schlanken, düsteren Zypressen, die wie Mönche wirkten und in ihren Kronen Krähen beherbergten und viel Aufsehens darum machten. Die Ficusbäume dagegen beherbergten nachts alle dahergeflogenen Vogelarten, die still auf ihren Zweigen die Nacht verbrachten. Jede Stadt hat ihre eigenen Bäume, und wo wir schon davon reden, jede Stadt hat auch ihre eigenen Toten, dachte sie. Wenn in Jerusalem jemand mit Schimpf und Schande stirbt, dann vergisst Jerusalem ihm das nicht. Anders in Tel Aviv. Da gilt: Wer tot ist, ist tot. Tel Aviv erinnert sich an nichts. Aber versuch mal, das deiner Mutter zu erklären. Versuch, sie davon zu überzeugen, dass man mit der Maxime *if you can't beat them join them* immer noch am Weitesten kommt. Dass es schade wäre, ein prächtiges Resümee von siebenundsiebzig Jahren mit einem kriminellen Eintrag bei der Polizei zu beenden, und dass Jerusalem eine heilige Stadt ist und heilige Orte ein langes Gedächtnis haben. Jardena blies Rauchringe ins Dunkel und stellte sich vor, wie ihre Mutter in dunklen Verhörzimmern auf einem schmalen Stuhl vor zwei kräftigen Männern saß oder auf harten Bänken in kalten Gerichtssälen. Die Alte würde die Leute zweifellos in den Wahnsinn treiben. Sie würde ihnen einen Schrecken einjagen, sie zum Lachen bringen, sie beschimpfen, ihnen etwas vorsingen und nichts auslassen, um die perfekte Verrückte zu geben.

Jardena rauchte ihre Zigarette, bis sie sich fast die Fingerspitzen verbrannte, drückte sie im Aschenbecher aus, betrachtete die Lichtflecken, die die Ficusbäume dem Mond zurückwarfen, und sagte sich, verdammt, man muss sie davon abbringen. Das Leben war zu kurz, wer hatte die Zeit und Kraft, sich mit der ganzen Welt anzulegen? Und wenn man ihr ihre Rumänin wegnahm? Das hätte gerade noch gefehlt, wer würde sie dann anziehen und füttern, zu Bett bringen und morgens wieder aufwecken? Man musste sie überzeugen, das Haus zu verkaufen, ihr von dem vielen Geld vorschwärmen, von dem wunderbaren Leben, das sie sich mit diesem Geld würde leisten können, und auch ein Loblied auf Johanna singen, ohne die sie wirklich nicht leben konnte. Man könnte auch Bruno ins Spiel bringen. Sollte auch dies scheitern, müsste man zum letzten Mittel greifen und ihr erklären: Mama, wenn du Probleme mit der Polizei bekommst, kannst du Bruno vergessen. Der würde sich nie mit einer Kriminellen zusammentun. Für einen Mann, der die Shoah überlebt hat, sind Polizei und Gefängnis ein Albtraum. Morgen oder spätestens übermorgen würde sie Dana mittags von der Schule abholen und mit ihr zusammen nach Jerusalem hinauffahren, die Oma besuchen.

Doch früh am folgenden Morgen klingelte ihr Telefon.

»Entschuldigung ich stören«, sagte Johanna, »Telefon von Simona abgestellt, deshalb ich telefonieren Sie. Mutter haben *probleme*, sie reden zerwirrt, und ich nicht verstehen, was sie sagen. Vielleicht muss kommen jemand, vielleicht die Doktor …«

Jardena wartete nicht länger, sie wusste, dass die Rumänin ihre Stellung nicht aufgab, aber es wäre grausam und unfair, sie in dieser Situation allein zu lassen. Sie gab Dana bei den Zwillingen ab, gab Anweisungen ans Hotel durch und fuhr los. Als sie sich dem Haus näherte, sah sie den Wahnsinn, der es ergriffen hatte, schon von Weitem an der Fassade: Aus jedem Fenster winkten rote Ärmel; rote Lumpen aller Art hingen an den eisernen Haltern der Fensterläden, um das Fallrohr der Regenrinne war eine rote Decke gewickelt, und eine unterbrochene Linie aus roter Farbe zog sich auf der Vorderseite des Hauses vom Dach hinunter bis auf den Weg. Wer auch immer die Farbe von unten nach oben und von oben nach unten gesprüht hatte, es war ihm nicht gelungen, die beiden roten Linien miteinander zu verbinden, und so blieb ein Stück bleiche Mauer dazwischen. Am Tor hing eine alte rote Hose, und am Ende des Hofes war ein rotes Handtuch um den Hals der Vogelscheuche gewickelt. Sie blieb eine Weile vor dem Haus ihrer Mutter stehen und sagte sich, nichts zu machen, *when in Rome, do as the Romans do*, und schloss sich denen an, die dem bösen Blick Angst einjagen wollten, kramte in ihrer Handtasche nach einem alten Lippenstift, malte sich die Lippen knallig rot an und klopfte an die Tür.

Mit einem roten Band um den Kopf gebunden, einem roten Faden am Handgelenk und einem purpurroten Tuch um die Schultern saß die Alte gebeugt und verkrampft mitten im Wohnzimmer in ihrem alten Rollstuhl. Johanna stand hinter ihr, ebenfalls mit einem roten Halstuch, allzeit bereit, sie zu umsorgen und es mit jedem Unglück aufzunehmen.

»Sehen Sie! Was ich soll sagen, Frau Jona sehr krank«, sagte sie.

Hannah Jona starrte Jardena einen Moment lang an und sagte: »Hier im Haus wohnt der böse Blick. Wir müssen ihn beseitigen. Er ist unter die Schränke gekrochen, in die Schubladen, überallhin.«

»Schalom, Mama. Erst mal sagt man Schalom, oder?«, rief Jardena in voller Lautstärke, und die Alte bewegte sich nicht, doch Jardena bemerkte, dass sie eilig leer schluckte und der starre Wahnsinn für einen Moment aus ihren Augen wich und dann wieder zurückkehrte. Sie hatte ihre Mutter im Verdacht, diesen ganzen roten Irrwitz nur zu inszenieren, ging auf ihren Rollstuhl zu, senkte den Kopf zu ihr, bis sie jede Linie des komplizierten Faltennetzes auf der Wange ihrer Mutter genau verfolgen konnte, ging noch ein bisschen näher heran, bis sie auch die billige Gesichtscreme roch, mit der Johanna sie morgens einschmierte, und sagte: »Mama, steh von diesem Stuhl auf, wirf diesen roten Feudel vom Kopf und lass das Theater!«

Kein Muskel im Gesicht der Alten zuckte, doch in Johannas Gesicht bewegten sich viele Muskeln. Sie hielt sich die Hand vor den Mund, ihre Augen wurden weit, ihre Augenbrauen hüpften bis hoch auf die Stirn. Jardena dachte, die Rumänin wird gleich ohnmächtig, doch das war ihr egal. Zum Pokerface ihrer Mutter gebeugt, schoss sie eine lange Salve von Wörtern ab und wusste nicht, ob sie irgendwo gehört wurden oder im Nichts verhallten. »Hör auf, hier die Kranke zu mimen und dich dumm zu stellen, Mama, das wird dir diesmal nichts helfen, diese Vorstellungen nimmt dir keiner mehr ab. Damit ist es jetzt vorbei. Sie sind dir draufgekommen. Seit Jahren betrügst du die Sozialversicherung und tanzt gleichzeitig auf allen Hochzeiten. Wenn du weiter tanzen willst, dann verkauf das Haus. Du willst es nicht verkaufen? Dann werden sie dich verpfeifen, und du wirst nicht nur ohne Ehre, sondern auch ohne einen Groschen, ohne Johanna und ohne Bruno zurückbleiben.«

Die Alte richtete sich im Rollstuhl auf, legte ihre geballten Fäuste auf die Schenkel und sagte mit klarer, scharfer Stimme, die aus einem anderen Lebensabschnitt stammte und gleichsam nicht aus ihrem Mund zu kommen schien: »Ohne Bruno und ohne Johanna, das geht gar nicht. Geh und hol mir Wasser, Jardena. Ich habe dich sehr schlecht erzogen, dass du so zu deiner Mutter sprichst.«

Johanna eilte hinaus, um Wasser zu holen, doch Jardena hielt sie am Arm zurück. »Lass mich das mal machen«, sagte sie und ging an ihr vorbei in die Küche, holte ein Glas Wasser, reichte es ihrer Mutter, wartete, bis sie ein paar Schlucke getrunken hatte, und fuhr dann fort: »Und belogen hast du uns anscheinend auch. Hast die total Durchgeknallte gespielt, dabei bist du heller als wir alle zusammen.«

»Dann verpfeift mich doch. Außer dem Haus hab ich nichts zu verkaufen, das ist alles, was ich habe.«

Sie versank wieder in ihrem Stuhl, warf einen forschenden Blick auf Jardena, und Jardena erwiderte ihn mit einem entschlossenen Blick und wunderte sich, dass ihre Mutter es mit diesen übertrieben blauen Augen in ihrem Leben nicht weitergebracht hat. Solche Augen hätten ihr so manche Tür öffnen können, doch sie hat wohl nicht gewusst, wie man eine solche Ressource einsetzen musste. Was für eine Verschwendung. Nicht nur, dass sie diese Augen nicht gezielt genutzt hat, sie hat sie auch an keine von ihnen dreien vererbt. Siebenundsiebzig Jahre flitzten diese Pupillen schon hin und her und leuchteten noch immer, als hätten sie soeben erst das Licht der Welt erblickt. Sie waren zu blau, einfach viel zu blau. Vielleicht hatte sie das wandernde Gen eines wilden Wikingers abbekommen oder einen Funken jenes ersten, uranfänglichen blauen Auges, das geschaffen wurde, noch bevor sich das originale Blau der Schöpfung mit anderen Blautönen vermischte und trüb und blass geworden war. Doch wenigstens eine Ressource wusste sie richtig zu nutzen, das Alter: Sie wusste, wie man den letzten Abhang mit Schwung nahm, wie man beim Elfmeterschießen des Lebens den tollsten Strafstoß schoss, und machte alle Regeln zur Farce, und keiner konnte ihr was sagen. Hannah Jona war klein und welk; wie ein altes Mädchen mit einem roten Band im Haar saß sie auf ihrem Stuhl, als hätte man sie vor vielen Jahren im Kindergarten vergessen und dort sitzen lassen. Sie schwieg lange, als denke sie über etwas nach, und sagte schließlich: »Wenn ich mich nicht täusche, hast du eine Tochter, nicht wahr?« Sie kniff ein Auge zu, schaute Jardena aus dem anderen an und zog die Augenbrauen zusammen, als versuche sie sich zu erinnern.

»Was Sie sagen dazu?«, fragte Johanna erschrocken, doch Jardena erschrak nicht.

»Mama, ich nehm dir das nicht ab. Wenn du hier die Alzheimer-Patientin spielen willst, bitte schön. Aber nicht auf Kosten von Dana. Sie hat es nicht verdient, vergessen zu werden, nicht mal im Spiel.«

»Hört, hört, wer da spricht!«, sagte die Alte und brach in ein lautes, trockenes Lachen aus, unterbrach sich aber gleich, indem sie die Lippen zusammenkniff, und rief: »Sollte dieser Denunziant kommen, der Umschlag mit den Papieren des Hauses liegt versteckt in der Hebräischen Enzyklopädie unter dem Stichwort Gott. Das war der logischste Ort, den ich mir vorstellen konnte.« Sie ließ den Kopf auf die Lehne des Stuhls sinken und sagte: »Wir haben doch bestimmt noch ein paar Süßigkeiten im Haus. Johanna, pack eine Tüte für Dana, und wenn wir draußen schon frische Möhren haben, pack auch eine Tüte für Herzl.« Johanna, die mit Taten besser zurechtkam als mit Worten, eilte in die Küche und sagte: »Sicher, sicher, wir haben Erdnussflips, und wir haben Möhren.«

Jetzt, wo nur noch sie beide im Zimmer waren, legte Jardena weich ihre Hand auf Hannah Jonas Schulter und sagte: »Mama, nimm bloß dieses idiotische Band ab, du siehst ja aus wie ein blinder Fan vom *Hapoel Jeruschalajim*.«

Hannah Jona lehnte den Kopf etwas weiter nach hinten, musterte Jardena, riss ihre Augen staunend weit auf und sagte: »Entschuldigen Sie, gute Frau, wer sind Sie? Kennen wir uns?«

10

Die Rosen, die Bruno mitgebracht hatte, waren längst verblüht, doch Hannah hatte Johanna verboten, sie wegzuwerfen, und so standen sie tot aufrecht in der Vase. Sie wollte Gott für Bruno danken, aber sie wartete mit dem Dank noch etwas ab, um sicherzugehen, dass er sie in dem Moment, in dem seine eine Hand sie beschenkte, nicht mit der anderen schlug und dass die Pannen und Missgeschicke der letzten Zeit nicht vielleicht doch auf sein Konto gingen. Bisher war sie wie ein Jongleur auf dem dünnen Faden zwischen Zurechnungsfähigkeit und Demenz balanciert, doch in den letzten Tagen hatte sie das Gefühl, dass der Faden immer dünner wurde und sie die Kontrolle verlor und manchmal um Haaresbreite danebentrat. So wusste sie zum Beispiel nicht, ob Simona sie am Tag zuvor besucht und ihr erzählt hatte, dass sie schwanger sei, oder ob das nur ein dummer Traum gewesen war. Vielleicht war Simona auch dagewesen und hatte etwas anderes erzählt, oder sie war gar nicht dagewesen und hatte nichts erzählt.

Im Augenblick saß die Alte in dem alten bordeauxroten Sessel in ihrem blühenden Hof, und Johanna stand breitbeinig über dem Zwiebelbeet und jätete Unkraut. Hannah Jona betrachtete ihre muskulösen Schenkel und dachte bei sich, diese Johanna ist enorm kräftig, was für eine Kraft steckt in ihrem gewaltigen Rücken, wenn sie sich zu den Beeten runterbückt. Diese Frau ist mein treuester Soldat gegen das Alter und gegen alle Pest und Cholera, die das Alter für mich bereithält. Wenn ich mich verrückt stellen muss, damit sie mir diese Johanna nicht wegnehmen, dann stell ich mich eben verrückt. Die Wintersonne wärmte ihre Glieder, und sie freute sich, dass ihr schwarzes Haar die Sonne anzog und sich ihr Schädel erwärmte und ihr Hirn auftaute. Bald würde das Blut in ihrem Gehirn wieder frei zirkulieren, und dann würde sie wissen, was wirklich passiert war und was nicht. Wenn nur die Krähen für einen Moment still wären; wie Idioten flogen sie hin und her und stießen in der Luft zusammen, als gäbe es nicht schon genug Durcheinander in der Welt. Sie schaute in den Himmel über dem Hof und dachte, wenn sie jünger wäre, würde sie den bedrohlichen Baukränen den Stinkefinger zeigen, doch mit der Arthritis in ihren Gelenken hatte sie keine Chance, auch nur irgendeinen Finger zu recken. Aber komme, was da wolle, denen würde sie keinen einzigen Stein geben. Kein Körnchen Sand. Jehuda war zwei Stunden, nachdem er den Kaufvertrag für das Haus unterschrieben hatte, gestorben. Sie hatte den Mann verloren und ein Haus bekommen. Vielleicht hatte Gott das für einen fairen Deal gehalten. Als sie hier einzog, war sie eine Witwe mit drei pubertierenden Töchtern gewesen. Drei Tonnen Hormone und nur zehn Zentimeter Stein zwischen ihnen und der Straße. Dass hier jetzt drei Mädchen wohnten, hatte sich draußen schnell rumgesprochen, und auch die hatten einiges über das Leben draußen erfahren. Es war ihr schwergefallen, sie zu bändigen. Sie hatte alles in ihrer Macht Stehende getan, damit die Straße draußen vor dem Haus blieb. Sie hatte ein Eisentor bauen und Doppelfenster einsetzen lassen, damit der Lärm nicht eindrang, hatte schwere Vorhänge genäht, damit man nicht hereinschauen konnte, und die Hausfront zu einer Festung gemacht. Nur die Seite, die auf den Hinterhof hinausging, hatte sie für Sonne und Wind offen gelassen; dort gab es keine Doppelfenster. Doch trotz aller Versuche, abzudämmen und fernzuhalten, belagerte der Straßenkrach das Haus und gelangte an Jardenas neugierige Ohren. Sie hatte schnell kapiert, dass die Straße kurze Röcke und einen wackelnden Hintern mochte, und sie gab der Straße, was die Straße wollte. Sie wechselte ihre Jungs wie Unterhosen, pfiff auf Hannah Jonas Warnungen, und pfiff auch noch mit zwanzig und mit dreißig, und schließlich bezahlte sie teuer dafür. Sie war schwanger geworden und hatte das alles alleine geschleppt und schleppte es bis heute allein.

Hannah Jona wühlte in ihrem Haar, kratzte sich den Schädel, der sich noch nicht genügend erwärmt hatte, und dachte, apropos Schwangerschaft, ich weiß immer noch nicht, ob Simona gestern hier war und erzählt hat, dass sie schwanger ist, oder ob ich das nur geträumt habe. Sie schloss die Augen, versuchte, etwas aus ihrem Hirn zu fischen, doch sie fing nichts. Verärgert über sich selbst und über das dumme Warten auf die Sonne, die ihr Hirn auftauen sollte, fragte sie Johanna.

»Natürlich, Simona gewesen hier gestern Abend.« Johanna richtete sich von ihrer Arbeit auf und rieb sich die Erde von den Händen.

»Frau Hannah, Sie nicht erinnern, dass Simona haben eine Kind in Bauch? Vielleicht Sie wollen trinken etwas Wasser, Frau Hannah?«

Dann war sie also gekommen. Hannah Jona versank tiefer in dem alten Sessel, und eine zweifache Traurigkeit überkam sie, wegen ihres lahmen Hirns und wegen Simona. Unverheiratet schwanger. Noch so eine. Wenn sie wenigstens fröhlich gewesen wäre, aber sie war ernst und angespannt gewesen, bleich und so furchtbar dünn. Doch anscheinend wollte sie das Kind. Ihr musste man ja nicht erzählen, wie man eine Schwangerschaft loswurde. Wenn sie es nicht gewollt hätte, hätte sie problemlos einen Kollegen bitten können, es wegzumachen. Sie war so bleich und so verschlossen gewesen, und sie hatte es nicht gewagt zu fragen, von wem das Kind war und ob er Verantwortung übernahm. Ohnehin hätte Simona ihr keinen Deut mehr erzählt, als sie sich vorgenommen hatte. Aber vielleicht hatte sie ihr ja etwas erzählt. Hannah Jona traute ihrer Erinnerung nicht und erkundigte sich bei ihrer persönlichen Sekretärin, die inzwischen die Radieschen vereinzelte.

»Simona nicht erzählt, ob es gibt eine Vater oder nicht. Nicht schlimm in Israel, wenn Mama arbeiten, sie haben Geld und brauchen keine Papa. In *România* Mama und Papa beide arbeiten und haben keine Geld.« Johanna warf einen breiten Schatten auf die Erde. »Frau Jona muss sagen schnell, was sie machen will mit die Haus. Bevor Leute gehen zu die *poliția* und die soziale Versicherung.«

Hannah Jona dämmerte vor sich hin, bekam nicht richtig mit, was Johanna sagte – Simona, das Haus, die Baukräne, die Krähen, alles wirbelte ihr durch den Kopf. Sie murmelte »Bruno«, und mit einem Mal wurde sie wieder ganz klar und sagte: »Bruno, das ist der Name des Mannes, den ich liebe, Bruno. Wenigstens darin bin ich mir hundertprozentig sicher.« Sie setzte sich in ihrem Sessel auf und sagte: »Ja, das Haus. Man muss etwas gegen diesen Denunzianten unternehmen.« Sie erinnerte sich an den neuen Mieter, der ihr die Geschichte mit dem Agenten aufgetischt hatte, und sagte: »Weißt du was, Johanna, vielleicht stimmt es gar nicht, was dieser Tichter erzählt hat. Vielleicht hat er sich das alles nur ausgedacht, und es stimmt gar nicht.« Johanna äußerte sich nicht zur Glaubwürdigkeit des Tichters, denn eine dicke Wolke hatte die Sonne entführt und versteckt, und ein großer Schatten legte sich über den Hof, und Hannah Jona hatte bereits vergessen, was sie gerade gesagt hatte, und erwartete ohnehin keine Antwort. Hannah Jona fröstelte und dachte, wer hat denn die Kraft für das ganze Trara eines Umzugs, Sachen auswählen, wegwerfen, packen, andererseits … ja, was andererseits? Außer Bruno und Johanna hatte sie nichts für die andere Waagschale. Ein Regentropfen zerplatzte auf ihrer Stirn, ein anderer auf ihrer Nase, und Johanna sah, dass ihre Hand und auch ihr Bein zitterten, und sagte: »Frau Hannah, es regnen, wir müssen hineingehen in die Haus.«

Dieselbe Wolke, die den Hof von Hannah Jona verdunkelte, verlöschte auch den strahlenden Glanz der Kirchtürme im Tal. Simona schaute von ihrem Schreibtisch auf den grau werdenden Abhang; sie sah, es würde bald regnen, und kreiste mit den Schultern, um sich zu wärmen. Sie fuhr mit der Hand über ihren flachen Bauch, noch war nichts zu sehen oder zu ahnen. Außer einem hatte sie es hier niemandem erzählt, und trotzdem, damit war die Sache bekannt. Sie hatte es Dr. Amjad erzählt, und auch nur, weil er ihr geholfen hatte, einen Kranken im Bett auf die Intensivstation zu schieben. »Du bist bleich, du siehst nicht gut aus«, hatte er gesagt, während sie neben ihm schnaufte, ihre Hand rechts am Bett und er auf der linken Seite. »Ich bin schwanger, Amjad.« Sie hörte die Worte, doch es war, als kämen sie aus einem anderen Mund. »Noch ganz am Anfang, Erbrechen und so …«, beschwichtigte sie. »Dann nichts wie weg hier«, befahl er ihr, »du hast hier nichts verloren, das ist nichts für dich.« Und er breitete seine Arme aus, packte das Bett in seiner ganzen Breite und schob es alleine weiter. Nachdem er den Kranken bei den Beatmungsspezialisten abgegeben hatte, kam er zurück auf die Station und sagte ihr: »*Mabruk*, Simona, herzlichen Glückwunsch! Pass gut auf dich auf. Möchtest du einen Kaffee?«

»Gern einen Tee.«

Der Tee war prima. Sie hatte sich gefreut, dass er sie den Tee alleine trinken ließ, doch bereute sie, dass sie es ihm gesagt hatte. Als hätte sie damit eine neue Tatsache geschaffen, als sei ihr der Rückweg von der Schwangerschaft nun versperrt. Nicht, dass sie erwog, es sich noch anders zu überlegen, doch mit diesen drei Worten hatte sie allein mit dem Atem ihres Mundes, ohne jede Materie, gleichsam eine Wand errichtet.

Die Zweite, der sie es erzählt hatte, war Hannah Jona gewesen, am Tag zuvor. Über Jahre hatte Simona sie nicht an den Dingen in ihrem Leben teilhaben lassen, doch diesmal hatte es sie gedrängt, ihr davon zu erzählen, wie ein Kind, das gestürzt war und nach Hause rannte, um der Mutter die Wunde zu zeigen. Da beginnt jemand sein Leben in dir, und du rennst sofort zu der, die dir dein Leben geschenkt hat, und verrätst denjenigen, als bestünde da eine virtuelle Nabelschnur, die eine Tochter an ihre Mutter bindet, über alle Zeiten hinweg, über alle Verwerfungen und Abgründe hinweg, die sich inzwischen aufgetan haben. Sie blickte auf die feinen Wassernadeln, die an den großen Fensterscheiben zersplitterten, und dachte, ich habe mich losgesagt, ich habe meine Ausbildung gemacht, mich entfernt, bin meinen eignen Weg gegangen, und was bleibt davon zum Schluss? Diese biologische Bindung regiert mich, als sei ich eine Marionette. Doch ihre Mutter war zu zerstreut gewesen, sie hatte gesagt: »Aber du bist so dünn, Simona«, und hatte die Nachricht sofort mit anderen Nachrichten in ihrem Kopf vermischt. Die Denunzianten, die ihr das Haus abluchsen wollten, waren für sie in diesem Moment realer als der potenzielle Enkel, dessen erste Zellen sich gerade teilten. Johanna dagegen hatte den Fisch, den sie gerade briet, stehen lassen, das Gas abgedreht und gerufen: »*Masal tov,* Simona, ich gratulieren.« Sie streckte ihr eine vom Kochen heiße Hand entgegen, wischte sich mit dem Zipfel ihrer Schürze die Augen und machte sich sofort daran, Kaffee zu kochen und Kuchen aufzuschneiden. Hannah Jona war von ihrem Stuhl aufgestanden und hatte sich wieder hingesetzt, sie wirkte rastlos. »Dieses Haus hat Jehuda, dein Vater, gekauft, und er hat dafür mit seinem Leben bezahlt, mit seinem eignen Leben hat er das bezahlt, hörst du?« Simona bemerkte, dass ihre Mutter versuchte, ein leichtes Zittern der Hand und wohl auch eines Beines zu verbergen. Als sie in den Kuchen biss, blieben Krümel an ihrer Oberlippe hängen und fielen erst vom Zittern der Lippen runter; ihre Mutter war dem Weinen nahe. »Diese Schurken werden mir Johanna wegnehmen, sie werden Geld verlangen und mir einen Prozess machen, als sei ich das einzige Problem, das der Staat Israel noch zu lösen hat, als gäbe es keinen Iran, keine Bomben, keinen Gazastreifen. Hannah Jona ist das letzte Problem, das sie noch haben, und wenn sie Hannah Jona ins Gefängnis stecken, dann kommt der Messias. Du bist doch Ärztin für alte Menschen, schau mich an, Simona, glaubst du, ich hätte die Kraft, mich verrückter zu stellen, als ich bin? Wenn die Sozialversicherung will, dass ich in Unterwäsche auf die Straße gehe, dann geh ich in Unterwäsche auf die Straße, wenn sie wollen, dass ich kikeriki schreie, dann schreie ich kikeriki, das ist mir egal. Simona, du bist doch eine intelligente junge Frau und dazu noch Ärztin und hast ja immerhin mit Auszeichnung abgeschlossen. Wenn du willst, kriegst du den Mund auf – würdest du bei ihnen ein Wort für mich einlegen?« Sie hatte noch ein Stück Kuchen genommen, es mit wenigen großen Bissen verdrückt und ihre zitternde Hand zu einem weiteren Stück ausgestreckt, als seien die, die ihr übelwollten, bereits unterwegs, als müsse sie ihre Zeit nutzen und so viel wie möglich essen, bevor sie an die Tür klopften und … und was? *Finita la commedia*.

»Das ist nicht das Ende der Welt, Mama. Wenn wir das Haus verkaufen müssen, verkaufen wir es eben und kaufen dir dafür eine schöne Wohnung. Das Haus ist jetzt sowieso zu groß für dich, oder etwa nicht?« Doch die Alte hatte sie nicht gehört. Der Regen trommelte laut ans Fenster und fesselte ihre Aufmerksamkeit. Sie hatte eine Weile dem Klang des Wassers zugehört und staunend, als sei es ihr erster Regen, gemurmelt: »Wie es da draußen schüttet, ist ja nicht zu glauben, das wird noch eine richtige Sintflut, oho, eine richtige Sintflut«, und nach einer Weile hatte sie den Blick wieder ins Zimmer gewandt und gesagt: »Steh auf, Simona, damit ich dich seh. Du hast gesagt, du bist schwanger, stimmt's? Aber du bist viel zu dünn, Simona, das Baby frisst dich von innen auf. Johanna, wenn du mir schon keinen Alkohol erlaubst, dann koch uns wenigstens eine heiße Schokolade!« Sie musterte Simonas Figur, legte ihr ihre sehnige Hand auf die Hüften und sagte: »Es frisst dich von innen auf, das Kind. Aber gut, lass uns eine heiße Schokolade darauf trinken.«

Nachdem sie sich mit den Kakaobechern zugeprostet hatten, stand Simona auf um zu gehen. Johanna begleitete sie zur Tür und nutzte den Lärm der Regenrinnen und sagte: »Mutter ist ein bisschen balla, Simona, ich weiß nicht. Vielleicht sie haben Blutdruck, vielleicht sie machen nur Theater für die soziale Versicherung.«

Simona legte die Hand auf Johannas kräftige Schulter und sagte: »Alles wird gut, Johanna, keiner wird Mama das Haus wegnehmen und auch dich nicht.«

»Gott helfe uns, danke, Simona. Sie haben eine gute Herz.« Johanna bekreuzigte sich und richtete die Augen gen Himmel.

Simona trat in den Regen hinaus, eilte zum Tor, machte plötzlich kehrt und ging zurück in den Hof. Sie wollte mit dem neuen Mieter ein für alle Mal klären, woher die Geschichte stammte, mit der er die Alte eingeschüchtert hatte. Sie klopfte und hörte, wie er eilig zur Tür kam. Sie sah ihm seine Überraschung an, er hatte mit jemand anderem gerechnet. Er war korrekt angezogen, hatte die Wangen glatt rasiert, verbreitete einen leichten Duft von Aftershave und hatte das spärliche Haar sorgfältig über den Kopf gelegt. Sein ganzes Auftreten und auch die beiden Gläser und die Weinflasche auf dem Tisch bezeugten, dass er festlich gestimmt war und einen anderen Gast erwartete. Er bat sie herein und zog wie beiläufig seinen Ärmel zurück, um auf die Uhr zu sehen. »Setzen Sie sich. Welch hoher Besuch.«

Sie setzte sich nicht, sondern blieb in der Tür stehen und fragte: »Was ist das für eine Geschichte mit dem Bauunternehmer? Können Sie mir seinen Namen geben?« Ein Blitz zuckte hinterm Fenster, Donner schüttelte den Himmel, rüttelte an den Scheiben, und er brauchte einen Moment, um sich zu fassen.

»Leider nein. Hören Sie, ich habe damit nichts zu tun, ich bin nur der Bote. Ich habe das gehört und es Ihnen erzählt, um Sie zu warnen. Wenn Ihre Mutter ihm das Haus verkauft, werden Sie den Namen ohnehin erfahren, und wenn nicht, so wird das Unglück wohl anonym über das Haus hereinbrechen, auch wenn er dahintersteckt. Hören Sie, ich finde es auch absurd, aber nicht ich bestimme die Regeln.«

Er warf einen weiteren heimlichen Blick auf seine Uhr und wollte nichts lieber, als dass sie jetzt ging. »Wenn Sie mich fragen, mit dem würde ich mich nicht anlegen …«

»Ich habe Sie aber nicht gefragt.« Simona kämpfte einen Augenblick mit dem Knopf, der den Schirm aufspringen lässt, und öffnete die Tür.

»Die Welt ist, wie Sie wissen, voller Gauner«, sagte sie und ging in den Regen hinaus.

Sie schüttelte den Schirm, bis er endlich aufsprang, und hörte in dem Geräusch des sich entfaltenden Schirms klackende Absätze auf der Treppe aus dem ersten Stock. Sie ging weiter bis zum Tor und erwartete, dass die Schritte ihr dorthin folgen würden, doch sie brachen ab; die Tür des neuen Mieters öffnete sich, verschluckte die draußen stehende Gestalt, und die Tür schloss sich wieder. Der Regen platzte auf den Stoff des Schirms, rollte in dicken Tropfen herunter und spritzte von den Rändern. Simona öffnete die Autotür, stieg ein, kämpfte, bereits im Auto sitzend, die Hände noch draußen, mit dem Schirm, der jetzt nicht zugehen wollte; sie schlug ihn so ungeduldig auf die Straße, dass er zerbrach, warf ihn mit seinen gebrochenen Flügeln auf den Hintersitz und ließ den Wagen an. Die Scheibenwischer schoben den Regen nach links und rechts, im Radio sprach man von unterirdischen Kernreaktoren im Iran, sie wechselte den Sender, und eine samtig-melancholische Melodie erfüllte den Wagen. Sie schaltete das Radio aus, wollte sich die Tränen sparen, die sie bei dieser Musik dem Regen draußen hinzufügen würde. Die ganze Welt war ohnehin ein einziger Regen.

Sie dachte an ihre Mutter, an Johanna und Dr. Amjad, die es schon wussten. Das Baby frisst dich von innen auf, hatte ihre Mutter gesagt. So ein Quatsch. Es wog vielleicht ein Gramm und war nicht mehr als ein Klümpchen Zellen ohne Krallen und Zähne. Michael hatte sie es noch nicht erzählt, das musste sie auch nicht. Besser, wenn er und die Frau, die er liebte, nichts davon wussten; die mussten sich jetzt mit anderen Dingen herumschlagen. Sie fuhr durch die nassen Straßen und machte allerlei Umwege zu der Wohnung, die sie von Orna gemietet hatte. Solange Regen fiel und das Auto fuhr, verlor sie nicht den Verstand. Solang die Welt sich bewegte, das Wasser auf den Wagen prasselte, die Tropfen auf der Scheibe zerplatzten und die Scheibenwischer sie nach links und rechts wegschoben, hatte sie den Eindruck, es sei noch nichts beschlossen, alle Möglichkeiten seien noch offen. Blitze konnten in Baukräne einschlagen und sie in Brand setzen, Embryos konnten aufhören zu sein und abgehen, und verängstigte alte Mütter konnten sich auch wieder beruhigen. So ein Quatsch. Im Moment, in dem sie den Motor abschaltete und in ihre Wohnung ging, würde das Wandern der Möglichkeiten aufhören, die Baukräne würden die Wolken aufspießen, die Zellteilung würde weitergehen, und wer Angst hatte, würde sich auch weiter ängstigen. Sie war im Süden der Stadt gelandet und fuhr in einem Armeleuteviertel durch menschenleere Straßen. Sie parkte in der Gegenrichtung vor einem langen, heruntergekommenen Wohnblock, bei dem ein Balkon am nächsten klebte und man den Nachbarn in die Fenster schaute, einem Ort, an dem sie niemanden kannte und niemand sie kannte. Hier wollte sie eine Weile sitzen, und wenn sie einschliefe, wäre es auch nicht schlimm. Sie hatte nicht angehalten, um sich mit der Not anderer zu trösten oder um ihr Leben in anderen Proportionen zu sehen, sondern nur, um einen Teil der langen Nacht rumzubringen. An einem erleuchteten Fenster im fünften Stock sah sie hinter einer beschlagenen Scheibe eine Gestalt, die wild gestikulierte und ein Gespräch oder einen Streit führte, mal verwischte der Regen sie, mal verlieh er ihr dramatisch Nachdruck. Gebannt von diesem Stummfilm, merkte sie nicht, dass jemand sie durch die Scheibe der Beifahrertür beobachtete. Sie wandte ihm ihr

Gesicht erst zu, als sie hörte, dass er die Autotür öffnete. Sie zuckte zusammen. Als er sich durchnässt und tropfend neben sie setzte, gab die Federung des Wagens nach. Sie meinte auch einen metallenen Gegenstand gehört zu haben, vielleicht eine Pistole? Er zog die Tür zu und sagte: »Mir ist der Bus davongefahren. Kein Hund würde in diesem Regen warten. Ich hab Sie da stehen sehen und mir gesagt, ich warte in Ihrem Auto.«

»Sie haben mich nicht gefragt«, sagte sie, bemüht, ihre Stimme unter Kontrolle zu halten. Er war groß, breitschultrig, mit rasiertem Schädel und eckigem Kinn. Seine Hände lagen auf den Knien. Wenn er wollte, wäre es ein Leichtes für ihn, sie zu erwürgen, in eine Pfütze zu werfen und mit ihrem Auto zu verschwinden. Im fahlen Licht der Straßenlampe konnte sie nicht erkennen, wie alt der Eindringling war.

»Sie stehn doch sowieso hier, was stört es Sie? Ich koste Sie ja nichts«, sagte er gleichgültig und völlig entspannt. Sie überlegte, wie sie ihn loswerden konnte, ob sie in scharfem Ton ›raus hier‹ sagen sollte oder es mit Freundlichkeit versuchen, etwa mit: ›Entschuldigen Sie, aber ich muss jetzt los, bitte steigen Sie aus …‹ Wenn wenigstens noch jemand auf der Straße wäre, um ihr zu helfen. Sie hatte Angst, die Polizei zu rufen; er würde mitbekommen, wenn sie die Nummer in ihr Handy tippte, und sie umlegen, bevor sie überhaupt ein Wort gesagt hatte. So schaltete sie den Scheibenwischer an, um nicht ganz allein mit ihm in einem dunklen Wagen zu sitzen, durch dessen Scheiben man nichts sah. So konnte sie wenigstens durch die Scheibe die Welt sehen, und die Welt sah sie. Er klopfte mit dem Finger auf sein Knie, so natürlich wie jemand, der auf den Bus wartet oder darauf, dass der Regen aufhört, als säße er unter dem Dach einer Bushaltestelle. Sie erwog, das Fenster zu öffnen und zu schreien, doch wer würde sie hören. Die Fenster der Wohnungen waren geschlossen, der Regen peitschte, die Regenrinnen röchelten …

»Suchen Sie jemanden? Ich kenn hier alle. Wer hier einmal hinzieht, bleibt hier hängen. Hier kennt jeder jeden.«

»Auch Sie sind hier hängen geblieben?«, fragte sie ihn und dachte, ich muss mit ihm ins Gespräch kommen, mich interessiert zeigen und ihn dann höflich bitten auszusteigen. Aber er war groß und breit, und er hatte eine Pistole.

»Ich? Ich find's hier ganz okay. Die Leute haben nicht viel, was sie dir geben können. Deshalb geben sie dir ihr Herz. Und wo ist die feine Dame her? Wahrscheinlich aus Talbiyeh? Oder aus Rechavia?«

Sie antwortete ihm nicht. Ein Brechreiz meldete sich in ihrem Zwerchfell, schwappte die Speiseröhre herauf und verschloss ihr den Mund. Sie stieß die Fahrertür auf, streckte den Kopf in den Regen, und das Erbrochene spritzte an die Wagentür und aufs Trottoir. Der Gast setzte sich aufrecht hin und fragte: »Was haben Sie? Ich bringe Ihnen Wasser, warten Sie, meine Wohnung ist fünfzig Meter von hier.« Sie winkte ab, und schon ergoss sich die nächste Welle Erbrochenes auf den Gehweg.

»Lassen Sie die Tür offen, dann spült der Regen das weg, und strecken Sie auch den Kopf raus, dann kühlt er Ihnen ein bisschen das Gesicht.« Er saß jetzt völlig aufrecht, bereit, aufzuspringen, und ließ sich auch nicht wieder in seinen Sitz zurücksinken. Simona, die ohnehin nicht wusste, wie sie diese ganze Sauerei wegbekommen sollte, tat, was er ihr geraten hatte. Sie ließ den Regen ihre Tür abspülen und auch ihr Gesicht, und das Wasser schlug ihr auf Kopf und Hals und rann auf ihre Brust und hinunter in Richtung Hüften. Frierend, nass und mit wirrem Haar zog sie sich erst wieder ins Auto zurück, als ihre Unterkiefer zitterten und sie das Klappern ihrer Zähne hörte.

»Sie also auch? Meiner Schwester geht's grade genauso«, sagte er und sah sie an, »jedes Mal, wenn sie die Chemo kriegt, kotzt sie sich danach die Seele aus dem Leib. Bei jeder Chemo geht das so und bei den Bestrahlungen auch.«

Simona war leer und erschöpft. Dieses Kind, das sie von innen auffraß, wie die Alte es gesagt hatte, war ihr jetzt fremder als der Mann neben ihr. Auch wenn er zehn Pistolen am Gürtel hätte, würde sie sich nicht mehr vor ihm fürchten. Wer will eine Frau anfassen, deren Mageninhalt überall an ihr klebt und aus ihrem Mund tropft. Außerdem, selbst wenn er ein Raubtier wäre, hätte das, was er über seine Schwester gesagt hatte, seine Zähne schon stumpf gemacht. Er hatte eine Schwester, und er kannte deren Not. Simona saß schlaff da, klebrig von Wasser und Erbrochenem, und war todmüde.

»Haben Sie einen Führerschein?« Ihre Zähne klapperten, und der kleine Raum des Wagens stank dermaßen, dass sie kaum Luft bekam.

»Hab ich.«

»Dann fahren Sie mich bitte nach Hause, wenn Sie so nett wären.«

Er drehte seinen Arm zum Fenster, sodass das trübe Licht der Straßenlampe auf seine Uhr fiel, und sagte: »Dann aber schnell, ich hab nicht viel Zeit.«

Sie stand auf, setzte sich auf den Rücksitz, und der Unbekannte lief um ihren Wagen, und sie sah, er war noch größer, als sie angenommen hatte. Er setzte sich auf ihren nassen Sitz, schob ihn nach hinten, damit er Platz für seine Beine hatte, schaltete das Licht ein und fragte: »Wohin genau? Wie wollen Sie es die Treppen hinaufschaffen in dem Zustand?«

»Ich wohne im ersten Stock«, sagte sie und erklärte ihm, wohin er fahren sollte. Er schaute sie im Innenspiegel an und fragte: »Wann hatten Sie Ihre Behandlung? Heute?«

»Ich bin nicht in Behandlung. Ich bin schwanger.«

»*Masal tov*, Glückwunsch«, sagte er gleichgültig und mit flacher Stimme; vielleicht weil sie auf die Seite der Gesunden gewechselt war und die Gemeinsamkeit mit seiner Schwester verflogen war. Er schwieg und fuhr zur genannten Adresse. Der Regen hörte auf. Er hielt bei Ornas Wohnung, stieg aus, und auch sie stieg aus, lehnte sich an den Wagen und gab ihm einen Zweihundert-Schekel-Schein, damit er mit dem Taxi dorthin fahren konnte, wohin er musste.

»Ich brauche keine zweihundert, hundert reichen«, sagte er, nahm den Schein, schaute nach rechts und nach links die Straße entlang, ob ein Taxi vorbeikam, und sie lehnte am Wagen, atmete die kühle Luft und sagte sich, sie werde mit ihm draußen warten. Mit diesem Gestank hatte sie es nicht eilig, in die Wohnung zu gehen. Auch nachdem sein Taxi kommen und mit ihm wegfahren würde, wollte sie nicht reingehen; sie brannte nicht darauf, sich so im Spiegel zu sehen. Jedes Mal, wenn Scheinwerfer auftauchten, trat er auf die Straße und kam dann wieder zurück aufs Trottoir. Den Blick gespannt auf die Fahrbahn gerichtet, erzählte er, er arbeite als Wächter auf dem Parkplatz der Busgesellschaft *Egged*, und der Kollege dort warte, dass er ihn ablöse. Der verfluche ihn bestimmt schon und habe eine Sauwut auf ihn, und während er redete, kam ein Taxi, und er fuhr davon.

Sie lag schon im Bett, der Regen hatte wieder angefangen, der Wind schlug gegen die Fensterläden, ein bleicher Blitz leuchtete hinter den Ritzen auf. Sie hatte sich gut eingewickelt, die Decke bis zum Hals gezogen, die Enden unter sich festgesteckt, und hoffte, dass es auf diesem Parkplatz von *Egged* einen Schutz vor dem Regen gab und auch eine kleine Küche, wo er sich einen Kaffee machen konnte. Sie strich sich über den Bauch und sagte, jetzt wissen schon vier Leute von dir, Würmchen, Doktor Amjad, deine Oma, Johanna und der Nachtwächter vom *Egged*-Parkplatz. Letzterer würde es vergessen, den würde sie sowieso nicht mehr wiedersehen.

Doch da hatte sie sich geirrt. Am Morgen hing an ihrer Türklinke eine Plastiktüte mit einem Hundert-Schekel-Schein und vier Zehn-Schekel-Münzen. »Das Restgeld vom Taxi. Assi«, stand auf einem Zettel, der mit einer Sicherheitsnadel an der Tüte befestigt war. Sie stieg in ihren Wagen, legte die Tüte zu ihren Sachen auf den leeren Sitz rechts neben sich, steckte den Zündschlüssel ein, fuhr aber nicht gleich los. Über diese Tüte konnte man nicht einfach hinweg- und zur Tagesordnung übergehen, als sei nichts geschehen. Schon gar nicht, wenn du am Anfang deiner Schwangerschaft stehst und Pluspunkte für diese Welt sammelst und Beweise dafür, dass sie gut ist. Das Würmchen in ihr hatte sie zwar nicht gebeten, sich dafür zu rechtfertigen, dass sie es entstehen ließ, aber wer weiß, vielleicht würde es eines Tages fragen: Warum hast du mich in die Welt gesetzt? Dann würde sie ihm antworten, weil ich dachte, dass die Welt gar kein so schlechter Ort ist. Schau, ich hab ein paar Beweise dafür. Dieser große Mann, der vermutlich Assi heißt, wäre nicht so selbstverständlich in meinen Wagen eingestiegen, wenn er nicht davon überzeugt gewesen wäre, dass der Mensch von Natur aus gut ist. Großherzige Menschen gehen davon aus, dass ihre Mitmenschen die gleiche Eigenschaft besitzen. Und ich, ich war dermaßen idiotisch vorgeprägt, dass ich dachte, er würde über mich herfallen, mich erwürgen oder ausrauben. Und zum Schluss stellte sich heraus, dass er als Nachtwächter auf einem *Egged*-Parkplatz arbeitete und vor dem strömenden Regen Schutz gesucht hatte und dass er zu Hause eine Schwester hatte, die an der Chemotherapie fast draufging. Er hat mir angeboten, Wasser für mich zu holen, er hat mich nach Hause gefahren und mir dann sogar noch das Restgeld vom Taxi zurückgebracht. Siehst du, mein Würmchen, hier und da gibt es Entdeckungen, für die es sich lohnt, geboren zu werden. Sie legte ihre Hände auf ihren dünnen Bauch, und eine kleine Welle der Erregung durchfuhr sie. Ein erster Willkommensgruß in Form einer Plastiktüte mit Wechselgeld und einem Zettel, als habe das Universum ihr zum Beginn ihrer Schwangerschaft einen Strauß Blumen geschickt. Wenn dieser Tag so weiterginge, wie er begonnen hatte, würde sie ein oder zwei Dinge tun, die sie nicht vorgehabt hatte, und vielleicht diesen Assi suchen und sich bei ihm bedanken.

Gestärkt und voll Energie fuhr sie hinauf auf die Station. Die Patienten lagen in den Zimmern und auch auf dem Flur, Bett an Bett, mit improvisierten Vorhängen. Das ewige, nicht endende Gerenne. Angehörige trugen Bettpfannen, ein Glas Wasser, eine Decke. Junge Zivildienstleistende huschten von hier nach dort, Schwestern, Reinigungspersonal, die Leute von der Küche, die das Frühstück brachten, Ärzte. Ein Arztkittel rieb sich am andern, ein Lächeln am andern, eine Bemerkung an der andern. Sie betrachtete für einen Moment diesen gewaltigen Krankenbetrieb, wie er blühte und gedieh, komplex, mit vielen Beinchen, und sie war als Ingenieurin hier angestellt, um Krankheiten zu minimieren. Erst mittags kehrte eine gewisse Ruhe ein, Suppe und Kartoffeln zeitigten bei den Patienten wie beim Personal ihre Wirkung, das große Gerenne wurde vom kleinen Geklapper von Gabeln und Löffeln abgelöst, und Simona hatte einen Moment für sich. Sie verzichtete auf die Kaffeepause, rief bei *Egged* an und erkundigte sich nach einem Nachtwächter namens Assi, der auf einem ihrer Parkplätze arbeitete. Man verband sie zunächst mit den Werkstätten, dann mit den Parkplätzen und einer Agentur für

Zeitarbeit, welche die Wächter beschäftigte, und nach endloser telefonischer Wanderschaft hörte sie plötzlich jemanden sagen: »Assi? Welchen Assi? Wir haben zwei.« »Ein großer, kräftiger Mann«, sagte sie. »Ah, dieser Schrank, ja, was möchten Sie denn von ihm?« »Nicht viel«, sagte sie, »nur wissen, in welcher Schicht er arbeitet.« Der Mann am anderen Ende war genervt und ungeduldig. »Er arbeitet heute gar nicht, seine Schwester wird operiert oder hat eine Behandlung, weiß der Henker was.« Er legte auf, und sie verzichtete auch auf ihr Sandwich und ging sechs Stockwerke hinunter. Wenn seine Schwester sich wegen der Chemotherapie erbrach, wusste sie, wo sie ihn finden konnte. Sie nahm die Treppe und staunte über ihre Leichtigkeit und die Sehnsucht nach Leben, die seit diesem Morgen in ihr pulsierte und nicht aufhörte. Wenn sie nur einen Bruchteil dieser Vitalität hamstern und einlagern könnte, für Tage, in denen sie schwach und schlapp war. Unsinn, sie hatte keine Ahnung, ob ein Hormon in ihr diesen Optimismus ausgelöst hatte oder die kleine Plastiktüte an ihrer Wohnungstür am Morgen. Ein bescheidenes Stückchen Ehrlichkeit, eine unerwartete Infusion Güte. Sie wusste nicht, wie seine Schwester hieß oder wie sie aussah, doch der Arztkittel und das Stethoskop ermöglichten ihr überall Zutritt, ohne etwas erklären zu müssen, und so konnte sie in den Zimmertüren stehen und den Blick über die Patienten schweifen lassen. Sie erkannte ihn sofort, die breiten Schultern, der rasierte Schädel, das eckige Kinn. Er saß neben einem Bett, die Hände im Nacken verschränkt, seine Ellbogen waren die Eckpunkte zweier großer Dreiecke in der Luft. Der grünliche Vorhang war halb zugezogen und verdeckte die Person im Bett. Er erkannte sie nicht. Sie trat näher an das Bett, er nahm seine Hände aus dem Nacken, rückte mit dem Stuhl etwas zur Seite, machte ihr den Zugang zum Bett frei und setzte automatisch die Miene von Ehrerbietung und Ehrfurcht derer auf, die Hilfe bedurften.

»Ich komme nicht zu Ihrer Schwester, ich komm zu Ihnen«, sagte sie.

»Zu mir?« Er zog die dunklen Augenbrauen zusammen und reckte den Hals. Sie sah seine Gesichtszüge, er war älter, als sie im Dämmerlicht des Wagens vermutet hatte, außerdem waren ihm seitdem Bartstoppeln gewachsen, und seine Augen waren viel tiefer und trauriger, als sie gedacht hätte.

»Vielen Dank für Ihre Hilfe heute Nacht und für den ersten Willkommensgruß, den Sie mir heut früh geschickt haben«, sagte sie.

»Moment! Mein Gott! Sie sind das, die sich gestern die Seele ausgekotzt hat? Ich schwör ihnen, ich dachte, das ist so eine Durchgeknallte, die zu viel Zeit und ein Auto hat und mit beidem nichts anzufangen weiß.« Er stand eilig auf und fuhr fort: »Ich schwöre Ihnen, jetzt haben Sie mich aber überrascht. Hörst du, Klara?« Nun wandte er sich zu der jungen Frau im Bett und erzählte ihr von der Begegnung am Vortag, wobei er abwechselnd von ihr zu Simona schaute. Die junge Frau hörte ihm zu, änderte ihren Gesichtsausdruck aber nicht. Erst als er fertig war, sagte sie: »Das ist ja ein Ding«, und man merkte, sie war mit ihren Gedanken ganz woanders.

»Ich schwöre Ihnen, nie im Leben wäre ich darauf gekommen, dass Sie Ärztin sind.«

»Wieso? Ärztinnen kotzen nicht?«, lachte sie.

Er lächelte, und sie fand nichts, was sie ihm noch sagen konnte, wandte sich zu seiner Schwester und fragte sie, wie es ihr gehe.

»Ich habe hohe Marker, die Therapie schlägt nicht an. Vielleicht brauche ich eine Knochenmarkstransplantation.« Die junge Frau sprach unbeteiligt, spulte die Sätze gleichgültig ab;

sie wirkte matt und wollte nicht noch einmal alle Details zu ihrer Krankheit aufzählen. Der Blick des Bruders wurde ernst, er schaute zu Boden, hätte das Gespräch gern von den Markern weggebracht und sagte: »Das ist ja ein Ding, nie im Leben wäre ich …«, doch lag schon kein Staunen mehr in seiner Stimme, und er klang müde und traurig.

»Hören Sie zu, Assi, wenn Sie etwas brauchen, ich bin im siebten Stock. Dr. Simona Jona.«

»Danke, ich brauche nichts.« Er starrte wieder zu Boden, und Simona reichte ihm die Hand, drückte sie und auch die seiner Schwester, verließ das Zimmer und dachte, wenn ich schon hier bin … und ging zwei Flure weiter, um Michael zum fünften Mitwisser zu machen. Sie hatte ihn schon seit mehreren Tagen nicht mehr besucht und sich nicht nach ihm erkundigt, denn sie dachte, vielleicht war es besser für sie beide, wenn sie etwas auf Distanz gingen, und sie wusste ja auch nicht, in welcher Verfassung sie ihn vorfinden würde. Doch sie fand ihn gar nicht. Sein Zimmer war leer, das Bett neu gemacht, eine Decke lag glatt gestrichen darüber, nirgends stand sein Name, das Schränkchen war leer und geputzt, keine Spur mehr von seinen persönlichen Gegenständen. Simona trat ans Fenster und sah, dass auch die Vögel und das Nest verschwunden waren; nur einige schwarze Nadeln schwammen aufgequollen im Wasser, das sich in der unteren Schiene des Schiebefensters angesammelt hatte. Sie schaute auf den waldbewachsenen Abhang draußen und sagte sich, er ist nicht tot, das kommt überhaupt nicht infrage. Unmöglich, dass er sich so sang- und klanglos davongemacht hat, wie die Milch im Supermarkt, die irgendwann ausgeht. Sie hätte es erfahren, jemand hätte es ihr gesagt … Aber wer genau hätte es ihr gesagt? Seine Freundin? Seine Eltern? Ihre Knöchel zitterten, als sie zur Kanzel der Schwestern ging; sie lehnte sich mit letzter

Kraft auf die Kanzel und fragte beinah tonlos: »Michael aus Zimmer acht, was ist mit dem?«

Die diensthabende Schwester schaute nicht von ihrer Papierarbeit auf und fragte auch nicht, in welchem Verhältnis sie zu ihm stehe. »Nach Hause entlassen. Er hat eine Remission.«

Bevor sie vor der Kanzel zusammenklappte, riss sie sich zusammen, stützte sich auf den hölzernen Handlauf, der an der Wand angebracht war, und ging in Richtung der Aufzüge, lehnte sich an ein Fenster, das auf den Hof des Krankenhauses hinausging, atmete tief durch und dachte, wenn ich Johanna wäre, würde ich mich jetzt bekreuzigen. Schade, dass Juden keine so kurze und eindeutige Geste der Erleichterung und Dankbarkeit haben. Doch wem sollte man danken, und wofür genau? Für Klaras Marker? Für Michaels Remission und Hannah Jonas Wahnsinn? Das alles hing eher von der Statistik und der Willkür des Zufalls ab, wem sollte man also danken? Hauptsache, Michael war ins Leben zurückgekehrt; dann gab es keinen Grund mehr, es ihm zu verheimlichen. Sie tippte in ihr Handy: »Schwanger. 8. Woche«, und schickte die Nachricht ab, schob das Telefon in die Tasche und betrat den Aufzug. Der war noch nicht im siebten Stock angekommen, da vibrierte es schon in ihrem Kittel. Das Wort »schön« erschien auf der Anzeige. Sonst nichts. Kurz. Nichtssagend, ohne Punkt oder Komma, und das ganze Textfeld drum herum war grau und leer. Er hatte sich für das erforderliche Minimum entschieden. Er hätte auch *»masal tov«* oder »viel Erfolg« hinzufügen können oder »pass gut auf dich auf«, aber er hatte ein nichtssagendes Wort gewählt, eine einzige Silbe, mehr nicht. Sie strich sich mit der Hand über den Bauch, als wolle sie das Menschlein dort versöhnen, das, wenn überhaupt, nur so minimal willkommen war. Sie sann über den Schock nach, den der tot geglaubte Lebendige ihr in den letzten Minuten versetzt hatte, der aber, so heftig er auch gewesen war, nicht die Berührung der beiden Hände auswischte, die sie in Zimmer fünf der Onkologie gedrückt hatte, die schmale kühle Hand von Klara und die schwere, warme ihres Bruders Assi. Die wichtigen Dinge ereigneten sich zwischen Haut und Haut, nicht zwischen Display und Display.

Zumindest noch ein Mensch hätte sich, wenn er nicht Jude gewesen wäre, bekreuzigt, um für das Gute zu danken, das ihm widerfuhr, und das war der neue Mieter. Was ihm passierte, schrieb er nicht einer Schicksalsgöttin, einer Statistik oder dem Zufall zu, vielmehr glaubte er, dass alles Gute ihm direkt von Gott geschickt wurde, und deshalb legte er am Morgen danach auch Gebetsriemen an und betete freudig aus seiner dankbaren Seele. Er konzentrierte sein ganzes Sein auf das Gebet, doch seine Aufmerksamkeit zog es zu dem Wunderbaren, das ihm am Abend zuvor widerfahren war. Seine Gedanken verstreuten sich wie Schafe auf der Weide, hüpften von der Wiese zu den Büschen, und sosehr er sich bemühte, er konnte sie nicht zusammenhalten. Du rufst sie, dann bleiben sie einen Moment stehen, und schon zerstreuen sie sich wieder, dachte er sich. Wie willst du Gott mit den Worten des Morgengebetes dafür danken, *dass er dich nicht als Frau geschaffen hat,* nachdem du gesehen hast, mit welch wunderbaren Schätzen er die Frauen ausgestattet hat. Du sagst nur: *»Gepriesen sei, auf dessen Wort die Welt entstand«*, schließt die Augen, und da sind schon die Glieder, die du in der Nacht zuvor gesehen hast, die du berührt und gerochen hast, die dich berührt und sich mit deinen verschlungen und vereint haben, und du sagst: *»Wie groß sind deine Werke, Gott, sie alle hast du mit Weisheit gemacht.«* Kurz nachdem Simona gesagt hatte, die Welt sei voller Betrüger, hatte Julia, ihre Mieterin, vor seiner

Tür gestanden. Welche Güte hatte Gott ihm erwiesen, dass die beiden sich nicht begegnet waren. In einer roten Wollbluse und schwarzen Hosen war sie, umgeben von einem feinen Duft, eingetreten. Die Nacht ließ ihre Augen violett erscheinen, wie große, transparente Weintrauben; ihre Lippen, mit glänzendem Violett angemalt, erinnerten ihn an feuchte Feigen. So hätte er sie zumindest beschrieben, wenn er ein Gedicht über sie verfasst hätte.

Am Morgen davor war sie auf dem Weg zur Arbeit an seiner Tür vorbeigekommen und hatte ihm gesagt: »Diese Nacht bin ich allein, mein Sohn ist für zwei Tage unterwegs auf Klassenfahrt.« Und er hatte, noch mit dem neuen bei Siva und Motti gefassten Mut, geantwortet: »Dann komm, ich habe einen guten Wein«, auch wenn er gar keinen hatte. Er hatte gewartet, dass sie sich vom Tor entfernte, und war losgezogen, Wein zu kaufen, und da er von Wein nichts verstand, kaufte er gleich drei verschiedene Sorten.

Sie hatten eineinhalb Flaschen geleert. Am Anfang hatte sie gelächelt und hatte ihm ein, zwei Dinge von sich erzählt, und nachdem sie gut ein Glas intus hatte, verspottete sie ihn: »Du kleidest dich wie ein Opa, was sind denn das für Hosen?«, und sie lachte auch über seine kindliche Brille: »Wann haben sie dir denn die gekauft? Als du in der dritten Klasse warst?« Je tiefer der Weinspiegel in der Flasche sank, umso lauter und tiefer wurde ihr Lachen, und dann stand sie von ihrem Platz ihm gegenüber auf, setzte sich neben ihn und legte ihm die Hand aufs Knie. »Wir können es doch noch ein bisschen schön haben, nicht wahr?«, fragte sie mit kindlicher Stimme, und von da an entwickelten sich die Dinge von Worten zu Taten, von denen er noch jetzt ganz außer sich war. »Du bist wie eine reife Avocado«, hatte sie zu ihm gesagt, als sie, nachdem alles vorüber war, nackt an seiner Seite lag. »Äußerlich bist du genauso rundlich, weich und nachgiebig, aber dein Kern innendrin ist fest und hart.« Sie lagen beieinander und lauschten dem Regen an den Fensterläden, und sie fragte ihn, ob er Zigaretten habe, denn die Zigarette danach sei für sie eine heilige Regel. Er hatte keine. Er hatte auch keine heiligen Regeln für solche Momente, denn er hatte noch nicht so oft ein ›Danach‹ erlebt, und schon gar nicht in einer Häufigkeit, um Gewohnheiten und Regeln zu entwickeln und Zigaretten, Kaffee oder andere Zeremonien heiligzusprechen. Vor vielen Jahren hatte er eine Ilana gehabt, doch die einzige Zeremonie mit ihr danach hatte darin bestanden, sich eiligst anzuziehen, als seien sie vor etwas auf der Flucht. Mit Julia hatte er es nirgendwohin eilig gehabt und auch sie nicht. Sie war neben ihm eingenickt und schlief bis Tagesanbruch in seinem Bett, zog sich dann langsam an, und er hatte sie vom Bett aus beobachtet; das erste blasse Morgenlicht fiel auf ihre Glieder, die nach und nach in den Kleidern verschwanden, er sah, wie sie den BH zuhakte, Knöpfe zuknöpfte, den Reißverschluss zuzog. Er hatte sich in den Arm gekniffen, um sich zu überzeugen, dass all dies Wunderbare nicht in seinem Kopf, sondern in der Wirklichkeit geschah. Sie zog sich fertig an, küsste ihn auf die Stirn, sagte ihm *good boy* und ging. Er blieb liegen, rollte sich auf die Seite, auf der sie gelegen hatte, und deckte sich mit der Bettdecke zu, mit der sie sich zugedeckt hatte und in der er noch etwas von ihrem warmen Körper und ihrem Duft spürte. Er sank in tiefen Schlaf, und als er nach einer Weile wieder aufwachte, kniff er sich noch einmal und sagte, Rafi, so was erlebt man nur einmal im Leben, nur ein einziges Mal! Er hatte nicht die Illusion, dass dieses Gute etwas fürs ganze Leben war, ja, noch nicht mal für ein Viertel davon. Sie war ein beachtliches Stück älter als er, hatte einen Sohn und war auch keine Frau, die sich über lange Strecken verliebte.

Und während er am Morgen nach jener Nacht betete, dachte er, so viel Kraft habe ich noch nie im Leben in mir gespürt. Diese unerwartete Großzügigkeit des Lebens musste er ausnutzen. Er musste mit beiden Händen ergreifen, was ihm das Leben bot, vor allem, um endlich mit dem Haus der Alten weiterzukommen. Andererseits, wenn die Alte das Haus verkaufte, würde Julia ihren Sohn und ihre Siebensachen nehmen, woanders hinziehen und aus seinem Leben verschwinden. Er stand am Fenster, sah, wie Broschis Baukräne an den aufgeplusterten Wolken nagten und die angebissenen schweren Wolken langsam weiterzogen, und öffnete es, damit sich die vom Regen gewaschene Luft mit der nächtlichen Liebesluft vermischte, und mit einem Mal hörte er einen Schrei aus der Wohnung der Alten.

»Frau Hannah haben eine Krise«, sagte Johanna, als er dort anklopfte und fragte, ob er helfen könne. Sie hielt eine Tablette in der einen Hand, in der anderen ein Glas Wasser, beugte sich zu Hannah Jona und sagte: »Frau Hannah, Sie nehmen diese Tablette, dann Sie fühlen besser.« Die Alte lief zwischen Fenster und Tisch auf und ab. Sie trug ein prächtiges blaues Kleid, und ihr Haar war mit vielen Nadeln zu einem Knäuel hochgesteckt. Ihre Lippen waren grellrot geschminkt, und ihre Augen hasteten in einem Rahmen aus schwarzer Schminke hin und her.

»Ich fahre zu Bruno!«, protestierte sie, stampfte mit den eleganten Schuhen auf, blieb zwischen ihm und Johanna stehen, beklagte sich bei ihm über das Veto, das Johanna gegen die Fahrt eingelegt hatte, und ernannte ihn zum Richter zwischen ihnen beiden. »Johanna sagt, man würde uns erwischen und wir würden bei der Polizei enden, und ich sage ihr, hab keine Angst, wir nehmen ein Taxi und wir schauen uns vorsichtig um, unser *Finito* kann auch durch einen Blumentopf kommen, der uns auf den Kopf fällt, oder durch ein Motorrad, das uns überfährt, als fehlte es heute an …«

»Aber Frau Hannah, viel besser für Sie, wenn Bruno kommen hierher.« Johanna machte keine Pause bei ihren Überredungsversuchen und hielt die Tablette und das Wasser etwas näher an Hannah Jonas Mund, doch die fuhr unbeirrt fort, schlug mit der Faust auf den Tisch und schrie: »Soll doch das ganze Haus zum Teufel gehn! Jehuda wird es mir verzeihen. Wenn das der Preis ist, den ich zahlen muss, um meine letzten Jahre menschenwürdig zu leben, dann zahle ich ihn. Und wenn ich für die Sozialversicherung in die Hose pinkeln muss, dann mach ich auch Pipi in die Hose. Kennen Sie diesen Scheißkerl, der das Haus kaufen will? Sagen Sie ihm, er soll jetzt kommen. Auf der Stelle! Soll er das Haus nehmen und bezahlen. Hauptsache, er lässt mir meinen Bruno und meine Johanna. Hier, nehmen Sie das Telefon. Rufen Sie ihn an.« Sie riss das Telefon aus seiner Halterung, drängte es ihm auf, doch er nahm es nicht. »Reden Sie erst mit Ihren Töchtern. Die Hälfte des Hauses gehört den jungen Frauen«, sagte er entsetzt, nicht darauf gefasst, dass sein listiger Plan so plötzlich aufging. Seit er bei Motti und Siva gewesen war, umarmte ihn Gott, vielleicht sogar ein bisschen zu fest. Er sah die funkenstiebenden Augen der Alten, zog die Schultern hoch, beugte den Nacken vor, spürte einen sauren Geschmack im Mund und erschrak über das Unheil, das er über sie gebracht hatte. Sie würde noch einen Herzanfall bekommen, er beschleunigte ihr Ende. Für so elende Gestalten wie ihn hatte man den Ausdruck geprägt: Er hat seine Seele dem Teufel verkauft. Doch der Teufel sollte von diesem Geschäft keinen müden Groschen sehen. Wenn es nach ihm ging, konnte Broschi sich an einem seiner Baukräne aufhängen; wenn bei diesem Haus Profit abspringen würde, würde er an Motti und Siva gehen, damit sie sich endlich einen modernen elektrischen Rollstuhl kaufen könnten und einen großen Wagen, in den der Rollstuhl und sie selbst hineinpassen würden. Sie würden Sivas Zähne richten lassen, die Wohnung renovieren, und was dann noch übrig bliebe, wäre für ihn, denn auch er brauchte eine Wohnung, eine Zukunft, eine Frau und das alles … eine Frau. Eine Frau – nur Gott wusste, was für eine Frau diese Nacht in seinem Bett gewesen war. Ihr Hals, keine Übertreibung, war glatt, weich und süß wie ein Marshmallow und ihre Brüste warm und schwer von Jahren und Weiblichkeit, und wer wusste, wovon noch. Er erinnerte sich an das, was gewesen war, und vergaß darüber die Gegenwart. Die Alte starrte ihn an und fragte ihn: »Was finden Sie so komisch? Sind Sie ein Dichter? Dann kümmern Sie sich um Ihre Gedichte und nicht um Bauunternehmer, und stecken Sie Ihre Nase nicht in Dinge … Siehst du, Johanna, er lacht, er denkt, ich sei verrückt im Kopf.«

Und er hatte noch nicht einmal gemerkt, dass er lächelte. »Gott behüte, Frau Jona, wieso denn plötzlich verrückt? Reden Sie mit ihren Töchtern, und ich rede mit dem Bauunternehmer. Machen Sie dieser Geschichte ein Ende, *und den Verleumdern sei keine Hoffnung.*« Unwillkürlich mischten sich Verse aus dem Morgengebet in seine Worte. Seit er die Augen aufgeschlagen hatte, hatte er sein ganzes Wesen zu den Höhen ausgerichtet. Und wenn ein Mensch nach so einer Nacht aufwachte und spürte, dass er den Himmel berührt hatte und Engeln begegnet war – war es da ein Wunder, dass es aus ihm herauslachte, ohne dass er es merkte?

Und tatsächlich, ebendiese Engel verließen ihn auch am folgenden Tag nicht, sondern lieferten ihm auf Bestellung, worum er gebeten hatte.

Hannah Jonas Töchter, Simona und Jardena, wurden zu

einer Notversammlung rund um den Tisch der Alten alarmiert und Orna dem Familienrat in einer transatlantischen Videokonferenz zugeschaltet. Das Schicksal des Hauses sollte besiegelt werden und damit auch sein eigenes. Er wusste, dass sie dort zusammensaßen. Einfach in seiner Wohnung zu bleiben, Nägel zu kauen und abzuwarten ging über seine Nervenkräfte. Er trat hinaus in den Hof, sah, dass das Fenster der Alten einen Spaltbreit offen war, schaute hinein und ließ seine Uhr in die Geranienbüsche fallen, und während er sich bückte und zwischen den Blättern suchte, spitzte er die Ohren zum Fenster. Johanna, das Mädchen und das Kaninchen waren nicht zu der Gesprächsrunde geladen; sie saßen abseits auf dem Sofa und verfolgten das Ganze von den billigen Plätzen aus. Aber das Mädchen war ungeduldig und bat Johanna, es zur Toilette zu begleiten, es wollte etwas Süßes und Wasser und schimpfte, ihm sei langweilig. Der neue Mieter wusste, dass seine Zeit begrenzt war, er kannte das Mädchen, sie würde schon bald aufspringen und losrennen, und dann würde sie zum Fenster gehen und ihn auf frischer Tat ertappen. So zog er seine Uhr aus dem Gestrüpp, und noch bevor er sich aufrichten konnte, hörte er das Hoftor quietschen und wusste nicht, wie er seine Schmach so schnell verbergen sollte. Er erkannte sofort die schmale Gestalt des Eintretenden und den Rucksack, den er auf dem Rücken trug, sprang auf und sagte: »Schalom Adam. Du warst auf einem Ausflug?« Der Junge begnügte sich mit einem Nicken, ging eilig zur Treppe und hinauf zu seiner Mutter. Die Stimmung des neuen Mieters sank, die Stunde der Gnade war vorüber, er hörte, wie die Engel einpackten, ihre Flügel ausbreiteten und davonflogen. Auf einen Schlag sah er wieder seine ganze Erbärmlichkeit wie Wäsche an einer Leine hängen: Er hatte Adam gefragt, ob er auf einem Ausflug gewesen sei, als ob er das nicht wüsste. Er schlich wie eine Katze um das Fenster der Alten, um die Reste der faden Suppe aufzulecken, die er ihr eingebrockt hatte. Er war doch nur ein gemeiner Betrüger und Schwindler. Ja, Motti und Siva waren ein heiliger Zweck, aber seine unheilvollen Mittel stanken zum Himmel. Er ging bis ans Ende des dunklen Hofes, schaute den Baukränen in die Augen und dachte: Das ist deine letzte Chance, Rafi, geh und klopf bei der Alten an, geh zu ihnen rein und gesteh alles, beeindrucke sie ein bisschen mit biblischem Pathos à la *ich muss heute an meine Sünden denken*, und erzähl ihnen, wozu du diese Wohnung gemietet hast und wer dich geschickt hat. Sei ein Mann und erzähl ihnen, dass du die Sache mit dem Denunzianten frei erfunden hast, und alles Weitere liegt in Gottes Hand. Doch als er da so allein zwischen den Gemüsebeeten im dunklen Hof stand, schweifte sein Blick zu Julias Tür im ersten Stock, und ein Schauer der Lust zog sein Herz zu der Frau, die in der Nacht zuvor in seinem Bett gelegen hatte, und sein ganzer Leib verlangte nach ihr. Wäre ihr Sohn nicht von dem Ausflug nach Hause gekommen, hätte sie auch diese Nacht mit ihm verbracht, aber Kinder hatten immer mehr Macht als ein Liebhaber. Gestern war sie mindestens so heiß gewesen wie er, und nachdem sie seine Sinne bis aufs Äußerste gereizt und seinen Lenden wahre Herausforderungen gestellt hatte, sagte sie schwer atmend: »Junge, du bist besser, als ich dachte.« Doch jetzt war sie hinter ihrer Tür verborgen, und ein Stockwerk weiter unten wurde das Schicksal des Hauses von Familie Jona entschieden und damit auch sein Schicksal. Er brach vom nackten Pflaumenbaum einen Zweig, knickte ihn entzwei und zerlegte ihn weiter in zahnstochergroße Stücke, streute diese in den Wind und sagte sich: Hast du überhaupt etwas Eigenes? Wer bist du, was bist du? Eine Null, deren Gedeih und Verderb von anderen abhängt, *des Tags* von Denunzianten, *des Nachts* von Julia, und dazu noch von Motti und Siva, um dein Gewissen reinzuwaschen. Wenn man dir das alles morgen wegnähme, was bliebe von dir übrig? Geh, sammle die Bruchstücke deiner Persönlichkeit auf, nimm das bisschen, was von deinem Charakter von früher noch übrig ist, und geh zu ihnen. Schlimmstenfalls wird Jardena dir einen gehörigen Arschtritt verpassen und dir eine Viertelstunde geben, um zu packen und zu verschwinden. Das ist nicht das Ende der Welt. Du erwartest doch wohl nicht, dass sie dich aufs Siegertreppchen stellen und dir für dein Geständnis auch noch eine Medaille überreichen. Und während er beschloss, seinen Mut zusammenzunehmen, das Risiko einzugehen und eine Beichte abzulegen, ging im Hof über der Küchentür das Licht an, und die Tür wurde geöffnet. In dem Lichtkreis stand das Mädchen mit dem Kaninchen auf dem Arm; es schaute sich um und ging zu seiner Wohnung, klopfte an und rief: »Rafi, mach auf!« Er aber stand im Dunkel des Hofes, wo es ihn nicht sehen konnte, und überlegte, ob er es ignorieren sollte, doch als es die Faust zu einem zweiten Klopfen hob, rief er es aus dem Dunkel.

»Hi Dana, ich bin hier.«

Das Mädchen erschrak, wandte sein Gesicht zum Hof und erkannte ihn nicht, bis er in den Lichtkreis trat, den die Lampe über der Küchentür warf.

»Was machst du draußen im Dunkeln? Bist du etwa eine Schleiereule?« Es drückte das Kaninchen fester an seine Brust und blieb vor seiner Tür stehen.

»Wie geht's dir? Wolltest du mich gerade besuchen?«, fragte er und verabscheute seinen heuchlerischen Ton.

»Nein. Die haben mich geschickt, ich soll dich rufen. Oma hat gesagt, nun lauf schon und hol ihn. Die ist total genervt, meine Oma, die explodiert gleich. Und den Herzl hat sie überhaupt ganz vergessen und zu mir gesagt: Was ist denn das für ein blödes Tier!«

Sie hatte recht. Ihre Großmutter war kurz davor zu explodieren, doch die Gründe dafür lagen nicht in dem Gespräch über die Zukunft des Hauses. Was sie umtrieb, hatte bereits am Morgen begonnen. Sie hatte am Fenster gestanden und die schwarzen Wolken am Himmel gesehen und gedacht, dort sieht es aus wie in meinem Kopf. Wolken verschmolzen am Himmel, und genau das passierte auch in ihrem Gehirn. Große Brocken von längst vergangenen Ereignissen vermischten sich mit dem, was heute passierte, und weiche Flusen schwirrten in ihrem Kopf herum. Seit Jahren spielte sie die demente Alte und hatte Angst, dass die Demenz, die ihr zur zweiten Natur geworden war, nun zu ihrer ersten würde. Mochte Gott sie davor bewahren. Jahrelang war sie aus freien Stücken zwischen Klarheit und Demenz hin und her gewechselt und hatte mit dem Verrücktsein gespielt und geflirtet. Und jetzt spielte es mit ihr. Aber vielleicht kam das ja von der Tablette, die Johanna ihr zur Beruhigung der Nerven gegeben hatte oder wegen ihres niedrigen Blutdrucks oder Blutzuckers, und dazu kamen dieses ärgerliche Zittern in ihrer Hand und ihrem Bein und die Angelegenheit mit dem Haus. Wenn bloß die Sozialversicherung ihr nicht wegen dieses Denunzianten ihre Johanna wegnahm und ihre Fahrten zu Bruno.

Ihr war keine andere Wahl geblieben, und so hatte sie die Mädchen zu sich gerufen, um über das Haus zu beraten. Jardena und Simona saßen schon über zwei Stunden bei ihr, Orna war per Telefon zugeschaltet. Sie redeten schnell und viel, und Johanna sprang auf und brachte Kaffee, sprang auf und brachte Wasser, sprang auf und brachte eine zweite Runde Kaffee, und wenn sie keinen Grund hatte aufzuspringen, saß sie gebeugt da und schaute zu Boden, weil es ihr unangenehm war, ganz offen zuzuhören. Und dazu das Mädchen mit seinem dummen Kaninchen, mal umarmte es, mal quälte es das Tier, ihm war langweilig, und es klopfte mit den Füßen ans Sofa und kaute an seinem Haar. Und sie, Hannah Jona, hörte ihren Töchtern zu, und es fiel ihr schwer, dem Wortschwall zu folgen. Sie sprachen schnell und benutzten moderne Wörter, die es zu ihrer Zeit noch nicht gab. Was zum Beispiel war eine virtuelle Bedrohung? Ein emotionaler Trigger? Geistige Regression? Sie unterbrach sie nicht und bat sie auch nicht, ihr das zu erklären. Sie hatte schon genug mit dem, was sie verstand. Innerlich hatte sie schon mit dem Packen begonnen; sie war in Gedanken bei den Kartons, die man irgendwo besorgen musste, bei den Kisten … Jardena sagte, man müsse nicht wegen des Satzes eines Menschen die ganze Welt auf den Kopf stellen. Simona sagte, der Bauunternehmer mache großen Krach, aber bellende Hunde würden nicht beißen. Dabei entging Hannah Jona nicht, was sie einander mit Blicken sagten. Sie beobachtete ihre Töchter mehr, als dass sie ihnen zuhörte. Simona hatte mindestens dreimal auf die Uhr geschaut, und Jardena las auf ihrem Handy und tippte alle paar Minuten etwas. Nichts zu machen, die Mädchen hatten ihr eigenes Leben und ihre eigenen Angelegenheiten, und ihr, Hannah Jonas, eigenes Leben war eben nur ihr Leben. Sie saß ihnen gegenüber, und plötzlich rissen ihre Wolken auf; ihr Blut gelangte an Stellen, an die es vorher nicht gelangt war, sie spürte einen Strom von Kälte im Hirn und war plötzlich wieder völlig klar und begriff, wie sehr ihr Leben nur ihr Leben war und dass es niemanden gab, der es mit ihr zusammen tragen würde. Du bist ganz allein, Hannah Jona, dieser ganze Sack voller Ängste, diese Scheißverwirrung, das Zittern, die Sehnsucht und, Gott behüte, die Demenz, die gehören nur dir, Hannah Jona.

Die Mädchen sind die Mädchen, und du bist du. Sie sind noch jung, ihre Säcke sind bisher nur Tüten, aber mit der Zeit, möge Gott sie davor bewahren, … Kälte strömte in alle ihre Glieder, und ihre Knochen zitterten. Sie ballte eine Hand zur Faust und schlug auf den Tisch.

»Fertig. Ich verkaufe das Haus!«

Der Einzige, den diese Erklärung nicht beeindruckte, war Herzl, dieses blöde Tier rannte weiter zwischen Tisch- und Menschenbeinen herum, das Mädchen sprang vom Sofa, rannte zu ihr und sagte: »Oma, und wo wirst du dann wohnen?«

»Fehlt es an Orten, wo man wohnen kann? Lauf, Dana, hol den … nun … diesen Mieter da. Er soll den Bauunternehmer gleich mitbringen, und dann machen wir der Sache jetzt ein Ende.« Johanna war aufs Äußerste gespannt gewesen, hatte sich beherrscht und die Schenkel zusammengepresst, wie bei einer Katastrophe. Jardena und Simona hatten sich aufrecht hingesetzt und Blicke getauscht. Diese dummen Mädchen waren sprungbereit, als wollte sie sich die Venen aufschneiden.

Genauso hatten sie auch reagiert, als sie klein waren, wenn sie mit ihnen auf der Hauptstraße spazieren ging. Die Straße war vom Regen gewaschen, die Pfützen spiegelten in der Sonne, die Luft war herrlich, und vor Freude darüber hatte sie die kleinen Hände losgelassen, den Schirm über sich aufgespannt und vor allen Passanten getanzt, hatte sich um die eigene Achse gedreht und wie Mary Poppins gesungen. Die drei waren erschrocken und traten einen Schritt zurück, die Kleine begann zu weinen, und die beiden anderen hielten sich die Hände vor den Mund. Sie wollten verschwinden, weglaufen, und hatten sie flehentlich angeschaut. »Gute Frau, Ihre Kinder sind schockiert, sehn Sie das nicht?«, sagte eine große Frau mit hartem Gesicht, die aus der umstehenden Menge hervorgetreten war. »Das geht Sie nichts an«, gab sie zur Antwort, machte energisch den Schirm zu, nahm die Mädchen an den Händen und ging, demonstrativ mit den Absätzen klappernd, davon. Die Mädchen hatten geweint, und sie hatte sie hinter sich hergezogen. So eine dumme Welt. Die Menschen hielten das Leben für ein langes, genau aufgelistetes Menü. Wenn du ihnen einen Gang außer der Reihe auftischst, kommen sie gleich völlig durcheinander. So war es damals gewesen, und so war es auch jetzt. Zugegeben, in den letzten Jahren hatte sie ihnen einige Ausbrüche und unerwartete Verhaltensweisen aufgetischt; anstatt einen Moment innezuhalten und nachzudenken, gingen diese Holzköpfe gleich zu dem über, was im Menü stand: Anzeichen von Alzheimer, Symptome von Demenz, Orientierungsverlust und die ganze lange Liste von Flüchen. Sie hatten keinen Moment lang überlegt, dass Demenz und Wahnsinn auch eine freie Entscheidung sein konnten. Schade nur, dass ihr in letzter Zeit Dinge passierten, die sich ihrer freien Entscheidung entzogen, etwa dieses hundsgemeine Vergessen, das sie überfiel wie eine schlaue Katze. Es schlich sich an und sprang sie dann plötzlich an und vermischte Gewesenes mit Gegenwärtigem. Und neuerdings dieses Zittern in der Hand und im Bein, aber das versteckte sie vor ihnen noch, um nicht Öl ins Feuer zu gießen. Aber warum rannte das Mädchen dem Kaninchen hinterher, wo sie ihm doch gesagt hatte, es solle den neuen Mieter rufen. Oder hatte sie das nicht gesagt? Sie erinnerte sich nicht, schlug sich gegen die Stirn und dann auf den Tisch. »Dana, worauf wartest du? Geh ihn holen.« Das Mädchen hatte Herzl genommen, war in die Küche gerannt und hinausgestürmt.

Der neue Mieter überlegte noch, ob er sich nun ins Herz der Finsternis wagen oder lieber kneifen sollte und vorgeben, er habe keine Zeit oder ein wichtiges Treffen. Währenddessen streichelte er den Kopf des Kaninchens und fragte das Mädchen, wie es in Tel Aviv so sei, ob es neue Freunde gefunden habe, ob es ihm dort gut gehe, und er hörte seine Antworten gar nicht, denn er lauschte auf sein Herz, das ihn drängte, geh, Rafi, geh und leg endlich dein Geständnis ab. Verzichte auf den Gewinn, aber gewinn deine Seele zurück, und er folgte dem Mädchen und dem Kaninchen und betrat die Wohnung der Alten, lief ihnen hinterher ins Wohnzimmer, und dort drehten sich vier Frauen zu ihm um und starrten ihn an. Die Alte sprang von ihrem Platz auf: »Geben Sie mir den Namen des Bauunternehmers, Rafi, ich verkaufe das Haus.«

Johanna fragte, ob er etwas trinken wolle, Simona warf ihm einen kurzen, kalten Blick zu und Jardena fragte: »Was ist das für eine Geschichte mit dem Bauunternehmer? Ja los, Name, Telefonnummer.« Obwohl sie so entschlossen klang, hatte er den Eindruck, dass sie seit ihrem Umzug nach Tel Aviv weicher geworden war. Sie malte sich die Lippen nicht mehr in diesem entsetzlichen Rot an, und ihre Brüste sprengten nicht mehr die enge Bluse. Sie hatte sich etwas beruhigt, hatte vermutlich jemanden gefunden, jedenfalls war sie nicht mehr auf Jagd. Er öffnete den Mund, um seine Beichte abzulegen und die Rede seines Lebens zu halten. »Die Wahrheit ist nämlich«, da unterbrach die Alte ihn schon und schrie: »Moment, Moment!«, und ließ ihren Blick durchs Zimmer gleiten. »Wir warten noch auf Orna. Wo ist sie? Auf der Toilette? Wie lang braucht sie denn? Aber wir fangen nicht ohne sie an, auch sie muss mit dabei sein und alles hören.«

»Mama, Orna ist doch in Amerika«, sagte Simona, stand auf und legte sanft die Hand auf den Arm ihrer Mutter und spürte ihr Zittern. Johanna wiegte den Kopf von links nach rechts, und Jardena senkte den Blick zu Boden. Das Mädchen hielt in seinem Gerenne inne, schaute die Anwesenden an wie einen

Film in einer fremden Sprache, erstarrte kurz und brach dann in schallendes Gelächter aus: »Was hast du denn, Oma, Orna geht jetzt in Amerika aufs Klo.«

»Amerika? Wieso in Amerika? Sie ist doch schwanger, oder? Wer fährt denn zur Geburt nach Amerika? Hat sie zu viel Geld? Wartet, ich geh zur Toilette sie rufen.« Johanna sprang auf, lief ihr hinterher und umarmte sie. »Frau Hannah, Sie müssen jetzt hinsetzen und nehmen diese Tablette.« Doch Hannah Jona fuchtelte mit den Armen, schüttelte die Rumänin ab, klopfte an die Toilettentür und rief: »Orna, wie lang brauchst du denn noch?«

Simona schluckte leer; sie sah aus, als würde sie sich gleich übergeben oder weinen, und Jardena schloss die Augen und murmelte: »Oh je, furchtbar. Sie ist ja total out ...«, und das Mädchen hörte auf zu lachen. Es schlug die Hände vors Gesicht und beobachtete die Oma durch die Ritzen zwischen den Fingern. Es hatte Angst, den Meter zwischen sich und Jardena zu überwinden, nahm ihn schließlich in zwei plumpen Hüpfern, drückte sich an Jardena und fragte: »Mama, ist die Oma jetzt verrückt?«

»Ist sie nicht. Ich erklär dir das.« Jardena unterbrach die Szene scharf und wandte sich an den Mieter: »Sie gehen jetzt besser. Ihre Drohung mit dem Denunzianten ist nicht mehr relevant. Das war wohl ein Witz. Wer will uns heute noch mit der Sozialversicherung drohen? Wie Sie sehen, ist Mutter ein klassischer Fall von Altersdemenz.«

Er wollte sagen, es gebe keinen solchen Denunzianten und auch keine Drohung, er habe das alles erfunden, aber es war nicht der richtige Moment. Die Alte hatte einen psychotischen Anfall oder wie auch immer man das nannte, und die Töchter brauchten kein weiteres Drama. Sie würden ihn noch für die Psychose verantwortlich machen, und vielleicht war er wirklich nicht ganz unschuldig daran, da sollte er sich lieber schleunigst aus dem Staub machen. Er wandte sich zum Gehen und sagte noch: »In jedem Fall, falls Sie sich entscheiden sollten, das Haus zu verkaufen …«, doch die Verachtung in Jardenas Blick ließ ihn verstummen, und für Simona zählte er schon gar nicht mehr; sie behandelte ihn, als sei er Luft. Er trat hinaus in den dunklen Hof und sagte sich, du hast keine Schuld. Alte Menschen werden auch einfach aufgrund ihres Alters verrückt. Ein Glück, dass deine Eltern gestorben sind, bevor ihr Hirn sich zersetzt hat. Da kann man sich bis in alle Ewigkeit beschweren, das ist der Deal, den Gott mit den Menschen gemacht hat. Willst du alt sterben? Kein Problem, dann stirbst du verblödet. Willst du im Besitz deiner geistigen Kräfte sterben? Kein Problem, dann stirb jung. Er ging in seine Wohnung, kochte Wasser für einen Kaffee und dachte, was auch immer kommen mag, Mischa Broschi wird mit diesem Haus kein Geld machen. Er setzte sich, trank seinen Kaffee, tippte in den Computer den Suchbegriff »Bauunternehmer«, überflog Dutzende von Namen auf dem Bildschirm und wählte einen aus, dessen Name und Adresse nahelegten, dass er zu den eher bescheidenen gehörte, einer, der sich nicht für was Besonderes hielt und dessen große Gelegenheit eben noch nicht gekommen war. Meir Gottlieb. Ein guter Name für einen Bauunternehmer. Morgen würde er zu diesem Meir gehen, würde ihm von den Vorzügen des Grundstücks erzählen, ihm die Adresse und Telefonnummer geben und mit ihm davor einen Vertrag abschließen, der Meir verpflichtete, ihn von Broschi loszukaufen und ihm selbst mindestens zehn Prozent vom Immobilienwert auszuzahlen. Er trank den Kaffee aus, schaltete den Computer ab und sagte sich, so, damit wären wir fertig, und indem er das sagte, schloss sich in seinem Hirn eine Tür, und sogleich ging eine andere auf. Julia. Jahrelang hatten seine Sehnsucht und seine sexuelle Begierde auf kleiner Flamme geköchelt, nichts hatte in ihm ein Feuer entfachen können, bis diese Julia ihn entflammt hatte, wie sollte er das jetzt unter Kontrolle kriegen? Seit dem letzten Abend brannte er wie ein Verrückter und wusste nicht, wohin mit sich. Ihr Sohn schlief bestimmt schon. Kinder kamen von Klassenausflügen normalerweise fix und fertig zurück. Er würde zu ihr hinaufgehen, sie um eine Zitrone, Milch oder um Spülmittel bitten, egal was, jedenfalls könnte er sie sehen und ihr Bild in seine Nacht mitnehmen, und wenn Gott ihm beistünde, würde er sie nicht nur sehen … Er zog sein Hemd glatt, fuhr sich mit der Hand durchs Haar und hörte, wie ein Fensterladen aufgestoßen wurde und ein schriller Schrei die Nacht durchschnitt. »Bruuu-nooo!« Es ging ihm durch Mark und Bein. Sofort wurde der Fensterladen wieder zugeschlagen, und es herrschte Stille. Er verließ seine Wohnung, ging die Treppe hinauf, um an Julias Tür zu klopfen, blieb auf dem ersten Treppenabsatz stehen und wartete, bis der Schrei ganz verhallt war, ging die restliche Treppe hoch und klopfte zweimal kurz. Sie öffnete ihm, legte den Finger auf die Lippen, der Junge schlafe. Sie lud ihn nicht ein hereinzukommen, gab ihm, worum er gebeten hatte, eine halbe Zitrone, und wollte die Tür schon zumachen, da spannte sich ihr Morgenmantel zwischen den Knöpfen, und er sah ein bisschen von ihrer Haut und konnte kaum atmen, und sie lächelte schmal und sagte: »Was war das für ein Schrei? Ich hatte schon Angst, dass der Junge aufwacht.«

Müde und schwer ging er die Treppe hinunter. Was bist du für ein *Loser*, Rafi. Was für ein Reinfall. Er ging zu der Vogelscheuche hinten im Hof, zerquetschte die Zitrone auf ihrem Kleid, setzte ihr die Zitronenschale auf den spitzen Kopf, kniff das trockene hölzerne Kinn und sagte zu ihr: »Hör mit gut zu,

Vogelscheuche. Am Anfang schuf Gott das Alleinsein. Du bist allein, ich bin allein, das Mädchen ist allein, die Alte ist allein, Bruno ist allein, Siva ist allein, Motti ist allein, und Gott? Der ist wohl auch allein. Nur anders.«

11

Simona fand, das wäre eine gute Anfangsszene für einen Film. Eine lange Einstellung in einem geschlossenen Raum, ein Bild von großer Tiefe mit nur wenigen Details: Ein langer dunkler Flur, an dessen fernem Ende ein Fenster lag, dahinter die Dämmerung. Drei Gestalten unterwegs dorthin. Im abnehmenden Licht. Sie entfernen sich mit dem Rücken zur Kamera, werden kleiner. Eine große Frau und ein kleiner Mann schieben einen Rollstuhl; der Kopf der dritten Gestalt ragt etwas über die Lehne des Rollstuhls. Möglicher Titel für diese Szene: Wenn der Tag sich neigt. Oder lieber etwas weniger pompös?

Doch Simona war keine Regisseurin, und das war kein Film, sondern das Leben. Der Flur war der Flur in der Abteilung, in der man Schädel öffnete, in sie hineinbohrte, sie reparierte und wieder zumachte. In der Hauptrolle Hannah Jona, in den Nebenrollen Bruno und Johanna. Und Simona? Sie war nur kurz vorbeigekommen, um zu sehen, ob alles in Ordnung war, ob sie gebraucht wurde, hatte die drei gesehen und war stehen geblieben. Wenn nicht unbedingt nötig, sollte man solche intimen Momente nicht stören. Wenn noch jemand in diese Einstellung träte, wenn das Licht stärker würde oder ein weiteres Geräusch zu dem der Räder des Rollstuhls auf dem Kunststoffboden hinzukäme, würde die Harmonie gestört. Sie stand da und betrachtete die drei, sie gingen in aller Ruhe, redeten anscheinend nicht miteinander und auch nicht mit Handys, denn sie hatten keine, und sie hatten keine, weil sie keine brauchten. Wenn sie zu dritt waren, waren sie sich genug, und sie fehlte ihnen da wirklich nicht. Sie blieb stehen, bis die drei das ferne Ende des Flurs erreichten und ihre Gestalten sich vom blass orangenen Hintergrund des Himmels absetzten. Bevor sie sich umdrehten und sie sehen konnten, ging sie zurück auf ihre Station.

Seit einigen Tagen spürte sie ein leichtes Beben in ihrem Bauch, Lebenszeichen aus Richtung der Gebärmutter. Noch keine Bewegungen, nur ein Beben. Merkwürdigerweise empfand sie dieses Beben als Ausdruck der beiden Dramen, die gerade in ihrem Leben stattfanden: das Beben des noch Ungeborenen und das Zittern derjenigen, die das meiste schon hinter sich hatte. Gott sei Dank für das Beben und auch für das Zittern. Hätte sich bei Hannah Jona nicht das Zittern der Hand und des Beines hinzugesellt, hätten sie und ihre Schwestern ihr schleichendes Vergessen, ihre Gefühlsausbrüche und ihre Verwirrung weiterhin abgetan und sie dem Alter und dem Schicksal zugeschrieben. Die Demenz, die sie sich freiwillig zugelegt hatte, hatte einige Symptome überspielt, und bei ihnen hatten die Alarmglocken tatsächlich erst geläutet, als dieses einseitige Zittern sie ergriff und mit einer einseitigen Schwächung ihrer Glieder einherging. Hannah Jona hatte versucht, es vor ihnen zu verbergen, indem sie die Hand zur Faust ballte, ihre Handbewegungen auf dem Tisch abstützte und ihren Fuß auf den Boden drückte, doch Simona, die in der Diagnose solcher körperlichen Symptome geschult war, hatte sie bemerkt.

Hannah Jona hatte darauf beharrt, dass sie körperlich unversehrt sei, und den Ärzten erklärt, sie sei aus freien Stücken gestört. »Ich bin ballaballa, weil ich das gewählt habe, weil es mir damit gut geht. Glauben Sie nur nicht meinen Töchtern, die sind stur wie Maultiere. Dies ist ein freies Land, und ich habe das Recht, zu leben, als sei ich verrückt ...« Doch als man sie in den CT-Raum schob, erschrak sie vor dem runden Rachen des Geräts, das sie auffressen wollte, und lag da, wie von einem Zauber gelähmt und rührte sich nicht. Der Befund war eindeutig. Ein Gehirntumor. Die Ärzte sagten, er sehe gutartig aus und habe deutlich erkennbare Ränder. Sie sagten, man müsse sie operieren, bevor er ihr Bein lähmte und die mentalen Fehlleistungen sich verschlimmerten, doch sie verweigerte ihre Zustimmung. Sie hatte Angst, man würde aus ihrem Hirn jene Zellen entfernen, die sich an Jehuda erinnerten, und auch jene, die Bruno liebten, sie stampfte mit ihrem zitternden Bein auf, schlug mit ihrer gesunden Hand auf den Tisch und sagte: »Jetzt lasst mich in Ruhe mit euren blöden mentalen Veränderungen. Wenn ihr diesem Tumor nicht so viel Aufmerksamkeit schenkt und ihn nicht zum Topstar macht, wird er auch wieder verschwinden.«

Die Töchter hatten ihr gratuliert. »Das ist kein Alzheimer, das ist nur ein Tumor«, und Orna hatte wegen der Operation eigens ein Flugticket gekauft und war aus Arizona gekommen. Hannah Jona hatte sie nicht erkannt und sie für eine Sozialarbeiterin oder Physiotherapeutin gehalten und sich höflich vorgestellt: »Sehr angenehm, ich heiße Hannah.« Doch nachdem sie Steroide bekommen hatte und der Schädelinnendruck zurückgegangen war, erkannte sie sie wieder und fragte: »Wieso bist du gekommen? Ist das ein Grund, aus Arizona zu kommen? Sie werden meinen Kopf aufmachen, dieses Ding rausholen, in den Mülleimer werfen und fertig. Die Geburt eines Kindes wäre ein Grund zu kommen, aber warum sollte man einen Tumor feiern? Aber lassen wir das, jetzt bist du schon mal hier, was gibt's da noch zu reden.«

Johanna war außer sich vor Angst. Sie rief Angela an und bat sie, auch dort für Hannah Jona zu beten, sie nahm wohl an, ein Gebet aus zwei verschiedenen Kontinenten mache im Himmel mehr Eindruck. Hätte sie gekonnt, sie wäre in die rumänische Kirche gegangen, gerannt wäre sie, und hätte eine Kerze angezündet, doch sie hatte Angst, Frau Hannah mit dieser Sache, die man in ihrem Kopf gefunden hatte, allein zu lassen. Dass sie nicht, Gott behüte, auf einen Schluck alle Tabletten, die es im Haus gab, schluckte oder mit einem Nachttopf auf dem Kopf auf die Straße ging. Sie hatte Georgette gebeten, am Sonntag in die Kirche zu gehen und in ihrem Namen eine Kerze anzuzünden.

Bruno war besonders arm dran. Er kam ins Krankenhaus, brachte in einem Blumentopf ein winziges Veilchen mit und stellte es auf Hannah Jonas Nachtschränkchen. Danach sammelte er das Haar ein, das man ihr abgeschnitten hatte, bevor man ihren Kopf für die Operation kahl schor, legte die schwarzen Strähnen in einen Gefrierbeutel und tat ihn in seine Tasche. Johanna versteckte Hannah Jonas Glatze unter der grauen Mütze, die sie für sie gestrickt hatte, und dann saßen sie beide an ihrem Kopfende, Johanna auf der einen, Bruno auf der zitternden Seite von Hannah Jona, und den Blick auf den grauen Boden des Krankenhauses gesenkt, hielt er ihre Hand. Johanna dachte, dass nur nicht, Gott behüte, auch er jetzt krank wird. Hannah Jonas Zustand setzte ihm zu, und er hatte keine Reserven. Dass nur nicht auch er kaputtging. Sein Körper war zu klein für eine so große Sorge. Sie machte ihm eine Tasse Tee, und er nahm ein paar Schlucke, ließ den Rest aber stehen. »Heute Nacht Sie können schlafen in die Haus von Frau Hannah. Dann Sie müssen nicht morgen kommen von Tel Aviv für die Operation. Wir haben eine Bett, wir haben Wäsche ...« Er hatte ihr Angebot angenommen, denn er wollte so lange wie möglich bei seiner kranken Freundin bleiben und morgens schon wieder früh bei ihr sein.

Am nächsten Tag, am Morgen der Operation, war er früh aufgestanden, hatte seine Bettwäsche zusammengefaltet und ans Fußende des Bettes gelegt, war mit Johanna ins Krankenhaus gefahren, und Johanna hatte zu ihm gesagt: »Herr Bruno, Sie wiegen leicht wie eine Vogel. Das Bett weiß nicht, ob Sie haben geschlafen dort oder nicht.«

Während Hannah Jonas Hirn offen auf dem OP-Tisch lag und die Chirurgen daran arbeiteten, das, was da nicht hingehörte, herauszuholen, saßen die drei Töchter der Patientin auf drei miteinander verbundenen Stühlen in dem Raum für die Angehörigen und warteten, wie die Sache ausging. Sie unterhielten sich leise, und Jardena ging alle halbe Stunde eine Zigarette rauchen. Bruno und Johanna saßen auf verbundenen Stühlen an einer anderen Wand des Zimmers und schwiegen gemeinsam. Der Mieter war in seiner Wohnung, verwüstete seine Fingernägel und wagte es nicht, eine der drei anzurufen. Bei denen war er unten durch, bei Johanna stand er noch auf der Seite der Guten, aber die besaß kein Telefon.

Alle fünf hatten Hannah Jona bis vor den Operationssaal begleitet, verabschiedeten sich von ihr und hatten keine Ahnung, was für eine Hannah Jona dort herauskommen würde. Die Ärzte hatten gesagt, der Tumor sei gutartig, hatten ihnen aber nichts versprochen. Ein Mensch, der davor ist, seinem Nächsten mit einem Messer ins Hirn zu schneiden, macht keine Versprechen, was dabei herauskommt. Sie mussten auf alles gefasst sein. Als die Ärzte fertig waren, riefen sie Simona herein und sagten, die Operation sei gut verlaufen. Der

Schnitt sei zwar tief gewesen und die Narbe groß, aber keine der möglichen Komplikationen sei eingetreten. Hannah Jona schlief im Aufwachzimmer und danach schlief sie weiter, und alle fünf folgten ihrem Bett, als es auf die Station geschoben wurde, schweigend und ernst wie bei einer Beerdigung. Ein helmartiger weißer Verband umgab ihren Kopf, bedeckte auch ihre Stirn, und ihr Gesicht war klein und bleich, schlafend und ausdruckslos. Nach einigen Stunden wachte sie plötzlich auf wie jemand, in dessen Haus ein Feuer ausgebrochen ist. Sie versuchte, sich aufzurichten, kämpfte mit ihren Lidern, bekam sie nicht auseinander, bis die Netze des Schlafes endgültig zerrissen und sie die Augen aufschlug und fragte: »Was macht ihr alle hier? Müsst ihr denn nicht arbeiten?« Sie sah die Schläuche, an denen sie hing, und sagte: »Tut mir einen Gefallen, ich bin doch keine Wasseruhr in einem Mietshaus; nehmt diese ganzen Installationen hier von mir.« Ihre Blicke hüpften vom einen zum Nächsten, ihr Mund war ausgetrocknet und die Lippen von Trockenheit aufgesprungen. »Johanna, bring mir Wasser. Bruno, komm, gib mir deine Hand.« Beide erfüllten ihre Bitte, und Orna sagte: »Ein Glück, das Sprachzentrum hat nichts abgekriegt.« Sie beugte sich über ihre Mutter: »Mama, weißt du, wer ich bin?« Hannah Jona war müde, warf ihr einen erschöpften Blick zu und sagte: »Sag mir, Orna, hast du zu viel Geld, dass du von Arizona angeflogen kommst? Ich könnte ja verstehen, wenn es für einen Bräutigam wäre, aber für einen Tumor?« Das Sprechen strengte sie an, und sie schlief wieder ein, und rund um das Bett herrschte Übereinstimmung, dass wohl auch ihr Erinnerungsvermögen die Operation ohne Schaden überstanden hatte und mit Gottes Hilfe auch das klare Denken unversehrt war.

Johanna bekreuzigte sich jetzt häufiger als vor der Operation. Bruno hielt Hannah Jonas Hand in beiden Händen und blickte sie unentwegt an, um ihr von den Augen abzulesen, was sie brauchte. Die Töchter, die es nicht gewohnt waren, ihre Mutter zu küssen, beugten sich über ihr Bett und küssten sie auf die Wange, eine nach der andern, und als sie am nächsten Tag wiederkamen, sagte Jardena: »Mama, die haben dir im Kopf eine Generalüberholung gemacht. Jetzt bist du wieder wie neu.« Sie hatte Dana mitgebracht, doch die fürchtete sich vor dem mächtigen Verband und blieb wie angewurzelt auf der Schwelle des Krankenzimmers stehen. Hannah Jona rief sie von ihrem Bett aus: »Komm, Danale, die ganze Familie ist hier versammelt, nur Herzl fand es nicht richtig, mitzukommen. Was hat er denn? Hat er so viel zu tun? Erledigungen?« Das Mädchen sagte: »Man darf hier keine Tiere mitbringen.« Erst gegen Ende des Besuches wagte sie sich näher ans Bett der Oma, gab ihr einen Kuss, fasste sie aber nicht an.

Hannah Jona erholte sich in einem Tempo, das alle Statistiken unterschritt und die Ärzte und auch die Familie erstaunte. Vor allem ihre Lebenslust und ihr Erinnerungsvermögen erstarkten um einiges schneller, als die Wunde von der Operation heilte. Die Töchter sagten, sie hätten das Bruno und Johanna zu verdanken, doch nach Meinung dieser beiden war Gott dafür zu loben.

Eine Woche nach der Operation verließ Hannah Jona das Krankenhaus mit einem leicht hinkendem Bein, einem Gefühl der Schwäche in der Hand und dem festen Entschluss, mehr in Gott zu investieren. Sie sagte, zweimal hat er mich an den Rand der Grube geführt und hat es sich im letzten Moment anders überlegt. Einmal – okay, das kann einem passieren. Aber zweimal? Wenn er mir noch eine Chance gegeben hat, dann will er irgendwas von mir. Schließlich bekam man im Leben nichts geschenkt. Sie bat Bruno, er solle in der Synagoge von *Re'ut* Gott dafür danken, und sie gab Johanna frei, damit auch die ihm in der rumänischen Kirche danken konnte. Nur von ihrem neuen Mieter, der jeden Morgen seine Gebetsriemen anlegte, wollte sie nichts mehr wissen. Johanna sagte: »Auch die Tichter beten. Vielleicht auch er soll danken?«, doch Hannah Jona sagte: »Der Dichter? Ach, Johanna, Gott gibt nichts auf den Dank eines Menschen, der das eine sagt, aber das andre tut.«

Er besuchte sie am Tag ihrer Entlassung aus dem Krankenhaus und bemerkte bereits an der Tür, dass sie sich verändert hatte. Es lag nicht an der Mütze, die ihren kahlen Kopf bedeckte und sie älter und ihr Gesicht kleiner machte, sondern an der Gleichgültigkeit, mit der sie ihn empfing. Kein Lächeln, kein »setzen Sie sich doch bitte«, kein »Johanna, bring ihm etwas zu trinken«. Nichts. Er begrüßte sie mit *»Gepriesen sei, der Kranke heilt«*, und sie antwortete darauf *»Amen«* und sagte kein weiteres Wort. Er dachte sich, entweder hat sie sich verändert, oder die haben ihr dort das Hirn kaputt gemacht. Er ging, bald nachdem er gekommen war, und sagte sich, ich werde abwarten und sehen, was die Zeit bringt.

In den ersten Tagen benahm sie sich wie jemand, der mit dem nackten Leben davongekommen war. Sie prüfte, was an ihr unversehrt und was beschädigt war, was sie verloren hatte und was sie noch besaß. Immer wieder fragte sie sich, was das Operationsmesser in ihr angerichtet hatte, und überwachte sich selbst auf Schritt und Tritt. Sie erinnerte sich an ihre Telefonnummer, an die ihrer Töchter, an die von Tamara, von der Sozialversicherung und der Einrichtung, in der Bruno lebte, sie erinnerte sich an das Alter von Herzl und Klein und an die Nummer ihres Personalausweises und sogar an die alte Telefonnummer von Jehuda in seinem Büro, möge er in Frieden ruhen. Wörter, die ihr früher entfallen waren, entfielen ihr jetzt nicht mehr. Sie hinkte zwar, doch auch ihr Hinken betrachtete sie für einen Gnadenerweis Gottes, für den sie sich gesondert zu bedanken hatte. Mit einem Schnitt hatte der sie davon befreit, der Sozialversicherung etwas vorspielen zu müssen. Ein hinkendes Bein und ein vernarbter Schädel garantierten, dass Johanna für immer bei ihr bleiben durfte, oder zumindest bis sie das legendäre Alter von hundertundzwanzig erreichen würde.

Am Tag, an dem Simona sie ins Krankenhaus fuhr, damit man die Klammern entfernte, die ihren Schädel zusammenhielten, sagte sie zu ihr: »Hab ich ein Glück gehabt! Das Gedächtnis und der Verstand sind, *touch wood*, in Ordnung, und wenn meine Liebe zu Bruno als Beweis gilt, dann haben auch die Emotionen, *touch wood*, nicht gelitten.« Und sollten die Emotionen noch eines Beweises bedürfen, war der Abschied von Orna der richtige Anlass. Die Zeit, die sie sich für die Operation freigenommen hatte, war vorüber, und als der Tag kam, an dem sie zurück zu ihren wichtigen Geschäften in Arizona musste, tat es Hannah Jona leid, und ihr fiel nichts Besseres ein als ein abgegriffenes Klischee: »Was tun, der alte Vogel bleibt im Nest sitzen, und die Küken fliegen aus.« Ihr Abschiedsschmerz war nicht größer als sonst, doch als sie wahrnahm, wie breit und wie viel erwachsener Orna in Amerika geworden war, überkam sie ein Schmerz, der war, als würden in der Gegend des Herzens tektonische Platten bewegt, und da ließ sie es mit den Klischees. Sie schwieg, sagte nichts, und erst als Orna mit ihrem Gepäck an der Tür stand, fasste sie sich ein Herz.

»Hast du da drüben jemanden, Orna?«

»Nein.«

»Was, keine Menschenseele in diesem ganzen riesigen Amerika? Dort gibt es doch alle möglichen Menschen.«

»Nein, niemanden, Mama. Und jetzt genug mit diesen Fragen.«

Orna fuhr, und Hannah Jona folgte den Flugzeugen dort oben mit dem Blick und hoffte, jetzt, im Flugzeug, sei Orna näher am Himmel, und das verbessere bestimmt ihre Chancen. Sie schaute hoch in die unendlichen Höhen und sagte sich, wenn ein alter Vogel wie ich einen alten Vogel bei sich im Nest haben will, um wie viel mehr muss Orna sich danach sehnen.

Und sie wollte diesen alten Vogel wirklich bei sich im Nest. Sie erwartete jeden Tag sein Kommen, und gleichzeitig sorgte sie sich um ihn und bezahlte seine täglichen Busfahrten von Tel Aviv nach Jerusalem und zurück.

»Jetzt sei nicht stur, Bruno, auch wenn es viermal so viel kosten würde, würde ich das bezahlen. Das ist wirklich nicht teuer im Vergleich zu dem, was ich dafür bekomme.«

Sie saßen zusammen im Wohnzimmer und hielten Händchen; Johanna kam und ging, brachte Tee und Kekse, einen aufgeschnittenen Apfel, Orangenschnitze, sang rumänische Lieder vor sich hin und war guter Laune. Wenn Gott diesem Haus weiter seine Gnade erwies und sie noch ein paar Jahre bei Frau Hannah arbeiten ließ, würde das reichen, um Angela das Geld für die Zähne zu schicken, für ein Fahrrad, die Reparaturen in der Küche und andere Dinge, die das Leben im Laufe der Zeit erforderte.

Seit Hannah Jona von der Operation nach Hause zurückgekehrt war, achtete Johanna noch mehr auf die roten Stoffe, die vor dem Haus hingen. Sie schaute oft in den Himmel, wartete auf den Regen, der den roten Wollschal tränken und dann als rote Farbe von ihm heruntertropfen und sich vor der Hausfront zu einer roten Pfütze sammeln würde. Nachdem Hannah Jonas Behinderung so eindeutig bescheinigt war, ging Johanna frei zu ihren Einkäufen, mit einer Korbtasche in jeder Hand, sie versteckte sich nicht mehr und musterte ihre Umgebung nicht mehr heimlich. Auch auf dem Weg zur Kirche ging sie nun aufrecht und zündete dort jeden Sonntag eine Kerze an. Frau Hannah sagt, Feuer ist Feuer, und Gott ist es egal, woher es kommt, ob von Juden oder Christen, es ist alles dasselbe.

Nachdem man ihr die Klammern der Operation entfernt hatte, war Hannah Jona nach Hause gekommen und hatte gesagt: »Schön, jetzt müssen wir die Qualität der Ware prüfen.« Sie nahm die Mütze ab, stellte sich mit ihrem rasierten Schädel und der Narbe vor den Spiegel und dachte, noch nie habe ich fast so ausgesehen, wie ich im Grab aussehen werde, wenn nur noch Knochen von mir übrig sein werden. Aber noch lebe ich. Tatsache. Die Haare wachsen wieder. »Johanna, komm mal und schau, was für weißes Gras auf meinem Kopf sprießt.« Sie strich sich mit der gesunden Hand über den Schädel, spürte die neuen Stoppeln und sagte: »Weißt du was, Johanna, die Sache mit dem Schwarz ist jetzt vorbei. Wenn Gott für mich weiß will, dann soll es weiß sein.« Sie stand in ihrem Schlafzimmer vor dem Spiegel und machte eine genaue und erbarmungslose Inventur ihrer nackten Glieder, prüfte die Spuren des Alters an jeder Stelle, wie sehr es sie hatte schrumpfen und ihre Haut faltig, dünn und trocken werden lassen. Die Lippen hatte es schmal gemacht, die Nase in die Länge gezogen, die Ohren und die Schädelknochen standen jetzt hervor. »Das ist nicht komisch«, sagte sie zu ihrem Spiegelbild, »gar nicht komisch. Aber wenn das alles ist, was noch übrig ist, dann müssen wir eben damit weitermachen.«

Bruno sah sie mit unbedecktem Kopf, sah die spärlichen weißen Haarinseln auf ihrem Schädel und sagte: »Macht nichts, Hannah, du bist auch so schön.«

»Du bist ein guter Mensch, Bruno«, sagte sie, ließ ihren Kopf von da an unbedeckt und setzte die Mütze nicht mehr auf. Sie gingen zusammen in den Hof. Er hielt ihre Hand, wachte über jeden ihrer Schritte, und Johanna trug einen Stuhl hinter ihnen her, damit sich auch Bruno setzen konnte. Auf Hannah Jona wartete der Sessel. Der Himmel war bewölkt, es war kühl, doch Hannah Jona wollte frische, freie Luft atmen, nicht die, die durch die Fenster hereinkam und sich mit der verbrauchten Luft von drinnen mischte. Sie atmete tief ein und sagte: »Bruno, atme tief durch, die Luft gibt's umsonst. Man kann so viel in die Lungen pumpen, wie man will, damit muss man nicht sparen.«

»Aber du kannst dich erkälten, Hannah, ich mache mir Sorgen.«

»Du machst dir Sorgen? Ich mache mir Sorgen. Wir können nicht so weitermachen, Bruno.«

»Wie?«

»Dass du jeden Tag aus Tel Aviv hier ankommst und abends wieder zurückfährst.«

»Aber ich will bei dir sein, Hannah. Welche Wahl hab ich denn?« Er zog ihre Hand zu sich und hielt sie in beiden Händen.

»Welche wohl? Deine Siebensachen zu packen und zu mir zu ziehen. Ich kann dir ein hervorragendes Zimmer geben. Sag denen dort, dass du ein bisschen Urlaub von dem Heim nimmst. Aber sie sollen dir deine Wohnung aufheben, falls du es dir noch anders überlegst.«

»Ich kann bei dir kein Zimmer nehmen, Hannah. Was ich von der Sozialversicherung bekomme, reicht nicht für eine Miete.« Er senkte den Kopf und schaute zu Boden. Er wollte einen Fuß bewegen, da sah er eine Karawane von Ameisen, die an seiner Schuhsole vorbeizog, wartete auf die letzte, sah noch zwei Nachzügler, wartete auch die ab und bewegte erst dann seinen Fuß.

»Wer redet denn von bezahlen! Gott behüte! Du wirst mit mir und mit Johanna zusammenwohnen wie drei Leute in einer Familie.« Sie richtete sich in ihrem Sessel auf, reckte den Hals und wiederholte: »Bezahlen? Nein, Gott behüte!«

Er schwieg, verfolgte einen Vogel, der auf der Regenrinne entlangging, oder vielleicht schaute er auch ins Leere, und nach einer Weile sagte er: »Bis zum Krieg habe ich bei meinen Eltern gewohnt. Seit ich fünfzehn bin, bin ich allein. Achtundsechzig Jahre lang allein. Ich weiß nicht, wie es ist, wenn jemand mit dir in derselben Wohnung schläft. Ich weiß nicht, ob ich störe, ob mich etwas stört. Und da ist noch etwas, Hannah. Du weißt doch, wie die Leute sind, verzeih mir, aber wenn sie sehen, dass ein Mann bei dir zu Hause schläft, da werden sie reden, und du hast schon genug durchgemacht, du brauchst nicht noch neue Sorgen.«

Bruno verstummte, gab Hannah Jona ihre Hand zurück und legte sie vorsichtig auf ihren Oberschenkel, legte dann seine Hände zusammen, als hätten ihn die letzten Sätze sehr angestrengt und als brauche er seine beiden Hände jetzt, damit sie ihm Kraft gaben. Er machte sich klein, zog den Kopf ein, drückte das Kinn auf die Brust und sagte: »Dreiundachtzig Jahre auf der Welt, allein, immer still, still und allein für mich, und plötzlich, plötzlich ...« Er brach ab, Hannah Jona sah eine Träne über seine Wange rollen und in einer Falte zerbrechen, und noch eine zweite, die rollte gerade herunter.

»Und plötzlich ...« Er versuchte es noch einmal, doch er fand keine Worte.

»Und plötzlich sieht dich Gott«, führte Hannah Jona seinen Satz zu Ende. »So ist das, Bruno, die Warteschlange bei Gott ist sehr lang, das kann bei ihm auch mal dreiundachtzig Jahre dauern, bis er zu deinem Namen kommt. Aber zum Schluss kommt er zu allen. Dass er zu einem gar nicht kommt, das gibt es nicht. Vielleicht bist du das von der Krankenkasse gewohnt, dass man eine Nummer zieht und in etwa weiß, wann man drankommt, aber im Himmel, da funktioniert das anders.« Sie umfasste ihre zitternde Hand mit der gesunden, ihr war kalt, und sie lehnte sich zu ihm hinüber, bis ihre Wange sein Ohr berührte. Er hatte den Geruch eines sauberen Mannes, der sich mit preiswerter Seife wusch. Sie sog seinen Geruch tief ein und sagte: »Bruno, du hast viel Geduld gehabt; Gott schätzt Menschen, die Geduld haben. Er liebt die bescheidenen Religiösen. Die nerven ihn nicht so wie die Frommen. Sie schreien nicht, sie hämmern nicht dreimal am Tag mit Bitten und Flehen ans Himmelstor und machen weiß Gott was für einen Aufstand.«

»Dir ist kalt, Hannah«, sagte er, ließ seinen Kopf zu ihr geneigt an ihrer Wange.

»Und noch was, Bruno«, sagte sie, löste ihren Kopf von seinem und setzte sich aufrecht hin, »du hast gesagt, die Leute würden reden. Du musst wissen, das macht mir schon lang nichts mehr aus. Solange es Menschen auf der Welt gibt und sie einen Mund haben, werden sie reden. Ich könnte explodieren, wenn ich überlege, wie viele Dinge im Leben wir nicht gemacht haben, aus lauter Sorge, was die Leute sagen. Wenn ich nur damals den Verstand gehabt hätte, den ich heute habe. Wir haben nicht mehr so viel Zeit, Bruno, und in unserem Alter sind wir schon passé, wir zählen sowieso nicht mehr. Wer will uns noch Vorschriften machen? Sie erwarten von uns nicht mehr, dass wir gute Noten aus der Schule oder ein gutes Gehalt nach Hause bringen, dass wir zur Armee gehen, Kinder kriegen … Sie erwarten nichts mehr von uns, Bruno, wir sind längst ausgeschieden aus dem Spiel, wir sind zwar noch auf der Welt, aber wir schulden ihr nichts mehr. Das ist das Glück des Altseins, Bruno. Wir können heute tausend Sachen machen, die wir uns früher nicht getraut hätten, und heute kann uns keiner mehr kündigen. Deshalb, bring morgen deine

Sachen mit und fertig. Ja, mir ist wirklich kalt, lass uns reingehn.« Sie standen auf, durchquerten den Hof, und Johanna stand in der Küchentür und erwartete sie wie Kinder, die nach dem Spielen im Hof hereinkommen.

Am Abend, nachdem Bruno gefahren war und bevor sie sich schlafen legte, sagte sie zu Johanna: »So, jetzt ist es vorbei mit dem Theater von ballaballa und Alzheimer. Ab jetzt bin ich so, wie ich bin, verstehst du, Johanna? Ich bin nicht mehr meschugge. Ich mache, was ich will, und wenn Bruno es möchte, dann schlafe ich mit ihm in einem Zimmer.« Sie lag in ihrem Bett und schlief nicht ein. Sie hätte diesen Tumor eher in Auftrag gegeben, wenn sie gewusst hätte, wie gut er ihr tun würde. Die Glatze und das hinkende Bein störten sie nicht, auch wenn sie damit Israel nicht mehr auf den Miss-Universum-Wahlen repräsentieren konnte. Mit Auftritten war es vorbei. Die Hannah Jona von der Schminke ist gestorben, Friede ihrer maskierten Seele. Die neue Hannah Jona wird sich jetzt ins Leben stürzen und der Welt ungeschminkt entgegentreten, und als Erster sollte der Mieter, dieser Rafi, ihr Ungeschminktsein erleben. Warum ausgerechnet er? Weil ihr Herz ihr sagte, dass er ein Lügner war. Vor der Operation hatte er sie bedrängt, unter Druck gesetzt und sie wegen des Hauses verrückt gemacht, und bei ihr hatte sich, was ihn anging, ein ungutes Gefühl eingenistet. Sie hatte irgendwann den Eindruck gehabt, er sei ein Schauspieler, der ihr was vormachte, doch ihr Kopf war wegen des Tumors verdreht, und das Gefühl war gewichen. Jetzt war der Tumor weg, und das Gefühl kehrte zurück.

Am nächsten Morgen saß sie in der Küche, aß ihren Brei und wartete, dass Johanna aufhörte, sie zu umgackern, und in den Supermarkt ging, um die Wocheneinkäufe zu machen. Als sie hörte, dass die Haustür sich schloss, stand sie auf, ging durch die Hintertür hinaus in den Hof, humpelte zur Wohnung des Mieters und klopfte mit ihrer gesunden Hand an seine Tür. Er machte auf, und sie merkte, dass er sie nicht sofort erkannte, dass er beim Anblick ihres kahlen Schädels und ihres nackten Gesichtes erschrak, doch im nächsten Moment kehrte das Standardlächeln auf sein Gesicht zurück, und seine Lippen öffneten sich zu einem breiten Lächeln. »Guten Morgen, Sie sehen fantastisch aus, Frau Jona«, sagte er, aber sie lächelte nicht zurück. Sie lehnte an der Tür und fragte: »Kann ich reinkommen?«

»Aber sicher doch, keine Frage, Frau Jona.« Er lud sie mit einer ausladenden Handbewegung in seine Wohnung, und sie trat ein, ging zu einem der beiden Stühle an dem schmalen Holztisch und setzte sich.

»Zeigen Sie mir Ihre Gedichte«, sagte sie trocken und kalt.

»Was möchten Sie trinken, Frau Jona? Einen Tee?« Er neigte seinen Körper schon in Richtung Küche, bereit, loszueilen und das Gewünschte zuzubereiten.

»Kaffee habe ich zu Hause. Ich möchte Ihre Gedichte sehen. Sie haben doch gesagt, Sie sind ein Dichter, nein?«

»Ja, aber die sind alle noch im Entstehen, Frau Jona, das sind nur Konzepte, die kann man noch nicht zeigen. Vielleicht möchten Sie trotzdem etwas trinken?« Um seinen Mund hüpften letzte Reste eines Lächelns, doch seine Stirn war wie ein gespanntes Gummi.

»Dann zeigen Sie mir die Konzepte!« Es gelang ihr, die Finger ihrer zitternden Hand zu einer Faust zu ballen und auf den Tisch zu schlagen.

»Frau Jona, Ihr Interesse an meinem Schreiben ehrt mich sehr, aber …«

»Reden Sie kein Blech. Nichts ehrt Sie, Sie machen sich doch gerade in die Hose. Liefern Sie mir einen Beweis, dass

Sie ein Dichter sind. Nur einen Beweis, dass Sie mich nicht betrogen haben, als Sie diese Wohnung angemietet haben.« Sie legte beide Hände auf den Tisch, setzte sich bequemer hin und demonstrierte mit ihrer ganzen Art zu sitzen, dass sie nicht vorhatte aufzustehen, bis sie eine Antwort auf ihre Frage bekam. Der Mieter stand zwischen ihr und der Küche, eine Hand geballt in der Hosentasche, mit der anderen fuhr er sich durch das schüttere Haar und glättete es wieder, zerwühlte es und glättete es wieder. Sein Mund behielt noch den letzten Rest eines Lächelns, vielleicht würde sie sich ja doch verführen lassen, diesen kämpferischen Ton ablegen und mit ihm reden wie vorher.

»Also, worauf warten Sie? Und bauen Sie nicht darauf, dass ich von der Operation ballaballa zurückgekommen bin, denn das bin ich nicht. Damit Ihnen das klar ist: Ich gehe hier nicht raus, bis Sie mir nicht einen Beweis dafür liefern, dass Sie Dichter sind.«

Er schwieg. Er ließ von seinem Haar ab und sank mit einem Mal auf den Stuhl ihr gegenüber und brach fast zusammen. Er schwitzte, nahm die Brille ab und sagte: »Ich habe Sie betrogen, Frau Jona, ich bin kein Dichter.«

»Sie Schurke«, sagte sie, zog ihre Hände vom Tisch, als ekle sie sich vor dem Holz, »was wollten Sie von mir? Es hing kein Schild ›zu vermieten‹ am Haus, warum sind Sie ausgerechnet hierher gekommen?«

Er wusste nicht, wohin mit sich, und schwieg. Gott, was hatte diese Alte für Augen, die bohrten sich wie Speerspitzen in ihn und würden ihn löchern, bis die Wahrheit aus ihm nur so heraustropfte und herausfloss. Was hatten sie ihr in den Schädel gepflanzt, dass sie so umgekrempelt war. Sie war wie Mutter Teresa zur Operation gegangen und wie Isebel zurückgekommen. Es half ihm nichts, dass er seine Augen abwandte und zu Boden blickte. Hannah Jonas Blick durchlöcherte ihn auch durch die gesenkten Augenlider hindurch, und er gab sich geschlagen, machte den Mund auf und erzählte alles. Er erzählte von Broschi und dem Vertrag, den er mit ihm geschlossen hatte; er erzählte, dass er sich bei ihr eingeschlichen hatte, um sie dazu zu bringen, ihr Haus zu verkaufen, und auch, dass er den angeblichen Immobilienmakler, der sie bei der Sozialversicherung verpfeifen wollte, frei erfunden hatte. Er erzählte, dass Broschi im Februar mit seinen Bulldozern hier auffahren wolle. Fix und fertig saß er vor ihr, kam sich vor, als ziehe er sich vor ihr bis auf die Seele aus, bis sich seine elende Nacktheit Glied für Glied, Schande für Schande offenbarte, und die ganze Zeit über hielt sie ihn mit ihren Blicken aufgespießt und ließ ihn an ihren blauen Laserspeeren zappeln. Und während sein Mund seine Sünden gestand, murmelte sein Hirn das Mantra der Verzweiflung aus dem Buch Ruth: *Komme ich um, so komme ich um.*

»Sie elender Schurke«, unterbrach sie ihn, »Sie hundsgemeiner Schuft.« Sie löste einen Finger aus ihrer zitternden Faust, reckte ihn zur Zimmerdecke und rief: »Der da oben, der sieht alles!« Dann stand sie auf und humpelte zur Tür, und er sprang von seinem Stuhl auf und rief: »Frau Jona, so ein Scheißkerl bin ich auch wieder nicht. Ich habe das alles nicht für mich getan. Der Sohn meiner Schwester leidet an zerebraler Kinderlähmung, und ich wollte ihm nur helfen …«

»Lassen Sie mich gehen, Sie Betrüger!« Sie machte eine Handbewegung, als verjage sie eine lästige Fliege, »warten Sie nur, irgendwann schlägt jedem Hund die Stunde.« Sie öffnete die Tür, ging und ließ sie offen stehen.

Der Mieter warf sich wieder auf den Stuhl, packte seinen Kopf mit beiden Händen und sagte sich, endlich hast du es rausgekotzt, Rafi. Du stinkst, du stinkst dermaßen, aber jetzt ist es raus. Er stand nicht auf, um die Tür zuzumachen. Er stand überhaupt nicht mehr auf. Die Ellbogen auf den Knien, die Hände vors Gesicht geschlagen, saß er da und rührte sich nicht. Er wand sich in seiner Schande, schwitzte wie ein Tier und hob den Kopf auch nicht, als er Julias Absätze auf der Treppe klappern hörte, und auch nicht, als sie in seiner Tür stand und ihr Schatten auf seine Beine fiel.

»Was hast du? Bist du krank?«, fragte sie und trat ein. »Nun sag schon, was ist passiert? Jetzt heb schon den Kopf.« Sie stand über ihn gebeugt, legte ihre Hand unter sein Kinn und versuchte, seinen Kopf zu heben. »Brauchst du einen Arzt oder was?«

»Ich brauche gar nichts«, murmelte er durch die Hände, die sein Gesicht versteckten.

»Gar nichts? Dann nicht. Dann geh ich jetzt.« Ihr Schatten verschwand von seinen Knien, und er hörte ihre Absätze auf dem Weg zum Tor. Sie ging zur Arbeit wie alle Leute, das war der normale Fluss des Lebens. Nur bei ihm stand das Wasser und stank und wurde faulig, nur bei ihm floss es nirgendwohin. Er drückte sich die Daumen an die Schläfen und sagte sich dann, die Standpauke der Alten hätte auch schlimmer ausgehen können. Wie bei der Rotte Korach oder wie bei diesem Raskolnikow, aber beides war nicht passiert. Die Erde hatte ihr Maul nicht aufgerissen und ihn nicht verschluckt, und er hatte die Alte nicht mit dem Beil erschlagen. Wut stieg in ihm auf, und er dachte, ein Glück, dass ich keine Pistole und kein Fleischmesser besitze. Er hatte nichts mehr zu verlieren. Hannah Jona würde ihn im Leben nicht verstehen. Sie hatte bestimmt in ihrem Leben noch keinen Tag Mangel gelitten, weder sie noch ihre drei Primadonnen.

Er stand auf, und bevor er explodierte, nahm er den Stuhl und schlug ihn mit großem Krach auf den Boden. Ein Bein brach ab, die Lehne bekam einen Sprung und der Sitz verzog sich, er hob ihn noch einmal hoch, bis über den Kopf, und schmetterte ihn mit aller Kraft erneut auf den Boden, zwei Stuhlbeine fielen ab und die Lehne zerbrach. Sollte sie ihm diesen Scheißstuhl mit auf die Rechnung setzen und auch das Schmerzensgeld und was immer sie wollte. Sollten sie ihn doch festnehmen, ihn foltern, ihn hinrichten, er war ohnehin schon ein toter Mann. Er stand in der offenen Tür, sah, wie die Petersilienstängel bebten und sich im Wind bewegten, als ob sie beteten, er sah, wie die kleinen Setzlinge der Orangenbäume nach oben schauten, und seine Stirn wurde weit, seine Augen füllten sich mit Tränen, und ein unbändiges Weinen stieg in ihm auf. Er eilte zurück ins Zimmer, packte sich einen kleinen Rucksack, nahm seinen Geldbeutel, ging hinaus, schloss die Tür ab und ging ungekämmt, ziemlich abgerissen und mit verweinten Augen zum Tor. Es gibt noch eine dritte Möglichkeit, sagte er sich, nachdem ich sie nicht umgebracht habe und die Erde mich nicht verschlungen hat, gibt es noch eine dritte Möglichkeit. Um seines Vaters Ehre willen wollte er wenigstens ein Zehntel seiner verlorenen Ehre retten, danach könnten sie ihn verjagen, und er würde dahin gehen, wohin man ihn verdammte. Wenn es auch nur eine winzige Chance gab, dass sein Vater ihn von dort oben sah, dann war er ihm das schuldig, dann musste er ihm und der Familie wenigstens ein Zehntel der Ehre zurückgeben, die er besudelt hatte.

Binnen zwei Stunden stand er mit einem schwarzen Kleinbus und einem Fahrer vor der Reihe von Mietshäusern, in denen Siva wohnte. Er ging in ihre Wohnung und sagte: »Siva, Motti, kommt, wir machen einen Ausflug nach Jerusalem. Ich habe einen großen Wagen mitgebracht.« Siva fragte: »Was für einen Ausflug, wie kommst du denn jetzt auf einen Ausflug?«, und Motti lachte, und seine Augen kehrten sich nach innen und wieder zurück. Obama kreiste über ihm, landete auf seiner Schulter und beäugte den Gast mit feurigem Blick, und Siva fragte: »Rafi, wie bist du denn darauf gekommen?«

»Zur Kla… Kla… Klagemauer«, lachte Motti.

»Jerusalem? Klagemauer? So ein Quatsch, ist denn heute Jerusalemtag? Oder der öffentliche Priestersegen?« Sie zündete sich eine Zigarette an und wühlte mit den Fingern in ihrem Haar.

»Auf, Siva. Mach ihn fertig und zieh dich um, der Transporter wartet«, drängte er sie, und sie schaute ihn an. Was hatte er nur, warum jetzt plötzlich Jerusalem? Obama schrie: »*Yalla!*«, Motti lachte und rief abgehackt: »*Jeru-scha-lajim*«, und Siva ging sich umziehen.

Der Fahrer half ihnen, Motti mit seinem Rollstuhl in den Wagen zu laden. Sie setzten ihn so hin, dass er durchs Fenster hinausschauen konnte, stiegen ein, fuhren los und hörten, wie Obama ihnen »*Yalla, Yalla*« hinterherschrie. Siva sagte: »Wenn wir zurückkommen, wird er den Beleidigten spielen und erst mal nichts essen und trinken.« Aber jetzt fuhren sie, und Siva schaute hinaus und wandte ihren Blick nicht mehr vom Fenster. »Weißt du, wie lang ich hier nicht mehr gewesen bin? Das Leben hat mir eine Kette angelegt und mich ans Haus gefesselt. Einen Hund führt man wenigstens zweimal am Tag Gassi.« Rafi schaute nach vorn, er schwitzte aufgeregt und sagte: »Siva, du steigst in dem Einkaufszentrum aus, und ich fahr mit Motti weiter, dreh mit ihm eine Runde in der Stadt und hol dich wieder ab. Nimm dir zwei Stunden frei von den Fesseln, trink einen Kaffee, kauf dir ein Kleid, lauf ein bisschen herum und schick deine Augen spazieren.«

Sie diskutierte gar nicht erst mit ihrem Bruder, sondern fragte Motti: »Und du wirst ein braver Junge sein?« Am Eingang zum Einkaufszentrum stieg sie aus, blieb stehen, schaute nach links und nach rechts, als wisse sie nicht, wie man solche Orte betrat und was man dort machte. Leute gingen an ihr vorbei, und sie betrachtete staunend die riesigen Glastüren. »Sie kommt schon zurecht«, sagte Rafi und drängte den Fahrer weiterzufahren. Sein Nacken schmerzte vor Spannung. Er gab dem Fahrer Anweisungen, drehte sich zu Motti um, lächelte ihm zu und wandte sich wieder nach vorne, er kaute an seinen Fingernägeln, und als sie in die Straße der Alten einbogen, zeigte er dem Fahrer, wo er parken sollte. Der Fahrer parkte den Wagen dicht an der Hauswand, half mit, Motti in seinem Stuhl auszuladen, und stieg wieder in den Transporter, um zu warten, bis Rafi und Motti mit ihren Angelegenheiten in diesem Haus fertig waren.

Motti war glücklich. »Onkel Rafi, das ist dein .... dein ... dein Haus?«

»Ja, das ist mein Haus.« Er schob den quietschenden Rollstuhl durch das Tor in den Hof und klopfte an die Tür der Alten, hörte, wie sie zur Tür gehumpelt kam, öffnete einen Hemdknopf und atmete tief durch. Sie öffnete die Tür, das Licht fiel auf ihren geschrumpften Kopf, und ihre Augen leuchteten wie blaue Polizeilichter. Motti erschrak. »Onkel Rafi ... Onkel Rafi ...« Seine Hände schlugen in die Luft, als suche er etwas, woran er sich festhalten konnte, und wussten nicht, wohin.

»Sie wollten einen Beweis, dass ich ein Dichter bin? Ich bringe Ihnen den Beweis, dass ich kein Scheißkerl bin. Damit Sie sehen, für wen ich das getan habe«, sagte er, und seine Stimme klang ihm selbst fremd.

Johanna ließ ihre Arbeit stehen und kam zur Tür, stand hinter der Alten, bekreuzigte sich und sagte: »Großer Gott.« Sie schaute auf Motti, der erschrocken in seinem Rollstuhl saß und dessen Augen abwechselnd in den Lidtaschen verschwanden und wieder hervorkamen. »Vielleicht etwas Limonade für die Junge«, rief sie und lief in die Küche. Die Alte hielt die Türe auf, Mottis Rollstuhl füllte den ganzen Türrahmen aus, und sie sah ihn aus der Nähe, sah die Jeans, die das Beweisstück trug, und die wirkten leer, man konnte darunter kaum Schenkel oder Knie erkennen, und sie sah die Füße, die aus den Hosen herausschauten, so schmal, dass sie nirgendwo hingehen konnten.

»Bring ihm auch Danas Erdnussflips!«, rief sie Johanna nach, und Motti erschrak über diesen Schrei und begann zu weinen.

»Ist schon gut, Motti, wir gehen auch gleich wieder.« Der Mieter gab Motti Johannas Limonade zu trinken, und das gelbliche Wasser rann aus Mottis Mund auf sein Hemd.

»Bring auch Taschentücher!«, rief die Alte. Sie lud den Mieter nicht ein, mit seinem Beweisstück weiter hereinzukommen, beobachtete nur, wie der Knabe trank, wie sein Onkel ihm zu trinken gab und ihm den Mund abwischte. »Gib ihnen den ganzen Karton Kleenex-Tücher, sie sollen ihn mitnehmen«, sagte sie zu Johanna und schaute wieder auf die schmalen Füße und danach auf Mottis Hals, der sich um eine gebrochene Achse zu drehen schien, und auf die Schulter, die sich immer wieder schüttelte und hüpfte. Sie hörte, wie die Limonade schluckweise in Mottis Magen gelangte, hob einen knochigen Finger zum Himmel und sagte: »Für diesen Knaben im Rollstuhl, da muss sich der da oben verantworten, aber für das, was Sie gemacht haben, Rafi, müssen Sie selbst geradestehn.«

»Sagen Sie, Frau Jona, sehen Sie nicht, wie beschissen seine Situation ist? Der rostige Rollstuhl, die alten Schuhe? Haben Sie überhaupt eine Ahnung, wie meine Schwester sich mit ihm den Rücken ruiniert? Und sie hat noch nicht mal ein Auto, gar nichts hat sie. Wissen Sie, wie viel Geld man für so ein Kind braucht? Da hab ich keine andere Wahl gehabt.« Der Mieter hielt sich an den Griffen des Rollstuhls fest wie *an den Hörnern des Altars* und atmete schwer. »Ich bin kein Schurke«, sagte er, drehte den Stuhl um und schob ihn wieder aus dem Hof zu dem Kleinbus. »Komm, Motti, jetzt kaufen wir dir noch ein Eis«, sagte er, und Motti sagte: »Eis, Eis«, lachte aber nicht. Der Fahrer ließ den Wagen an, da kam Johanna aus dem Tor gerannt, klopfte an den Wagen und streckte dem Mieter einen Umschlag hin und sagte: »Das geben Frau Hannah für Schuhe für die Junge und auch für Strümpfe.« Er nahm den Umschlag und sagte zum Fahrer: »Fahren Sie zum Einkaufszentrum, wir holen seine Mutter ab.«

Abends kam er zu seiner Wohnung zurück und sah seine Sachen in zwei Kartons verpackt vor seiner Tür stehen und daran einen Zettel mit zittriger Handschrift: »Nehmen Sie Ihre Sachen und verschwinden Sie.« Der Schlüssel, den er in der Hand hatte, passte schon nicht mehr, und er hatte noch nicht einmal eine Toilette, wo er sich erleichtern konnte. Er wusste nicht, ob ihn irgendwer beobachtete, trug die Kartons einen nach dem andern zum Tor und rief den Fahrer des Kleinbusses an: »Kommen Sie und bringen Sie mich zurück zur Wohnung meiner Schwester.«

Sie erreichten das Viertel seiner Schwester bei Nacht. Siva half ihm mit den beiden Kartons, stellte Wasser für einen Kaffee auf und sagte: »Ich nehme an, deine Sache mit Jerusalem hat nicht so ganz geklappt.«

»Nein, nicht so ganz«, sagte er und zog seine Schuhe und sein Hemd aus.

Bruno kam im Regen und brachte einen braunen Koffer mit, dessen Farbe abgeblättert und dessen Metallecken verrostet waren; er hatte ihn mit zwei Gürteln zusammengebunden. Außerdem hatte er eine größere Tasche dabei, darin Zimtkekse, die man für ihn zum Abschied für den Urlaub vom Wohnheim gebacken hatte. »Für wie lange?«, hatten sie ihn dort gefragt, und er hatte gesagt: »Mal sehen, kommt drauf an«, und hatte nicht gesagt, worauf es ankam. Sie hatten ihm viel Glück gewünscht und versprochen, das Zimmer erst mal für ihn freizuhalten.

Hannah Jona lachte. »Siebzig Jahre habe ich keinen solchen Koffer mehr gesehen, bei meinem Leben, so was gibt es heute gar nicht mehr. Den kannst du bei *Yad Vashem* abgeben, die werden ihn ausstellen, sie werden ›Flüchtlingskoffer‹ dranschreiben, und die Leute werden ihn bestaunen.«

»Er hat mich überallhin begleitet. Für einen Menschen, der kein Zuhause hat, ist der Koffer sein Zuhause«, sagte er und wischte sich die Regentropfen von der Stirn.

»Johanna, bring ihm ein Handtuch«, sagte sie. »Aber wie blöd sind wir, dass wir über den Koffer reden, als sei er die Attraktion des Abends. Setz dich, Bruno, das ist ein großer Tag in unserem Leben. Lass uns darauf anstoßen. Wir stellen die Kekse aus dem Wohnheim auf den Tisch und Johannas Apfelkuchen. Wie schön!« Hannah Jona klatschte in die Hände, doch während ihr Gesicht und ihre Hände sich über alle Maßen freuten, drückte es ihr das Herz zusammen. Bruno war schmal und alt, er hatte sein ganzes Zuhause mitgebracht, wie viele Neuanfänge hatte er hinter sich, und er war bereit, noch einmal von vorn zu beginnen. Und wofür machte der arme Kerl dieses ganze Trara? Für ein altes, humpelndes Weiblein mit zitternder Hand und einem Reißverschluss auf dem kahlen Kopf. Er hatte mehr verdient und begnügte sich nur deshalb mit ihr, weil das Leben ihn gelehrt hatte, sich mit sehr wenig zu begnügen. Sie wollte nicht aufmüpfig gegenüber Gott sein, aber er hätte Bruno schon etwas großzügiger behandeln können. Und je trauriger sie im Herzen wurde, umso fröhlicher wirkte sie.

Johanna war die Glücklichste von den dreien. Ein Horizont tat sich vor ihren Augen auf. Ein Horizont, noch einen Monat zuvor in ihren Augen eng und begrenzt, war nun um ein Vielfaches breiter als die neue Arbeitsplatte für Angelas Küche. Wie eine strahlende Brautführerin wuselte sie um das neue Paar herum, stellte die duftende Torte, die sie gebacken hatte, auf den Tisch, türmte auf einen anderen Teller die Zimtkekse, die Bruno mitgebracht hatte, stellte dazu Kirschlikör und einen alten Cognac, den sie in Hannah Jonas Speisekammer gefunden hatte, schenkte die drei feinen Gläser ein, die noch aus Hannahs Zeit mit Jehuda stammten, und Hannah Jona rief: »*Lechajim*, zum Wohl!«, und drei Arme hoben sich, um anzustoßen, Brunos schmaler Arm, der in einem bordeauxroten Hemd mit präziser Bügelfalte steckte, Johannas starker Arm mit einem bis zum Ellbogen hochgekrempelten Ärmel und Hannah Jonas Arm, den ein eleganter blauer Pulli bedeckte, den sie zur Feier des Tages trug. Die Glaskelche erzitterten. Hannah Jona kippte ihren auf einen Zug und schenkte sich gleich noch einmal ein, und Johanna ging in Alarmbereitschaft und hatte ab jetzt ein waches Auge auf sie und auf die Flasche. Das zweite *Lechajim* von Hannah Jona klang schon energischer und jubelnder als das erste. Sie stieß mit Bruno an. »Trink, Bruno, du hast noch gar nichts getrunken«, und schon kippte sie das zweite Glas hinunter, und im Nu war ihre Kümmernis über Bruno, der sich mit ihrer armseligen humpelnden Wenigkeit begnügte, verflogen, und ihr Herz schloss sich der Freude an, die ihr Gesicht und ihre Hände längst zeigten. »Lasst uns Musik auflegen!«, rief sie, ging zu dem Plattenspieler, der seit Jahren unbenutzt auf der alten Anrichte stand, und Johanna sprang auf, half ihr, das Gerät in Schwung zu bringen und eine passende Schallplatte zu finden. Hannah Jona schaute die Platten durch und zog einen alten Tango von Yafa Yarkoni heraus, und Johanna setzte den Tonarm auf. Der Tango kämpfte mit der kratzenden Nadel, ruderte einige Umdrehungen in einer Staubschicht, bis er sich befreite und das Zimmer mit seinen Klängen erfüllte. Hannah Jona drehte das Gerät lauter, umschlang den bordeauxroten Ärmel von Bruno und zog ihn von seinem Stuhl hoch: »Komm, Bruno, lass uns tanzen.« Er hielt ihre Hüften, und sie zog ihn auf den Tanzboden. Seine Füße, die beim ersten Schritt noch zögerten, wurden beim zweiten Schritt schon freier, und er führte sie mit ihrem hinkenden Bein, wirbelte sie herum und achtete darauf, dass sie nicht an den Esstisch stießen. Johanna klatschte in die Hände, schob den Tisch zur Seite, damit sie mehr Platz hatten, wischte sich ein paar Tränen weg und betrachtete die hageren Knöchel des Greises, die so gut tanzten, und Hannah Jonas gutes Bein, das alle Aufgaben übernahm und das hinterherhumpelnde Bein einfach ignorierte. Hannah Jona mit ihren kurzen weißen Haarstoppeln schloss die Augen, streckte Bruno ihren Hals entgegen und ließ ihn führen, und der umarmte ihren Rücken und hielt mit der anderen Hand ihre Hand hoch. Dieser feine, luftige Mann tanzte, als habe er sein Leben lang nichts andres getan. Seine Schuhe setzten präzise jeden Schritt und folgten dem Takt, seine Augen leuchteten, alte Funken flammten in ihnen auf und verloschen wieder. Der Tango von Yafa Yarkoni ging zu Ende, der Arm des Plattenspielers hob sich und legte sich zurück in seine Halterung. Hannah Jona richtete sich auf, eine neue Röte lag auf ihren welken Wangen, Bruno geleitete sie zu ihrem Stuhl, setzte sich auf seinen und sagte: »Radfahren und Tango sind zwei Dinge, die man nicht vergisst.« Hannah Jona atmete schwer, ihr Gesicht strahlte, feine Schweißperlen bildeten sich auf ihrer Stirn. Sie schaute Bruno in die Augen, wie einst Verliebte im Kino einander in die Augen schauten, und sie seufzte, wie man früher geseufzt hat. Johanna sah das alles, setzte sich auf den dritten Stuhl und sagte: »Frau Hannah, heute Nacht ich schlafen in die Wohnung von die Tichter, dann Sie können sein alleine.«

Gesagt, getan. Nachdem sie in der Küche fertig war, bezog Johanna für Bruno ein Bett im Nordzimmer, in dem früher eine der Töchter gewohnt hatte. Ein Zimmer mit einem Schrank und einem Tisch, einem geblümten Vorhang und einem Lampenschirm mit einem Bambi. Zwischen seinem und Hannah Jonas Zimmer lag der schmale Flur. Johanna bereitete vor, was es für den nächsten Morgen vorzubereiten gab, nahm ihre Sachen und ging in die Wohnung, die der Dichter verlassen hatte. Als sie am Morgen zurückkam, traf sie die beiden im Hof an, gut eingepackt und bis zum Hals zugeknöpft, wie sie Hand in Hand zwischen den nackten Pflaumenbäumen wandelten. Sie ging in ihre Zimmer und konnte nicht ausmachen, wer in der Nacht wen besucht hatte. In Brunos Bett lag ein zusätzliches Kissen, in Hannah Jonas Bett eine überzählige große Decke.

Bruno gewöhnte sich nur langsam ein. Hannah Jona meinte, er sei mehr Stunden traurig als fröhlich, und jedes Mal, wenn sie sich im Spiegel sah, wurde ihr das Herz schwer seinetwegen, über das Wenige und noch dazu verschrumpelte, das er nach einem langen Leben endlich bekommen hatte. Er tat ihr leid, denn sie war alt, hinkte, war hager und hatte Falten. Als sie eines Tages aus der Dusche kam, sagte sie zu ihm: »Ich werde nicht schöner, Bruno. Als du mich kennengelernt hast, hatte ich schwarzes Haar und ein gesundes Bein. Wenn du dich betrogen fühlst, dann geh zurück ins Heim. Ich will nicht, dass du aus Mitleid bei mir bleibst.«

»Ich bin nicht wegen deines Beines oder deiner Haare hier, ich bin für Hannah gekommen«, sagte er, und danach schwiegen sie beide, jeder in sich gekehrt, und sprachen nicht weiter über das Vorher und Nachher ihrer Erwartungen und Enttäuschungen. Sie drängte ihn, er solle mit dem Heim in Kontakt bleiben, drückte ihm das Telefon in die Hand, blieb ihm gegenüber sitzen und hörte, was er sagte und antwortete.

»Alles ist gut, was? … Ja, ja, es gibt genug Platz, es gibt gute Luft, und es gibt eine ungarische Zeitung. Alles ist da. Wann? … Wenn Hannah sich von der Operation erholt hat, kommen wir zu Besuch, vielleicht in ein, zwei Wochen … ja, ja bitte … heben Sie das Zimmer auf, wenn es Ihnen keine Umstände bereitet, wenn Sie es nicht für jemand anderen benötigen … vielen Dank … viele Grüße …«

Johanna schlief weiterhin in der Wohnung des Tichters, und selbst wenn sich die beiden morgens jeder in seinem Zimmer befanden, gab es Anzeichen dafür, dass nachts gegenseitige Besuche stattgefunden hatten. Sie dankte Gott für seine große Gnade und dachte, manche Leute brauchen achtzig Jahre, um zu Gott zu finden. Ich habe ihn mit drei Jahren gefunden, als meine Eltern mich das erste Mal in die Kirche mitgenommen haben. Man braucht auch Glück im Leben. Sie stieg aufs Dach, um die Knoten ihres roten Schals festzuziehen. Wie gut, dass es über den Baukränen noch den Himmel gibt, dachte sie und hob den Blick zu den unendlichen Höhen. Gott hatte ihnen die Sozialversicherung vom Hals geschafft und Frau Hannahs Kopf gesund gemacht, und er hatte es verdient, dass auch die Juden dieses Hauses ihm eine Geste der Dankbarkeit erwiesen. Als sie hinunterkam, sagte sie: »Frau Hannah, vielleicht Ihre Töchter kommen diese Freitagabend? Ich machen eine Huhn mit Rosinen und eine Apfeltorte, und

Bruno sagen die Kiddusch.« Hannah Jona, die sich vorgenommen hatte, mehr in Gott zu investieren, sagte: »Du hast recht, Johanna, es ist an der Zeit, wieder einen Kiddusch zu machen. Ich hätte schon früher daran denken sollen.«

Hannah Jona trug das blaue Kleid mit dem weißen Kragen, der jetzt, nachdem ihr Hals an Umfang verloren hatte, lose um ihn herum lag. Das letzte Licht des Tages stand in den Fenstern, Simona trat ein, eine Schrittlänge hinter ihr folgten Jardena, Dana und das Kaninchen. Der letzte Gast war der Erste, der sich zu Hause fühlte; er hoppelte in die Küche und schnüffelte am Ständer mit dem Gemüse, als sei er nie nach Tel Aviv umgezogen. Simona und Jardena drückten Bruno nacheinander die Hand, und er stand für sie auf und machte vor jeder von ihnen eine halbe Verbeugung. Das Mädchen gab niemandem die Hand. Es drückte sich an Jardena, stellte sich auf die Zehenspitzen, ging mit dem Mund ganz nahe an Jardenas Ohr und sagte: »Mama, die Oma macht mir Angst.«

»Was macht dir denn Angst?«, fragte Jardena zornig.

»Sie sieht so ähnlich aus wie der Schädel bei uns im Naturkundezimmer. Uff, warum setzt sie sich keine Mütze auf?«

Johanna hörte das »Uff« und das aufstampfende Bein, sah, dass die Nerven des Mädchens blank lagen, und sagte: »Danutschka, komm in die Küche. Du kriegen Erdnussflips und Kaugummi.« Das Mädchen löste sich von seiner Mutter, folgte Johanna, und als sie in der Küche waren, sagte es: »Der Mann, der da neben der Oma sitzt, sieht aus wie ein Vogel.«

»Danutschka!« Johanna hob mahnend den Zeigefinger und legte ihn auf ihre Lippen.

»Glaub mir, wenn der so macht, hebt er ab.« Sie presste die Oberarme an die Rippen, spreizte die Finger ab und imitierte ein flatterndes Huhn.

»Komm, Danale, komm mit nach draußen.« Johanna nahm sie bei den Schultern, und bevor das letzte Licht verschwand, ging sie mit ihr und mit Herzl in den Hof.

Kurz darauf versammelten sich die Töchter um den großen, mit Tellern, Besteck, Wassergläsern und Weingläsern gedeckten Tisch. Hannah Jona saß aufrecht am Kopf der Tafel, ohne sich anzulehnen, neben sich Bruno; ihre Hände hielten sich am Tischende fest, und sie schaute von Simona zu Jardena und von ihnen zu Bruno und wieder zurück. Sie war ernst und bleich vor lauter Pathos, als wollte sie gleich die Nationalhymne schmettern oder das Totengebet sprechen. Jardena beugte sich zu Simona und flüsterte ihr ins Ohr: »Warte nur, da kommt heute noch ein Drama, schau sie dir an.«

»Ich möchte etwas sagen.« Hannah Jona klopfte mit dem Messer an ihr Glas.

»Das hat mir grade noch gefehlt, jetzt gibt sie die Hochzeit bekannt«, entfuhr es Jardena.

Eine Ader klopfte an Hannah Jonas Hals, vor lauter Bleichheit wirkte sie grau, aber ihre Augen brannten, als habe sie zwei Schweißflammen in den Augenhöhlen. Simona war angespannt, ließ den Blick nicht von ihrem Hals aus Angst, dass dort im nächsten Moment eine Ader platzte, und Hannah Jona legte das Messer zurück auf den Tisch, holte tief Luft und öffnete den Mund.

»Erst mal sollt ihr wissen, dass es bei mir mit Demenz und Alzheimer nun ein für alle Mal vorbei ist. Schluss mit den Vorstellungen. Die durchgeknallte Hannah Jona ist tot, nicht mehr da. Jetzt bin ich, wie ich bin, das heißt, ab jetzt nehme ich keine Rücksichten mehr, außer auf Gott. Zweimal wollte er mich in die Grube stoßen, und zweimal hat er es sich im letzten Moment anders überlegt. Daraus schließe ich, dass er etwas von mir erwartet. Keine Angst, ich werde mich seinetwegen nicht bekehren, ich werde auch nicht am Schabbat auf Fernsehen und Autofahren verzichten, denn ich glaube nicht, dass ihm das fehlt. Ich sage euch aber, was ihm fehlt. Ihm fehlt der Dank. Es gibt in der Welt nicht genug Dank. Die Leute nehmen und nehmen, und sie vergessen dabei, wer ihnen das alles gibt. Aber ich vergesse das nicht, nach den beiden kräftigen Schüssen vor den Bug, die ich bekommen habe.« Sie legte ihre zitternde Faust auf den Tisch und sagte: »Dieses Haus, das Jehuda, euer Vater, gekauft hat und nach dessen Kauf er zwei Stunden später gestorben ist, gehört zur Hälfte mir und zur Hälfte euch. Ich verkaufe meine Hälfte nicht, solange ich lebe, aber wenn ich sterbe, geht meine Hälfte an Brunos Heim. Und zwar aus folgendem Grund: Erstens haben sie dort euren Onkel Jossi gepflegt. Er war drei Jahre alt und eine Pflanze, als sie ihn bekommen haben, und sie haben ihn dort bis zu seinem Tod gepflegt. Und zweitens sind sie Brunos Zuhause und seine Familie, und deshalb haben sie doppelten Dank verdient. Zwei Fliegen mit einer Klappe, wie man sagt.«

»Das nenn ich Fliegen«, sagte Jardena, »das sind keine Fliegen, das sind Elefanten.«

Brunos Kopf, der bis jetzt geneigt gewesen war, schnellte hoch, als habe er einen Faustschlag bekommen. »Hannah, vielleicht …«, er wollte etwas sagen, sein Mund bebte, und Hannah Jona legte ihre zitternde Hand auf seine Schulter. »Ich weiß, was ich tue, Bruno. Ich weiß das sehr gut. Keine Sorge. Meine Töchter sind gut versorgt, sie haben gute Berufe, gute Stellen, und die Hälfte, die ihnen gehört, ist einiges wert. Wirklich. So eine Summe wünsche ich jedem Menschen auf Erden.«

Jardena verzog den Mund zu einer Art Lächeln und sagte: »Eins ist sicher, Mama, Gott ist mit dir vollauf zufrieden, da kannst du dir sicher sein. Auch bei euerm nächsten Rendezvous an der Grube wird er dich wieder zurückpfeifen.«

Sie legte sich die Hände in den Nacken, streckte sich, legte sie sofort wieder auf den Tisch und setzte sich aufrecht hin. Sie hatte die Küchentür gehört, die drei, die im Hof gewesen waren, kamen zurück. Dana ging vorsichtig um Hannah Jona herum, stellte sich neben ihre Mutter und schaute ihre Oma an, die wie ein Pferd schwitzte, und den Mann, der wie ein Vogel aussah und plötzlich aufstand und in den Flur ging, der in das Nordzimmer führte. Das Mädchen ging ihm nach, schaute ihm vom Anfang des Flurs hinterher und lief zurück an den Tisch.

»Oma, er klaut dir Sachen! Glaub mir, ich hab gesehen, er hat den Schrank aufgemacht und da irgendein Kleid rausgeholt.«

»Danele, Bruno wohnt hier. Das ist sein Zimmer. Er gehört jetzt zu unserer Familie«, sagte die Alte und zitterte, noch ganz aufgeregt von ihrer Rede.

»Ist er dein Mann?« Das Mädchen schaute heimlich zum Flur hinüber und sah, wie Bruno sich eine Strickjacke zuknöpfte, sich auf das Bett in dem Zimmer setzte und zu Boden schaute.

»So ungefähr«, sagte Hannah Jona und erklärte nichts weiter.

»Das ist wie dieser Mann, der plötzlich bei uns wohnt und den ich nicht leiden kann. Mama sagt, ich würde mich an ihn gewöhnen, aber das tu ich nicht. Zum Glück schläft er bei ihr und hat nicht das Zimmer genommen, wo ich mit den Zwillingen das Zelt aufgebaut habe.« Das Mädchen warf seiner Mutter einen Blick zu, sah, wie die mit Simona tuschelte, schaute Hannah Jona wieder an, ging einen Schritt auf sie zu und sagte:

»Oma, wenn du willst, dass er dich liebt, dann setz dir was auf den Kopf. So kannst du nicht rumlaufen. Da kriegt man ja

Angst.« Sie schielte in Richtung Flur, steckte sich eine Haarsträhne in den Mund und fragte: »Dann … dann ist er jetzt mein Opa?«

»So kann man es sagen.« Die Alte lehnte sich an die Lehne ihres Stuhls und sah aus, als habe sie die Ziellinie ihres Marathons erreicht.

»Und dann werdet ihr Kinder kriegen?«

»Nein, das geht in unserem Alter nicht mehr«, sagte Hannah Jona und verbarg vor dem Mädchen nicht ihre Traurigkeit darüber.

»Uff, das ist aber doof. Ich habe keinen einzigen Cousin.« Das Mädchen stampfte auf und kaute auf seiner Haarsträhne. »Tina hat den Tom, meine Mama hat ihre Schwestern, und ich hab noch nicht mal einen Cousin.«

»Bald wirst du einen bekommen, Danale, ich bin schwanger.« Simona stand auf, und sechs Augenpaare ruhten auf ihr. Sie nahm die Hand des Mädchens und legte sie sich auf den Bauch. »Hier, fühl mal. Fühlst du, dass ich schon ein bisschen einen Bauch habe?«

»Ich glaub, ich sterbe!« Die Augen des Mädchens wurden immer größer, es nahm seine Hand von Simonas Bauch und brüllte: *»Wir sind die 2c, das tut gar nicht weh.«* Es rannte um den Tisch herum. *»Eins zwei drei, Keilerei«*, und es drehte aufgekratzt und schnaufend noch mehrere Runden mit immer größerem Radius, und Herzl hoppelte hinter ihm her, gepackt von einer ganz eigenen Euphorie. Es breitete die Arme aus und drehte sich um sich selbst, trat fast auf das Kaninchen, taumelte bis in den Flur und schien gleich umzufallen. Es wankte, verlor für einen Moment das Gleichgewicht, hielt sich an der Wand fest und blieb schließlich stehen. »Ich glaub's ja nicht, ich kriege einen Cousin. *Wir sind die 2c, Scheiße im WC. Tschüss bye bye, Faulenzerei!«*, brüllte es, schielte kurz zum Nordzimmer hinüber und brach auf einen Schlag seine Siegeshymne ab. Es wandte seinen verschwitzten Kopf zu dem Zimmer, reckte seinen schmalen Hals in diese Richtung und sagte: »Oma, ich glaube, der Mann weint.«

»Dann warten wir ein bisschen mit dem Kiddusch«, sagte Hannah Jona, »über so einen Kiddusch wird man sich im Himmel freuen.«

»Was für einen?«

»Ein Kiddusch aus einem weinenden Herzen erreicht den Himmel gewaschen und sauber, Danale. Davon haben sie da oben nicht so viele.«

»Und aus einem lachenden Herzen?«

»Der ist nicht viel wert. Der kann sich nicht so hoch aufschwingen, der kommt gerade mal bis zur Decke und fällt wieder runter. Davon gibt es viele.«

»Warum?«

»Weil es keine große Kunst ist zu lachen. Lachen kann jeder. Man spannt die Lippen an, öffnet den Mund und macht ha-ha-ha und fertig. Aber Weinen ist etwas anderes, Danale. Um zu weinen, muss man das Herz öffnen, und das ist dann schon eine ganz andere Geschichte.«

»Oma, dann soll er jetzt den Kiddusch sprechen, bevor es vorbeigeht.«

»Keine Sorge, Danale. Im Himmel kennen sie ihn, sie wissen, dass Bruno weint, auch wenn er lacht. Geh zu ihm und bring ihm ein Taschentuch, es wäre schade um seine schön gebügelten Ärmel. Gib ihm ein Taschentuch, aber bleib nicht da sitzen. Komm gleich zurück, zum Weinen braucht man keine Gesellschaft, nur Zeit und Ruhe.«

Das Mädchen nahm den Karton mit den Taschentüchern, ging zu Bruno, stellte ihn neben ihm aufs Bett und sah kleine feuchte Flecken auf seinen Ärmeln, vergaß, was ihre Oma gerade zuvor gesagt hatte, und sagte: »Willst du was Tolles hören? Simona ist schwanger! Ich schwöre.«

Spät am Abend, nachdem sie mit dem Kiddusch und allem fertig waren, nachdem das Geschirr gespült, die Töchter jede in ihre Wohnung gefahren waren und Johanna sich in der Wohnung des Tichters schlafen gelegt hatte, gingen Hannah Jona und Bruno hinaus in den Hof, hoben die Augen zum dunklen Himmel und suchten nach Sternen. Sie vermaßen das Himmelsgewölbe der Länge und der Breite nach und fanden keinen einzigen Stern. Schweigend standen sie da, umarmten sich, und erst nach langer Zeit erkannten sie einen schwachen leuchtenden Punkt, ein winziges blinkendes Licht fuhr vom Norden des Himmels nach Süden, und obwohl sie wussten, dass es ein Flugzeug war, sagten sie: »Schau mal, da ist ja doch ein Stern.«